ERION

OS CAMINHOS DA MAGIA

LUIZ A. JACINTO

ERION

OS CAMINHOS DA MAGIA

ns

São Paulo, 2024

Erion – Os caminhos da magia

EDITOR: Luiz Vasconcelos
GERENTE EDITORIAL: Letícia Teófilo
COORDENAÇÃO EDITORIAL: Driciele Souza
EDITORIAL: Erica Borges, Graziele Sales, Mariana Paganini e Marianna Cortez
PREPARAÇÃO: Angélica Mendonça
REVISÃO: Ana C. Moura
DIAGRAMAÇÃO: Manoela Dourado
CAPA: Larissa Luz dos Santos
IMAGENS DE CAPA: Shutterstock e Pixabay

Texto de acordo com as normas do Novo Acordo Ortográfico da Língua Portuguesa (1990), em vigor desde 1º de janeiro de 2009.

Dados Internacionais de Catalogação na Publicação (CIP)
Angélica Ilacqua CRB-8/7057

Jacinto, Luiz Americo
Erion : os caminhos da magia / Luiz Americo Jacinto. -- São Paulo : Novo Século, 2024.
448 p.

ISBN 978-65-5561-735-1

1. Literatura brasileira 2. Literatura fantástica 3. Ficção científica
I. Título

24-0460 CDD B869.3

Uma marca do Grupo Novo Século

Alameda Araguaia, 2190 – Bloco A – 11º andar – Conjunto 1111 CEP 06455-000 – Alphaville Industrial, Barueri – SP – Brasil
Tel.: (11) 3699-7107 | E-mail: atendimento@gruponovoseculo.com.br
www.gruponovoseculo.com.br

SUMÁRIO

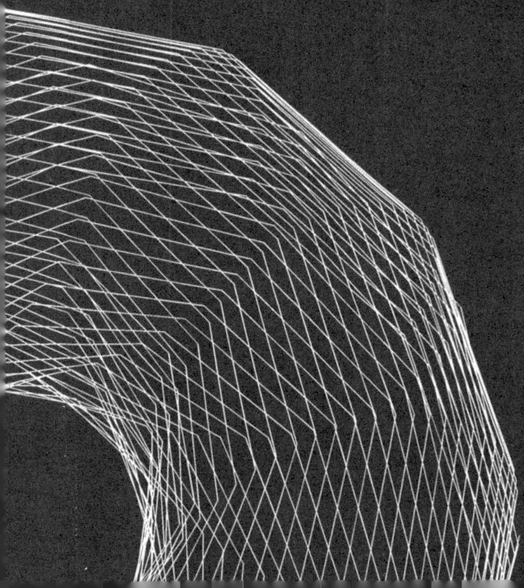

I. NOVEMBRO 1997

Era uma noite calma e não muito quente no ICESP[1]. Tudo estava muito tranquilo, apesar de se tratar de um local onde existia muito sofrimento para qualquer idade. Como não era um pronto-socorro, não havia a mesma correria com pessoas acidentadas ou vítimas urgentes de outras patologias.

Na ala infantil, havia um casal de enfermeiros, Samuel e Júlia. Os dois com idades semelhantes, aparentando não terem mais do que 30 anos de idade, e muito bonitos. Ele alto, de porte imponente, cabelos e olhos negros. Ela mais baixa, loira, de olhos verdes e bem delicada. Os dois trabalhavam como voluntários na ala infantil do hospital, ajudando e cuidando de crianças com câncer. Havia muitas crianças nessas condições, infelizmente; era uma ala que nunca ficava vazia.

Enquanto circulavam pelos quartos para ver se estava tudo bem com os pequenos, uma senhora de cabelos brancos, um pouco gordinha, surgiu diante deles e perguntou:

– Vocês dois não se cansam de vir até aqui? Estão aqui quase todos os dias olhando essas crianças! Não me levem a mal, acho lindo o trabalho de vocês, mas não é hora de descansar? – E cruzou os braços.

– Dona Augusta, nós temos uma dívida com esses pequenos e indefesos! – disse Júlia, com os olhos marejados.

– Já faz quantos anos? – perguntou Augusta, com voz de tristeza.

– Já faz cinco anos que nosso pequeno Arthur se foi! – respondeu Júlia, segurando a emoção. – Essa é a única forma que encontramos para anestesiar um pouco a nossa dor! – completou.

---

1 ICESP: Instituto do Câncer de São Paulo, um dos maiores hospitais da América Latina especializados no tratamento de câncer.

– Me desculpem por entrar nesse assunto, mas vocês precisam descansar também! – insistiu Augusta, em tom sereno. – Há quantas horas vocês dois estão aqui? – indagou de modo autoritário.

– Hehe, como o tempo passa, acho que estamos aqui desde manhã! – respondeu Samuel, um pouco sem graça, enquanto olhava um relógio na parede.

– Não, não, podem tratar de ir para casa! Quem cuida tem de se cuidar! – replicou a senhora, empurrando os dois em direção ao elevador.

– Acho que você está certa! – concordou Samuel, bocejando.

– Então vamos lá, vou acompanhar vocês até a saída para ter certeza de que os espertinhos não vão me enganar! – falou em tom maternal.

Os três então pegaram o elevador e se dirigiram para o térreo. Enquanto isso, um auxiliar de enfermagem, fazendo sua pausa de 15 minutos, foi até o lado de fora do hospital para mudar de ar um pouco. Ao descer as escadas em direção à calçada, o rapaz reparou em um amontoado de pano branco, de uma textura que ele jamais havia visto. O auxiliar pensou: *Quem deixou isto aqui?*

Ao se aproximar do estranho tecido, notou que havia uma mulher aparentando estar bastante ferida envolta nele. O tecido na verdade se revelou ser parte de sua roupa, que estava bastante surrada e manchada de sangue. A mulher só teve forças para dizer:

– Me ajude, nobre profissional da saúde!

Espantado, o rapaz sabia que precisava agir rápido e voltou correndo para dentro do hospital, gritando:

– Alguém, por favor, traga uma maca! Tem uma mulher muito ferida lá fora!

Outros auxiliares que estavam trocando turno ouviram os apelos do enfermeiro e rapidamente se mobilizaram para ver o que estava acontecendo no saguão. Correram para pegar uma maca e desceram pela rampa lateral de acesso do hospital na direção em que a mulher estava.

Augusta, Samuel e Júlia chegaram ao saguão e ficaram assustados pela gritaria na entrada. A senhora se aproximou da recepção e perguntou para uma das recepcionistas:

– Renata, o que está acontecendo? Que bagunça é essa?

– Um dos auxiliares novos encontrou uma mulher muito ferida lá fora!

– É tão grave assim, para essa comoção toda? – indagou Augusta, incomodada

– Pela pressa do rapaz parece ser, sim. Ele entrou correndo e pedindo ajuda!

– Ele agiu certo, todo hospital tem a obrigação de atender uma pessoa em perigo, seja quem for!

Enquanto Augusta encerrava a frase, três auxiliares, incluindo quem encontrou a mulher ferida, entraram com a maca pela rampa principal e a levaram às pressas para a emergência.

– Vocês dois vão para casa, eu preciso ajudar! – disse Augusta severamente a Samuel e Júlia.

Augusta seguiu os auxiliares que conduziam a mulher na maca para tentar entender a situação. Os profissionais rapidamente conduziram-na até a sala de emergência, onde colocaram a mulher sobre o leito. De pronto, um deles avisou o médico plantonista sobre o ocorrido, que, por sorte, estava passando visita nos quartos próximos à sala de emergência. Assim que entrou, o médico questionou o auxiliar que havia pedido ajuda:

– Como você a encontrou? Foi atropelamento?

– Ela estava deitada na entrada do hospital, enrolada em um pano. Parece que se feriu em um outro lugar e só aguentou até chegar aqui para pedir ajuda! – respondeu o rapaz que a havia encontrado.

– A julgar pelas roupas, não parece ser uma moradora de rua! – anunciou o médico enquanto checava seus sinais vitais. – Rápido, tirem essa roupa suja dela antes que cause uma infecção! – completou, dirigindo-se aos auxiliares.

Os auxiliares gentilmente foram removendo o robe que a estranha mulher estava usando e o depositaram em um grande saco no canto da sala. Todos ficaram admirados com a qualidade do tecido. Era branco com um brilho metalizado e, ao mesmo tempo que era delicado, parecia ser forte como aço.

– Doutor, essa mulher está grávida! – disse a auxiliar que terminava de tirar a roupa da mulher.

– Deixe-me examiná-la! – respondeu o médico, aproximando-se da mulher e auscultando com seu detector fetal portátil.

Enquanto a examinava, a estranha jovem subitamente despertou pela dor excruciante, como se estivesse sentindo contrações.

– As contrações estão pouco espaçadas e pela dilatação ela está entrando em trabalho de parto! – disse o médico. – Rápido, chame um anestesista, precisamos fazer uma cesariana urgente! – solicitou. – Vamos, movam a paciente para o centro cirúrgico! Onde está a enfermeira Augusta?

– Estou aqui, doutor! – declarou a senhora, subitamente entrando na sala de emergência, espantada ao ver a gravidade da situação.

Uma outra profissional correu e pediu para que acordassem o anestesista, que, por sorte, estava no conforto médico naquela noite. Enquanto isso, a mulher era levada às pressas para o centro cirúrgico. O clima era tenso. A mulher, por conta do início do trabalho de parto e de seus ferimentos, estava sentindo muita dor. Pouco tempo depois de chegarem ao destino, o médico anestesista apareceu e iniciou seu procedimento.

Samuel e Júlia haviam permanecido no hospital, contrariando Augusta. Eles simplesmente não tinham forças para sair, era como se algo os tivesse amarrado àquele lugar. Para cada passo à frente que davam, voltavam dois. Sentiam como se a presença daquela mulher exercesse um forte efeito sobre eles. Subitamente, os dois decidiram ir atrás de Augusta, buscando mais informações sobre a misteriosa mulher.

No andar do centro cirúrgico, toda a comoção havia terminado e Augusta não estava nos corredores. O casal então resolveu se sentar no posto de enfermagem para aguardar. Juntaram-se a uma auxiliar, que conferia o estoque de medicações, gaze e outros equipamentos. A auxiliar perguntou:

– Vocês dois ainda estão aqui? Eu passei o turno hoje às 6 horas da manhã e vocês já estavam aqui! Não seria melhor irem para casa?

– Dona Augusta nos disse a mesma coisa, mas não sei. Sinto que nós precisamos estar aqui! –lamentou Júlia, com lágrima nos olhos.

– Augusta não vai gostar nada disso, vocês sabem como ela é metódica com essas coisas! – replicou a auxiliar, preocupada.

– É como se algo forte nos prendesse aqui esta noite! –observou Samuel, circulando pelo corredor vazio em frente ao posto.

II. UMA NOVA CHANCE

O clima na sala de cirurgia seguia tenso. A pele da moça era bem estranha: ao mesmo tempo que delicada, era muito resistente, o que dificultou a aplicação da anestesia. Após a substância fazer efeito, a mulher se acalmou um pouco de suas dores do parto e de seus outros ferimentos. O médico plantonista iniciou o procedimento cirúrgico. Ele precisava ser rápido, os sinais vitais da mulher eram bastante instáveis. A equipe de enfermagem se mobilizava durante a cirurgia, aplicando medicações sob solicitação do médico.

A delicada cirurgia durou quase duas horas, mas foi bem-sucedida. Da estranha mulher nasceu um menino forte e saudável, que chorava muito alto. A mãe, por outro lado, não parecia bem, apesar do sucesso da cirurgia. O médico então disse:

– Melhor deixar a mulher em observação na UTI. Estou preocupado com a condição dela. Sua pele tem uma coloração um pouco estranha! Augusta, por favor, verifique nas vestimentas da mulher, deixadas na outra sala, se você encontra algum documento!

– Pode deixar, doutor! – respondeu Augusta prontamente.

– Você poderia levar o garoto para o berçário? – perguntou o médico, dirigindo-se à auxiliar que estava com o bebê no colo.

– Claro, doutor! – falou a moça.

Augusta seguiu para a sala de emergência, onde tiraram a roupa suja da mulher. Para sua surpresa, a roupa havia desaparecido sem deixar qualquer vestígio. Não foi arrastada, pois não havia marcas no chão; não foi transferida de saco, pois não havia respingos de sangue no chão. A enfermeira pegou o telefone preso à parede da sala e ligou para o ramal da equipe de limpeza, a fim de perguntar se alguém sabia alguma coisa sobre a roupa.

Poucos minutos depois, adentrou à sala uma mulher aparentando ter uns 40 anos de idade, pele clara, de aparência bem simples e usando um avental de limpeza com o emblema do hospital. Era Helena, a responsável pelo turno da noite. Augusta com muita cautela falou:

– Dona Helena, você sabe se alguém fez a limpeza desta sala agora há pouco?

– Acredito que não, mas posso verificar com as meninas! – respondeu, estranhando a pergunta. – Por quê? Aconteceu alguma coisa?

– Uma paciente deu entrada muito ferida, e colocamos sua roupa suja naquele saco no canto da sala, mas ele não está mais lá. Eu queria saber se foi removida, porque queríamos procurar os documentos da moça para tentar identificá-la!

– Nossa, que estranho! Me dê um minutinho. – replicou Helena, alcançando o telefone.

Alguns minutos depois, Helena colocou o aparelho no gancho e voltou-se para Augusta com uma enorme cara de dúvida.

– Eu falei com as meninas, e elas disseram que nenhuma delas passou por este andar até agora!

– Que estranho! – surpreendeu-se Augusta. – Vou ver no postinho de enfermagem se alguém viu alguma coisa. Não sabemos se alguém estava atrás dessa moça! Muito obrigada, dona Helena! – completou, com voz de preocupação.

– Disponha! – disse Helena, sorridente.

As duas se despediram calorosamente, e Augusta seguiu para o posto de enfermagem, a fim de perguntar se alguém havia visto as roupas serem retiradas da sala de emergência. Ao chegar ao local, uma surpresa: Augusta se deparou com Samuel e Júlia ajudando a auxiliar a organizar os materiais. Muito irritada e com um tom bastante severo, Augusta ralhou:

– Eu não fui bem clara para vocês irem embora?

– Desculpe, Augusta, não queríamos atrapalhar, mas tem algo estranho acontecendo! – disse Samuel, parando o que estava fazendo.

– É, eu sei disso, por isso estou nessa correria toda! – continuou Augusta, mantendo o tom.

– Eu também sei, Augusta, mas algo não nos deixa sair deste lugar! – ponderou Júlia, olhando profundamente nos olhos de Augusta e fazendo-a se espantar. – Quando aquela mulher deu entrada no hospital, eu não sei, senti como se precisássemos estar aqui! – continuou, com lágrima nos olhos.

Augusta se comoveu com as palavras de Júlia e, após respirar bem fundo, acalmou um pouco seu tom de voz. Para a surpresa de todos e sem explicação, começou a chorar, como se algo tivesse flechado sua alma.

– Eu vou ver a paciente! – disse a senhora, enxugando as lágrimas.

– Augusta!? Espere, você parece ter vindo aqui perguntar alguma coisa! – questionou a auxiliar do posto de enfermagem.

– É verdade! A idade, acho que está começando a atrapalhar um pouco! – replicou Augusta, um pouco sem graça. – Vocês viram se alguém entrou na sala de emergência? – indagou com ar de preocupação.

– Estamos aqui faz tempo e não vimos nada! – responderam os três.

– As roupas daquela mulher estranha sumiram. Eu esperava encontrar algum documento ou qualquer coisa que a identificasse.

– Você checou com o pessoal da limpeza? – perguntou Samuel.

– Sim, falei com a dona Helena, mas ela me disse que ninguém havia passado por este andar ainda! – respondeu, decepcionada. – Vou ter de falar com a paciente. Depois conversamos! – falou Augusta, deixando o posto de enfermagem.

A mulher seguiu para a UTI; mas, antes, resolveu ir até o berçário para ver como estava o filho da estranha vítima. Havia apenas uma auxiliar olhando o garoto, que dormia em paz. Augusta se aproximou de onde o bebê estava e estranhou que em seu braço direito havia uma pulseira com uma pedra transparente. A textura da pedra era algo que ela jamais havia visto, nenhum diamante tinha uma forma tão perfeita como aquela pedra. Surpresa, perguntou à auxiliar:

– Quem colocou esta pedra nele?

– Que pedra? – contestou a auxiliar.

– Ué, esta aqui em forma de pulsei...

Augusta interrompeu a fala ao olhar de novo para o garoto e ver que a pedra havia sumido completamente.

– Isso está ficando cada vez mais estranho... Primeiro a roupa da mulher, feita de um material que ninguém jamais viu, desaparece. Agora essa pulseira também apareceu no braço do bebê e do nada sumiu... – pensou Augusta em voz alta.

– Dona Augusta? – chamou a auxiliar, acenando com a mão.

– Ah, me desculpe, eu estava pensando em voz alta! – respondeu Augusta, sem graça.

O importante é que ele está bem, acho que preciso descansar!, pensou enquanto olhava o garoto. Com olhar de ternura, a senhora então disse:

– Você é um garoto de sorte, fique bem!

– Vou cuidar bem dele até a remoção, dona Augusta. Pode ficar tranquila! – falou a auxiliar, determinada.

– Obrigada, Fátima! – agradeceu Augusta, enquanto saía do berçário rumo à UTI.

Chegou à UTI, onde havia dois auxiliares observando os pacientes. Não havia muitos convalescentes, apenas alguns casos mais graves em que o câncer já havia feito muito estrago no órgão afetado. No último leito, no fundo da sala, estava a estranha mulher, dormindo um sono pesado. Augusta se aproximou de seu leito e deu uma boa olhada nos aparelhos que indicavam os sinais vitais. Ao que tudo indicava, ela estava bem; mas, por conta da alta quantidade de medicamentos que tomou durante a cirurgia, estava dormindo um profundo sono. Augusta se aproximou um pouco mais do leito e se espantou ao ver que os vários ferimentos dela, inclusive os pontos da cesariana, haviam sumido por completo. Era como se nada tivesse acontecido.

Agora mais limpa, era possível notar que era uma linda mulher, de cabelos longos, quase brancos, e que, apesar da cor deles normalmente se referir a pessoas de idade, a mulher era bem jovem, aparentando não ter mais do que 30 anos. Ao ver que a mulher talvez demorasse a acordar, Augusta achou melhor deixá-la repousar antes de enchê-la de perguntas. Quando a enfermeira se virou para se dirigir à saída, antes que desse o primeiro passo, a mulher subitamente lhe agarrou o braço com firmeza, fazendo Augusta levar um baita susto. A enfermeira olhou para a estranha mulher, que abria os olhos lentamente. Tinham uma cor linda, como se fossem joias, nada jamais visto em qualquer pessoa; nem a cor era possível descrever.

– Desculpe se te assustei, nobre enfermeira! – disse a mulher, soltando lentamente o braço de Augusta.

– Que bom que você acordou! Como está se sentindo? – perguntou, preocupada após tudo que aconteceu.

– Meu filho, como ele está? – replicou a jovem mulher, aflita.

– Pode ficar tranquila, ele é um menino lindo e muito forte. Eu o trarei para que você o veja em breve! – respondeu Augusta com ternura. – Mas antes, tenho muitas perguntas a serem feitas. Você está em condições de respondê-las? – perguntou, mudando para um tom um pouco mais sério.

– Claro! Mas, por favor, não demore, me resta pouco tempo... – desabafou a mulher.

– Suas roupas, elas inexplicavelmente desapareceram da sala de emergência, e não conseguimos encontrar seus documentos.

– Eu sei, era para sumir mesmo. A roupa era feita de energia e se dissiparia um tempo depois de ser retirada, ou quando fosse de minha vontade! – respondeu a mulher, em um tom sereno.

– Como é? Energia? – questionou Augusta, perplexa.

– Eu não tenho tempo para explicar, meu tempo está se esgotando! – contestou a mulher, sentando-se e se encostando na cabeceira do leito.

– Espere, deixe eu te ajudar! – falou Augusta, operando os botões do leito e deixando a jovem mulher um pouco mais confortável. – Assim está melhor? – completou, preocupada.

– Sim, muito obrigada! – respondeu a jovem, com um tímido sorriso.

– O que você quer dizer com pouco tempo? Você é de onde? Tem alguma doença terminal? – perguntou Augusta, angustiada para tentar entender a paciente.

– Isso eu não posso te dizer, mas um dia vamos nos ver novamente, e tudo fará sentido – respondeu, olhando nos fundos dos olhos de Augusta.

– Alguém a perseguia? Você estava muito ferida quando a encontramos! – continuou Augusta com suas intermináveis perguntas.

– Se você está em perigo, nós podemos chamar a polícia. Eles com certeza vão poder ajudá-la! – insistiu.

– Eu sei, acabo de fugir de uma guerra para salvar meu filho. – expôs a mulher, com olhar de tristeza. – Quanto a estar sendo perseguida, tenho certeza de que ninguém me seguiu até aqui, pode ficar sossegada! – completou, sorrindo..

– Que guerra? Moça, me desculpe, mas a senhora não diz coisa com coisa! – disse Augusta, em repúdio. – Você é de alguma clínica psiquiátrica, fugiu e se machucou na rua? – indagou, afastando-se da moça.

– Não, não! Não sou nenhuma maluca, se é o que insinua! – exclamou a jovem mulher, ofendida.

– Me desculpe! Não me leve a mal, mas você falou de roupa de energia, guerra... – explicou Augusta, sem graça.

– Meu ciclo está chegando ao fim! – anunciou a moça, em tom desesperado.

– Ciclo? – perguntou Augusta, franzindo a testa.

– Todos nós temos um ciclo de vida, e o meu está chegando ao fim! – respondeu.

– Mas você parece bem, suas feridas sumiram, seus sinais estão estáveis! – observou a senhora, tentando tranquilizar a jovem mulher.

– Não é preciso estar mal para o seu ciclo chegar ao fim. Todos nós temos um propósito entre os vivos, e o meu está a ponto de se cumprir! – esclareceu a mulher, de forma bem serena. – Preciso guardar forças. Posso te fazer um pedido? – perguntou, com uma feição de pesar.

– Um pedido? – retrucou Augusta, estranhando.

– Sim, por favor, chame aquele casal lá fora, preciso falar com eles!

– Quem? Samuel e Júlia? Você os conhece? – perguntou, desconfiada.

– Não, mas tenho um pedido muito importante para eles... Traga-os aqui, por favor. Depressa, meu tempo está se esgotando! – apelou a jovem mulher.

– Moça...

– Por favor, eu imploro! – gritou a moça, começando a chorar.

– Está bem, eu já volto! – assentiu Augusta, saindo correndo.

A enfermeira saiu da UTI apressadamente e se dirigiu para o posto de enfermagem. Chegando lá, chamou Samuel e Júlia:

– Vocês dois!

– Tudo bem, Augusta, já estamos indo! – atendeu Samuel, adiantando-se.

– Não é isso... Aquela mulher que está na UTI chamou por vocês dois – explicou Augusta, ofegante pela corrida. – Disse que tem um pedido para fazer a vocês...

– Pedido? Nós nem sequer conhecemos aquela mulher! – falou Júlia.

– Eu imaginei, mas ela implorou por vocês! Eu não sei o que fazer, ela parece confusa, não fala coisa com coisa! – Augusta completou, recuperando o fôlego.

– Tudo bem, vamos acompanhá-la! – aludiu Samuel, colocando-se ao lado de Júlia.

Os três seguiram Augusta até a UTI e em seguida até o leito onde a mulher os aguardava. Antes que pudessem interagir ou esboçar qualquer reação, a mulher, com ternura e lágrima nos olhos, fitou os dois até o fundo de suas almas. Seus belos olhos atravessaram Samuel e Júlia. A pressão foi tanta, que os dois imediatamente começaram a chorar. Era como se houvesse uma forte ligação de um passado distante com essa jovem mulher. Então, a jovem acenou com a mão para que os dois se aproximassem. O casal, um pouco relutante, se olhou e foi se aproximando bem lentamente do leito. Na tentativa de quebrar o gelo da situação, a moça disse com calma:

– Por favor, não tenham medo, aproximem-se! Eu sabia que vocês eram a escolha certa!

– Do que a senhora está falando? – perguntou Samuel, estranhando a situação.

– Desculpe, senhora, mas nós nem sequer a conhecemos! – adicionou Júlia, incomodada.

– Eu sei, mas eu conheço vocês dois muito bem e... – declarou a jovem mulher, sendo interrompida por um acesso de dor.

– A senhora está bem? Precisa de alguma coisa? – perguntou Júlia, segurando sua mão.

– Está tudo bem, meu ciclo vai terminar logo, e preciso ser breve! – continuou, esforçando-se para falar.

– Ciclo? Do que a senhora está falando? – perguntou Samuel.

– Não posso explicar agora, a dona Augusta já ouviu essa parte! – replicou, sorrindo para Augusta. – Por favor, sei que não posso substituir o filho que vocês perderam, mas, por favor, eu imploro, cuidem do meu filho. Por favor! – pediu a jovem mulher, agoniada.

– Como você...? – questionou o homem, olhando para Augusta.

– Eu não disse nada! – defendeu-se a enfermeira.

– Moça, de novo... Nós nem a conhecemos. Como você...?

– Nem tudo no mundo é fácil de entender ou de explicar, mas, por favor, posso confiar meu filho a vocês? Sei que são pessoas de bem e ele se tornará um grande homem por isso! – explicou a jovem mulher.

– Espere um pouco! Júlia, por favor, corra até o berçário e traga o bebê! – solicitou Augusta aos prantos.

– Não há tempo... – expôs a estranha mulher com uma profunda tristeza. – Um dia essa criança trará paz ao universo, ele é muito importante! Então, por favor, aceitem a guarda dele! – prosseguindo com olhar de súplica.

– Moça, nós perdemos nosso filho, como você mesma disse. Não sei se estamos prontos para assumir essa responsabilidade. E também tem uma série de coisas para adotar uma criança. Como faríamos isso? – perguntou Júlia.

– É muito simples. Olhe no seu bolso! – declarou a jovem mulher, apontando para o avental de Júlia. – Tudo que vocês precisam está aí.

– Mas... Como...? – questionou Júlia, apalpando seu bolso e sentindo uma folha de papel.

– Você acredita em magia? – perguntou a jovem mulher. – Olhe em volta: ninguém nos ouve, ninguém nos vê, só vocês três sabem dessa história! – complementou, apontando para toda a UTI.

Curiosos, os três olharam em volta, e tudo estava paralisado. Os pacientes, os auxiliares, inclusive os aparelhos da UTI pararam, registrando sua última leitura alguns minutos atrás. Era como se alguém com um controle remoto tivesse pausado a cena.

– Agora vocês entendem, não? Podem pegá-lo no berçário, ninguém mais se lembra de que vocês, eu ou meu filho estivemos aqui. Só não demorem muito. Quando eu me for, vocês terão dez minutos para sair. Depois desse período, o tempo voltará ao normal, mas ninguém vai enxergar vocês! – explicou a jovem, em um tom bem sério.

– Eu... não sei o que dizer! – hesitou Júlia, olhando para Samuel, cujos lábios tremiam.

– Você foi mãe, por favor, entenda minha angústia! – expressou a moça, olhando nos fundos dos olhos de Júlia.

– Tudo bem! – gritou Samuel repentinamente.

– Obrigada, vocês farão um bem não só para a humanidade, mas para todo o Universo! – expressou a jovem mulher, emocionada.

– Nós temos tantas perguntas... – manifestou Júlia.

– Eu sei, mas o tempo é sempre um inimigo para todos nós! Só mais um pedido... Por favor, chame-o de... Erion.

– Pode deixar! Muito obrigada por essa nova chance. Pode ficar tranquila, nós vamos cuidar de seu filho com todo o nosso amor! – expressou Júlia, segurando firme a mão da moça.

– Já ia me esquecendo, meu nome é... – falou praticamente sem forças. – Não há mais tempo! Vão, rápido! – gritou, chorando muito.

A jovem mulher, sem conseguir revelar seu nome, se encostou no leito, fechou os olhos e ficou em silêncio. Lentamente, escorreu sua última lágrima. Ao mesmo tempo, os três correram para a saída da UTI e ouviram os aparelhos do leito onde a jovem estava apitando intensamente, como se alguém estivesse tendo uma parada cardíaca. Ao olhar para trás, notaram que tudo havia voltado a se mover, mas a mulher havia desaparecido por completo. Um olhou para a cara do outro:

– O que aconteceu?

– Eu nunca vi algo assim em toda minha vida! – ponderou Augusta, tremendo. – Mas, rápido, temos de pegar o bebê! – continuou.

Uma auxiliar na sala de UTI, incomodada com o ruído, desligou os aparelhos do leito, que estava totalmente arrumado (como se ninguém tivesse se deitado ali), e disse:

– Aparelhos malucos, ficam disparando sozinhos. Vou relatar isso para a manutenção!

Os três seguiram para o berçário e se aproximaram de Erion, que dormia profundamente sem saber das tristes notícias. Augusta enrolou o bebê em uma coberta. Fátima, que ainda estava no berçário, circulou um pouco pela sala e saiu como se não houvesse ninguém ali. Assim como a jovem mulher havia dito, ela, além de ignorar a presença dos quatro, saiu do berçário como se tivesse entrado na sala errada. Com a agitação de Augusta, Erion acordou, mas sem chorar. Uma enorme energia positiva envolveu o local, o que fez com que os três se emocionassem muito. Júlia pegou Erion dos braços de Augusta e disse de uma forma cheia de ternura:

– Oi, Erion, nós vamos cuidar muito bem de você! Vamos te amar muito!

Samuel se aproximou da esposa e de Erion, e os abraçou de maneira calorosa. O bebê foi para os braços do pai e voltou a dormir pacificamente. Samuel se lembrou do que a jovem mulher havia dito, e chamou a atenção de Júlia:

– Você olhou os papéis em seu bolso? Acho que na hora da emoção nos esquecemos disso!

– É verdade! – Júlia mexeu nos bolsos. – Eu não acredito... – completou, desdobrando o misterioso papel.

– O que foi? – perguntou Augusta, curiosa.

– Uma certidão de nascimento registrada com nossos nomes nela, autenticada e tudo mais! – explicou Júlia, ainda mais branca de susto.

– Rápido vocês dois, depois olham esse papel! – Agitou-se Augusta, lembrando-se de que o tempo era curto.

– É verdade! – exclamou Samuel, saindo apressadamente do berçário, seguido por Augusta e Júlia.

Os três pararam diante do elevador que os levaria para o saguão principal. Augusta, diante do casal, olhando profundamente em seus olhos, disse:

– Eu vou ficar por aqui, só para garantir que tudo que a mulher falou era verdade e que ninguém sabe de nada!

– Obrigado, Augusta, você é uma grande amiga! – expressou Samuel, abraçando-a.

– Eu não tenho palavras para lhe agradecer, minha amiga! – declarou Júlia, despedindo-se da enfermeira com um caloroso abraço.

– Vão em paz, meus amigos! – desejou Augusta, orgulhosa de tudo que havia ocorrido.

Samuel e Júlia seguiram para o saguão principal e saíram pela porta da frente. Incrivelmente, assim como no berçário, ninguém se importou. Era como se os dois fossem totalmente invisíveis. Fora do hospital, pararam e se surpreenderam ao ver que uma enorme cortina de energia branca cobria o prédio. Poucos segundos depois, a energia se dissipou como pétalas brancas. Isso era o sinal de que o tempo que a jovem mulher havia previsto tinha se esgotado e, junto com ele, foi-se toda a magia do local. Augusta circulou pelos corredores e perguntou a alguns técnicos e auxiliares, inclusive aqueles que cuidaram da jovem mulher nas horas anteriores, se tinham visto algo diferente. Porém nenhum deles parecia saber de absolutamente nada. Era como se suas memórias dos últimos eventos tivessem sido apagadas por completo.

Samuel e Júlia foram sem demora para o carro. Já era de madrugada, as ruas estavam bem vazias e silenciosas. O jovem Erion dormia pesado no colo de Samuel.

– Amor, você dirige? Não quero acordar o pequeno! – disse Samuel, aconchegando Erion melhor.

– Claro! Vai ser melhor assim! – concordou Júlia, pegando a chave da mão do marido.

Os dois entraram no carro rumo à casa, localizada na Zona Leste. Era um pouco distante, pois o ICESP ficava na Zona Oeste de São Paulo, próximo à Avenida Paulista. Como era de madrugada, os dois chegaram em poucos minutos ao bairro onde moravam. Após circularem um pouco pelo bairro, aproximaram-se de uma rua com casas bem humildes; algumas, com fachadas inacabadas e sem revestimento. Por fim, alcançaram uma casa de cor creme, que era até bem-arrumada, perto das outras em volta. Júlia estacionou o carro na garagem, e Samuel cuidadosamente desceu do veículo com Erion nos braços. Os dois levaram o garoto para dentro de casa.

Lá, era claro que ainda sofriam pelo acontecido. O quarto de seu filho Arthur permanecia intocado, inclusive com alguns brinquedos no chão. Samuel então levou Erion para o quarto do casal, enquanto Júlia de improviso, preparava a cama para acomodar o bebê de uma maneira segura e confortável.

– O que você acha de tudo isso? – perguntou Samuel, enquanto se arranjava ao lado da esposa.

– Você acredita em propósito? – contestou Júlia serenamente, voltando seu olhar para Erion. – Pode soar estranho, mas, no fundo, acho que estávamos onde deveríamos estar! – continuou, respondendo à própria pergunta e segurando a pequena mão de Erion.

– Talvez seja por isso que não conseguíamos sair de lá! – concluiu Samuel, fazendo carinho no bebê, que respondia com um sonolento sorriso.

– Sinto que isso está além do nosso mundo, você não? – indagou a mulher, olhando nos fundos dos olhos de Samuel. – Nos foi confiado esse ser indefeso, e vamos cuidar dele com todo nosso amor!

– Erion... O que será que esse nome significa? – questionou o homem.

– Quem sabe? Mas vamos manter nossa palavra! – prometeu Júlia, abraçando o marido.

Erion começou a se mexer, um pouco incomodado. Júlia, em um impulso materno, pegou-o em seus braços e o sacudiu um pouco, para tentar acalmá-lo.

– Calma aí, rapazinho, vai ficar tudo bem!

Samuel abraçou os dois com muito amor.

– Somos uma família novamente, vai dar tudo certo!

– Aquela mulher disse que ele salvaria o Universo um dia, mas acho que já começou salvando a nós dois, você não acha? – perguntou Júlia, aos prantos.

– É verdade, me sinto muito mais leve na presença dele!

III. E A HISTÓRIA SE INICIA

Dezoito anos se passaram desde os eventos no ICESP. Samuel, Júlia e Erion se mudaram para a Zona Oeste de São Paulo, próximo à Marginal Pinheiros. Um bairro muito tranquilo, tão bem-feito, que parecia mais um bairro planejado. Agora com suas carreiras no auge, os dois melhoraram muito de vida e moravam em um lugar mais confortável. Realmente, a magia tocou os dois naquela noite, e a vida deles tomou um rumo bom. E seu filho, Erion, não se tornou tão salvador como se esperava. Erion cresceu como uma criança normal e agora era um adolescente recém-formado no colegial.

No relógio eram oito horas da manhã. Júlia e Samuel estavam sentados na cozinha tomando café da manhã. Apesar do tempo e de alguns sinais da idade, os dois continuavam belos como na época do ICESP. Há tempos os dois vinham tentando tirar folga juntos. Por sorte, para esse dia especial, conseguiram. A grande razão era o presente de formatura de Erion. Os dois resolveram presentear o garoto com uma viagem para assistir ao Beasts of Metal, um festival enorme que reunia as mais famosas bandas de metal do mundo. O festival durava sete dias e, naquele ano, seria realizado em junho, marcando o início do verão na Finlândia. O país foi escolhido para sediar o evento por conta da comemoração dos dezoito anos do festival. O evento seria realizado em Helsinque, capital da Finlândia, onde havia sido realizado pela primeira vez. A Finlândia sempre foi conhecida por exportar grandes bandas de metal, as quais fizeram história inovando estilos com uma qualidade única. Erion era fã dessas bandas e, assim que se formou, seus pais acharam legal lhe dar um presente grande, já que ele não quis baile de formatura.

Júlia interrompeu seu café assustada ao olhar para o relógio e gritou:

– Minha nossa, já são oito horas da manhã e até agora o Erion não acordou?

– Pode deixar, que eu vou acordá-lo! Garoto atrapalhado! – disse Samuel, levantando-se da mesa.

Samuel seguiu da bela cozinha, cheia de aparelhos modernos e um design digno de seriado de TV, para a escadaria que levava aos quartos. Chegando ao segundo andar da casa, olhou em volta, mas não havia nenhum sinal de que Erion tivesse se levantado. Aproximou-se da porta, que tinha um adesivo de placa de trânsito com a mensagem "Mantenha distância, animais trabalhando", e bateu à porta, dizendo:

– Erion! Acorde, seu preguiçoso, você vai perder o voo! – Percebendo que não houve resposta, Samuel bateu com mais força e gritou mais uma vez: – Erion, acorde!

No quarto extremamente bagunçado com roupas, controles de videogame e celular espalhados, dormia quase que inconsciente Erion. O garoto roncava tão alto quanto as músicas pesadas que costumava ouvir. Após muita insistência de Samuel, o garoto começou a esboçar sinais de que iria acordar, rolando de um lado para o outro. Como Erion não havia respondido, Samuel teve uma grande ideia...

Seguiu até a garagem, muito bem-organizada, e, com um belo SUV vermelho estacionado, pegou um amplificador e um microfone. Sem que Júlia percebesse seus planos, Samuel foi sorrateiramente carregando o aparato sonoro para dentro de casa. Levou o amplificador para a frente do quarto de Erion e ligou no último volume.

– Ah, esse moleque, vamos ver se ele não acorda agora! – disse Samuel.

Sem saber de nada, Erion seguia seu ritual, esfregando-se no lençol em busca daquele ponto gelado que ainda restava. Sua cama praticamente o abraçava em uma profunda preguiça e o forçava para que continuasse dormindo. De repente, quebrando todo o clima preguiçoso do despertar do garoto, Samuel colocou seu plano em ação e gritou no microfone:

– Acoooooorde, moleeeeeequeeeee!

O som foi tão alto, que a casa tremeu como se um terremoto a atingisse. Pobre dos animais da vizinhança, que começaram a latir, assustados. Na casa do vizinho da frente, morava um casal de idosos, que assistia à cena e comentou entre si:

– Nossa, de novo isso? Coitado do garoto! Vamos combinar, irrita, mas é engraçado! – concordaram os idosos, rindo em seguida.

Com o susto, Erion saiu correndo, desesperado. Foi se debatendo e tropeçando em sua bagunça, até que por fim caiu da janela do quarto. Enquanto isso, na luxuosa sala de estar, estava Júlia assistindo a um programa de TV. Com toda a barulheira, no entanto, a mulher levou um baita susto, levantou-se rapidamente do sofá e gritou:

– Samuel, seu maluco, o que você fez!?

Ao mesmo tempo que gritou com o marido, Júlia se espantou ao ver pela janela da sala um vulto preto caindo em alta velocidade e gritando muito. O vulto em questão era Erion, que, com a tamanha força com a qual caiu, afundou de cara na grama, deixando a silhueta do corpo desenhada no chão. Parecia até um desenho animado de sábado de manhã.

Com muita dificuldade, o rapaz se colocou de pé, restando saber se a dificuldade era por pura preguiça de seu pesado sono ou pelo impacto contra o solo. Ah, o impacto... Assim que Erion se levantou, os irrigadores ligaram, deixando-o todo ensopado. Os vizinhos de frente, por sua vez, quase se urinavam de tanto rir ao verem a cena cômica. É possível imaginar a meleca que ele ficou. Por conta de toda a terra e da grama, Erion parecia um monstro saindo de um filme de terror. De dentro da casa, assustada, Júlia gritou:

– Samuel, seu maluco, de novo você fez nosso filho pular da janela?

– Ah, foi engraçado, vai! – disse Samuel sarcasticamente, descendo as escadas em direção à porta.

– Samuel, ele é nosso filho, não podemos tratá-lo dessa forma! – repreendeu Júlia.

De repente, quebrando a possível discussão que se armou, ouviram alguém bater à porta insistentemente. Prevendo de quem se tratava, Samuel perguntou com sarcasmo:

– Quem será a uma hora dessas, bem na minha folga!?

Ao abrir a porta, deram de cara com uma figura bizarra, marrom, cheia de grama, parecendo um zumbi fugido de um pântano. Foi demais para Júlia, que franziu a testa, tremeu os lábios, segurou-se com todas as forças, mas teve que ceder e soltou uma estridente risada. Ria tanto, que ficou rosa, vermelha, roxa; restou apenas cair no chão.

– Valeu, pai, muito engraçado! – irritou-se Erion, tentando entrar em casa.

– Opa, opa, opa, mocinho! Não vai pensando que você vai sujar minha sala assim, não, pode ficar aí fora! – contestou a mãe, enxugando as lágrimas após rir tanto.

– Ah, mãe, vou fazer o quê? Vou ficar aqui fora? – perguntou Erion, preocupado.

– Samuel, pegue a mangueira! – ordenou Júlia com um sorriso sarcástico.

– Mangueira? – perguntou o garoto, confuso. – O quê? Ah, não! – reclamou ao ver Samuel saindo da garagem com uma mangueira na mão.

– Ah, vá, está 30 graus hoje, pare de ser frouxo, garoto! Se tivesse acordado quando eu falei, isso não teria acontecido! – disse Samuel seriamente.

Erion ficou parado sobre o piso de pedra, que formava um caminho entre a entrada e a rua. Ao redor desse caminho, havia uma grama bem verde e muito bem aparada; era linda, até Erion cair do segundo andar sobre ela. Sem rodeios, Samuel abriu a mangueira e lhe deu um belo banho, fazendo toda a sujeira ir embora.

Agora mais limpo, Júlia permitiu sua entrada. Erion foi direto para o chuveiro, a fim de terminar de se limpar. Como o garoto estava para lá de atrasado, Samuel e Júlia subiram até seu quarto e resolveram olhar as malas.

– Minha nossa! – exclamou a mulher, perplexa. E com razão: Erion não havia arrumado as malas, ele simplesmente havia jogado de qualquer jeito tudo que foi encontrando e fechou a bagagem como pôde. Tanto, que muitas de suas roupas estavam com partes para fora da mala. Graças ao toque feminino de Júlia, o problema foi resolvido.

Agora, sim, de banho tomado e vestindo a camiseta com a estampa de sua banda favorita, Erion estava pronto para sair. Enquanto descia as escadas, seu pai terminava de colocar as bagagens no porta-malas do carro. Rapidamente, Samuel tirou a SUV vermelha da garagem e a estacionou na frente da casa.

– Depressa, filho, você está muito atrasado! – gritou Samuel, apressando Erion.

Júlia, por sua vez, resolveu ficar e arrumar a casa. Contudo, aproximou-se do filho com lágrimas nos olhos e o abraçou calorosamente. Após o forte abraço, Erion e Júlia se olharam com carinho por alguns segundos, até que a mulher estranhamente começou a chorar.

– Mãe, o que foi? – perguntou Erion, preocupado.

– Não foi nada, meu filho, só prometa se cuidar, ok? – pediu Júlia, enquanto enxugava suas lágrimas.

– Mãe, são só sete dias! – disse Erion.

– Eu sei, meu filho, me desculpe. Vai lá e se divirta, sim? – esclarece, recompondo-se. – Eu te amo, meu filho. Se cuide, coma direito, escove os dentes, tome banho. Por favor, tome banho! – gritou, enquanto Erion entrava no carro.

Júlia ficou parada olhando fixamente o carro se distanciando. Por algum motivo, sentiu algo forte nessa cena de despedida. Era quase como o sentimento que teve durante os eventos no ICESP. Achando que pensava besteira, retornou para dentro de casa. Enquanto isso, Samuel e Erion seguiam pelas ruas de São Paulo em direção ao Aeroporto Internacional de Guarulhos. Como era sábado, o trânsito ajudou um pouco, e os dois chegaram ao destino em trinta minutos. Samuel parou o carro na área de desembarque e correu para tirar as malas do carro. Apesar de ser fim de semana e diferentemente do trânsito, o aeroporto estava bem movimentado, com pessoas de todos os estilos, até algumas celebridades eram identificadas em meio à multidão.

Assim como Júlia, Samuel também teve um sentimento estranho ao observar o filho. O garoto achou um pouco estranho o olhar profundo e melancólico do pai e perguntou:

– Pai, tá tudo bem?

– Não é nada, meu filho, só estava perdido em meus pensamentos! – respondeu Samuel, encabulado.

– Você e a mãe estão tão estranhos hoje, ficam me encarando de um jeito esquisito! A mãe fez o maior drama quando eu tava saindo. Pensei que você fosse fazer também! – continuou, preocupado.

– Você está viajando na maionese, meu filho. Relaxe e curta o passeio! – explicou o pai, descontraído.

– Tem certeza que tá tudo bem, pai? – perguntou Erion, ainda preocupado.

– Esqueça, filho! Corra, que você está atrasado! – disse Samuel, ajeitando as malas do garoto. – Você sabe chegar lá, não é? Lembre-se: pegue o ônibus do evento na frente do aeroporto, que...

– Vai me deixar no lugar certo... Tá bom, pai, você já repetiu isso umas mil vezes só essa semana! – replicou Erion, interrompendo Samuel.

Erion abraçou o pai com avidez. E, estranhamente, Samuel teve dificuldade para soltá-lo.

– Pai, eu preciso ir, me solta! – pediu Erion.

– Ah, sim, me desculpe, filho! – falou, encabulado e soltando o garoto.

Livre de seu pai, Erion entrou pela porta principal do aeroporto e seguiu em direção à zona de embarque. Samuel ficou assistindo, através da porta de vidro, a Erion andando pelo saguão. Subitamente, um forte sentimento tomou-lhe o coração.

Essa sensação de novo?, pensou Samuel. O sentimento foi ganhando força, mas rapidamente foi ignorado quando Samuel notou no reflexo do vidro que um marronzinho[2] parou a viatura atrás do carro, para multá-lo.

Enquanto perambulava pelo aeroporto, Erion ouviu pelo alto-falante que seu voo já estava na última chamada de embarque. O garoto se apressou e correu o máximo que pôde. Chegou ao túnel de embarque, onde as últimas pessoas já estavam entrando. Na frente do túnel, estava um grupo de garotos bem estranhos e com camisetas de banda. Assim que avistaram Erion, houve uma grande euforia, quase constrangedora entre os jovens, que se cumprimentaram fazendo um ritual bobo, gritando coisas sem sentido. Assim como Erion, seus amigos também estavam indo assistir ao festival. Já irritada, a funcionária do aeroporto apressou os garotos para que parassem de bagunça e entrassem no avião logo.

---

2 Marronzinho é o apelido dado para os guardas de trânsito em São Paulo.

Finalmente dentro do avião, Erion e seus amigos tomaram assento e fizeram a maior bagunça, o que incomodou bastante os outros passageiros. Uma aeromoça furiosa pôs um fim à alegria dos garotos.

O avião iniciou o procedimento de decolagem. Enquanto isso, um pouco mais civilizados após a bronca, os garotos conversavam:

– E aí, Z? Já esteve na Finlândia, mano? – perguntou um dos amigos.

– Não, conheço bem pouco, mas é perto, né? – perguntou Erion.

– Perto? Cara, larga de ser burro! São mais de onze mil quilômetros de distância. A viagem vai demorar umas dezesseis horas pelo menos – respondeu o amigo.

– Dezesseis horas??? Não!!!!!!! – exclamou Erion, desapontado.

O avião iniciou a decolagem, e lá se foram os amigos rumo a Helsinque. Sem acesso à internet, restava apenas o limitado acervo de filmes a bordo. Entediado, Erion olhava pela janela. Melancólico, ficou horas observando as nuvens. Tudo corria bem, o voo seguia tranquilo e sem turbulências. Enquanto vagava por seus pensamentos, Erion teve a impressão de ter visto a silhueta de uma enorme ave voando nas nuvens abaixo do avião. Era como se estivesse acompanhando a aeronave.

– Ei, cara, olha isso! – disse Erion, acordando seu amigo. – Tem alguma coisa na nuvem!

– Para de loucura, é só uma nuvem, deixa eu dormir! – reclamou o amigo, virando-se para o outro lado.

Erion tornou a olhar a nuvem que lhe chamou atenção, mas não havia nenhum sinal da suposta coisa que havia visto. *Foi uma alucinação?*, perguntou-se. Cansado após algumas horas de viagem, resolveu ignorar o evento, acompanhou seus amigos e também caiu no sono. Dentro do possível, os garotos dormiam um sono pesado no assento, já que um voo em classe econômica é um voo em classe econômica. Estranhamente, dentre os outros passageiros, ninguém mais parecia estar indo para o festival além dos três; se estavam, não eram tão indiscretos e barulhentos como os jovens amigos.

Longas horas depois, o avião finalmente chegou ao continente europeu. Os garotos se acomodaram no assento enquanto eram avisados de que estavam em processo de aterrissagem no aeroporto Franz Josef Strauss, em Munique, Alemanha. Os jovens precisaram descer para poder embarcar em outra aeronave e continuar a viagem. Enquanto aguardavam o chamado para embarcarem de novo, Erion foi tomado por mais uma crise de melancolia e ficou olhando fixamente para o céu nublado e escuro. Bem distante, havia nuvens de tempestade e os raios iluminavam o céu. Erion teve então a impressão de ter visto a silhueta de duas criaturas enormes se engajando em combate. A cena deixou o garoto mais preocupado, porque já era a segunda vez que tinha a sensação de ver algo estranho.

– Cara, preciso parar de jogar tanto... – pensou em voz alta.

– O que foi, mano? – perguntou seu amigo, estranhando Erion.

– Ah, nada, esquece, vamos dar um rolê por aí! – respondeu, desviando o foco da situação.

IV. A CHEGADA A HELSINQUE

Depois de fazer conexão em Munique e pegar outra aeronave, os garotos chegaram ao Aeroporto de Helsinque-Vantaa. Após o procedimento de desembarque, seguiram para a entrada principal do aeroporto. Pelo caminho havia muitos pôsteres e banners do festival. Esse festival era para ser muito grande, todas as melhores bandas de metal do mundo se apresentariam lá. Para o evento, era esperado um enorme número de pessoas de todas as partes do mundo.

Assim que deixaram o aeroporto, logo na via principal de desembarque, havia um ônibus fretado simples com alguns adesivos com as cores do evento e escrito "Beasts of Metal" no letreiro frontal, indicando o destino do ônibus. Cada um dos garotos portava uma pastinha com instruções de como chegar ao evento, contendo o ingresso, o mapa e mais algumas outras coisas relacionadas ao festival. Os garotos se aproximaram do ônibus, parado e de porta aberta. Como nenhum dos três falava finlandês e eles mal falavam inglês, resolveram juntos mostrar a pasta do evento para o motorista na esperança que ele entendesse. Por sorte, e pela óbvia situação, o motorista respondeu fazendo um gesto com a mão para que entrassem no ônibus. Como bons moleques, é claro que não poderiam deixar de dar continuidade à bagunça que iniciaram desde o aeroporto de Guarulhos e já entraram gritando no ônibus:

– Aeeee! Uhuuuu!!!

Foram gritando até se sentarem no fundo do ônibus. O motorista, coitado, só disse em voz baixa balançando a cabeça:

– Idiootti!![3]

3 Idiotas!!

Após se acalmarem por conta do medo de uma nova bronca, os três aguardaram sentados e quietos por mais alguns minutos até a saída do ônibus. O motorista precisava aguardar mais pessoas, pois o percurso era longo e demoraria para voltar ao aeroporto. Levava-se em média 25 minutos do aeroporto até o centro de Helsinque.

Durante a viagem, Erion refletiu sobre o que havia visto durante o voo e pensou: *acho que tô jogando PC de mais, mano...* A viagem foi seguindo até que o ônibus chegou ao centro de Helsinque. A cidade era linda, com um grande contraste entre Europa antiga e moderna, mas ambas convivendo em perfeita harmonia. Um exemplo era a estação de trem, que parecia ter parado no tempo. Os garotos pegaram o mapa e viram que o itinerário do ônibus passaria por vários hotéis participantes do evento. O deles ficava mais afastado do Estádio Olímpico de Helsinque.

Pouco tempo depois, os jovens desembarcaram na frente de um hotel bem simples, nada luxuoso. Assim que chegaram, foram direto para a recepção, arranharam forte no inglês e conseguiram fazer o check-in. Ficaram hospedados no mesmo andar, porém, em quartos diferentes. Erion entrou no seu quarto, que, condizendo com o hotel, era bem simples, quase o de um hostel. Usando o telefone, os garotos combinaram entre si que, depois do café da manhã, sairiam para conhecer um pouco a cidade e alguns pontos turísticos. Não havia pressa, pois o show começava à uma da tarde e seguiria até de madrugada. Com isso, eles teriam tempo de sobra para curtir um pouco a terra do metal. Para Erion, o que sobrou foi dormir; não dava nem para assistir TV, porque toda a programação era em finlandês. Erion pegou no topo do móvel sua pasta com as informações do evento e a credencial que deveria deixar pendurada no pescoço a fim de poder permanecer na arena. Ele aproveitou para ficar admirando o ingresso, todo cheio de estilo e com detalhes holográficos.

Depois de um tempo admirando o ingresso, Erion se deu conta de que havia se esquecido de ligar para casa e rapidamente alcançou o telefone do hotel.

– Alô? Pai?

– Oi, filhote, como foi a viagem? – perguntou Samuel.

– Foi tudo bem, chegamos bem, já estou no hotel!

– Que bom, espere, que vou passar para a sua mãe!

– Oi, meu filho! – cumprimentou Júlia, já chorando.

– Ah, mãe, para de drama, sério mesmo! – disse Erion, incomodado.

– Filho, não se esqueça, escove os dentes, tome banho. Sério, tome banho, de verdade... – implorou Júlia, mudando de um tom choroso para autoritária.

– Tá bom, mãe, já entendi...

– Mais uma coisa, filho...

– Nossa, sério que ainda tem mais? – questionou, indignado.

– Se divirta... – aconselhou, em um tom mais alegre.

– Tá bom, mãe, obrigado, fica em paz, amo vocês! – finalizou Erion, desligando o telefone.

Assim que o fez, Erion deitou-se na cama e caiu em um sono profundo, quase que imediatamente. O garoto dormia feito uma pedra e roncava alto, muito alto. A acústica dos quartos devia ser muito boa, pois o som estrondoso de seu ronco não parecia incomodar ninguém.

V. PERIGO: ERION SE PERDE

Já era de manhã e do quarto de Erion ouviam-se batidas insistentes de seus amigos gritando do lado de fora:

– Acorda, Z!! Vamos embora!!

Com o susto, Erion acordou derrubando tudo pelo quarto e terminou chutando o pé da cama com o dedinho. No surto de dor (além do grito, que faltou sacudir o prédio), quase que Erion cai da janela mais uma vez. Por sorte, enroscou-se na persiana e ficou preso pelos braços e pelas pernas, como uma marionete. Parecendo que um furacão havia atingido o cômodo, o cartão que dava acesso ao quarto passou por baixo da porta. Seus amigos, percebendo isso, rapidamente o pegaram e entraram. Logo se depararam com Erion moldado à persiana, todo torto.

– Hahahahahahahah! – Riram todos incansavelmente.

– Muito engraçado, me ajudem a descer daqui! – pediu Erion com dificuldade.

Com muito custo, seus amigos conseguiram soltá-lo e puderam conversar.

– Ah, cara, que horas são? – perguntou Erion, alongando-se.

– Já são nove horas, vamos para a cidade! – disse um de seus amigos, ansioso pelo passeio.

– Você me acordou às nove da madrugada para dar um rolê na cidade!? – questionou Erion, confuso.

– A gente tinha combinado ontem, já esqueceu? – perguntou o outro amigo, incomodado.

– É verdade! – respondeu o garoto, batendo a palma da mão contra a testa.

Ninguém conseguiu deixar de olhar a bagunça que Erion havia causado dentro do quarto.

– Coitada da camareira, hahaha! – observou um dos garotos, debochando da situação.

Na pressa, Erion pegou o ingresso e a credencial apenas, ignorando a pasta. Ele achou que não teria problemas, pois seus amigos estavam com o kit completo.

Os garotos desceram até o hall e foram tomar o café da manhã. Prejuízo era a única palavra que vinha à cabeça das pessoas que trabalhavam no hotel. Os garotos comiam feito loucos, mas o pior de todos era Erion, que fez questão de experimentar tudo pelo menos umas três vezes. Assim que terminaram a refeição, deixaram o hotel.

Fora do local, havia um táxi parado e, por sorte, o taxista falava um pouco de inglês e conseguiu entender que os garotos queriam ir ao centro de Helsinque. O motorista os conduziu até o distrito de Kluuvi, um grande centro comercial. Os garotos foram até o shopping local e ficaram impressionados com o lugar; tudo era muito organizado, as lojas muito bem-equipadas e movimentadas. Como os três não tinham muito dinheiro, o máximo que conseguiram comprar foram algumas camisetas e alguns chaveiros de suas bandas favoritas.

Os jovens continuaram a caminhada, encantados com o lugar. Estava muito cheio, com pessoas de nacionalidades diferentes andando de um lado para o outro, algumas inclusive trajadas de maneira semelhante aos jovens. Enquanto caminhavam, Erion notou uma multidão aglomerada em frente a uma loja de discos.

Curioso, ele se aproximou e, por uma pequena brecha, conseguiu ver que o guitarrista e o vocalista da banda Angra estavam dando autógrafos. Impulsionado pelo fanatismo, Erion resolveu tentar um autógrafo. O que ele não percebeu foi que, quando se uniu à multidão, outros se aglomeraram atrás dele. Isso fez com que Erion desaparecesse por completo. Seus amigos, distraídos, acabaram seguindo caminho. Como estava muito cheio de gente, nem se deram conta de que Erion havia se separado deles.

Pouco tempo depois, com o autógrafo na mão e um enorme sorriso, Erion correu para mostrar que havia conseguido, crente de que seus amigos o esperavam. Assim que deixou a loja, no entanto, espantou-se ao ver que eles não estavam lá. Achando que se tratava de uma brincadeira, o garoto andou de um lado para o outro, na esperança de encontrar um de seus amigos escondido, tentando pregar uma peça. Conforme o tempo foi passando, Erion começou a se desesperar por não encontrar nenhum rosto tupiniquim em meio à multidão.

Desesperado, Erion deixou o shopping e começou a circular pelas ruas dos arredores do distrito. A hipótese de ser uma brincadeira havia se desvanecido por completo.

Enquanto isso, ainda dentro do centro comercial, um dos jovens olhou para trás e disse, parando a caminhada:

– Ué? Cadê o Z?

– Ai, caramba, será que ele foi ao banheiro e a gente não viu?

– Acho melhor a gente procurar por ele, vamos voltar! – replicou o outro, preocupado.

– Tá muito cheio aqui, vai ser impossível achá-lo no meio dessa gente toda. Ele tem o mapa, qualquer coisa a gente se encontra no estádio!

– É verdade, vamos! – disseram os garotos, concordando.

Continuaram o passeio sem saber que Erion estava completamente perdido. O jovem parou por um momento, respirou fundo e se acalmou. Procurou em suas coisas e notou que havia trazido apenas a credencial e o ingresso; o mapa devia ter se perdido em meio à bagunça do quarto.

Erion estava sozinho em um país cuja língua ele desconhecia, e seu inglês era bem ruim. Para ajudar, os habitantes não tinham inglês como língua materna, o que dificultava ainda mais. Erion caminhou sem rumo por várias ruas, distanciando-se ainda mais do centro comercial. Conforme caminhava, tentava se comunicar com algumas pessoas, mas ninguém o entendia. De repente, Erion se lembrou de que o taxista que levou ele e os amigos até o centro comercial falava um pouco de inglês. Com isso em mente, passou a circular pelas ruas com a esperança de encontrar um táxi para levá-lo de volta até o hotel ou pelo menos até o estádio.

Após um bom tempo de caminhada sem rumo e à procura de um táxi, suas buscas seguiam vazias. Erion chegou até uma rua chamada Kalevankatu, que não era muito movimentada, tendo apenas um café e algumas lojas. Enquanto andava, subindo e descendo a rua, o menino passou várias vezes por um prédio em ruínas que parecia ser uma escola abandonada. Era notável que estava assim fazia muito tempo por conta da cor já escurecida do concreto, da vegetação crescida por toda a parte e da ferrugem avermelhada do portão. Inclusive, achou estranho que em uma rua tão bonita e com um bom comércio houvesse um contraste tão forte.

No café do outro lado da rua, uma linda jovem de cabelos ruivos e pele clara, trajando um sobretudo preto, observava a movimentação na rua. Ela terminou seu café e, assim que viu Erion voltando mais uma vez, saiu rapidamente do estabelecimento, cruzando a rua. Erion, distraído, quase passou por cima dela, como uma carreta pesada.

VI. AMÊLIA

— I'm sorry![4] – disse, constrangido pelo esbarrão.

– That's ok![5] – respondeu a garota, ajeitando a roupa. – Excuse me, are you lost?[6] – indagou, preocupada com o garoto.

– Yes![7] – respondeu Erion, coçando a cabeça, encabulado.

– I thought so... You've been wondering this street for almost an hour! Where are you going?[8] – perguntou a garota em um tom sério. – Wait, let me guess, to that stupid noisy festival, am I right?[9]

– Hey, it's not stupid! It's the best festival in the world![10] – replicou Erion.

– Oh, sorry, I didn't mean to offend you![11] – disse a garota, encabulada. – I am Amelia![12] – E estendeu a mão.

– My name is Er... Z, that's how my friends call me[13] – explicou Erion, cumprimentando a garota.

– Z? – perguntou Amélia, desconfiada.

– I don't like my name very much![14] – respondeu, envergonhado.

---

4 Me desculpe!

5 Tudo bem!

6 Com licença, você está perdido?

7 Sim!

8 Eu imaginei... Você ficou vagando por essa rua por quase uma hora! Para onde você vai?

9 Espere, deixe eu adivinhar, para aquele festival idiota e barulhento, certo?

10 Ei, não é idiota! É o melhor festival do mundo!

11 Me desculpe, não quis te ofender!

12 Sou Amélia!

13 Meu nome é Er... Z, meus amigos me chamam de Z.

14 Eu não gosto muito do meu nome!

– Fine, Z![15] – concordou Amélia. – Where are you from? You sure don't look Finnish to me![16] – perguntou, curiosa.

– I am from Brazil![17] – falou Erion, orgulhoso.

De modo estranho, prevendo que Erion lhe faria a mesma pergunta, Amélia imediatamente mudou de assunto, voltando à ajuda.

– So, you are going to the Olympic Stadium, right?[18]

– Yes, yes, do you know how do I get there?[19] – demandou Erion, ansioso para ter seu problema de localização resolvido.

– Not yet, just give me a second, please?[20] – replicou a garota, tirando do bolso de seu sobretudo um aparelho celular, extremamente fino e com um sistema operacional diferente de tudo que Erion havia visto.

A jovem acessou em seu celular um aplicativo de mapas e rapidamente localizou o estádio para ajudar o garoto.

– Give me your ticket and I will draw you a map. Actually, you are not that far from it![21] – começou Amélia, pegando uma caneta de seu bolso. – You will have to go on foot, forget about getting a cab, because you will take the whole day to find one and most drivers don't speak English.[22] – continuou.

– Here![23] – disse Erion, entregando o ingresso.

Amélia pegou o papel, que era grande o bastante para ela desenhar um pequeno mapa na parte de trás sem comprometer nada. Olhou o aplicativo de mapas novamente e, baseada nele, desenhou o mapa para Erion.

---

15 Tudo bem, Z!

16 De onde você é? Você certamente não parece finlandês!

17 Sou do Brasil.

18 Então, você vai para o Estádio Olímpico, certo?

19 Sim, sim, você sabe como eu chego lá?

20 Ainda não, me dê um minuto, sim?

21 Me dê seu ingresso, e eu te desenho um mapa. Na verdade, você não está muito longe!

22 Você vai ter que ir a pé, esqueça o táxi, porque você vai ficar o dia todo para encontrar um, e a maioria dos motoristas não fala inglês.

23 Aqui!

Enquanto isso, Erion observava a evolução do desenho, ficou muito frustrado ao saber o quão perto era e o quanto andou, chegando a lugar algum.

– Done! You should be good to go now![24] – falou Amélia, mostrando o mapa.

– Oh, thank you so much![25] – exclamou Erion, eufórico. – I need to thank you somehow![26]

– No, it's fine, I am glad just to help![27] – replicou Amélia, encabulada.

– Do you like chocolate?[28] – perguntou o garoto, procurando à sua volta por uma loja de doces.

– Yes...[29] – respondeu Amélia, sem jeito.

Erion nem ouviu a resposta direito e saiu andando em direção ao prédio abandonado que ficava um pouco mais adiante do ponto onde estavam, na esperança de encontrar alguma padaria ou qualquer outro lugar que vendesse doces. Ao se aproximar da escola abandonada, Erion notou que na frente da grade ao lado do portão principal estavam duas figuras estranhas; na verdade, muito estranhas. Uma delas tinha a pele um tanto acinzentada, cabelo cacheado e o corpo bem magro. A outra era parecida fisicamente, porém com cabelo bem liso, cobrindo-lhe o rosto. Estavam estáticas, olhando para a rua e observando o movimento, como se estivessem guardando o prédio. Erion achou estranho que, apesar de ter passado inúmeras vezes na frente do local, não houvesse notado essas duas pessoas ali.

Diante delas, estava uma lona estendida com alguns doces.

– Ah, cara, que sorte! – pensou Erion em voz alta ao notar que vendiam exatamente o que ele estava procurando.

Erion se apressou e se aproximou dos dois homens. Ficou parado olhando-os, à espera de ser atendido. Alguns minutos se passaram, e as duas pessoas continuavam a olhar fixamente para a rua, ignorando

---

24 Pronto, agora você pode ir tranquilo!

25 Oh, muito obrigado!

26 Eu preciso te agradecer de alguma forma!

27 Não, está tudo certo, estou feliz só em poder ajudar!

28 Você gosta de chocolate?

29 Sim...

Erion. Amélia, mesmo que um pouco afastada, conseguiu ver a cena claramente e ficou espantada, como se algo estivesse errado.

Ao perceber a sombra que Erion fazia sobre eles, o estranho homem de cabelo encaracolado fitou o garoto, que aguardava o atendimento. O homem então cutucou o outro a seu lado, chamando-lhe a atenção. Os dois estranharam que Erion olhava fixamente para eles, até que um deles tomou a dianteira e perguntou em um tom áspero:

– O que você quer?

– Ué, vocês falam português? Legal! – respondeu Erion. – Você me dá aquele chocolate da direita? Quanto custa? – perguntou, apontando para um doce que parecia ser um chocolate.

– Você está realmente vendo a gente? – questionou o homem de cabelo cacheado.

– Claro, e eu sou lá de falar sozinho? – disse Erion, estranhando a pergunta. – Quando vocês chegaram? Eu passei por aqui várias vezes e não vi vocês. – indagou, curioso.

– Er... A gente... acabou de chegar! – falou o estranho homem de cabelo liso, encabulado.

– É para a garota? Eu vi que ela te ajudou. Pode pegar, é por conta da casa! – expôs o homem de cabelo encaracolado.

– Sério? – perguntou Erion.

– Sim, pode pegar! – respondeu o estranho homem.

– Ah, cara, hoje deve ser meu dia de sorte! – declarou Erion, eufórico. – Obrigado!

– Não há de quê, hehehe! – Riu o homem de cabelo liso em um tom sarcástico.

Enquanto Erion se abaixava para pegar o doce, subitamente uma forte luz branca emanou das ruínas da escola e envolveu todo o local à sua volta. Sem suspeitar de nada, Erion se levantou e resolveu olhar o doce mais de perto para ver de que marca era. Ao aproximar o produto da vista, notou que sua pulseira emitia uma luz na cor roxa, que brilhava intensamente, mesmo em plena luz dia.

– Que estranho, nunca vi essa pulseira esquisita brilhar desse jeito antes! – afirmou o rapaz, surpreso.

Erion olhou os dois homens e notou que voltaram a ficar estáticos, admirando fixamente a rua. Porém, dessa vez seus olhos estavam bem arregalados. Até que o estranho homem de cabelos lisos revelou seus grandes olhos vermelhos por detrás da cabeleira. Erion sacudiu a mão na frente do rosto de um deles para ver se respondia, mas não houve resposta, os dois permaneciam imóveis; como se estivessem em coma.

Erion foi tentar sacudir o homem de cabelos encaracolados para ver se estava tudo bem, contudo, antes que pudesse fazer qualquer coisa, o homem se levantou bruscamente e gritou:

– Quem é você? Por que está balançando a mão na minha cara?

– Calma, cara! Você acabou de me dar um chocolate, não tá lembrado? – perguntou Erion, assustado com a atitude grosseira.

– Eu nem te conheço, dá o fora daqui! – gritou o homem, ainda mais irritado.

– Eu, hein, cara maluco! – ralhou Erion, afastando-se dos vendedores.

Erion andou de volta até Amélia, perguntando-se o que havia ocorrido há pouco. Para sua surpresa, ao se aproximar da ruiva, assim como as outras duas figuras estranhas, a jovem também estava com os seus belos olhos azuis arregalados e sem reação. Erion colocou a mão sobre o ombro da garota e, inocentemente, foi dizendo:

– Here! It's not much, but thanks again![30]

Amélia parecia estar em transe e não respondeu de primeira. Erion tentou falar de novo com ela, mas, naquele exato momento, o suposto transe passou. Seus olhos voltaram ao normal e encararam Erion como um desconhecido. Em um impulso defensivo, Amélia tirou a mão de Erion do ombro dela aplicando uma técnica de defesa pessoal e, em seguida, com a palma da mão, bateu levemente no peito de Erion, fazendo com que caísse sentado no chão.

– What the...?[31]

---

30 Aqui! Não é muito, mas mais uma vez obrigado!

31 Mas o que...?

– Hey, what's wrong with you?[32] – perguntou Erion, levantando-se espantado com a atitude da jovem.

– Who are you? Why are you touching me?[33] – perguntou a garota, furiosa.

– My name is Z, remember? You helped me getting directions![34] – respondeu Erion, sem entender o que estava acontecendo.

– I've never seen you before, get away from me![35] – gritou Amélia.

– Look, weirdo! What's wrong with you? You were all friendly and now you are acting so weird?[36]

– I said get away from me![37] – gritou novamente Amélia, empurrando Erion novamente contra o chão.

– Garota maluca! – resmungou Erion, levantando-se mais uma vez. – Pelo menos agora sei como voltar! – E tateou sua roupa à procura do ingresso. – Meu ingresso... – O rapaz então se deu conta de que ela não o tinha devolvido e havia saído correndo com ele.

– Hey, yo! Give my ticket back!![38] – gritou Erion, correndo atrás da garota.

---

32 Ei, o que há de errado com você?

33 Quem é você? Por que está me tocando?

34 Meu nome é Z, lembra? Você me ajudou a achar o caminho!

35 Eu nunca te vi antes, sai de perto de mim!

36 Escute aqui, esquisita, o que há de errado com você? Você estava tão amigável e agora tá agindo toda estranha?

37 Eu disse sai de perto de mim!

38 Aí, você, devolva o meu ingresso!

VII. Perseguição! Que lugar é esse?

Percebendo que Erion a estava seguindo enfurecido, Amélia apertou o passo e começou a correr em direção à escola abandonada. Ao notar que Amélia tentava fugir, Erion começou a correr atrás dela o mais rápido que pôde. A perseguição continuou até os arredores do velho edifício onde o garoto havia encontrado as duas figuras estranhas. Para a surpresa de Erion, elas já haviam desaparecido sem deixar quaisquer rastros. Sem fôlego, ele foi perdendo o ritmo pouco a pouco, enquanto a velocidade da ruiva só aumentava. Então, ela, com apenas um salto mortal, pulou, sem fazer esforço algum, o portão de entrada da escola, que tinha, pelo menos, uns três metros de altura. Erion parou diante do portão, ofegante, espantado, e se perguntou:

– Mas o quê? Como?

Erion olhou pela grade do portão e viu que Amélia havia simplesmente desaparecido, o que o deixou ainda mais irritado. Como ele a viu pular, presumiu que ela só podia estar se escondendo dentro da escola. Diante do portão, fez sua matemática daquele jeito e, com muito esforço, tentou escalar as enormes grades. Na primeira tentativa, caiu com tudo no chão, estampado de costas, perdendo o ar. Na segunda tentativa, subiu até o topo, mas se desequilibrou e caiu de cara no chão. Mas, pelo menos, o garoto havia caído do lado certo.

Depois de se recompor, Erion foi andando até a porta principal, entreaberta, o que indicava que a ruiva havia passado por ali. Com calma, entrou na escola empurrando a porta e tentando olhar o que havia dentro. Assim que entrou, olhou em volta, mas não viu nenhum sinal de Amélia. Estava tudo muito escuro, e nos corredores havia inúmeras carteiras e cadeiras, todas espalhadas. Erion seguiu caminhando com muita dificuldade e se desviando dos escombros do local.

Por conta da escuridão, tropeçou várias vezes nos entulhos, até que chegou a um corredor vazio com o chão todo empoeirado e vidros quebrados pelo chão. O longo corredor terminava em uma grande escada, bastante castigada até onde era possível ver, que dava acesso ao piso superior.

Enquanto Erion andava pelo assombroso corredor vazio à procura de Amélia, do piso acima ouviu-se um forte barulho. *Ela deve estar lá em cima!*, pensou Erion. Com tranquilidade, o garoto subiu os degraus da grande escadaria, fazendo de tudo para evitar barulhos. A pouca luz vindo de fora, através das janelas quebradas, iluminava a escada o suficiente para que ele pudesse ver algumas pegadas recentes no meio da poeira que cobria o degrau, confirmando suas suspeitas de que alguém estava realmente no andar de cima.

Ao chegar ao segundo andar, assim como o último corredor que passou, não havia uma barricada de carteiras ou escombros. Erion seguiu andando na ponta dos pés, tentando fazer o mínimo de barulho possível. Após uma breve caminhada no silencioso e escuro corredor, chegou a uma bifurcação. Ele olhou para o lado esquerdo e não conseguiu enxergar muito além de seu nariz; já do lado direito, notou uma forte luz azul piscando lentamente. Sem pensar duas vezes, seguiu o óbvio e foi em direção à luz, que revelou um conjunto de corredores, como se fosse um labirinto. *Que escola maluca era essa? Não é à toa que fechou!*, pensou.

Guiado pela luz que continuava a piscar, Erion foi circulando pelos intermináveis corredores. Acreditava estar no lugar certo, pois, conforme avançava, a luz brilhava cada vez mais forte. Alguns minutos depois, ele chegou a um corredor sem saída e finalmente encontrou Amélia, que estava parada diante da ofuscante luz. Esta começou a piscar mais intensamente e transformou-se em um vórtice que girava feito um rodamoinho. Antes que Erion pudesse chamar por Amélia para pedir o ingresso de volta, a garota desapareceu completamente. Em seguida, o vórtice foi deixando de girar e perdendo intensidade.

– Ah, não, você não vai fugir de mim, não! – gritou Erion, colocando-se a correr.

Ele correu além do que suas pernas suportavam e cruzou os braços contra o rosto, fazendo um X para se proteger de um eventual choque contra a parede. Sem medo, fechou os olhos e continuou até atingir o vórtice de luz. Para sua surpresa, não quebrou a cara contra a parede, como esperava.

Erion parou de correr e aos poucos foi abrindo os olhos e baixando a guarda. Ele olhou ao redor e, ao invés de uma escola toda destruída, estava em um corredor limpo com paredes beges e portas aparentemente novas. Ao fundo, ouviam-se conversas de muitas pessoas dentro do que pareciam ser salas de aula. Era uma verdadeira escola, com alunos, tudo funcionando. E nada fazia sentido para o garoto. Erion virou-se para trás e olhou o caminho por onde veio. No local em que antes brilhava uma luz, agora havia apenas uma parede fechada.

– Que lugar é esse? – perguntou-se ele, assustado.

VIII. EXPLORANDO A ESCOLA MISTERIOSA

Erion olhou à sua volta e reparou que todas as portas estavam fechadas; não havia ninguém no corredor. O garoto respirou fundo e, a passos engessados, iniciou sua caminhada pelos corredores da suposta escola. Conforme foi andando, ouvia vozes de crianças e adultos por detrás das portas, o que confirmava não ser um sonho; era real demais. Com um medo enorme de ser descoberto, o rapaz apertou o passo e rapidamente seguiu até o fim do corredor, que terminava escadas para cima e para baixo. Erion parou, pensou e decidiu seguir para baixo na esperança de achar uma saída.

A escadaria era estranha, parecia ser de emergência. O rapaz descia e descia, mas ela não o levava a andar algum. Com medo do que poderia haver mais abaixo, parou e decidiu subir de volta ao andar de onde iniciou sua descida. Decidido, iniciou a subida, tentando bolar uma estratégia de como agiria quando chegasse, pois o único caminho possível parecia ser essa estranha escadaria.

Os degraus iam passando e, após lances e mais de lances de escada, intermináveis, Erion começou a se sentir agoniado. *Ué? Não faz sentido, tenho certeza de que eu já deveria ter chegado ao andar de onde comecei. Eu não desci tanto assim!*, pensou, parando a caminhada.

Erion até pensou em descer novamente, mas achou que a situação poderia ficar pior. Com isso em mente, ele continuou subindo até onde suas pernas aguentaram. Vencido pelo cansaço, parou e resolveu descansar um pouco, sentando-se em um dos degraus. Ele fechou seus olhos por um momento e respirou fundo várias vezes, seu coração batendo mais devagar e o forte frio na barriga perdendo força.

Mais calmo, Erion abriu os olhos e visualizou o lance de escadas seguinte. Diferente dos anteriores, nos quais a iluminação era constante, indicando apenas um infinito caminho, ele pôde ver uma luz diferente, o que indicava que acima poderia haver enfim um andar para deixar a estranha escadaria.

Ao subir um pouco mais, Erion percebeu que realmente estava certo e que o lance de escadas seguinte realmente o levaria a um andar, para seu alívio. Ao deixar a bizarra construção, ele se deparou com um patamar muito diferente do que havia chegado após cruzar o vórtice. Era apenas um longo e estreito corredor vazio, que se conectava a uma outra sala, da qual não podia identificar nada por conta da distância. Sem alternativa, Erion foi andando lentamente e apreensivo, até que chegou ao fim do corredor e se surpreendeu. A sala à qual o corredor se conectava, na verdade, não se tratava de uma sala como se pensava, mas sim um acesso a uma outra área totalmente diferente.

Erion se espantou ao perceber que essa nova área não condizia em nada com uma escola. Não havia mais salas de aula ou corredores, o local agora era como se fosse uma enorme galeria circular de lojas, semelhante à Galeria do Rock de São Paulo. O garoto se aproximou da grade de proteção no centro do círculo e viu que a galeria tinha muitos andares, tanto para cima como para baixo. Era como se fosse uma enorme torre. Para Erion, nada mais fazia sentido, restando apenas explorar um pouco o andar em que estava e procurar uma saída.

Mantendo uma distância segura, Erion analisou sorrateiramente as supostas lojas da estranha galeria. Eram bem-arrumadas e estranhamente desertas. Mesmo de longe, era possível ver alguns poucos produtos à venda, mas, com receio de ser descoberto ou ser pego de surpresa, Erion preferiu não entrar para ver que tipo de produtos eram, e resolveu seguir seu caminho.

A galeria era muito ampla e tinha um piso de madeira bem barulhento. O garoto se esforçava ao máximo para pisar o mais leve possível, sem levantar suspeitas. O silêncio do local era doloroso, o que deixava o jovem agoniado a cada passo dado. Alguns passos adiante, o rapaz se assustou ao ouvir um forte barulho de algo de metal bem pesado se chocando. O som parecia ter vindo de uma das lojas mais ao fundo do círculo, uma que parecia um pouco diferente das outras, era maior e tinha um título em neon azul escrito "Gym"[39].

Tremendo mais que vara verde, Erion caminhou até o local para investigar e, ao ficar diante da entrada, pensou em voz alta:

– Que lugar é esse? Uma academia de musculação?

Com muita cautela, entrou. O local era bem simples, assim como uma academia barata de bairro, com apenas um balcão de madeira precisando de pintura urgente e, bem ao fundo, viam-se alguns aparelhos bem antiquados de musculação. Porém, assim como os outros estabelecimentos, também parecia estar deserta. Apesar do barulho que ouviu, Erion estranhou não encontrar ninguém utilizando os aparelhos. Quase o matando do coração, subitamente surgiu de trás do balcão uma jovem de cabelos castanho-claros, com olhos cor de mel e pele clara:

– Oi, posso ajudar?

Erion, em um ataque de pânico, começou a se mexer feito uma barata tonta e sem notar que também havia uma prateleira cheia de garrafas e outros itens para malhação. Derrubou quase tudo, fazendo um baita barulho. Quanto mais tentava evitar a queda dos objetos, mais eles caíam, até que o garoto finalmente desistiu e deixou tudo cair no chão. A jovem por outro lado, com um semblante sereno e de braços cruzados, assistia ao carnaval que o rapaz causava dentro de sua loja.

– Calma, não quis te assustar! – disse ela, estendendo as mãos e tentando acalmar Erion.

– Ué? Você fala minha língua? – perguntou ele, surpreso.

– Bom, não sei que língua você fala, mas consigo te entender, sim! – respondeu a jovem em tom delicado.

– Então, por favor, me fale, que lugar é este? – indagou Erion, tentando arrumar a bagunça causada.

– Pode deixar isso aí, que depois eu arrumo – prontificou-se a garota com gentileza após ver que Erion havia ficado sem graça por causa do estrago feito.

– Eu estou completamente perdido e... – continuou ele.

---

39 Academia.

– Calma, respira! Vamos do início! – exclamou a jovem, tentando acalmar Erion. – Meu nome é Elyse, e o seu?

– Ah, hehe, sim, meus amigos me chamam de Z... – respondeu, começando a se acalmar.

– Z? Nossa, seu nome deve ser difícil de pronunciar para só abreviar com Z! – deduziu Elyse, sorrindo.

– É, meu nome é meio diferente! – explicou Erion, mais à vontade.

– Bom, você me fez uma pergunta curiosa... – refletiu a jovem, mudando para um semblante um pouco mais sério. – Como você está aqui se não sabe onde está? – perguntou.

– Como é? – indagou Erion, confuso.

– Garoto, aqui não é um parque temático, você está dentro de um lugar importante e não deveria estar aqui se não sabe onde está! – falou Elyse, ainda mantendo a delicadeza.

– Aí você complicou ainda mais! – exclamou ele, baixando a cabeça.

Erion respirou fundo e tentou explicar para Elyse como foi parar na academia. A garota ouviu com atenção cada palavra da história e estranhamente demonstrou compreender tudo que ele havia lhe contado até o momento. Porém, antes que Elyse pudesse tentar dizer alguma coisa, uma voz muito severa surgiu ao fundo e gritou:

– Elyse! Sofremos uma invasão, fique em alerta!

– Ai, não, é meu irmão, ele não vai gostar de te ver aqui! – adiantou-se Elyse, preocupada. – Olha, você parece ser um garoto legal e não quero vê-lo te destruir, então faz o seguinte... – continuou, abaixando o tom de voz. – Pegue a escada no fim do corredor por onde você veio e desça o máximo que puder, até chegar ao térreo. Lá é um local de estudos, não tem como errar!

– Ah, não, a escada de novo, não! – protestou Erion em pânico.

– Qual é o problema com a escada? – perguntou Elyse sem entender.

– Elyse? Você me ouviu? – gritou o irmão dela, aproximando-se.

– Rápido! – disse ela, balançando a mão para que Erion se apressasse, quase que enxotando o garoto. – Quando chegar lá, procure por uma senhora chamada Cassandra, ok? – continuou, sussurrando.

– Tá bom, muito obrigado! – agradeceu Erion, saindo correndo em direção ao corredor por onde havia chegado à estranha galeria.

– Oi, sim, te ouvi, sim, vou ficar em alerta! – respondeu Elyse ao irmão, intrigada com o ocorrido.

Esse garoto..., refletiu Elyse ao se lembrar das explicações de Erion de como encontrara sua academia.

Seguindo as orientações de Elyse, Erion retornou à escadaria. Parou diante do lugar, respirou fundo e decidiu enfrentá-la novamente. O garoto iniciou sua descida calmamente e mais uma vez desceu por muito tempo; era como se não houvesse fim. Por várias vezes, pensou em desistir, mas, como lhe foi dada uma referência de que realmente existia um lugar para ir e que o caminho era para baixo, o garoto continuou descendo.

Depois de descer muito, Erion começou a ver que havia uma claridade maior nos lances seguintes. Por fim, após uma longa descida, chegou ao último lance de escada que o levou diretamente a mais um estranho corredor. Assim como aquele que o havia levado para a galeria, este também era vazio, servindo apenas de conexão para a sala seguinte.

Erion seguiu calmamente, porém mais confiante, pois sabia que encontraria apenas um local de estudos. Em sua cabeça, imaginou que seria uma biblioteca silenciosa e cheia de pessoas concentradas nos livros. Porém, tudo em que acreditava desmoronou em um instante. Assim que Erion cruzou a porta, deparou-se não com uma biblioteca, mas com uma enorme praça, decorada com uma linda fonte de água feita de pedra no centro.

IX. O MISTERIOSO LOCAL DE ESTUDOS

Desta vez, diferente dos outros andares, havia algumas pessoas jovens trajando robes pretos sentadas nos vários bancos de pedra ao redor da fonte. Outros, sentados nos bancos espalhados pela praça. Pelo menos em uma coisa Erion estava certo, alguns jovens estavam, sim, concentrados em seus livros. Outros simplesmente conversavam e riam em uma roda de amigos. Para Erion, o importante era que não notaram sua presença. Ao menos, era em que o garoto acreditava.

Erion voltou alguns passos e ficou apenas com a cabeça na beira da porta da entrada da praça, espiando o movimento. Sentindo-se um pouco mais seguro, ele resolveu olhar mais detalhadamente o estranho local, à procura de quem seria a tal senhora Cassandra.

O garoto olhava e não acreditava. Por um tempo, ele se perguntou como era possível uma estrutura daquelas caber dentro de um prédio, que parecia ser pequeno visto do lado de fora. Olhando para cima, Erion percebeu que, assim como a galeria de onde veio, o lugar tinha muitos andares; tantos, que era impossível ver o último. Os andares pareciam uma grande varanda conectada de ponta a ponta, o que possibilitava uma volta completa pela estrutura.

Por conta da distância à qual estava em relação aos jovens, era muito difícil ver com detalhes quem era quem; não que fizesse diferença, mas Erion tinha a referência de que deveria procurar por uma senhora chamada Cassandra. Ele precisava se aproximar sem levantar suspeitas. Então notou que o prédio tinha grandes colunas de sustentação, grandes o suficiente para que pudesse ficar escondido e observar a movimentação mais de perto.

Sorrateiro, Erion foi andando e se escondendo rapidamente atrás das colunas. Fez isso até que enfim chegou à coluna que ficava mais próxima da fonte, onde havia uma concentração maior de jovens. O local era muito bonito. Além da fonte, havia um belo jardim contornado pelos outros bancos de pedra, onde os alunos conversavam.

No centro, próximo à fonte, havia um grupo de estudantes e, entre eles, um jovem negro muito bonito sentado em uma cadeira de rodas. Erion não pôde ver com mais detalhes, porque o medo de ser descoberto era tanto, que ele olhava e rapidamente se escondia. Os jovens que estavam próximos pareciam ser muito amigos e se distraíam de suas leituras para conversar e rir. Mais uma vez, Erion se surpreendeu, pois, mesmo de longe, podia entender o que estavam falando, não com detalhes, mas entendia.

No fundo, o garoto sabia que não podia ficar muito tempo escondido; teria de encontrar a tal Cassandra. O problema era que todas as pessoas lá presentes eram jovens, e não seria muito seguro ou inteligente aproximar-se deles para perguntar. Erion resolveu se sentar encostado na pilastra e aguardar Cassandra aparecer.

Alguns minutos se passaram, e nada. Outro problema no qual Erion não havia pensado era em como seria Cassandra. Descreveram-na como senhora, mas senhora poderia ser por respeito, e não por idade.

Cansado de esperar, o rapaz se levantou, tomou coragem e tentou abordar as pessoas que estavam próximas à fonte. Ele achou que poderia ser mais seguro, pois todos pareciam ser bem legais. O semblante dos jovens era de paz, e Erion achou que não teria problema. Respirou fundo e saiu de trás da coluna. Assim que o fez, foi imediatamente notado pelo grupo de jovens. Também pudera, todos bem-vestidos com seus robes deparando-se com Erion e suas vestimentas escandalosas.

Os jovens que estavam em volta do cadeirante imediatamente se levantaram e disseram entre si:

– Quem é esse cara? Será ele a razão da academia estar em alerta?

Antes que Erion pudesse se aproximar, uma das garotas, com longos cabelos castanhos e olhos verdes, que estava de frente para o cadeirante, começou a olhar fixamente além da fonte. A jovem arregalou os olhos e começou a soluçar e suar bastante, mas, como os outros estavam preocupados analisando Erion, não perceberam nada. O medo tomou conta da jovem, que tremia sem parar. Por estar mais perto, o único que percebeu a inquietação da jovem foi o jovem na cadeira de rodas, o qual perguntou:

– O que foi? Você está bem?

X. ERION É ATINGIDO! OS PERIGOS DO MUNDO IMAGINÁRIO

Percebendo que algo estava errado, Erion interrompeu sua vagarosa caminhada e ficou observando o que se passava entre o cadeirante e a jovem. Ela começou a soluçar ainda mais em pânico e tentou como pôde pronunciar ao menos uma palavra, mas foi em vão. Tudo que restou foi afastar-se do jovem cadeirante a passos vagarosos para trás. Seu afastamento chamou a atenção dos outros estudantes, que desviaram a atenção de Erion por um momento e, assim como o cadeirante, perguntaram preocupados:

– Sarah, o que você tem?

– U-um gra-gra...vius! – respondeu a jovem, apontando para além da fonte.

Erion olhou para todos os cantos e não conseguiu ver nada além dos jovens e do belo jardim. Ele estranhou o fato de aqueles que estavam sentados em outros bancos pararem tudo que faziam e se levantarem, como se também estivessem vendo alguma coisa.

– Gravius? Que tranqueira é essa? – perguntou-se Erion.

Os jovens se afastaram do cadeirante como se algo os estivesse ameaçando e, antes que esboçassem qualquer reação, o jovem começou a gritar e sangrar. Sentia que algo estava atravessando seu peito. Subitamente, o garoto começou a flutuar, parecendo ser erguido pelo ferimento. Sem que pudessem fazer nada, seus amigos apenas assistiam à terrível cena em pânico, até que enfim o jovem foi arremessado para o outro lado da praça, onde caiu imóvel e gravemente ferido.

– Gabrieeeeel! – gritaram os amigos, aos prantos.

Erion olhava desesperado e não entendia o que estava acontecendo. Os estudantes imediatamente se afastaram da fonte e se aproximaram bastante de onde Erion estava. Colocaram-se em guarda, como fossem enfrentar alguma coisa. Ainda sem entender, Erion passou por eles e caminhou até a fonte para ver mais de perto.

– Sai daí, seu maluco! Tá querendo morrer? – perguntou um garoto de porte mais imponente, com cabelos escuros e arrepiados e pele morena.

– Morrer? Não tem nada aqui, o que está acontecendo? – indagou Erion, interrompendo a caminhada e voltando seu olhar para os jovens.

– Sai daí, tem um gravius na sua frente, ele vai te atacar! – replicou outro.

– O que é um gra...?

Antes que Erion pudesse terminar a pergunta, algo bateu em sua barriga com uma força descomunal e o arremessou contra os jovens. Tiveram poucos segundos para desviarem do corpo, que atingiu a pilastra onde ele estava escondido e a destruiu completamente. Os estudantes arregalaram os olhos inconformados com a estupidez do que Erion havia feito, mesmo sob os constantes avisos de perigo. Com o impacto, o garoto ficou inconsciente. A julgar pelo choque e o olhar dos jovens, eles esperavam até algo pior.

– Agora é com a gente! – disse uma das jovens, revelando o braço direito debaixo da longa manga de seu robe.

– Trevor? – perguntou outra, dirigindo-se ao jovem que alertou Erion do perigo que corria.

– Todos se preparem para o combate! – alertou Trevor, também fazendo o mesmo estranho movimento de revelar o braço direito, como se houvesse algo para usar contra o tal de gravius.

O que quer que tenha atingido Erion bateu com muita força. O estrago que ele fez ao bater contra a pilastra foi enorme, qualquer um seria dado como morto devido às circunstâncias. Erion seguia desacordado, imóvel. Porém, enquanto isso os jovens, chocados com o ocorrido, disseram entre si:

– Será que ele morreu? – perguntou Sarah, dirigindo o olhar aos escombros da pilastra para a qual Erion foi arremessado.

– Claro que morreu, ninguém aguenta um ataque de um gravius sem defesa – respondeu Trevor convencidamente. – O idiota caminhou sem hesitar na direção do gravius sem se defender e nem nada, até parecia que realmente não o enxergava!

– Estou preocupada com Gabriel, será que sobreviveu? – questionou Sarah, aflita.

– Infelizmente... – lamentou Trevor, cabisbaixo, com dificuldade em aceitar o triste fato.

– Não! – exclamou Sarah aos prantos.

– Tem algo estranho... – falou Trevor, voltando o olhar para o que eles chamavam de gravius.

– O que foi?

– Gravius são criaturas horríveis e fortes, mas não tão fortes assim. Gabriel teria conseguido se defender, mesmo em suas condições limitadas! – explicou Trevor, com um semblante sério. – Esse não é um gravius comum. Se reparar, ele é muito maior e tem uma coloração estranha! – continuou, analisando a criatura.

– É verdade, tem algo de estranho em sua armadura, parece uma versão melhorada, sei lá... – disse Sarah, com seriedade.

– Isso agora não importa, vamos todos juntos! – afirmou Trevor heroicamente.

XI. INICIA-SE O COMBATE INVISÍVEL

Os estudantes mais afastados da fonte se aproximaram do local onde ocorreu o ataque para tentar ajudar. Todos olhavam entristecidos ao ver Gabriel ferido e surpresos com Erion, que também foi atacado diretamente, destruindo uma das pilastras. Os jovens ficaram em formação, como se estivessem preparados para combater alguma coisa, mas o que seria o tal de gravius sobre o qual eles falavam permanecia um mistério para Erion.

Trevor pegou um aparelho do bolso que parecia ser um telefone celular e disse, em tom sério:

– Central, aqui é Trevor Willys, estamos sob ataque no campo de estudos. Por favor, chame a senhora Cassandra imediatamente!

– Entendido, estamos cientes da invasão, a senhora Cassandra já está a caminho! – respondeu uma voz feminina do outro lado da linha.

– Nós vamos controlar a criatura o máximo que pudermos! – adicionou Trevor com voz de alívio ao saber que Cassandra estava a caminho.

E então, o combate começou. Todos se afastaram do suposto local onde o que eles chamavam de criatura estava e se dividiram em pequenos grupos de cinco pessoas.

O chão tremia como se algo pesado se deslocasse violentamente. Nos grupos, alguns estudantes fizeram o mesmo estranho movimento de Trevor e Sarah, revelando seus braços, como se houvesse algo embaixo das mangas. Muitos começaram a estender os braços, dizendo seriamente "Tornado de gelo". Outros diziam "Cortina de lava". Trevor, por sua vez, tomou a dianteira do ataque, gritando "Sarcófago de pedra". Este último causou um enorme abalo sísmico, que sacudiu todo o lugar e fez várias coisas caírem, inclusive alguns pedaços do que havia sobrado da pilastra destruída por

Erion ao ser arremessado. Apesar de toda a tensão invisível, o local começou a sofrer bastante dano, mas nada além dos estragos era visto.

O rumo do combate pareceu mudar um pouco de figura. Os jovens, de ofensivos, passaram a assumir posição defensiva, como se carregassem um escudo junto de si, preparando-se para sofrer um ataque. Gritavam conforme eram jogados violentamente contra o chão, um a um, atingidos com força. Outros desviavam do ar e se afastavam como podiam; mas, no fim, eram atingidos da mesma maneira.

Trevor foi a última vítima atingida, arremessado até a região onde Erion estava. Visualmente ferido e com muito custo para se levantar, Trevor olhou brevemente para Erion e, olhando-o com surpresa, viu que sob sua camisa rasgada pelo suposto ataque havia uma superfície de metal bruto como uma rocha.

– Não pode ser... Pele de Wurtzita[40]!? – indagou Trevor.

– Impossível! – desabafou um outro jovem, reagrupando-se ao lado de Trevor.

Enquanto a fictícia confusão se alastrava, pela mesma escadaria que Erion acessou a praça de estudos, surgiu correndo uma quantidade considerável de jovens com as mesmas vestimentas dos outros que já estavam em combate. Subitamente, diante deles, barrando seu caminho, apareceu uma senhora aparentando ter uns 40 anos, com fisionomia magra, cabelo cinza-escuro, bem curto e espetado, e vestindo uma túnica branca e longa. Ao perceberem a aparição súbita da senhora, os alunos pararam imediatamente a corrida e fizeram uma reverência, dizendo:

– Senhora Cassandra!

Cassandra olhou autoritária para os jovens curiosos e avisou:

– Voltem para suas salas e fiquem lá até que o conflito se resolva!

– Mas, senhora... – retrucou uma das jovens.

---

40 Wurtzita: um dos metais mais duros da terra, tendo a mesma resistência do diamante, porém com mais eficiência contra a pressão, o que o fortalece, por conta de seus elétrons que se repelem para aliviar a tensão. O nome é uma homenagem ao químico Charles Adolphe Wurtz, descobridor do elemento.

– Sei que querem ajudar, mas a situação é perigosa demais e não quero mais ninguém ferido. Por favor, retornem às suas respectivas salas e aguardem orientações de seus instrutores! É uma ordem! – gritou Cassandra, fazendo os jovens pularem de susto.

Eles então se dispersaram rapidamente, deixando Cassandra sozinha no corredor. Ela seguiu até a porta que dava acesso à praça, mas foi subitamente barrada, como se houvesse uma parede invisível. Estranhando, Cassandra tentou passar a todo custo, mas o que quer que tivesse naquela porta era muito resistente. De imediato, Cassandra pegou de seu bolso um aparelho semelhante a um celular e falou com seriedade:

– Central, me envie um time especialista em barreiras, imediatamente!

– Sim, senhora! – respondeu um rapaz do outro lado da linha.

Inconformada, Cassandra deu um soco na parede invisível, que fez com que sua mão fosse repelida. Sem ter mais o que fazer, Cassandra reservou um breve momento para analisar friamente a situação.

– Um gravius aqui na academia? – perguntou-se com um semblante sério. – Não... Nossa, que coisa horrível é essa? Isso não é um gravius comum, quase não se parece com um. Tem alguma coisa estranha nele! Aquele ali deve ser a anomalia que invadiu a academia... – murmurou Cassandra, voltando seu olhar para Erion, que ainda estava desacordado. – Parece que o garoto levou uma pancada forte, mas continua vivo... Pele de Wurtzita? – perguntou-se, surpresa. – Quem é esse garoto? Pessoal, estou presa aqui! – gritou Cassandra, chamando a atenção dos jovens da praça. – Lembrem-se de seu treinamento e se defendam o máximo que puderem, a ajuda já está a caminho! Eu ajudarei assim que puder! Mantenham a calma!

– Legal, a senhora Cassandra veio nos ajudar! – disse Sarah, mais aliviada.

– Mas por que ela não vem até aqui? – perguntou um outro jovem do grupo de Trevor, em pânico.

– Alguém colocou uma barreira para evitar que a senhora Cassandra nos ajudasse. Esse ataque deve ter sido premeditado! – deduziu Sarah com gravidade.

– Sem dúvidas, isso foi planejado, não acredito em coincidências. Mas quem... – pensou Trevor seriamente. – Pessoal, vamos nos reagrupar e segurar essa coisa mais um pouco! – gritou, incentivando os demais a se colocarem em formação.

Do outro lado da barreira, Cassandra voltou seu olhar para onde Gabriel estava. O jovem permanecia imóvel e muito mais ferido que Erion. A senhora se espantou ao ver que a situação era muito pior do que ela pensava, Gabriel parecia estar realmente sem vida, o que a levou aos prantos.

– Ah, não... Gabriel... – lamentou ela, com profunda tristeza. – Coragem, meus jovens... – murmurou, aflita, olhando para os estudantes em formação de combate.

XII. O DESPERTAR: CAI O VÉU DO MUNDO IMAGINÁRIO

Enquanto Cassandra olhava o combate recomeçar, de súbito surgiu um pequeno grupo de pessoas, trajando túnica cinza. O grupo rapidamente se aproximou dela e, fazendo uma reverência, disse em uníssono:

– Time de barreira se apresentando, senhora!

Cassandra respondeu à reverência prestada pelo time fazendo o mesmo e adicionou:

– Rápido, vocês precisam desfazer esta barreira. Os alunos estão em perigo!

Uma jovem tomou a dianteira do grupo e se aproximou da porta onde Cassandra alegava ter uma barreira. Estendeu seu braço, fechou os olhos por um momento e disse:

– Senhora, é uma barreira muito complexa. Vamos demorar horas para desarmar!

– Não! Eles precisam de nós! – gritou Cassandra, indignada.

– Esta barreira não foi feita por uma pessoa comum. É preciso muita habilidade para criptografar magia nesse nível! – disse um outro rapaz mais novo do grupo.

Droga, eles não têm a menor chance contra aquela coisa!, pensou Cassandra, voltando-se para a praça.

– Vamos fazer tudo que estiver ao nosso alcance! – afirmou uma outra componente do grupo.

– Obrigada! – respondeu a senhora, com um sorriso.

Cassandra se afastou da porta e deixou o grupo se aproximar da barreira para iniciar os trabalhos. Do outro lado, o combate ficava cada vez mais frenético. Os jovens corriam por todo o lado, como se fugissem de um ataque sequencial. Desta vez, ninguém era atingido, porém os estragos causados ao local foram aumentando, indicando que os ataques da suposta criatura continuavam com a mesma intensidade.

Apesar de escaparem, os jovens estavam começando a ficar visivelmente cansados por conta do combate e do estresse da situação.

– Não pode ser, tentamos de tudo! – desabafou uma jovem.

– Gravius não são fracos contra elementos? A gente ataca, ataca, e ele continua com a mesma força!? – indagou Sarah.

– Isso é ruim! – lamentou Trevor, baixando a guarda. – Pelo que vejo no sistema, esse gravius não só é imune a elementos, como está absorvendo nossos ataques! – complementou, olhando para seu aparelho celular.

– Não pode ser, esse combate já era para ter acabado horas atrás. Não existem gravius imunes a elementos – disse Sarah, caindo de joelhos, desanimada.

O comentário negativo da garota desanimou os demais jovens, que baixaram os braços em sinal de entrega dos pontos. Mesmo com todo o esforço que supostamente faziam, nada surtia efeito contra a criatura invisível. Então, alguns estudantes se reagruparam em volta de Trevor, e mais uma vez um tremor se iniciou, como se algo muito grande caminhasse. Sarah instintivamente tomou a dianteira do grupo e gritou:

– Ninguém vai morrer aqui hoje! Muralha de Diamante – gritou Sarah, fazendo um abrir de braços circular.

Ao mesmo tempo que terminou seu movimento, ouviu-se um forte som de impacto. Mas nenhum dos jovens foi atingido, era como se realmente houvesse uma parede de diamante separando os jovens do monstro. Do outro lado da barreira, Cassandra vibrava e gritou:

– Boa, garota, isso vai nos fazer ganhar tempo!

Alguns minutos depois, ainda se ouviam sons de impacto. Os jovens cobriam o rosto a cada suposto ataque, que, pouco a pouco, ganhou mais força. Aglomeraram-se, como se a cada impacto, sem importar o que os protegia, fossem ficando menores.

– Sarah, a barreira! – gritou Trevor, desesperado.

– Eu não consigo segurar mais... – respondeu Sarah, um pouco zonza de cansaço. – Des...culpa, pes...soal...! – completou, fraquejando.

Naquele instante, um último grande impacto, seguido de um estrondoso som semelhante ao de um grande vidro se quebrando, ecoou pela praça. Todos os alunos agrupados foram arremessados, cada um em uma parte da praça, gritando. Com a força do impacto, os jovens caíram, bastante feridos; alguns imediatamente tentaram se levantar para continuar o combate, mas foi em vão, pois não tinham mais forças.

– Nãaaao! – gritou Cassandra, aflita com a situação. – Por favor, rápido com esta barreira. Se continuar desse jeito, eles vão morrer! – exclamou, dirigindo-se ao time de barreiras.

Isso não faz sentido, uma muralha de diamante deveria ser mais que o suficiente para deter um gravius!, refletiu a mulher.

O estrondo da suposta barreira se quebrando também surtiu efeito sobre Erion, que começou a reagir um pouco, remexendo-se sob os escombros. Pouco a pouco, o rapaz tentava se levantar, mas era muito difícil, ainda estava sob efeito da pancada recebida. Com muito custo, removeu alguns poucos escombros que ainda estavam sobre ele e conseguiu se colocar de pé. Suas pernas tremiam muito e a dor começou a tomar conta de seu corpo, principalmente da cabeça, que ele bateu ao se chocar contra a pilastra.

Erion se apoiou no que restou da pilastra e foi lentamente abrindo seus olhos. Os jovens perceberam uma movimentação na região em que ele estava e de imediato olharam para o garoto. Ninguém acreditava ao ver que ele havia sobrevivido ao ataque. Sarah e Trevor, apoiando-se um no outro, também conseguiram se colocar de pé, assim como os outros jovens que reuniam forças.

– Ele está vivo mesmo – disse Trevor.

– Você não parece surpreso!? – indagou Sarah.

– Quando eu caí pela primeira vez, perto do garoto, notei que o local onde ele recebeu o golpe do gravius estava coberto de Wurtzita! – respondeu Trevor, enigmático.

– Impossível... – desconfiou Sarah, chocada.

– Eu também achava, até vê-lo de pé agora... – continuou Trevor. – Pessoal, vamos lá, a barreira já deve estar quase resolvida, precisamos continuar a lutar!

– Mas, Trevor, nada que a gente fez contra aquela coisa surtiu efeito. Nunca vimos um gravius imune a elementos. – falou um jovem, aproximando-se dos dois.

– Só nos resta uma opção, invocação... – refletiu Trevor em um tom sereno.

– Mas invocar o quê? Não temos mais forças. – ralhou Sarah com olhar de cansaço.

– Tem uma invocação que podemos fazer em conjunto. Deve ser o suficiente! – explicou Trevor.

– Você acha que eles conseguiriam vencer o gravius? – perguntou Sarah.

– Só tem um jeito de descobrir...

Enquanto trabalhavam em uma estratégia, a visão de Erion continuava embaçada por conta da pancada na cabeça. Mesmo sem conseguir enxergar 100%, estranhou que diante dele estava uma figura imensa, mas que não conseguia dizer exatamente o que era. Com o tempo, sua visão clareou, até que, ao desviar o olhar da figura, Erion estranhou que havia vários rastros de gelo, fogo e pedra por toda a parte. Ficou espantando ao ver o tamanho do estrago causado ao local. Era como se uma enorme guerra tivesse ocorrido ali.

Finalmente, a visão do garoto voltou ao normal. Chocado, Erion não tinha palavras para descrever o local que, de uma simples praça de estudos, se transformara em um enorme parque; e a pequena e simples fonte de pedra no centro, na verdade, se revelara um lindo lago com uma estrutura de pedra retangular flutuante. Da estrutura jorrava uma cristalina água, como uma cascata artificial. O lugar era como um paraíso: a luz do sol radiava forte e partículas douradas flutuavam pelo ar; os bancos eram lindos, feitos de metal com uma coloração jamais vista. A simples porta por onde chegou agora era um magnífico portal de pedra. Os prédios eram torres imensas, com símbolos metalizados gravados nelas. Erion olhava maravilhado e ao mesmo tempo não entendia o porquê de o lugar ter mudado daquela maneira.

Imediatamente, o despertar de Erion foi notado por Cassandra, que pensou:

Será isso um sinal?

– Cinquenta por cento da barreira descriptografada, senhora! – disse uma jovem do time de barreira.

– Excelente, continuem o bom trabalho! – respondeu a senhora, um pouco distraída, observando Erion.

Erion continuava a admirar o lugar, mesmo um pequeno canteiro de flores se tornou um enorme e vívido jardim.A grandiosa estrutura encantou o jovem, que evitava olhar para apenas um ponto, onde estava o inimigo. Enfim, Erion pôde enxergar o tal gravius. Era uma criatura imensa, um monstro trajando uma armadura negra sobre uma roupa escura, parecendo um sobretudo de couro cheio de detalhes em metal desgastado. Sua face era dolorosa de ser olhada, horrenda, demoníaca. Em sua cabeça havia um elmo com o desenho de uma caveira e um par de chifres em espiral. Era um demônio descrito nos mais bizarros jogos ou nos piores pesadelos de Erion.

Enquanto isso, os jovens se reagruparam e se preparavam para uma última ofensiva, Erion ficou estático, observando a horrenda criatura, que observava friamente os estudantes. Erion analisou o grupo, e os robes escuros haviam sumido; agora trajavam uma espécie de armadura bem justa, praticamente moldada ao corpo anatomicamente.

Isso é um sonho? Como pode?, perguntou-se Erion.

– Acredite, garoto, isso é tudo, menos um sonho... – anunciou uma voz misteriosa em um tom severo e, ao mesmo tempo, como a de um velho sábio.

XIII. A INVESTIDA FINAL

Erion ficou feito bobo olhando de um lado para o outro e tentando localizar a pessoa que havia falado com ele. Andou um pouco em volta da pilastra destruída para ver se a pessoa podia estar escondida, mas nada. Então, desistindo de sua busca, o garoto voltou-se para o combate.

Do outro lado do campo, os jovens deram início à agressão. O gravius, apesar do tamanho, se movia muito rápido e atacava os jovens freneticamente. O monstro carregava consigo uma enorme espada serrada e atacava com movimentos rápidos, desafiando as leis da física. A cada investida que errava, destruía o piso ainda mais. Erion olhou para a arma do monstro e não entendia como havia sobrevivido a um ataque daquela coisa. Muitos escapavam de serem atingidos por muito pouco.

Assim como Amélia havia feito para pular o portão da escola abandonada, os jovens também faziam movimentos impossíveis, como se não houvesse física naquele lugar. Muitos desviavam com saltos mortais; outros, mais audaciosos, chegavam a pisar na espada do monstro para pegar impulso e evadir. Uma garota mais distante de Trevor, aproveitando-se da distração do gravius, ergueu o pulso, revelando um lindo bracelete metálico com uma joia azul no meio.

– *Restrictum* – gritou a jovem.

A joia no meio de seu bracelete emitiu um cintilante brilho, e imediatamente surgiram do chão enormes correntes prateadas, que amarraram as pernas e os braços do monstro. As correntes eram bem fortes, tão fortes, que fizeram com que o monstro caísse de bruços e ficasse completamente imóvel.

– Agora! Todos juntos, vamos invocar! – gritou Trevor, revelando seu pulso, que continha um bracelete semelhante ao da jovem, porém com uma joia amarela.

– Certo! – gritaram os outros jovens, fazendo o mesmo movimento que Trevor. – Cavaleiros de Deva – bradaram todos em uníssono.

De pronto, uma poeira prateada surgiu e começou a flutuar à frente dos jovens. O brilho ficou cada vez mais intenso e aos poucos ganhou forma, como se fosse a silhueta de pessoas. Por fim, apareceram diante do agrupamento quatro armaduras vazias e cintilantes. As armaduras eram belas e cheias de símbolos metálicos. Cada uma portava uma grande espada de estilo medieval na cintura, devidamente embainhada.

– O quê? Só quatro? – questionou Sarah, desapontada.

– Estamos muito fracos já, até que veio bastante! – disse Trevor, colocando a mão no ombro de Sarah.

Erion olhava com os olhos arregalados, sem acreditar no que estava acontecendo. Por um momento, acreditou que realmente estivesse sonhando, mas a dor em sua cabeça dizia o contrário. Um estranho sentimento de preocupação o atingiu quando em sua mente veio o jovem cadeirante brutalmente ferido.

Os quatro cavaleiros se posicionaram ofensivamente e da cintura sacaram as espadas prateadas com detalhes dourados. Naquele mesmo instante, um dos jovens olhou para Erion e disse para Trevor:

– Você estava certo, ele sobreviveu mesmo!

– Eu não te disse? – retrucou Trevor.

– Vocês só podem estar de brincadeira... – declarou uma voz horrenda e grosseira. – É só isso que os discípulos de Cassandra podem fazer? – continuou.

Assustados, os alunos voltaram-se para o gravius e ficaram surpresos, pois aparentemente era ele quem estava falando.

– O que é isso? Invocações comuns não falam! – indagou Sarah, apreensiva.

– Hahahahaha! – O gravius soltou uma risada demoníaca que deixou todos os jovens com frio na espinha, inclusive Erion.

Cassandra olhava do outro lado da barreira e também não acreditava no que via. Ao mesmo tempo que o gravius começou a falar, a barreira passou a emitir um estranho brilho. Mudou de transparente para um combinado de símbolos estranhos, escritos como se feitos de laser azul. Dentre os símbolos, havia desenhos, letras, números e algumas engrenagens, semelhante às de um relógio.

– O que está havendo com a barreira? – perguntou Cassandra ao time.

– Não pode ser, a criptografia da barreira está mudando... – disse uma das jovens.

– Impossível! – rebateu Cassandra. – Uma vez feita, não é possível mudar o código arcano contido na barreira!

– Senhora, sinto muito, mas teremos de recomeçar o trabalho! – desculpou-se um dos rapazes, desapontado.

– Mas que droga! – gritou a mulher, socando a parede e causando um enorme estrago.

Imediatamente o buraco gerado por Cassandra também foi coberto por uma barreira semelhante à do enorme portal de pedra, evitando que ela conseguisse criar uma rota alternativa para ajudar os jovens.

O que está acontecendo aqui?, perguntou-se.

Como se fosse esperado, o gravius assistia com prazer à frustração de Cassandra. Todo o caos que acontecia ali parecia ter sido minuciosamente calculado. Sem muito esforço, o gravius começou a se levantar e rompeu as correntes, fazendo-as parecerem uma correntinha fina de pescoço. Os elos da corrente caíam no chão e se transformavam em poeira brilhante, semelhante à que criou os cavaleiros e desapareciam por completo.

– O que você achou dessa, Cassandra? Minha nossa, alguém deveria filmar essa sua cara agora, buwahahahahahahaha! – disse o gravius, debochando da situação com uma risada psicótica. – Vai me dar prazer observar a sua cara de dor ao ver seus preciosos alunos morrendo um a um, sem que possa fazer nada! – continuou o monstro.

– Seu maldito! – gritou Cassandra, rangendo os dentes.

Os jovens se afastaram para deixar os cavaleiros lutarem contra o monstro. O gravius, muito confiante, ficou parado com sua enorme espada na mão, aguardando que os cavaleiros iniciassem o ataque. Rapidamente, as quatro armaduras se deslocaram e partiram para a ofensiva, cercando o monstro. O gravius se defendia com muita facilidade, mesmo estando em desvantagem numérica. Os cavaleiros o atacavam ferozmente por todos os lados, mas a criatura se defendia bem. A sincronia de sua defesa fazia os espectadores pensarem que ele era capaz de prever o ataque dos cavaleiros.

Alternando-se, os cavaleiros afrontavam o gravius usando suas espadas e golpes corpo a corpo. O combate era frenético, mas o gravius, ao mesmo tempo que se defendia, fazia a própria investida, afastando os cavaleiros com a espada. A cada agressão desferida, os cavaleiros tinham dificuldade de se proteger usando suas espadas. Porém, os cavaleiros eram bons de briga e não se deixavam atingir. O gravius era um oponente formidável, sem dar abertura para que os cavaleiros atacassem; mesmo sendo pressionado, não perdia sua pose fria e calculista. Apesar de a criatura ser poderosa, pouco a pouco os cavaleiros ganhavam terreno e o gravius ficou sem espaço para desviar dos ataques. Até que finalmente um dos cavaleiros quebrou a defesa dele e o atacou com uma rápida sequência de golpes de espada. As investidas eram tão rápidas, que mal se via a espada cortando o ar. Os outros cavaleiros aproveitaram a abertura e atacaram o gravius ferozmente em uma sincronizada sequência de golpes. Os jovens vibravam a cada ataque acertado e ficaram felizes ao ver que o gravius estava enfraquecendo.

Após a sequência de golpes, a criatura foi empurrada para longe e, enfraquecida, se posicionou de joelhos, apoiando-se em sua espada com a respiração ofegante. Os cavaleiros se colocaram lado a lado, fincando suas espadas no chão. Em sincronia, juntaram as palmas das mãos e começaram a concentrar energia. O gravius tentou se recompor usando a espada como muleta. O monstro parecia estar mais furioso do que nunca e sua feição demoníaca tinha um tom ainda mais agressivo.

Com a espada em mãos, ele partiu para uma forte investida, a fim de destruir os cavaleiros de uma vez por todas. Em volta dos lutadores circulava uma energia dourada, como uma aura, e, antes que o gravius terminasse sua investida, os cavaleiros abriram as mãos à frente e geraram uma enorme esfera de energia, que atingiu o monstro em cheio, fazendo-o voar para longe, do outro lado do parque. A esfera continuou carregando o monstro, que nada podia fazer contra sua imensa força, a qual se dissipou após um tempo. Os jovens celebraram o ataque bem-sucedido e se abraçaram, como se o combate tivesse terminado. O gravius caiu imóvel, batendo no chão e criando uma enorme cratera, que destruiu o resto da bela natureza restante do parque.

Por muito tempo não se viu qualquer sinal da criatura, o que indicava de fato a sua destruição. Erion custava a acreditar no que vira e, assim como os jovens, foi contagiado pela alegria da vitória.

– Está gostando do show? – perguntou a voz novamente.

– De novo? Cadê você? – assustou-se Erion, olhando em volta. – Por que você fica me chamando toda hora? – continuou o garoto, com suas incansáveis perguntas.

– Você ainda não percebeu que não estou perto de você, cara? Minha nossa, você é mais devagar do que eu pensava – disse a voz.

– Opa, espera aí! Você vem me chamar do nada para zombar de mim, seu xarope? – ralhou Erion, irritado.

– Me desculpe, vamos começar novamente, sim? –declarou a voz, mais serena.

– Ok então, quem é você e por que fica falando na minha cabeça? – perguntou o garoto, um pouco mais calmo.

– No momento não posso te dizer, mas uma coisa é certa: você irá me conhecer um dia, *se* viver... – explicou a voz, em um tom mais sombrio.

– Como assim, *se* viver? – perguntou Erion, incomodado.

Os jovens diminuíram um pouco a euforia de vitória e voltaram o olhar para Cassandra, buscando reconhecimento de sua mentora. Assim que a encontraram, ainda de braços cruzados observando a situação com uma feição bem séria, os jovens começaram a entrar em desespero.

Erion achou um pouco estranho os jovens terem parado de comemorar de repente.

– Caso não tenha percebido, a última investida dos jovens não deu em nada... – disse a voz em um tom de desapontamento.

– Ah, para com isso, cara, você não deve estar enxergando direito. Esses cavaleiros são demais, como não deu em nada? – indagou Erion, eufórico.

– Olhe bem para a armadura deles – disse a voz em um tom severo.

Erion olhou várias vezes, mas não conseguiu notar nada de estranho.

– Não vejo nada! – respondeu, confuso.

– Se você reparar, as armaduras estão perdendo o brilho, algumas partes estão até ficando transparentes! – disse a voz misteriosa, séria. – Isso significa que os jovens estão fracos demais para sustentar a invocação e logo desaparecerão!

– Ah, mas que diferença faz? Aquela coisa já era – falou Erion, confiante do resultado. – Não tem como ele ter sobrevivido àquela explosão estranha! – continuou, tentando convencer a voz.

– Será? Olhe de novo – respondeu, serenamente.

– Não pode ser... – duvidou Erion, observando um movimento na cratera.

Subitamente, o gravius surgiu com um salto, vindo da cratera, e caiu próximo aos cavaleiros, ileso, como se nada tivesse acontecido. Os cavaleiros reiniciaram o combate, atacando a criatura com uma nova sequência de golpes. Os jovens olhavam e não acreditavam; eles estavam certos da vitória. Finalmente, fazia sentido a feição séria de Cassandra em relação ao campo de batalha.

Os cavaleiros continuavam a atacar e eram muito rápidos, às vezes rápidos ao ponto de não se enxergarem os movimentos. Até que, concretizando o que a voz misteriosa anunciou, um dos cavaleiros acabou sendo atingido de raspão pela espada do gravius. O impacto da espada do monstro foi tão forte, que destruiu parte do braço da armadura, arremessando o cavaleiro longe e destruindo o piso por onde se arrastou. Os outros continuaram sua investida, mas também acabaram sendo atingidos.

– É o fim! – desabafou a voz misteriosa. – Assim que os cavaleiros forem destruídos, o gravius vai matar a todos, inclusive você.

– Ai, caramba, e agora? – perguntou Erion, aflito.

– Se quiser viver, é melhor me escutar...

XIV. UMA LUZ DE ESPERANÇA

Mesmo feridos, os cavaleiros continuavam a lutar bravamente para proteger os jovens. O gravius, por sua vez, adotou uma pose mais ofensiva e com violência retomou a investida contra os guerreiros. Seus ataques atingiam velocidades incríveis, era praticamente impossível de acompanhar. Erion já havia desistido de encontrar uma lógica física depois de tudo que havia visto até então e assistia ao combate perplexo.

Um a um, os cavaleiros eram atingidos mortalmente pela espada do gravius e viravam pó de luz. Os jovens choravam frustrados ao verem suas invocações sendo destruídas sem piedade. Pouco a pouco a esperança de vencer e sobreviver diminuía.

– Não pode ser! – gritou Sarah, chorando.

– A gente vai morrer... – disse Trevor, entregando os pontos.

Por fim, todos os cavaleiros foram destruídos. Os jovens já não tinham mais forças para lutar, assim como a voz que falava com Erion havia dito. Era o fim.

– Eu nunca vi um deva ser vencido por um gravius. Que droga de criatura é essa? – questionou Sarah, indignada.

– A gente não tem a menor chance! – adicionou um outro jovem, também se entregando.

– Eu não vou morrer aqui! Sarcófago de gelo – invocou uma garota desesperada, revelando um bracelete com uma joia vermelha em seu braço.

A jovem gerou um enorme esquife de gelo, que cobriu o gravius completamente, deixando-o imóvel. O esforço feito pela jovem a deixou muito ofegante e a ponto de sucumbir. Cassandra estava desesperada e nada podia fazer para ajudar os jovens. O evento pegou a todos de surpresa, não era possível chamar ajuda. Em seu celular, Cassandra lia mensagens dizendo que não chegaria ajuda, pois as linhas de transporte instantâneo estavam inoperantes. Se algo precisava ser resolvido, teria de ser resolvido ali mesmo.

– Rápido com essa barreira, os alunos estão muito fracos, a invocação gastou muita força.

– Senhora, só conseguimos desfazer 45% da barreira, estamos ficando sem forças também – lamentou uma jovem com muito pesar.

– Já desistiram? Hahahahahaha – indagou o gravius, esfarelando com facilidade o grosso esquife de gelo que cobria seu corpo.

Sem poder fazer mais nada e já exaustos, os jovens desanimaram por completo. Erion estava com muito medo, pois não entendia o que eram essas coisas que via. Nada fazia sentido, pessoas criavam blocos de gelo, invocavam armaduras que lutavam feito guerreiros lendários e explodiam. Mas algo ele entendia muito bem: a criatura, seja lá o que fosse, era forte, muito forte; e a vida do rapaz estava em perigo.

– Parece que, enfim, entendeu a gravidade da situação – afirmou a voz misteriosa em tom sereno.

– Nada disso faz sentido. Quem é você? Sério mesmo, o que está acontecendo aqui? – perguntou Erion, entrando em pânico.

– Olha, eu acho que não te resta muito tempo de vida para ficar fazendo perguntas, melhor me escutar e fazer o que eu te disser! – respondeu a voz, mais severa. – Se for do seu interesse viver, é claro... – continuou, sarcasticamente.

– O que eu faço? Corro para onde? – perguntou Erion.

– Correr? Essa foi boa – debochou a voz misteriosa. – Você vai ter de lutar! – continuou.

– Lutar contra aquilo? Como? O que eu faço? Jogo meu sapato na cara dele? – indagou Erion em tom de deboche.

– Tudo o que você viu aqui foi magia, mesmo que talvez você não acredite, ela existe... E é o que vai te salvar hoje! – explicou a voz, voltando a um tom sereno.

– Mas eu não sei nada sobre magia e nem tenho aquelas coisas no braço, igual a eles! – protestou Erion, apontando para os jovens do outro lado do parque.

– Não tem? Então o que é isso em seu pulso?

– É só uma pulseira esquisita que eu não consigo tirar desde pequeno! – respondeu Erion. *Que estranho...*, pensou, olhando sua pulseira, que emitia um brilho pulsante.

– Isso não é só uma pulseira, garoto – disse a voz misteriosa. – Você vai ter de fazer uma invocação para vencer esse monstro, é o único jeito!

– Ah, ótimo, não sabia que era tão simples! – respondeu, sarcasticamente.

– Garoto, a situação é séria! – brandiu a voz.

Enquanto Erion discutia com a voz misteriosa, os jovens olhavam para o gravius, que os encarava com um ódio mortal. Subitamente, a enorme criatura desapareceu diante de seus olhos e instantaneamente surgiu atrás deles. De tão cansados, os jovens mal tinham forças para se virarem.

– E agora? Quem vai ser o primeiro? Vamos lá, estou de bom humor hoje e vou deixar vocês escolherem a ordem de quem eu vou matar! – falou o monstro sarcasticamente.

Os jovens tremiam muito e nem sequer conseguiam encarar a criatura que falava bem perto de seus ouvidos. Erion, do outro lado, começou a se incomodar com a situação e, conforme a tensão aumentava, sua pulseira brilhava mais intensamente. O garoto ignorou o ornamento e focou os jovens que estavam em perigo.

– Você, senhor Willys? Família nobre, respeitada, especialistas em invocações! – continuou o monstro, debochando atrás de Trevor. – Ou você, senhorita Jensen? Especialista em barreiras, não é? – perguntou, próximo do ouvido de Sarah.

O gravius olhava para os outros jovens e ia perguntando sobre suas famílias, deixando todos em pânico. Assim que cessou o interrogatório doentio, começou a circundar os jovens em busca de sua vítima. Alguns só choravam em silêncio esperando a morte chegar, sem sequer esboçar reação.

O terror psicológico não tinha limites. Enquanto passava por trás dos estudantes, o monstro raspava sua enorme espada rente ao corpo deles, no pouco de pedra que restou do piso, e fazia fagulhas voarem. Os jovens sentiam o deslocar da espada pela distância e nunca sabiam se acertaria o piso ou se um deles seria a vítima da vez. Muitos até se tocavam após o bater da espada para terem certeza de que ainda estavam vivos. Erion assistia àquela cena com horror e estava ficando tão apavorado quantos os jovens, pois sabia que, a qualquer momento, seria o próximo. Porém, ao mesmo tempo que o pavor o consumia, crescia o sentimento de indignação pela situação à qual os jovens estavam sendo submetidos e, à medida que o sentimento aumentava, maior era o brilho da pulseira.

Os estudantes estavam quase desmaiando por causa do pânico causado pelo monstro. Até que subitamente a besta parou atrás de Sarah. A garota sentiu a proximidade da criatura e sabia que talvez tivesse sido a escolhida. Tremia e soluçava de medo e ansiedade. Cassandra estava desesperada e sabia que nada podia fazer, além de assistir à barbárie. Porém, algo lhe desviou a atenção e a fez pegar o celular. A mestre começou a mexer em uma série de aplicativos e abriu um que parecia uma espécie de monitor de performance.

Mas o que que é isso?, perguntou-se Cassandra, olhando para o aplicativo e na direção de Erion.

O rapaz sabia o que estava para acontecer e começou a se irritar muito, mas pensava no que poderia fazer. Por um momento, o medo foi passando e, em seu lugar, surgiu um sentimento que ele jamais havia experenciado. Erion sentia como se algo quente e sereno lhe percorresse o corpo lentamente. Essa sensação aumentou cada vez mais e tomou conta de seu corpo por completo. Ele experimentava uma forte energia fluindo rapidamente.

O gravius resolveu continuar a tortura e abraçou Sarah com suas enormes mãos. Por trás, colocou a espada no pescoço dela.

– Hum, calma, vai doer muito, mas logo vai acabar – disse o monstro assustadoramente. – Mentira, vai doer muito e demorar para acabar, hahahahahahah! – continuou, com uma aguda risada.

Lentamente o monstro começou a cortar o pescoço de Sarah, que se contorcia pela dor e pelo pânico. O corte foi bem leve e sangrou pouco, pois ele queria que a tortura fosse lenta e dolorosa. A criatura ainda fez questão de se virar para que Cassandra assistisse. Os outros jovens continuavam paralisados pelo medo da situação e nem tentavam reagir.

Cassandra chorava ao ver o olhar de desespero da garota e a crueldade com que o monstro a tratava. O gravius encarava a mulher com satisfação pela atrocidade de seu ato. Tudo estava ocorrendo como o monstro havia falado. Cassandra estava se preparando para assistir ao triste desfecho da história.

O gravius mexeu a espada mais uma vez para fazer um corte ainda mais profundo. Cassandra estava pronta para sucumbir em lágrimas, quando, de repente, algo lhe chamou a atenção e apagou na hora o olhar de tristeza de sua face, dando lugar a um sereno sorriso.

– Mas o que é isso? Que rosto de satisfação é esse? – perguntou o gravius, furioso.

Erion não se continha pela atrocidade que o monstro causava. A estranha força que aumentava fez um leve tremor surgir. O gravius continuava sem entender nada e estava perplexo ao ver a feição de esperança no rosto de Cassandra.

A estranha força fluía com mais intensidade, até que Erion não aguentou e gritou:

– Aí, ô da cara de bode! Larga ela agora!

No instante que gritou, o gravius imediatamente se virou para ver de quem era a voz que o afrontava.

– Você? – questionou, surpreso. – Mas como você sobreviveu ao meu ataque?

– Deixe-os em paz! – disse Erion, com uma feição estranhamente séria e voz grave.

Assim que completou sua corajosa demanda, a pulseira do rapaz começou a vibrar e o brilho ficou mais intenso. Logo se ouviu um súbito som de vários cliques, como se algo estivesse se montando e se encaixando. Ao cessar do som, o brilho de sua pulseira perdeu a intensidade e, aos poucos, revelou um distinto bracelete branco, com alguns símbolos em dourado e uma pedra transparente no meio. De longe, era semelhante ao bracelete que os outros jovens usavam para lutar contra o monstro.

– O quê? – questionou o gravius, arregalando os olhos e jogando Sarah feito uma boneca no chão.

– Garoto, eu sei que você curtiu o heroísmo aí, mas agora ele sabe que você é uma ameaça para ele! – declarou a voz misteriosa, em tom preocupado.

– E o que eu faço? – perguntou Erion.

– Chame-o!

– Chamar quem? – indagou Erion, confuso.

– Chame o Avengion!

XV. AVENGION

Erion se deu conta do perigo que corria e achou melhor levar as coisas um pouco mais a sério. A voz misteriosa dizia que ele deveria chamar por Avengion e que este o ajudaria. Tudo que o rapaz sabia sobre invocações foi o pouco que viu os outros alunos fazerem, utilizando suas pedras amarelas. O problema é que Erion não tinha essa pedra e, mesmo se tivesse, não sabia como utilizá-la. A ideia disso o deixava ainda mais confuso.

Por um breve momento, o gravius ficou encarando Erion com frieza. Estranhamente, ao mesmo tempo que observava o garoto, o monstro analisava o bracelete, como se fosse algo incomum.

– Pft, que patético... Por um instante eu achei que você fosse fazer alguma coisa! – disse o gravius, em tom desapontado.

Imediatamente, a criatura partiu para o ataque, correndo na direção de Erion. A intervenção do rapaz defendendo Sarah fez com que, aos poucos, os jovens fossem saindo do estado de choque por conta da tortura psicológica que sofreram. Assim que o gravius avançou sobre Erion, os jovens voltaram ao normal e se deram conta do ocorrido.

– Essa não, ele vai atacar aquele garoto maluco! – alertou Trevor, preocupado.

Erion não sabia o que fazer, e o pânico foi tomando conta seu corpo. O garoto olhava de um lado para o outro em busca de uma saída, mas o monstro avançava cada vez mais rápido, como uma locomotiva a todo vapor.

– *Restrictum maximus* – gritou Sarah, caída no chão e usando uma joia de cor azul.

Novamente surgiram do chão várias correntes que amarraram a criatura dos pés à cabeça, como uma teia de metal, fazendo-a cair no chão. Essas correntes eram bem diferentes das que a outra jovem utilizou antes, eram mais grossas e pareciam ser de um material mais resistente.

Por conta do esforço, Sarah caiu no chão, esgotada. Trevor correu na direção dela, para ampará-la.

– Sua maluca, você podia ter morrido! – alarmou-se Trevor.

– Aquele garoto salvou minha vida, era o mínimo que eu podia fazer – falou Sarah, exausta.

Erion tremia enquanto olhava a horrenda criatura e pensava no enorme perigo que correra. No entanto, apesar dos feitos heroicos de Sarah, as coisas pioraram. O monstro começou a se contorcer e lentamente a corrente afrouxou, até que ele conseguisse se colocar de pé. Ainda que fortes, aquilo não foi o suficiente para contê-lo e, em um abrir de braços, o monstro esfarelou as correntes como se fossem brinquedo. Os pedaços caíram e se transformaram em luz, até desaparecerem por completo. Erion precisava tomar uma atitude, e rápido, ou seria seu fim e de todos que estavam à sua volta.

– Se acalme! – ponderou a voz misteriosa, serenamente. – Sinta-a fluir por seu corpo!

– Sentir o quê? – perguntou Erion, amedrontado.

– Mana! A essência da vida e da magia! – respondeu a voz. – Você sabe que ela está aí, vamos lá, você consegue!

– Vou tentar... – falou Erion, fechando os olhos e respirando profundamente.

O garoto voltou a sentir aquele estranho e acolhedor calor envolvendo-lhe o corpo ao tentar impedir que o gravius matasse Sarah.

– Isso é mana, ela o protegerá. Eleve-a! – disse a voz misteriosa.

– Tá, mas e agora? – perguntou o rapaz, aflito.

– Pense em invocar! – respondeu a voz, um pouco mais agitada.

– Invocar? – indagou Erion, ainda confuso com toda a informação que tinha de assimilar.

Quando o menino disse a palavra "invocar", sua pedra estranhamente mudou de cor. De transparente para um amarelo-claro, ficou muito semelhante às que os jovens usaram para chamar os Cavaleiros de Deva. Naquele mesmo instante, o monstro preparou sua enorme espada e avançou novamente sobre Erion, o qual estava a poucos metros e ainda estático pelo medo. Antes que o garoto sequer pudesse tentar fazer alguma coisa, o monstro deu um pulo alto e instantaneamente desapareceu da frente do garoto. Erion ficou desesperado, procurando de onde o ataque viria, até que uma enorme sombra foi se formando ao seu redor. O garoto instintivamente olhou para cima e viu o gravius descendo feito um meteoro. Todos sem fôlego observavam a enorme criatura caindo em direção ao garoto. Aproximando-se, o gravius atacou Erion com sua espada em um golpe lateral. Erion só teve tempo de gritar:

– Aveeeengion!!!

De repente, ouviu-se um alto som de trovão seguido de um enorme estrondo de metal se chocando, como se um tanque de guerra caísse de um avião cargueiro. Imediatamente, por conta do impacto, todos foram jogados ao chão e se protegeram como podiam. Cassandra do outro lado da barreira olhava com os olhos arregalados na direção de Erion.

– Impossível! – exclamou.

Diante de Erion surgiu um enorme cavaleiro de armadura dourada com um longo lenço vermelho no pescoço, semelhante a uma capa. Seus olhos eram como chamas azuis contidas dentro de seu elmo fechado e incrivelmente detalhado. O cavaleiro tinha o porte imponente, provocando o suspiro de todos que o observavam. O monstro atingiu o cavaleiro em cheio com a espada, mas nem sequer arranhou sua brilhante armadura. Os jovens se beliscavam para ter certeza de que não estavam sonhando. O cavaleiro, sem tocar a criatura, gerou um forte pulso de energia cinética, que arremessou o monstro a metros de distância, fazendo-o cair atordoado.

– Foi você quem me chamou? – perguntou o cavaleiro, surpreso. – Da próxima vez só tente chamar um pouco antes, tudo bem? – continuou, em um tom mais descontraído. – Oi, garoto! Pode abrir os olhos já! – completou, cutucando Erion, que ficou agachado se defendendo com os braços.

O garoto abaixou a guarda devagar e abriu os olhos. Não acreditava no que via. Educadamente, o enorme cavaleiro estendeu a mão para ajudar Erion, ainda um pouco em choque, a se levantar.

– A-A-Avengion! – disse um dos alunos no outro lado da praça, apontando para o cavaleiro.

– Você é realmente esse tal de Avengion? – perguntou Erion.

– Não, sou o entregador de pizza! Quem você esperava? Você chamou meu nome! – respondeu o cavaleiro.

– Ei, calma aí, cara, eu sou novo nesse negócio! – ralhou Erion, constrangido.

– É brincadeira, garoto. Sim, sou Avengion! – falou, remediando um pouco a brincadeira. – Acho que nem precisa explicar o que você precisa. Pode ficar tranquilo, vou resolver isso! – completou em tom heroico. – Faz tempo que não sou chamado para lutar. Desde a última grande guerra! Bem que eu estava precisando de um alongamento! – declarou, esticando os braços. – Mas chega de conversa, vou destruir o monstro!

Avengion sacou das costas uma enorme espada azul metálica com várias inscrições prateadas, como se esculpidas por um raio. O gravius se esforçava para ficar de pé, tamanha a força do golpe disparado por Avengion.

O cavaleiro andava calmamente e, no caminho, notou que Cassandra estava presa atrás de uma barreira no grande portal de pedra.

Hum, barreira complexa, mas quebrável, pensou o cavaleiro. *Isso está muito estranho...*

Avengion estendeu sua mão coberta por uma espetacular luva com garras nas pontas dos dedos. Com o simples fechar de seu punho, fez com que a barreira se despedaçasse como vidro. Os cacos da barreira voaram lentamente e viraram poeira de luz. Cassandra olhou admirada para Avengion e fez uma reverência.

– Avengion, há quanto tempo, meu velho amigo! – disse, aliviada.

– Cassandra Grey – cumprimentou Avengion, fazendo uma reverência. – O que aconteceu aqui? Por que fui chamado por aquele garoto, que claramente não é aluno da academia? – perguntou, perplexo.

Cassandra em poucos minutos resumiu tudo que ocorrera no parque de estudos, até o chamado de Avengion, que continuou:

– Um gravius é responsável por tudo isso? – questionou, surpreso. – Essa história está ficando cada vez mais interessante...

– Eu vou ajudar! – afirmou Cassandra, preparando-se para o combate.

– Não, vá ajudar os alunos feridos, principalmente aquele ali! – pediu Avengion, apontando para Gabriel. – Eu cuido daquela coisa! – exclamou, guardando sua espada.

– Muito obrigada, meu amigo! – declarou Cassandra, com olhar de ternura.

– Nós vamos nos retirar, senhora! – avisou um dos membros do time de barreiras.

– Muito obrigada pela ajuda, vocês fizeram um ótimo trabalho! – certificou Cassandra com um sorriso.

Os membros do time de barreira caminharam até desaparecerem de vista dentro do corredor por trás do grande portal de pedra, onde estavam aprisionados. Cassandra correu na direção de Gabriel primeiro, pois era quem estava mais ferido entre todos e, àquela altura, presumidamente morto.

Enquanto isso, o monstro se recompôs e pegou a enorme espada do chão. Em um pulo voltou para onde iniciou seu ataque contra os jovens. Atrás da criatura, ficou um enorme rastro deixado ao ser arrastado pelo golpe de Avengion.

Avengion, em um instante, surgiu diante da criatura com os braços cruzados. Apesar da presença do cavaleiro, o monstro parecia confiante em sua força.

– Mas que coisa grotesca é essa? – questionou Avengion ao dar uma olhada melhor no monstro.

– O Senhor do Trovão!? – disse o gravius, mudando para um tom de voz mais sereno e fazendo uma sarcástica reverência.

– Você não é um gravius – afirmou Avengion, enigmático. – Só não entendi o porquê do disfarce.

– E o que você sabe sobre isso, cavaleiro? – perguntou o monstro.

– Tenho minhas suspeitas... – respondeu Avengion, arrogante.

– Grrrrrrr! – rosnou o monstro, irritado.

– Não importa que tipo de abominação você seja, sua existência profana termina aqui! – explanou Avengion com um tom severo, sacando sua espada novamente.

– Eu quero ver você tentar! – rebateu o monstro, confiante e preparando-se para o combate.

XVI. UM COMBATE ELETRIZANTE

Avengion e o monstro se atracaram em um combate frenético. A cada choque de suas espadas, o local tremia e fagulhas se espalhavam por toda parte. A velocidade dos dois, apesar do tamanho, era fora do normal. Avengion alternava entre golpes com espada e corpo a corpo. Para a surpresa de todos, o combate estava equilibrado, como se os dois tivessem a mesma força.

– Mas que droga! – reclamou Trevor.

– O que foi? – perguntou Sarah, espantada.

– Aquele maldito estava só brincando com a gente – respondeu, indignado. – Eu nunca vi um gravius lutar daquele jeito!

– Me ajude a levantar! – disse Sarah, apoiando-se no ombro de Trevor. – Não pode ser. Se ele tivesse lutado assim desde o começo, estaríamos mortos – continuou, desapontada e assistindo à luta.

A força dos dois era assombrosa, e a qualidade do combate era fina e perfeita. A defesa e o ataque dos dois eram de um nível tão elevado, que eles nunca se atingiam, apenas repeliam os golpes um do outro enquanto agiam simultaneamente.

Cassandra, com Gabriel nos braços, olhava um pouco preocupada com o rumo do combate. *Será que nem o Avengion é capaz de vencer essa criatura infernal?*, perguntou-se.

Os dois continuaram seu épico combate no mesmo ritmo por muito tempo. Todos estavam muito apreensivos e, como se captassem os pensamentos de Cassandra, questionavam-se se talvez o Avengion também não fosse o suficiente para deter o monstro. O gravius continuou sua investida, atacando o cavaleiro com tudo o que tinha. Sua velocidade e agressividade aumentavam a cada golpe, deixando a situação difícil para Avengion, que aparentava ter sérios problemas para se defender.

O desespero estampava o rosto de todos que assistiam à luta, principalmente o dos jovens. Enquanto o combate prosseguia, outros alunos curiosos começaram a aparecer no parque de estudos. Todos espantados ao verem o épico duelo de gigantes e o enorme estrago causado ao lugar.

Pouco a pouco os alunos se espalharam pelo parque e se aproximaram dos feridos no intuito de tentar protegê-los de um eventual perigo. Alguns até notaram a presença de Erion e estranharam um pouco, mas o combate estava tenso demais para dedicarem atenção a isso. Tudo podia acontecer e talvez fosse necessária sua intervenção, caso o cavaleiro perdesse o combate – o que, pelo rumo, não parecia ser muito difícil de acontecer.

O combate se intensificou até que os dois colidiram seus punhos e, com a enorme força gerada, foram afastados, parando o combate. O monstro, apesar da cara feia, parecia satisfeito e cheio de si por estar lutando no mesmo nível de Avengion. Os dois se encaravam friamente e permaneciam imóveis e em guarda. O gravius planejava seu próximo ataque, de maneira que acabasse com Avengion de uma vez por todas. Porém, antes que retomassem o combate, Avengion quebrou a tensão do duelo embainhando sua espada e dizendo de forma serena:

– Nada mal!

Um pesado silêncio pairou sobre o lugar. Todos olhavam para Avengion aflitos e sem fôlego. Na mente dos espectadores lentamente se plantava a confirmação de que tudo estava perdido, pois nem o tão poderoso Avengion era forte o bastante para derrotar o monstro. O pânico foi aumentando à medida que o silêncio perdurava, até que Avengion continuou:

– Mas é só isso? – perguntou, enquanto conferia se suas belas luvas estavam sujas, em total sinal de deboche.

– Como é? – questionou o gravius, enfurecido. – Como ousa, seu monte de lata de m... – começou, sendo interrompido por um golpe desferido por Avengion em sua barriga, que lhe despedaçou a armadura.

– O quê? Oi? Você disse alguma coisa? – perguntou Avengion em tom cômico. – Vamos lá, respire, eu espero! – continuou o cavaleiro, cruzando os braços e humilhando o monstro.

– Seu malditooooooo! – gritou.

Humilhado e ainda mais enfurecido, o gravius avançou sobre Avengion e o frenético combate recomeçou. O monstro pressionava o adversário com uma sequência de golpes de espada. Diferente da última vez, Avengion não tinha qualquer dificuldade em se defender dos ataques, que foram ganhando cada vez mais velocidade e força. A luta chegou ao ponto em que Avengion parou de se defender e apenas se esquivava facilmente do monstro, que, conforme errava, destruía tudo à sua volta.

Com a esquiva do cavaleiro, o combate foi tomando uma área maior do parque e causando muito mais estrago por onde os dois passavam. A velocidade deles era quase impossível de acompanhar. Por várias vezes, eram vistos em um ponto do parque e, segundos depois, estavam em um lugar completamente diferente. De repente, para surpresa de todos, inclusive do gravius, Avengion parou e se deixou bater pelo monstro. Graças à força do impacto contra a armadura do cavaleiro, todos, mais uma vez, foram jogados ao chão. Avengion olhava fixamente para a criatura, que ainda empurrava sua espada contra a armadura do adversário, na esperança de causar algum dano. Tudo em vão: a bela armadura dourada de Avengion nem sequer se sujou ao entrar em contato com a espada do monstro.

Avengion resolveu mudar um pouco a estratégia de combate e começou a atacar o monstro usando apenas o corpo a corpo. Diferente do monstro, o modo de lutar de Avengion era muito mais refinado e preciso. O gravius se defendia a muito custo; Avengion era muito rápido. Os poucos golpes que desferiu por muito pouco não atingiram o monstro em cheio. Avengion nem aumentou muito o ritmo das agressões, mas facilmente quebrava a defesa da criatura. A cada vez que a acertava com seus punhos, o pouco que restava da armadura do gravius ia ficando em pedaços, revelando sua pele verde-musgo, quase em um tom de carne podre.

– Não sei qual é seu plano, mas não posso deixar você continuar aqui. Você quase tirou a vida daquele garoto – disse Avengion, enquanto desferia uma sequência de golpes. – Para você não há perdão! – afirmou, concentrando sua energia para mais um ataque cinético.

Avengion, criando uma bolha de energia ao redor de si, coberta por pequenas fagulhas de eletricidade, arremessou o gravius muito longe. Com a força do impacto, o monstro quicou no chão feito uma bola, até que, ao bater pela última vez, do outro lado do parque, quase longe de vista, criou uma enorme cratera. Com o impacto, uma densa cortina de poeira cobriu a região onde o monstro havia caído. Avengion, de braços cruzados, olhava imóvel.

O gravius, todo arrebentado, surgiu se arrastando com muita dificuldade de dentro do enorme buraco. Com muito esforço se colocou de pé e, feito um animal louco, correu em direção a Avengion, para atacá-lo mais uma vez. O olhar de ódio que lançava sobre Avengion era terrível, mas não intimidava o cavaleiro, que sacou sua bela espada.

Avengion, colocando a arma na horizontal, a eletrificou, deslizando a mão sobre a superfície. A espada começou a brilhar e soltar uma fagulha azul, como se tivesse sido atingida diretamente por um raio. Ainda com o monstro a distância, em um movimento de corte transversal de sua espada, Avengion gerou um deslocamento de energia, que cortou o ar e abriu uma fenda enorme no piso. O gravius, do outro lado do parque, até tentou se defender do ataque com a espada, mas o golpe a despedaçou e o atravessou, partindo-lhe em dois. Seu corpo tornou-se uma névoa preta, arenosa e se dissipou ao vento. Tudo ocorreu incrivelmente rápido, e para muitos nem sequer caiu a ficha de que tudo estava acabado e que o poderoso cavaleiro havia vencido.

Subitamente Avengion se transportou para a frente de Erion e com seriedade anunciou:

– Você está a salvo!

Erion levou um baita susto com o súbito surgimento do cavaleiro diante dele e caiu sentado no chão, respirando ofegante. Ao mesmo tempo, Cassandra insistia na tentativa de reanimar Gabriel usando um bracelete com uma joia verde. Gabriel estava todo coberto de sangue e não se mexia, mesmo depois de todo o esforço da mulher, que chorava pela frustração de ter de se conformar com a perda de um aluno.

– Ele vai ficar bem? – perguntou Erion com olhar de tristeza.

– Isso é você quem decide! – respondeu Avengion, enigmático.

XVII. HERÓI POR UM DIA

Erion se espantou com o que Avengion lhe disse e perguntou:

– Como assim, eu decido?

De repente, interrompendo a resposta de Avengion, pelo grande portal de pedra surgiram três figuras trajando armadura branca com design bem futurista e alguns detalhes em vermelho.

– Equipe médica se apresentando, senhora! – disse uma das jovens do time que surgiu.

– Rápido, ele foi ferido pelo gravius e está... – começou Cassandra, interrompida por um soluço de tristeza.

– Faremos o possível, senhora! – indicou um outro jovem também do time.

Os membros da equipe médica iniciaram o atendimento. Utilizando um aplicativo, um deles selecionou um drone médico que de súbito surgiu diante deles. O drone era branco e pequeno, como um robô que flutuava mesmo sem ter hélices ou asas. O drone emitiu um feixe de luz verde que passou pelo corpo de Gabriel, tal qual um scanner.

Outra jovem olhou o aplicativo em seu celular com o resultado do diagnóstico e imediatamente olhou com uma enorme feição de pesar para Cassandra, que entendeu o recado na hora. Mesmo sob as circunstâncias, um dos membros da equipe médica revelou seu bracelete contendo uma daquelas joias na cor verde. A médica tocou o corpo de Gabriel suavemente, e a pedra emitiu um suave brilho. Um fino manto verde de energia cobriu o corpo do garoto, e suas feridas foram lentamente se fechando. Pouco tempo depois, se não fosse pela sujeira em sua roupa rasgada, ninguém acreditaria no trauma que o garoto passou. Porém, apesar da equipe médica e de todos os esforços impostos por Cassandra anteriormente, Gabriel não esboçava reação alguma.

– Senhora, ele precisa ser levado para Cedric, mas temo que não haverá tempo! – disse um médico, cabisbaixo.

– Paramos o sangramento interno, mas... – continuou outro membro da unidade médica.

– Infelizmente, Cedric está em missão agora e não vai poder ajudar – completou a outra jovem do time.

Erion olhava a cena com profunda tristeza, ciente do que ocorria. Avengion se voltou para ele e disse seriamente:

– Meu tempo aqui se acabou! Aquele garoto ainda está vivo, você pode salvá-lo! – explicou o cavaleiro de modo nobre.

– Eu? Mas... Como? – perguntou Erion, confuso.

– Você me chamou aqui, não? Sei que saberá o que fazer, acredite! – observou Avengion, colocando a mão sobre o ombro do garoto. – Adeus.

Avengion foi lentamente se cobrindo com fagulhas de eletricidade e, como um raio invertido, subiu aos céus em um instante, desaparecendo por completo e deixando um enorme estrondo de trovão para trás. Erion ficou agoniado, pois sabia que tinha de fazer alguma coisa, mas não tinha ideia do quê. Para o alívio do garoto, a voz misteriosa voltou a lhe falar:

– Avengion está certo! A vida daquele garoto está em suas mãos.

– Mas... Eu não sei o que fazer! – insistiu Erion.

– É só pensar em curar, imagine que ele está bem e que vai sobreviver! – disse a voz em tom encorajador. – É só fazer igual ao que a médica acabou de fazer, você viu! Hora de ser herói por um dia, garoto!

– Curar!? – indagou Erion, levantando a mão.

Ao fazer o movimento, a pedra em seu pulso brilhou levemente e, de amarela, se tornou verde-claro, semelhante à do time médico. Tomado por uma inexplicável coragem, Erion começou a caminhar em direção aonde Gabriel estava. Imediatamente, Cassandra percebeu que o garoto estava se aproximando e o encarou. O olhar da gentil senhora era de agonia profunda e, apesar de tudo que Erion havia feito até então, ela sabia que nada poderia exigir do garoto.

Enquanto caminhava, subitamente Erion sentiu sua força diminuindo; sua visão foi ficando turva e seu corpo, pesado. Era quase impossível manter-se de pé. Mesmo assim, como todo bom brasileiro, que não desiste nunca, Erion continuou, tirando forças de onde não tinha e andou mais alguns metros até não aguentar mais e cair sobre seus joelhos.

– Eu não consigo! Não tenho mais forças! – hesitou ao tentar se colocar de pé.

O cansaço era forte demais, suas pernas e seus braços tremiam. Erion nunca havia sentido seu corpo tão surrado, era como se tivesse lutado contra o gravius com suas próprias mãos. Cassandra olhou para o garoto e aceitou que sua cota de milagres havia se esgotado.

– Eu te ajudo! – prontificou-se uma suave e conhecida voz feminina, colocando o braço de Erion ao redor do ombro dele.

– Você? – questionou, surpreso, enquanto era colocado de pé.

– Você dá bastante trabalho, sabia? – respondeu Amélia, ajeitando melhor o braço de Erion para deixá-lo melhor apoiado.

– Você lembra? – perguntou com uma voz quase sussurrante.

– É uma longa história – respondeu a ruiva com um sorriso. – Se você puder ajudá-lo, por favor! – disse com um tom de tristeza.

– Me ajude a chegar até ele, por favor! – pediu Erion, ofegante.

– Você consegue andar?

– Acho que sim – respondeu ele, com muita dificuldade.

Amélia iniciou a caminhada com Erion apoiado em seu ombro. O garoto andava aos tropeços e, se não fosse o ombro forte de Amélia, cairia de cara no chão. Cassandra se levantou e olhou para os dois com orgulho e aprovação, além de lágrimas nos olhos.

Enquanto caminhavam, Erion perguntou:

– Você se lembra de tudo mesmo?

– Falaremos sobre isso depois, poupe suas forças – falou Amélia seriamente.

– Responda a minha pergunta, por favor – contestou Erion, com uma voz quase suplicante.

– Sim, eu me lembro, ok!? – respondeu ela, incomodada.

– Eu... Eu... – hesitou, com dificuldade.

– O que foi? – indagou Amélia, preocupada.

– Eu quero meu ingresso de volta...

– Eu joguei aquela porcaria fora! – respondeu a garota em tom arrogante. – Pensa, eu lhe fiz um favor poupando você daquela barulheira infernal!

– Um dia vou te levar lá e você vai mudar de ideia! – afirmou Erion.

– Nem morta! – replicou a ruiva, sorrindo.

Finalmente Erion e Amélia chegaram até Gabriel. Cassandra olhou no fundo dos olhos de Erion e disse:

– Não sei quem você é, mas tem certeza de que pode fazer isso?

– Eu não sei, mas não é justo. Ele merece viver! – respondeu o rapaz, quase sem força alguma.

– Você está muito fraco e pode morrer, está ciente disso?

– Eu não ligo, só me levem até ele! – respondeu Erion serenamente.

– Obrigada! – agradeceu Cassandra, fazendo uma reverência.

Amélia delicadamente ajudou Erion a se abaixar. Ele se ajeitou como pôde e ficou de joelhos em frente ao corpo de Gabriel. O garoto fechou os olhos, respirou profundamente e disse:

– Eu não sei se o que vou fazer está certo, sempre fui péssimo com padrões, mas por favor, viva!

No instante que Erion terminou sua frase, uma luz verde envolveu seu corpo e foi lentamente sendo transmitida a Gabriel, que continuava sem se mover. O fluxo de energia aumentou de brilho, até gerar um clarão esverdeado que iluminou todo o lugar. Subitamente pequenas folhas douradas feitas de luz se misturaram ao brilho esverdeado e começaram a cair por toda parte. Todos olhavam uns para os outros e não acreditavam no quão bela era a cena.

As folhas caíam sobre as pessoas e, ao tocá-las, viravam poeira de luz e desapareciam. Quando as folhas tocaram os jovens feridos pelo combate, seus ferimentos foram totalmente curados. Pouco a pouco, a luz diminuía de intensidade e, sem mais forças, Erion caiu para o lado e desmaiou. O bracelete voltou a ser aquela pulseira que o rapaz sempre carregou consigo, e toda a energia que gerou desapareceu por completo. Com tristeza e certeza de que estava se confirmando o pior, todos olhavam Gabriel, ainda imóvel.

– Não foi o bastante, avisem a família! – disse um dos membros da equipe médica.

– Não, espere! – exclamou Amélia, eufórica.

E então o impossível aconteceu. Gabriel, como se tomasse fôlego após sair de um longo e profundo mergulho, despertou olhando à sua volta assustado e perguntou confuso:

– O que aconteceu!?

Sem responder, Cassandra o abraçou com a ternura de uma mãe preocupada e confortou-o:

– Vai ficar tudo bem!

Todos em volta se emocionaram ao ver que Gabriel havia sobrevivido, muitos mal acreditavam no milagre que acabaram de presenciar.

– O que faremos com o herói aqui? – perguntou Amélia à Cassandra.

– Vamos levá-lo ao parque hospitalar, temos muito o que conversar! – respondeu a senhora, com uma voz mais aliviada. – Equipe médica, levem Gabriel também, por favor!

– Sim, senhora! – afirmaram todos em uníssono.

Dois membros da equipe revelaram em seus braços um bracelete com uma pedra na cor azul. Em um simples acenar do braço, fizeram surgir duas placas flutuantes feitas de um metal estranho e brilhoso.

Os jovens da equipe médica por fim revelaram o resto de seu bracelete, que, diferente do de Erion, tinha três pedras: uma verde, outra, azul e a terceira, roxa. De alguma forma, fazendo com que apenas a pedra roxa brilhasse desta vez, os dois membros da equipe disseram:

– *Levitum.*

Erion e Gabriel começaram a levitar, como em um truque de ilusionismo de Las Vegas. Lentamente, com um delicado movimento das mãos, os jovens da equipe médica colocaram os dois garotos sobre as placas flutuantes. De súbito, contornando as placas, surgiram grades feitas do mesmo material para evitar que os jovens caíssem durante o transporte.

O grupo médico seguiu pelo enorme portal de pedra e, incrivelmente, sem que os profissionais da saúde tomassem qualquer atitude, as macas flutuantes começaram a segui-los em sincronia, como se tivessem vida própria. Cassandra e Amélia seguiram a equipe médica pelo mesmo caminho. Do lado de fora, no parque devastado pelo combate, só foi possível ver um clarão vindo de dentro do corredor. Cassandra, Amélia e o time médico carregando os garotos em suas macas modernas desapareceram sem deixar rastros.

XVIII. LONGE DE CASA

Erion dormia profundamente em uma enfermaria muito simples, com apenas duas camas e uma janela por onde entrava com suavidade a luz do sol e uma agradável brisa. Diferentemente das modernas macas flutuantes, Erion estava deitado em uma cama comum de hospital, muito bem arrumada e com os lençóis limpos.

Lentamente o rapaz abriu os olhos e se viu em uma enfermaria comum, um pouco confuso. O garoto se sentou e encostou, aglomerando o travesseiro na cabeceira da cama.

Foi um sonho?

Ficou um tempo pensando no que ele achava ter sido um sonho e tentava processar, matutando, se tudo aquilo tinha sido verdade ou não. Até que, interrompendo seus pensamentos, lentamente a porta da enfermaria se abriu, rangendo. Erion ficou preocupado, pois não fazia ideia de onde estava e o tipo de pessoa que encontraria.

De repente, surgiu uma mulher trajando uma roupa branca simples e um jaleco branco. A mulher de feição gentil adentrou a enfermaria devagar para que Erion não se assustasse e disse:

– Como você se sente?

– Ué? Você fala minha língua? – perguntou Erion, surpreso. – Não sabia que tinha brasileiros trabalhando por aqui, que sorte!

– Não sou brasileira! – respondeu a enfermeira seriamente.

– Portuguesa? – insistiu Erion.

– Não! – respondeu a enfermeira, irritada. – Vejo que está melhor, já está fazendo perguntas! – disse, pegando um aparelho de pressão e colocando no braço de Erion.

– O que aconteceu? Eu bati a cabeça? – questionou ele, confuso. – Eu só me lembro de pedir ajuda a uma garota ruiva maluca, que fugiu com meu ingresso! Ah, não, cara, o show!!! – desabafou Erion.

– Que show? – perguntou a enfermeira, confusa.

– Ué, o festival Beasts of Metal! – respondeu, orgulhoso. – Será que fiquei muito tempo aqui? – indagou, preocupado.

– Olha, eu não sei do que você está falando, não temos festival nessa época do ano, ainda mais com esse nome! – respondeu a enfermeira, sorrindo.

– Espera aí, a gente não está na Finlândia? – questionou Erion, preocupado.

– Se acalme, espere um minuto, sim?

– Tudo bem! – respondeu, inquieto e mexendo os dedos.

A enfermeira seguiu para o canto da sala, pegou um interfone na parede e discou alguns números. Imediatamente foi atendida, como se alguém esperasse pela ligação.

– Senhora, por favor, o paciente acordou e está bastante confuso! – disse ela, preocupada.

– Estou a caminho! – respondeu delicadamente a suposta senhora no outro lado da linha.

– Fique tranquilo, ela já vai te explicar tudo! – acalmou-o a enfermeira.

– Ela quem? – perguntou, apavorado.

A enfermeira sorriu para Erion, mas não respondeu à pergunta. Apenas se aproximou e mediu sua pressão, ouviu seus batimentos e falou:

– Ela já está vindo, tente relaxar! – A enfermeira removeu o aparelho e deixou a sala calmamente.

Poucos segundos depois, entrou pela porta uma figura familiar, trajando uma roupa simples e casual. Erion olhou assustado e já levantou desesperado, gritando:

– Ah, não, você não! Não pode ser, foi um sonho!

Erion começou a se afastar de Cassandra e a derrubar tudo pela sala. Em um impulso de fuga, notou que a janela estava aberta e tentou fugir pulando, mas, quando ia saltar, Cassandra disse suavemente, estendendo a mão:

– *Stasium.*

Erion olhou em volta e não acreditou: ele estava parado no ar, Cassandra literalmente pegou o garoto no pulo. Impossibilitado de se mover, tentou lutar, mas nem seus braços nem suas pernas se moviam, apesar da força que estava fazendo.

– Isso é energia em ponto zero, garoto, nem adianta tentar se mover! – elucidou Cassandra, com um leve sorriso

– O que você quer comigo? – perguntou Erion, apavorado.

– Conversar – respondeu Cassandra, apoiando-se de costas na beira de uma das camas.

– Me solta, sua maluca! – gritou, enfurecido.

– Você vai se acalmar? – perguntou Cassandra serenamente. – Eu não vou te machucar, pode ficar tranquilo!

– Tudo bem! – respondeu o garoto, sem muita escolha.

– Certo! – disse a mulher, fechando a mão e libertando Erion, que caiu de cara no chão, fazendo um baita barulho.

Erion se levantou com a cara amassada e voltou a se sentar em sua cama. Cassandra se sentou na cama de frente para ele, com as pernas cruzadas. Erion olhava para ela sem dizer nada e, sempre que podia, desviava o olhar. Cassandra, ao contrário do garoto, o observava profundamente com seus belos olhos cinzentos e sua feição terna. Os dois permaneceram em silêncio por mais um tempo. Cassandra, decepcionada, esperava por uma chuva de perguntas, mas à sua frente estava um garoto assustado e sem a menor noção do que havia vivenciado ou do que estava acontecendo. Pensando nisso, resolveu romper o silêncio:

– Então, como se sente?

– Bem... – respondeu Erion, abaixando a cabeça e olhando para os lados, como se contasse uma mentira.

– Olha, eu sei que é muita coisa para você processar, mas acredite, até para nós foi um choque! – explicou Cassandra, tentando animar o garoto. – Antes de mais nada, muito obrigada, de verdade. Nós temos um débito enorme com você!

– Então, tudo aquilo... – tentou o garoto, olhando para Cassandra diretamente.

– Sim, aconteceu, faz tempo, mas aconteceu! – respondeu Cassandra.

– Como assim, faz tempo? – perguntou Erion, surpreso.

– Você está dormindo há três dias! – replicou ela, sorrindo.

– Três dias??? – questionou Erion, espantado.

– Você se esforçou muito e precisava de repouso!

– Nós não estamos mais na Finlândia, né? – indagou o garoto, já esperando a resposta. – Epa, pera aí, como você fala minha língua? Já sei, a ruiva era uma distração, alguém me bateu na cabeça, me sequestraram e estamos em Portugal. Vocês me drogaram, eu tive aquela alucinação, e agora vão me vender para um traficante de órgãos!? – questionou Erion, hiperativo. – Eu sabia, tinha lido na internet que essas coisas aconteciam ao redor do mundo e agora eu sou mais uma vítima! – continuou o garoto, sem dizer coisa com coisa.

Esse cara invocou o Avengion?, pensou Cassandra, batendo a mão na testa.

– Hahahahaha, você é hilário! – riu Cassandra, inconformada com a torrente de besteira que Erion estava dizendo. – Não, garoto, você não está em Portugal e ninguém vai vender suas entranhas no mercado clandestino. Essa foi boa! – continuou, não contendo as risadas. – Só posso te dizer uma coisa, você está muito longe de casa!

XIX. MEU NOME É ERION

Erion se calou imediatamente ao ver que a feição de Cassandra havia mudado, assim como seu tom de voz. Antes que a senhora perguntasse qualquer coisa, o garoto respirou fundo, o máximo que pôde, e disse:

– Olha, moça, eu não sei o que está acontecendo, mas nada faz sentido. Eu corri atrás daquela ruiva maluca, a Amélia, que roubou meu ingresso. Depois entrei nessa escola maluca caindo aos pedaços, quase morri de tétano desviando de um monte de carteiras e cadeiras enferrujadas. Fui para o andar de cima, que parecia um labirinto, achei a ruiva e corri atrás dela. Apareceu uma luz do nada e, quando me dei conta, estava na mesma escola, só que mais arrumada, e nada fazia sentido. Desci uma escada esquisita sem fim, depois subi e não tinha fim. Fui parar em uma galeria maluca cheia de lojas vazias, conheci uma moça gente fina, que falou para eu procurar uma tal de Cassandra. Voltei para a mesma escada sem fim e, do nada, cheguei a um parque cheio de gente estranha, e alguma coisa machucou aquele garoto na cadeira de rodas. Fui olhar de perto, me xingaram. Alguma coisa me bateu, voei, bati a cabeça e, de repente, enxerguei tudo como se fosse um mundo que parecia mais um RPG MMO[41] de fantasia. E agora acordo em uma enfermaria toda zoada, achando que tudo tinha sido um sonho. Daí você entra na sala e me levita no ar como se não fosse grande coisa, e eu fico aqui com essa cara de "ué", sem entender – disse Erion, terminando seu longo discurso, completamente roxo e sem ar.

---

41 Abreviação para Role Playing Game Massively Multiplayer Online, para jogos de RPG, em que as pessoas jogam com ou contra outras. Normalmente, esses jogos costumam ter o tema de fantasia e magia.

– Olha, eu não sei, não, mas acho bom você respirar, só para o caso de ter se esquecido! É só uma dica – alertou Cassandra, irônica.

Enquanto Erion tomava fôlego, Cassandra se levantou em silêncio, se dirigiu até a janela e ficou a admirar a paisagem do lado de fora. Erion, ainda recuperando fôlego, olhou na direção da mesma janela, mas, para ele, era possível ver apenas a parede cinzenta de um outro prédio. O garoto analisava Cassandra e não entendia sua feição, semelhante à de alguém que observava algo deslumbrantemente belo, e não apenas uma parede envelhecida de concreto.

Ao ver que a ansiedade de Erion havia diminuído, Cassandra resolveu quebrar o silêncio:

– Nosso mundo é muito belo, como você mesmo viu há pouco, mas... Aquele ataque nos pegou de surpresa, e por pouco não aconteceu uma tragédia! – continuou, com grande pesar em sua voz. – E com essas coisas nos esquecemos de algo tão simples... O simples ato de tirar alguns poucos minutos do nosso dia e admirar pela janela o mundo que nos acolhe! Bom, eu esperava ouvir seu lado da história, mas parece que você resumiu bem. Quase morreu sem ar, mas resumiu! – completou, voltando-se para o garoto.

– E aquele garoto, está bem? – perguntou Erion, preocupado.

– Gabriel? Sim, graças a você ele está ótimo. Ele está lá fora com a Amélia! – respondeu Cassandra com calma, voltando a se sentar na cama.

– Que maravilha, fico muito feliz. Nunca havia salvado a vida de ninguém antes. Herói para mim só no videogame e olhe lá! –ralhou, dando uma contida risada. – Agora vejo por que meus pais se dedicam tanto à sua profissão e trabalham tão duro, às vezes até com o mínimo de descanso! – adicionou, orgulhoso ao lembrar-se dos pais.

– Que lindo. O que seus pais fazem? – perguntou Cassandra.

– Meus pais são enfermeiros! – respondeu ele, envaidecido. – Eles constantemente fizeram questão de me ensinar que o prazer de ajudar ao próximo não tem preço. Sempre pensei nisso, mas nunca surgiu uma oportunidade como agora!

– É lindo isso que você disse. E então ficará surpreso ao saber que não foi só o Gabriel que você ajudou! – ponderou Cassandra calorosamente.

– Ah, não? – indagou, surpreso.

– Todos os outros que lutaram bravamente e se feriram durante a luta contra o gravius foram curados por você!

– Caramba, eu não fazia ideia... – surpreendeu-se Erion. – No fim das contas, parece que o Avengion e aquela voz esquisita estavam certos – complementou, ainda impressionado ao saber de seus atos.

– Voz estranha? – perguntou Cassandra, espantada.

– Sim, tinha um tiozinho que começou a falar comigo do nada e foi me dizendo o que fazer. Ele só podia ter sido um pouco mais claro. Ele ficou falando por enigmas, achei muito chato isso! – explicou Erion, coçando a cabeça e sorrindo.

– Ele disse o nome dele? – perguntou Cassandra, perplexa.

– Eu esperava que você soubesse. Ele parecia tão a par da situação e tão preocupado com o conflito e a segurança de todos, que até parecia ser um funcionário da academia, sei lá – respondeu confuso. – Você me parece incrédula. Sério que ele não trabalha com você, ou coisa assim, e estava me ajudando por um alto-falante e me vendo em um monitor? – perguntou, tentando averiguar o mistério.

– Não há alto-falantes no parque de estudos e não há registro de qualquer pessoa ligada a nós que tenha feito qualquer contato com você! – respondeu Cassandra, seriamente.

– Ué, mas então como ele falou comigo? Será que eu tô ficando louco? – perguntou Erion, preocupado.

– Não, garoto, hahahaha! – respondeu, rindo. – Isso que você vivenciou foi uma manifestação de telepatia! Quem quer que seja deve ser alguém muito poderoso e habilidoso!

– Nossa! – exclamou, impressionado.

– Habilidoso ao ponto de cobrir seus rastros completamente. Se não fosse você nos contar, jamais saberíamos desse evento! – disse Cassandra serenamente. – Essa sua história está ficando cada vez mais interessante!

– Desculpe, mas foi só isso que aconteceu! – afirmou Erion, sentido por não poder ajudar mais. – Ah, já estava me esquecendo... – completou, tomando fôlego novamente.

– Ai, ai, lá vem! – disse Cassandra, preocupada, esperando outra enxurrada.

– Sério, que raio de lugar é esse em que aparece um monstro saído de um jogo de RPG e uma galera com pedras coloridas nos pulsos fabricando gelo, queimando coisas, chamando armaduras vazias que lutam sozinhas? Daí, do nada, minha pulseira vira um negócio estranho com uma pedra igual à deles, que mudava de cor sozinha. Surge um tiozinho maluco falando na minha cabeça e, de repente, faço aparecer um cavaleiro para lá de estiloso, que salvou todo mundo, e eu salvo a vida daquele garoto. Pô, eu sou filho de enfermeiros, mas nunca estudei nada pra salvar uma vida! – falou Erion, perdendo o fôlego mais uma vez.

– Olha, garoto, não sei se você sabe, mas costuma ser saudável respirar enquanto se fala, sabia? – disse Cassandra, abismada com a capacidade do garoto de falar sem respirar por tanto tempo. – De qualquer forma, não posso responder à sua pergunta.

– O quê? Por quê? – perguntou, indignado.

– São as regras, sinto muito!

Erion imediatamente fechou a cara, assim como um garotinho que não conseguiu convencer a mãe a dar o tão pedido brinquedo. Cassandra logo percebeu que o garoto ficou bastante desapontado por ter sua resposta negada de maneira tão brusca e decidiu tentar mudar um pouco de assunto.

– Amélia me disse que te chamam de Z. Seria Zacharias? Ziraldo? – perguntou ela, curiosa.

– Você me disse anteriormente que estou longe de casa. Nós não estamos mais na Terra, não é? – indagou Erion com tom triste.

Cassandra olhou profundamente nos olhos dele e apenas balançou a cabeça com um gesto afirmativo.

– Mas tudo aqui é tão parecido com a Terra, como pode? – questionou o rapaz, confuso.

– Essa é a ideia. Não podíamos nos arriscar e deixar você acordar e ver o mundo da forma que havia visto antes. Por isso, foi melhor deixar você acreditando ser apenas um sonho para diminuir o choque! E você ainda não respondeu minha pergunta.

– Ah, desculpe... – respondeu Erion, encabulado. – É que... eu acho meu nome estranho! – continuou o garoto, tímido.

– Nossa, é tão ruim assim? – perguntou Cassandra, ainda mais curiosa.

– É que no Brasil não existe ninguém com um nome igual ao meu; aliás, acho que nem no Brasil nem em outra parte do mundo. Acho que minha mãe deve ter bebido no dia que me registraram, só pode! – disse Erion, dando uma risada boba.

– Vamos lá, tente, prometo que não vou rir – afirmou Cassandra, levantando-se da cama.

– Tudo bem – disse, respirando profundamente. – Meu nome é... Erion.

– Espere... Como você disse que se chama? – perguntou Cassandra, assustando-se e levantando-se bruscamente. Esbarrou em uma prateleira e derrubou vários equipamentos médicos no chão.

Com o barulho causado por Cassandra, Amélia e Gabriel entraram na sala rapidamente, preocupados. Erion ficou surpreso ao ver que os dois, assim como Cassandra, também trajavam roupas casuais, similares às que Erion estava acostumado a ver na Terra.

– Está tudo bem, senhora Cassandra!? – perguntou Amélia seriamente, pronta para um combate.

– Não, está tudo bem, minha querida, só me assustei – respondeu Cassandra delicadamente, recompondo-se.

– A senhora está pálida. Tem certeza? – perguntou Amélia, ainda preocupada. – O que esse bocó metaleiro aprontou? – continuou Amélia, debochando de Erion.

– Tá vendo, não falei que meu nome era estranho? – disse o garoto, preocupado com o desconforto que causou. – Espera aí. Bocó? Quem você chamou de bocó, ô do cabelo de fogo? Antes um bocó que uma ladra de ingressos! – ralhou ele, irritado e cruzando os braços.

– Nossa, você ainda está nessa? – perguntou Amélia, irada.

– Acalmem-se, não há razão para todo este tumulto. Só me espantei ao saber o nome do garoto! – explicou Cassandra, amenizando a situação.

– Tudo isso foi por causa do seu nome, Z? Qual é seu verdadeiro nome? – perguntou a garota, curiosa.

– Ah, de novo? É Erion. Qual é o problema?

– E... Erion??? Impossível! – disse Gabriel, espantado.

Assim como com Cassandra, a revelação do nome do garoto também causou espanto nos outros dois jovens, que arregalaram seus olhos diante da surpresa.

– Ah, gente, dá um tempo. Sério que meu nome é tão zoado assim? – indagou Erion, frustrado.

– Não é isso, a questão é que... – começou Amélia, até ser interrompida por Cassandra, que balançou a cabeça negativamente.

– O que foi? Você conhece um cara com esse nome? Ele é ruim? Olha, eu não fiz nada, hein! – disse Erion, tentando se defender.

– Vocês podiam nos deixar a sós, por favor? – pediu Cassandra delicadamente a Amélia e Gabriel.

– Sim, senhora! – responderam em uníssono.

– Infelizmente as coisas não saíram muito bem como eu esperava, sinto muito! – disse Cassandra, dirigindo-se a eles. – Peço só que não comentem isso com ninguém e retornem às suas salas, sim?

– Sim, senhora, com licença! – respondeu Amélia, empurrando Gabriel para fora da enfermaria antes que dissesse algo.

– Quanto a você, Erion, acho que precisamos ter uma longa conversa! – afirmou Cassandra gravemente.

XX. UM DIREITO DE ESCOLHA

Erion ficou em silêncio processando toda a situação causada pela revelação de seu nome. Cassandra observava o garoto seriamente e, ao mesmo tempo, com uma inexplicável ternura.

Com calma, ela voltou a se sentar na cama ao lado da qual Erion estava deitado e cruzou as pernas, ficando de frente para o garoto. Mais confortável, a gentil senhora retomou a conversa:

– Você carrega um nome forte, meu jovem; forte e inspirador, eu diria. Apesar de as informações que posso te passar serem limitadas, consigo te dizer que tivemos uma pessoa chamada Erion aqui no passado, um grande herói! – disse Cassandra, honrada. – Por isso o espanto com seu nome!

– Nossa, sério mesmo? – perguntou Erion, surpreso.

– Acho que isso deve te tranquilizar um pouco, não? Estava mesmo pensando que fosse um criminoso procurado? – perguntou, dando uma risada.

– Ah, sei lá, depois de tudo, pensei que sim!

– Erion foi uma pessoa muito respeitada e um exemplo para muitos! – continuou ela, cheia de orgulho. – Você ainda me parece bem tenso. Deixe-me adivinhar, mais uma chuva de perguntas? – perguntou sorrindo.

– Cassandra, me desculpe, mas isso está me incomodando bastante. Eu queria entender o porquê de tanto segredo. Mesmo depois de tudo que eu passei, você fica com essa coisa de área cinquenta sei lá o quê, segredo daqui, não posso te contar de lá e blá-blá-blá – manifestou-se o rapaz, incomodado.

– Erion, o motivo pelo qual eu não posso revelar muito a você é para sua própria segurança! – respondeu a mulher seriamente.

– Segurança?

– Quanto mais informações você tiver sobre o nosso mundo, pior será! Dificulta o procedimento.

– Qual procedimento? – perguntou, preocupado.

– Erion, você viu muita coisa e fez muita coisa que vai além da sua compreensão. Fico aqui imaginando o turbilhão de ideias que deve estar passando pela sua cabeça nesse momento!

– Então, nesse tal procedimento vocês vão apagar minha memória, não vão? Vou me esquecer da dor, daquele monstro esquisito, das pessoas e de você? – indagou Erion com um tom tristonho.

– Se seu desejo for partir, temo que sim!

– Desejo de partir? – perguntou, confuso.

– Isso mesmo, quando te disse que temos regras aqui, eu quebrei a maior delas! – disse Cassandra, sorrindo.

– Agora fiquei ainda mais confuso! – revelou Erion, coçando a cabeça.

– Se fosse para seguir a regra à risca, nós não estaríamos tendo essa conversa agora! – respondeu ela seriamente. – O que você fez naquele dia foi incrível e mostra que você tem um grande potencial. E, com isso, ganhou o direito de escolha!

– Direito de escolha?

– Sim! Se desejar ficar, vou lhe contar tudo que precisa saber. Porém, se decidir partir...

– O que acontece? – perguntou, já esperando uma dura resposta.

– Vou jogar limpo com você, garoto. Se decidir partir, nunca mais poderá voltar. Todo seu acesso a este mundo será cortado, nem ao menos um sonho parecerá. Sua memória será preenchida por outro evento aleatório, e você jamais se lembrará de qualquer coisa que tenha acontecido aqui e, especialmente, das coisas que fez aqui! – explicou Cassandra, voltando a um tom sério.

– Nossa, mas por que tudo isso? – indagou Erion, surpreso pela rigidez.

– Para proteger você de si mesmo!

– Me proteger de mim mesmo, como assim?

– Exatamente! – confirmou Cassandra, encarando Erion profundamente.

XXI. A PROPOSTA

Erion ficou ainda mais confuso com a resposta vaga de Cassandra. E, antes que pudesse tentar refletir um pouco sobre o assunto, a mulher rapidamente continuou:

– Aquele dia você teve contato com magia, o que significa que um de seus portões foi aberto!

– Magia? Portão?

– Medimos a evolução de um indivíduo dentro do campo da magia pelo alcance de seus portões. Quanto maior o nível da pessoa, maior foi o percurso percorrido dentro desses portões. No seu caso, você abriu o portão primário, o que te deu acesso à magia pela primeira vez. E você deve ter ido muito mais além do portão primário, porque trazer o Avengion para o campo de batalha não é para qualquer um, Erion!

– Nossa, mas parecia ser algo tão simples. Eu não fazia ideia, só pensei em invocar, igual ao que a voz me dizia pra fazer, e ele apareceu. Simples assim! – disse Erion, gabando-se um pouco.

– E vou repetir: é por causa disso que ainda estamos tendo essa conversa. Qualquer outro em seu lugar já estaria a caminho de casa, acreditando realmente que tudo não passou de um sonho ou nem isso! – disse Cassandra, enigmática.

– Você me falou que tenho potencial, mas não consegui entender nada. Essa história de portão me deu um nó na cabeça!

– Deixe-me ser mais clara. Nem mesmo eu sou capaz de invocar o Avengion, ainda mais por tanto tempo. Bom, pelo menos, não com a facilidade que você disse que teve! – disse Cassandra com um sorriso.

Erion ficou surpreso e de olhos arregalados, sem acreditar no que acabara de ouvir. Tudo que fez, que em seu entendimento parecia tão simples, na verdade havia sido grandioso. Por um momento Erion sorriu e se sentiu bem por tudo.

– Ah, vejo que ficou orgulhoso – falou ela, sorrindo. – Sinto desapontá-lo, mas é exatamente aí que mora o perigo! – acrescentou, séria, destruindo a alegria do garoto.

– Como assim? – perguntou ele, arregalando os olhos.

– A questão é que seu corpo não está preparado para esta quantidade de magia. Para usar magia, é preciso treino e dedicação, e não apenas sorte, como o que ocorreu no outro dia. Além de seu corpo, sua mente também não está pronta para processar tanta coisa ao mesmo tempo. Você não compreende o perigo que correu. Você, sozinho, sem treino algum, cruzou o primeiro portão, que é o ponto em que sua conexão com a mana se iniciou!

– Mana? – perguntou, curioso, porém sem uma feição de total surpresa.

– Engraçado, esse nome não parece ser surpresa para você – disse Cassandra, desconfiada.

– É que jogo muito videogame, sabe? Em uns jogos de RPG os personagens têm essa tal de mana! – disse Erion, envergonhado ao admitir sobre os jogos. – Nesses jogos, eles usam mana para tudo, para usar suas habilidades, seus feitiços e outras coisas!

Esse garoto aprendeu magia só jogando videogame e conseguiu aplicar?, pensou Cassandra, impressionada.

– Vamos deixar esse assunto de mana para uma outra hora, sim? – desconversou Cassandra, tentando mudar de assunto.

– Tudo bem! – respondeu Erion, estranhando.

– Continuando... Como você apagou por usar magia de mais sem controle, automaticamente sua mente se desligou e voltou para o portão inicial! Se você passar por esse portão mais uma vez em um curto espaço de tempo, a conexão entre sua mente e a magia será permanente. A partir desse ponto, se usar magia sem consciência e ela se esgotar por completo, você voltará para trás e cairá em um coma permanente!

– Nossa! – exclamou o garoto, engolindo em seco.

– Uma vez conectado à magia, sua mente modifica seu fluxo de dados e, sem ter mais magia para se conectar, se perde no vazio, ou o que chamamos de Status Zero! – explicou Cassandra, enigmática.

– Pensando bem, já estou me arrependendo de ter perguntado! – disse Erion, apavorado.

– Mas fique tranquilo. Se te mandarmos de volta, com o passar do tempo o portão tende a se fechar por completo, assim, tudo voltará ao normal. E é por isso que o processo de apagar a memória é tão importante, para evitar qualquer tentativa de acesso!

– Aí, eu não entendi... Com esse discurso motivacional todo, não era mais simples me mandar de volta sem me dizer nada, e me deixar acreditar no que eu achasse melhor?

– É verdade! – afirmou Cassandra, rindo. – Mas, sem explicar os dois lados, não posso dizer que você tem escolha. Erion, você tem um grande potencial a ser trabalhado e seria uma grande inclusão ao nosso mundo!

– Mas... Sou só um garoto comum. Tudo que sei sobre magia vi nos filmes e nos jogos. Nunca passou pela minha cabeça que fosse real! – declarou Erion, preocupado. – Peço desculpas, Cassandra, mas isso não é pra mim. Eu nunca senti tanto medo na vida, quase morri. Essa história de sair por aí chamando cavaleiro para matar monstro, eu prefiro deixar para os jogos! – prosseguiu, desviando o olhar de Cassandra. – Só com esses contras que você me falou, fora todo o risco de morrer... Não deve ter benefício que vença isso!

As palavras de Erion caíram sobre Cassandra feito um gravius. A gentil senhora não conseguiu esconder o desapontamento com a reação de Erion a tudo que ela havia lhe dito. Imediatamente pairou um clima de tristeza, e com um agravante: o garoto nem sequer queria saber o lado bom da história. Cassandra ficou em profundo silêncio, mergulhada em uma mistura de frustração e tristeza. Erion, por sua vez, depois de sua abrupta conclusão, não conseguia mais olhar Cassandra nos olhos.

Apesar de tudo, a mulher continuava o observando e sabia que no fundo sua decisão não tinha sido totalmente tomada de coração. Levantou-se e seguiu novamente até a janela, onde mais uma vez se perdeu em pensamentos enquanto admirava a paisagem. Em seguida, quebrando o silêncio, Cassandra retomou a conversa e disse:

– Erion, você já teve momentos na vida em que sentia que deveria estar fazendo algo importante em algum outro lugar? Você já se sentiu frustrado por pensar que o mundo ao seu redor está desmoronando e você não tem forças para resolver isso? Olhe para mim, Erion! Olhe para mim e me diga que você nunca teve esse sentimento! Quantas pessoas já viu sofrendo e não pôde ajudar? Quanta destruição presenciou e não pôde fazer nada para consertar?

Envergonhado por seu egoísmo, Erion foi levantando lentamente a cabeça, com lágrimas nos olhos, até cruzarem com os de Cassandra.

– Eu não posso te obrigar a nada. Tudo que posso fazer é lhe mostrar um caminho, uma possibilidade. Quem escolhe se anda por ele é você – disse Cassandra, enigmática. – Eu estou lhe oferecendo a chave para se livrar das correntes que te prendem à realidade simplória e fictícia que compõe o dia a dia dos humanos. Você é obrigado a viver uma mentira, pois as pessoas erradas com essas correntes soltas fariam muito estrago.

"Porém eu te digo: a pessoa certa sem essas correntes pode mudar o mundo, quem sabe, o Universo. Somente um entre muitos está apto a tal feito, e sinto que você é uma dessas pessoas! Arriscando sua vida daquela forma para salvar um desconhecido? Se eu estou errada, por que o fez?

Como se tivesse cometido um crime, Erion desviou mais uma vez o olhar de Cassandra e mergulhou lentamente em uma profunda melancolia.

– Eu não quero sua resposta agora, só quero que prometa que vai pensar no assunto! – concluiu Cassandra, percebendo que suas palavras de alguma forma o atingiram em cheio.

– E-está bem... – respondeu Erion, encabulado.

– Quando tiver uma resposta, use o interfone no canto da sala e peça à enfermeira para me chamar, que eu virei!

Cassandra colocou a mão delicadamente sobre o ombro de Erion, que tornou a olhar para ela, desta vez com um tímido sorriso. A mulher caminhou devagar e deixou a enfermaria através da barulhenta porta de madeira, fechando-a em seguida.

Erion permaneceu sentado, imóvel feito uma pedra. A conversa com Cassandra ecoava em seus pensamentos. Era como se o que ela lhe disse tivesse caído feito uma pesada rocha. Por um momento, o garoto se sentiu mal pela forma como debochou de tudo, dizendo que aquilo não era para ele.

Vencido pelo cansaço da longa conversa, Erion deitou-se no leito e olhou para o teto com a pintura toda descascada. Em seus pensamentos, flashes e mais flashes de tudo que vivera nos últimos dias, desde o combate no campo de estudos até a última frase dita por Cassandra. Erion também se lembrou do que havia feito até o dia em que se encontrou com Amélia. Era impossível não comparar o que havia sido sua vida nos últimos dezoito anos com seus feitos dos últimos dias.

Por algumas horas, pensou bastante e colocou todos os pensamentos em uma balança. Por fim, o garoto esboçou um singelo sorriso e tomou sua decisão. Erion levantou-se calmamente e caminhou em direção ao interfone no canto da enfermaria.

– Enfermaria! – respondeu uma delicada voz feminina, atendendo o interfone.

– Eu... gostaria de falar com a Cassandra, você poderia pedir para ela vir até aqui? – disse Erion, um pouco nervoso.

– Claro, vou avisá-la imediatamente!

XXII. A DECISÃO DE ERION

Erion voltou ao leito e novamente se sentou enquanto aguardava Cassandra retornar. Resolveu dar uma espiada na janela, na esperança de ver alguma coisa, mas nada viu além de outro prédio. O garoto não conseguia entender o que Cassandra via de tão belo em um prédio velho, quase igual aos abandonados do centro de São Paulo.

Alguns poucos minutos depois, ouviu-se um delicado bater na porta, seguido de um lento e barulhento rangido.

Era Cassandra entrando na enfermaria. Mesmo sem saber a resposta, a gentil senhora carregava consigo um confiante sorriso. Sem muito rodeio, Erion já foi logo dizendo:

– Cassandra, tudo o que você disse, não sei, mas me tocou profundamente. Nunca parei para analisar minha vida desta forma – explicou com lágrimas nos olhos. – Você estava certa, realmente *não* é todo dia que uma pessoa tem a oportunidade de se livrar das correntes e dos paradigmas. Essas correntes nos prendem em nossas vidas, como o orgulho excessivo, o medo, o descaso com o próximo. Tudo isso nos amarra a cuidar apenas de nós mesmos. Mas será que essa é a forma certa de viver? Fiquei me perguntando isso – completou ele, com um semblante estranhamente sério.

– Erion... – começou Cassandra enquanto deixava uma singela lágrima de emoção escorrer. Respirou fundo e perguntou: – E então?

– Eu pensei bem em tudo, os riscos, sua proposta e resolvi... não ficar... – concluiu Erion, sério.

– Essa é sua decisão final? – indagou Cassandra, com desapontamento e tristeza.

Erion observou a reação de Cassandra, esboçou um leve sorriso de lado e continuou gravemente:

– Nossa, vocês são sempre assim nas conversas?

– Não entendo... – falou ela, confusa.

– Ué, nem sequer me deixou terminar e já foi ficando com essa cara de enterro – declarou ele, sorrindo. – Concluindo, eu ia dizer que decidi não ficar, só que eu ia dizer, na Terra. Ô povinho acelerado! – completou, debochando.

Cassandra, em um misto de fúria e emoção pela brincadeira, não sabia se dava um soco em Erion ou se o abraçava e dava as boas-vindas.

– Você me pegou – disse Cassandra, dando uma sincera risada.

– Hehehe! – riu Erion, coçando a cabeça. – É claro que aceito sua proposta. Passei minha vida toda esperando algo importante acontecer e finalmente encontrei meu lugar, seja lá onde for! – disse, sorrindo.

– Você tem certeza? Erion, se usar magia mais uma vez, não haverá mais volta. Humanos podem usar magia até uma vez por ano.

– Eu sei, pensei nisso tudo. Apesar de ser muita coisa pra minha cabeça, acho que dou conta! – disse Erion, batendo no peito.

– Eu sei que vai, garoto, tenho muita fé em você. Sua vinda até nós não foi uma simples coincidência! – afirmou Cassandra, orgulhosa.

– Ok, e agora?

– Bom, você ainda enxerga nosso mundo de forma distorcida, vamos ter de dar um jeito nisso!

– Isso não vai doer não, vai? Tenho um problema sério com injeções!

– Hahahaha! Você é uma figura! – disse Cassandra, gargalhando. – Vamos, então? – E estendeu a mão ao garoto.

Erion se levantou da cama com a ajuda de Cassandra e a acompanhou pela porta. Ao sair, deparou-se com apenas um corredor vazio e mal-iluminado, além de algumas luzes piscando de tão velhas. Sem dizer nada, ele continuou acompanhando Cassandra pelos intermináveis corredores.

– Engraçado, achei que você fosse me fazer mais de suas intermináveis perguntas! – disse Cassandra, surpresa.

– Eu ainda estou um pouco confuso – replicou.

– Fique tranquilo, tudo vai fazer mais sentido em breve! – esclareceu Cassandra, apertando um pouco mais o passo.

Os dois passaram por alguns corredores com enfermarias vazias, muito parecidas com a que Erion estava, com a exceção de que estavam praticamente condenadas. Mais alguns passos e enfim chegaram à recepção. O local era mais amplo que os claustrofóbicos corredores por onde passaram, mas igualmente castigado pelo tempo. Não havia ninguém, nem nos inúmeros bancos de espera ou no guichê da recepção. Ignorando tudo isso, Cassandra simplesmente caminhava, até chegar a uma ampla porta dupla com uma grande placa com a escrita "Saída".

– Cara, que lugar sinistro. Não tinha um lugar pior para me levar, não? – perguntou Erion, incomodado.

– Desculpe, mas esse lugar é belíssimo, sabia? – rebateu Cassandra.

– Nossa, mas eu não entendo...

– Finalmente, trouxe suas perguntas... – disse Cassandra, debochando do garoto. – Tudo será respondido em breve, fique tranquilo, perto de mim, e me acompanhe, sim?

Cassandra empurrou a pesada porta dupla, um acesso para um caminho de pedras que se perdia de vista. Erion ficou um pouco assustado com a paisagem. O céu estava nublado e alaranjado, raios cruzavam por entre as nuvens, deixando a paisagem ainda mais sinistra.

Ao longe, no caminho pavimentado, surgiram duas figuras. Erion não pôde ver bem quem eram, mas, a julgar pela feição de ternura de Cassandra seguida de um ar severo, eram bem conhecidas por ela e definitivamente não deveriam estar ali. Conforme Erion e Cassandra caminhavam e se aproximavam mais das figuras, Erion notou que se tratava de Amélia e Gabriel.

– Senhora Cassandra, me desculpe! – disse Amélia, fazendo uma reverência.

– O que os dois fazem aqui? Eu me lembro bem de ter pedido para retornarem a suas salas! – disse Cassandra severamente.

– É que ele insistiu muito para virmos e não quis vir sozinho! – explicou Amélia, referindo-se a Gabriel.

Gabriel parecia um pouco estranho, inquieto, como se precisasse dizer algo importante. Cassandra olhou o jovem, ficou um pouco preocupada e perguntou:

– Tudo bem, Gabriel? O que você precisa de tão importante? Eu preciso levar Erion para a Torre!

– Torre? Que torre é essa? – perguntou Erion, preocupado.

– É a torre mais alta de nossa cidade. De lá é possível ver quase tudo – disse Amélia com um sorriso.

Interrompendo a conversa e com o olhar fixo sob Erion, Gabriel subitamente se ajoelhou e se curvou.

– Que é isso, cara? Levanta aí! – disse o garoto, assustado com a atitude súbita do estudante. – S-senhor Erion, queria lhe agradecer imensamente por salvar minha vida e devolver meus movimentos! – expressou com a voz trêmula.

– O que é isso, cara? Não foi nada! – disse Erion, encabulado.

– Devo a minha vida ao senhor! – disse Gabriel, levantando-se.

– Deve estar estranhando eu poder caminhar, certo? Eu estava aguardando para passar com o Cedric e me curar de um acidente ocorrido semana passada em uma missão, que me deixou paraplégico. Graças à sua magia de cura, consertou minha coluna também! – completou Gabriel.

– Só corta esse papo de senhor, o único senhor que eu conheço e tenho de chamar assim é meu pai, hahaha! – declarou Erion, rindo. – Fico feliz que consegui agir a tempo, apesar de não fazer a menor ideia do que eu estava fazendo – continuou, dando uma gargalhada.

– Precisa de ajuda, senhora? – perguntou Amélia, prestativa.

– Não, vou levá-lo sozinha. Vocês dois voltem para suas salas, último aviso! – alertou Cassandra.

– O que ele tem? – questionou Amélia, referindo-se à forma estranha que Erion olhava para eles e para a paisagem.

– Erion voltou a enxergar o nosso mundo com os mesmos olhos de um invasor comum, mas isso vai mudar na torre, com certeza! – explicou Cassandra com um sorriso sarcástico.

– Uau, ele vai abrir os olhos na torre? Tente não desmaiar, hein, garoto!? – disse Amélia, debochando.

Ainda um pouco chocado e tentando processar o que estava realmente acontecendo, Erion permanecia contido e nada respondeu às piadas de Amélia.

– Vamos, Erion! – chamou Cassandra, apontando para um carro velho estacionado na lateral do pavimento.

Os dois embarcaram no automóvel e seguiram pelo pavimento. A paisagem ao redor era como a do interior, com algumas plantações estranhas na beira da estrada. Os dois percorreram esse caminho por quase uma hora, até que no fim do pavimento chegaram a uma torre medieval, toda construída em pedra.

– Chegamos! – exclamou Cassandra, desligando o carro.

Erion desceu do carro com as pernas trêmulas, sem saber o que aconteceria dentro da suposta torre. De repente, até a brincadeira que Amélia fez começou a pesar um pouco e o pânico foi tomando conta do garoto. Percebendo isso, Cassandra olhou para Erion por cima do veículo enquanto fechava o carro, e perguntou:

– Para que essa cara de pânico? Não precisa temer nada, rapazinho, tudo vai ficar bem. Vai ser um choque, mas vai ficar tudo bem! – garantiu Cassandra, gargalhando.

As palavras de Cassandra deixaram Erion um pouco mais tranquilo e acalmaram seu coração ao ponto de começar com suas besteiras.

– Nossa, essa é a torre? – disse desapontado, olhando de cima a baixo a enorme construção.

– Lembre-se de como a visão funciona. Não é preciso ser muito estudado para saber que os olhos captam apenas o reflexo da luz. Quem interpreta é o cérebro, e como o seu está em relação ao nosso mundo? – indagou Cassandra, como uma verdadeira professora de ciências.

– Definitivamente eu devo ter algum problema na cabeça! – respondeu Erion, desapontado.

– Eu não tenho dúvidas! – pensou Cassandra em voz alta.

– Você disse alguma coisa, Cassandra? – questionou o rapaz, desconfiado.

– Não! – retrucou ela, envergonhada.

– Nossa, a gente vai subir até o topo desta coisa velha?

– Sim.

– Mas... Tem elevador pelo menos? – perguntou Erion, preocupado.

– Pfffff! Tem, Erion! – falou Cassandra, um pouco irritada.

Cassandra abriu o enorme portão de madeira cheio de fungos que fechava a torre e, imediatamente, revelou a única coisa dentro dela: um elevador muito antigo com grades de metal. A mulher abriu a grade, e os dois entraram. Erion ficou um pouco receoso quanto à segurança, mas, antes que pudesse dizer qualquer coisa, a grade se fechou sozinha e o elevador começou a subir. Além de velho, era extremamente barulhento, mas cumpria bem seu papel. A subida foi curta e sem muito o que olhar além das paredes da torre. Eis então que os dois chegaram ao único andar da torre: o topo.

XXIII. ERION ABRE OS OLHOS

Assim que o elevador parou, sua barulhenta porta de metal abriu, revelando uma segunda porta de madeira comum, sem muitos detalhes. Cassandra abriu a porta, que, diferente do primeiro portão que deu acesso à torre, era muito menor. Foi dado acesso a um corredor não muito distinto do suposto hospital em que Erion ficou. O lugar sofria dos mesmos problemas, luzes piscando e um doloroso e estranho silêncio. Não havia sequer uma alma além dos dois. Mais uma vez, ignorando tudo, Cassandra tomou a dianteira, apertando o passo.

Erion seguia cada vez mais confuso, pois a torre, apesar de alta, não parecia ser tão larga, mas, a seu ver, era interminável. Foi o mesmo sentimento estranho que sentiu ao chegar à galeria onde conheceu Elyse: a estrutura de uma galeria de lojas não condizia em nada com a escola por onde Erion havia entrado.

Ao andar um pouco mais pela estranha estrutura, Erion notou que havia várias salas, como se estivessem em um prédio empresarial, com vários escritórios. Até que, quebrando o turbilhão de ideias do garoto, Cassandra virou-se subitamente à direita e entrou em uma sala com poucos móveis velhos, porém bem limpos.

– Sente-se! – disse, apontando para uma cadeira no canto da sala, próximo a um quadro todo empoeirado.

Cassandra sentou-se em uma poltrona de frente para Erion e perguntou serenamente:

– Nervoso?

– Um pouco... Essa coisa de ir de um lado para o outro está me deixando aflito! – respondeu ele, preocupado.

– Como eu já te disse, pode ficar tranquilo, tudo vai ficar bem! – disse Cassandra, tentando acalmar um pouco o garoto. – Você está pronto?

– O que vai acontecer agora? – questionou Erion, ainda preocupado.

– Vou fazer sua mana fluir um pouco, como se fosse utilizar um feitiço. O efeito pode ser um tanto incômodo, mas com o tempo você se acostuma!

– E o que acontece depois?

– Sua conexão com a magia será refeita, e você estará à frente do portão Zero! É o mais longe que eu posso te levar. Daí para frente, será com você!

– E eu vou enxergar o mundo como daquela vez? – indagou Erion, com uma feição de alegria.

– Isso mesmo! – respondeu Cassandra, contente. – E então?

Erion olhou Cassandra profundamente em seus olhos cinzentos, respirou bem fundo e, mesmo tremendo feito vara verde, respondeu:

– Estou pronto!

– Tudo bem, fique tranquilo, não vai doer nada! – falou a mulher, posicionando-se melhor na cadeira. – Feche os olhos e relaxe! – completou enquanto apoiava as mãos delicadamente sobre as têmporas de Erion.

Uma delicada luz começou a emanar das mãos de Cassandra e, aos poucos, cobriu o corpo de Erion feito um manto. O garoto sentia um suave calor e algo correndo por dentro de seu corpo. Era como se fosse possível sentir seu sangue fluindo. Foi se acalmando, mais e mais, até que a luz perdeu intensidade e, por fim, se dissipou por completo.

– Prontinho, pode abrir os olhos! – disse Cassandra delicadamente.

Erion os abriu devagar e, mesmo ainda com a vista embaçada, podia ver que aquela sala com sinais de total abandono havia mudado completamente. Pôde ver um o brilho ardente ao fundo, o que parecia ser uma lareira. Pouco a pouco, sua visão ficou mais nítida, até que tudo se revelou. Erion estava em uma linda sala de escritório, muito estranhamente parecida com as da Terra. Móveis feitos de madeira nobre, dignos de um cenário de filme, tamanha a sua perfeição. E, confirmando sua suspeita, havia, sim, uma bela lareira ao fundo.

Não foi apenas o local que havia mudado. A roupa que Cassandra trajava agora era uma túnica branca metálica, que brilhava com o movimento, o que realçava o tom de seus cabelos e olhos cinzentos. Erion jamais havia visto um tecido tão lindo, que, apesar da textura metálica, parecia leve como seda.

– O que foi? – perguntou Cassandra, sorrindo. – Não está acostumado a ver mulheres de cabelo curto e espetados? – continuou, brincando.

– Eu nunca havia visto uma roupa tão reluzente! – respondeu Erion, impressionado.

– É uma túnica comum. Por aqui, temos tecidos de diferentes materiais, coisas que você não vê na Terra! – explicou Cassandra, cruzando os braços. – Se até isso você conseguiu ver, então parece que seus olhos já estão funcionando bem!

– Eu só não entendi uma coisa – disse Erion, envergonhado.

– Pode perguntar o que quiser, menos a minha idade! – declarou Cassandra, dando uma gargalhada.

– Por que, ao chegar aqui, mesmo a paisagem estando diferente do dia em que enfrentei aquela coisa horrenda, ela não parecia tão judiada quanto o hospital, essa torre ou o estranho caminho que percorremos para chegar até aqui? – indagou ele, confuso.

– Respondendo à sua pergunta, atrasada até, eu diria. Eu esperava ouvi-la antes de deixarmos o hospital. O que ocorreu tem a ver com a questão dos portões. Como você se desconectou da magia por completo, voltou a ser um humano como todos os outros. Nosso mundo é mágico, existem forças que incidem sobre ele e estão além da sua compreensão. Como eu te disse antes, os olhos captam a luz que incide sobre os objetos, a mente é quem compila a entrada e gera a imagem do objeto que está à sua frente. Como sua mente em relação ao nosso mundo é limitada, a sua visão tende a ficar dessa forma.

– Mas, mesmo agora, eu continuo sem entender nada e vejo o mundo diferente. Acho que fiquei mais confuso!

– É aí que entra a parte de conexão com a magia. Uma vez ligado totalmente a ela, não há limites. Quando disse que abri seus olhos, na verdade, eu abri sua mente, tirei suas limitações! O fluxo de pensamento é diferente quando se está conectado à magia. Há dimensões e variáveis impossíveis de serem enxergadas ou compreendidas por um indivíduo sem magia! Mas não esquente a cabeça com isso agora, tudo fará mais sentido no futuro. Como eu disse, lidar com magia requer treino e dedicação! – explicou Cassandra, ao ver que o garoto estava ficando preocupado. – Continuando... Quando você chegou ao nosso mundo, já havia feito conexão com a magia.

– Ah, me esqueci de perguntar. A Amélia é maluca daquele jeito mesmo de nascença ou um daqueles monstros bateu forte na cabeça dela? – questionou Erion, interrompendo Cassandra.

– HAHAHAHAHAHA! – gargalhou Cassandra. – Erion, os Hawkins são excêntricos, mas não são malucos, eu já ia chegar lá! – disse, ainda rindo. – É aí que está a diferença entre quando você chegou aqui e como você está agora. Naquele dia, você teve contato com magia várias vezes.

– Nossa, eu achei que havia feito contato só durante a batalha! – faou ele, surpreso.

– No portão de entrada, você viu os dois guardiões, certo? – perguntou Cassandra.

– Aqueles dois esquisitos? – indagou Erion com cara de repulsa pela fisionomia de que se lembrou.

– Eles pareciam esquisitos para você, pois você os enxergava, mas não os compreendia. A banca de doces foi a forma que sua mente encontrou para descrever o que estava vendo!

– Nossa, eu não fazia ideia. Mas e a parafuso solto lá, que me tratou bem uma hora e depois me tratou feito um desconhecido!? – questionou o rapaz, incomodado.

– Você foi o culpado– respondeu Cassandra, rindo.

– Ué, não entendi!

– Quando você entrou em contato com os guardiões, ativou o mecanismo de defesa do portal!

– Igual a um alarme?

– Quase isso. Você foi atingido por um feitiço chamado Memorium.

– Feitiço? Memo o quê? – inquiriu Erion, confuso.

– A função do Memorium é apagar a memória recente da pessoa. O portal sente sua conexão com a magia e, mesmo que esteja conectado o mínimo que seja, imediatamente é disparado o feitiço. Se não for o suficiente, é para isso que os guardiões estão lá!

– E por que a Amélia se esqueceu de mim?

– De alguma maneira, ainda que de forma inconsciente, você usou um feitiço chamado Revertum. Esse é um feitiço muito complexo, que repele qualquer outro lançado diretamente a você. Então, com isso, você repeliu o Memorium em todos à sua volta. Isso afetou a Amélia, os guardiões e todos em um raio de quilômetros!

– Isso quer dizer que...

– Qualquer um no raio do feitiço que tenha tido contato com você recentemente se esqueceu por completo de você!

A revelação de Cassandra deixou Erion pasmo. Logo pensou em seus amigos, dos quais se perdera durante a aglomeração em Helsinque.

– Mas, espera aí! Então eu me conectei à magia duas vezes, certo? Como eu sobrevivi ao retorno ao tal portão Zero?

– Não foi apenas a Revertum que você usou. Você teve acesso à magia de outra forma também!

– Nossa, quanta coisa. Para mim, não fiz nada de diferente, até pular aquele portão enorme da escola foi difícil. A ruiva pancada pulou feito uma atleta olímpica, sem qualquer esforço.

– Ah, mas você ficará surpreso ao saber que também teve seu momento atlético! – disse Cassandra, sorridente.

– Olha, você deve ter se confundido com outra pessoa, sou péssimo em esportes. Nas aulas de educação física eu só ficava ouvindo música e olhando as pessoas jogarem! – disse Erion, com ar de tristeza.

– Você se lembra da luz que viu na escola abandonada em Helsinque?

– Sim, eu vi a luz e vi que Amélia tinha passado por ela. Então a segui correndo!

– Assim que alguém cruza o portal, ele se fecha em segundos e, mesmo assim, você conseguiu passar por ele. Para pular daquela forma que te impressionou tanto, Amélia usou mana para ganhar força. Em outras palavras, ela usou magia para se mover! Você fez o mesmo e por um segundo aumentou sua velocidade a um nível absurdo e conseguiu passar pelo portal! – concluiu Cassandra, com orgulho.

Erion ficou chocado com tantas revelações sobre seus feitos, mal conseguia continuar com suas perguntas. O garoto ficou impressionado com quanto a magia esteve presente em tudo que fez e também nas possibilidades que ela lhe trouxe.

– Pelos meus cálculos, você deve ter aberto o portão quando se defendeu da Memorium, porque usar a Revertum e correr tão rápido requer que você tenha acesso total à magia. Porém, como você não fazia ideia do que estava fazendo, ficou em um estado dormente. Você só despertou por completo quando teve que lutar para salvar sua vida e para ajudar os outros!

"E, por conta disso, quando chegou aqui, você teve uma visão melhor do mundo; melhor, mas incompleta. Conforme fez progresso e entendeu um pouco do que estava acontecendo, você conseguiu enxergar nosso mundo como ele realmente é!

"Quando acordou na enfermaria, como estava totalmente desconectado da magia, sua mente não tinha qualquer referência de onde estava e criou uma realidade alternativa. Você não enxergava as pessoas e os objetos. Só observava o que você achava que estava realmente vendo. Quando entrou uma enfermeira, começou a entender que estava em um hospital e a moldar sua visão de acordo com o que viu."

– E agora? – perguntou Erion, curioso.

– Agora, seus olhos estão totalmente abertos e, com sua conexão estabelecida com a magia, você está vendo nosso mundo da mesma forma que durante o combate! – respondeu Cassandra, sorrindo.

– Os alunos usavam robes pretos?

– Não, isso foi a sua percepção ao chegar ao campo de estudos, pois sua mente associou estudos e logo você imaginou que veria uma universidade diferente, criando essa visão fantasiosa. Na verdade, usavam uniformes bem elegantes. Você vai ganhar o seu, fique tranquilo e verá melhor! Espere um pouco, vou te mostrar uma coisa! – declarou Cassandra, levantando-se e indo até uma mesa antiga de madeira.

A mesa parecia ser feita em madeira nobre e tinha várias gavetas. De uma delas, Cassandra pegou um case de metal, feito de aço escovado, e o levou a Erion.

– O que é isso? – questionou Erion, olhando para o case.

– Agora as coisas vão ficar um pouco mais interessantes! – respondeu Cassandra, com olhar enigmático.

XXIV. PROBLEMAS TÉCNICOS

Erion ficou olhando o case por todos os ângulos e, de forma alguma, sentiu que podia adivinhar o que estaria guardado ali dentro. Percebendo a inquietação de Erion, Cassandra decidiu cortar o suspense e disse:

– Aqui dentro tem um catalisador e uma Runah Elemental. Com isso, vamos testar sua conexão com a magia!

– Cata o quê?

– Catalisador, Erion! Você deve se lembrar dos jovens que lutaram naquele dia, não?

– Sim, todos tinham umas pedras de cores diferentes presas em seus braços, mas estavam muito longe. Não consegui ver direito!

– Exato! Essas pedras nós chamamos de Runahs!

– Runahs?

– Isso, são minerais extraídos de diferentes partes do nosso planeta. Elas se dividem basicamente em: Elemental, Invocação, Conjuração, Modificação e Médica! O catalisador tem a função de captar sua energia, que chamamos de mana, e carregar a Runah, que faz um papel de acordo com seu tipo! Você entendeu sobre Runah e catalisador?

– Sim, claro! – respondeu Erion, com cara de quem não tinha entendido nada.

– Vamos ao teste? – indagou a mulher, repousando o case sobre o próprio colo.

– Sim!

Cassandra tocou delicadamente a parte de cima do case, provocando o surgimento de um desenho em círculo laranja ao redor da palma de sua mão. Em seguida, linhas parecidas com as de transistores foram se desenhando até as pontas do case. Quando abriu, fez com o que seu interior saltasse, expondo um lindo bracelete azul e uma pedra vermelha a seu lado, ambos bem acomodados em moldes.

– Uau! – disse Erion, admirando o case e seu interior.

– Esse catalisador é bem simples e usado apenas para testes!

– Mas por que essa segurança toda para algo apenas para testes? – questionou Erion, estranhando o case todo seguro.

– Esse catalisador, apesar de ser apenas para testes, é 100% funcional e não criptografado!

– Criptografado? Igual a uma senha? – questionou Erion, confuso.

– Isso mesmo, cada um tem um código de criptografia atrelado ao seu DNA e somente o usuário registrado pode usá-lo. Isso evita que seja roubado e usado por alguém mal-intencionado! Já esta pedra é uma Runah Elemental. A cor dela é vermelha! – disse Cassandra, mostrando a linda joia.

Erion ficou ainda mais admirado ao ver a Runah mais de perto. Ele jamais havia visto algo tão belo. Nem o mais belo dos diamantes da Terra chegava perto da complexidade e do polimento da joia.

O catalisador tinha um molde no centro no formato exato para acomodar uma joia. Cassandra delicadamente removeu a Runah do case e a encaixou no bracelete. O encaixe era milimetricamente perfeito.

– Ok, vamos lá, Erion, me dê sua mão esquerda.

Erion, ainda um pouco nervoso, estendeu o braço na direção de Cassandra, o pegou e colocou o bracelete aberto. Imediatamente o artefato reconheceu o braço de Erion e se fechou, de maneira bem confortável.

– Que legal! E, agora, o que eu faço? – perguntou Erion sem entender nada, mas explodindo de euforia.

– Que estranho... – admitiu Cassandra, franzindo a testa.

– O quê? Fiz algo errado? – perguntou Erion, preocupado.

– Não! Quando o catalisador se conecta ao usuário deve fazer a Runah emitir um brilho. Isso é a rotina de checagem do catalisador, que testa a conexão entre a mana do usuário e a Runah. Sua conexão com a magia está correta, porém, sua energia parece não estar fluindo muito bem! – disse ela, preocupada.

"Vou fazer a mesma coisa que fiz anteriormente para fazer sua conexão. Só que dessa vez, vou puxar sua energia em direção às suas mãos! Me dê suas mãos, Erion!"

Ainda um pouco nervoso com esse monte de informação e um inesperado problema, Erion estendeu as duas mãos na direção de Cassandra.

– Feche os olhos, relaxe, sinta a energia fluir por seu corpo! – disse Cassandra, gerando mais uma vez um belo manto de luz ao seu redor.

– Eu sinto um calor vindo de você, mas em mim não sinto nada! – falou, desapontado.

– Isso não faz sentido! – replicou Cassandra, frustrada e soltando as mãos do garoto. – Erion, me dê o catalisador, por favor!

– Claro! Mas como eu tiro?

– Coloque a mão na parte de baixo, e ele vai se abrir! – respondeu Cassandra, ansiosa.

– Tudo bem! – concordou Erion, tocando levemente a parte de baixo do bracelete, fazendo-o abrir.

– Deixe eu ver. Pode estar com defeito! – declarou Cassandra, pegando o catalisador e colocando em seu braço esquerdo.

Assim que Cassandra o colocou, o metal em volta do catalisador emitiu um brilho, e também a Runah.

– Parece não ser um problema com o catalisador. Para mim está funcionando como deveria! – afirmou Cassandra, confusa. – Me desculpe, Erion, mas você disse que essa sua pulseira se transformou durante o combate? – perguntou, curiosa.

– Ah, sim, essa pulseira é esquisita mesmo!

– Posso ver?

– Claro, só que tem um pequeno problema. Quando eu a tiro, pouco tempo depois ela volta pro meu braço – explicou Erion enquanto removia a pulseira.

Essa pulseira... Será uma..., perguntou-se Cassandra, desconfiada.

Erion removeu a pulseira e a entregou nas mãos de Cassandra, que a segurou delicadamente. A mulher observou bem o objeto e estranhou por parecer ser apenas algo comum. Poucos instantes depois, a pulseira emitiu um brilho e reapareceu imediatamente no pulso de Erion, na mesma posição que estava antes de ser removida.

– Tá vendo? Essa pulseira é bizarra! – disse Erion, rindo.

– Onde você disse que conseguiu essa pulseira mesmo, Erion? – perguntou Cassandra, desconfiada.

– Ah, essa coisa aqui eu tenho desde pequeno. Minha mãe nunca fala muito sobre isso. Aliás, sempre que tento tocar no assunto, ela muda a conversa de rumo imediatamente! – explicou, relembrando tentativas frustradas de buscar informações sobre sua pulseira.

– Podemos tentar o fluxo mais uma vez?

– Claro! – respondeu Erion, estendendo as mãos.

– Acho que sei o que é essa sua pulseira! – disse Cassandra, segurando as mãos de Erion.

Mais uma vez, Cassandra tentou fazer com que sua energia entrasse em contato com a de Erion. Desta vez, Erion pôde sentir um fluxo de força muito grande na direção de suas mãos. O garoto voltou a sentir aquele mesmo formigamento que sentiu no próprio pulso, durante a luta contra o gravius. E, mais uma vez, sua pulseira se transformou em um bracelete branco metalizado, com detalhes em dourado e uma joia transparente no centro.

– Uau, a pulseira... – disse Erion, maravilhado ao ver que realmente ela se transformava em algo tão belo.

– Como eu pensava! Isso não é uma pulseira comum – declarou Cassandra, séria. – Isso é uma Hara-Khai!

– Hara o quê? – perguntou Erion, com cara de bobo.

– É um artefato extremamente raro, e são poucas as pessoas no Universo que o utilizam!

– Nossa, nunca imaginei que fosse tão importante – disse Erion, surpreso.

– Sim, mas é a primeira vez que vejo um humano usando uma! – explicou Cassandra, desconfiada.

– Ué, por quê? – questionou Erion, incomodado.

– As Hara-Khais são como seres vivos e escolhem seu hospedeiro. Estranhamente, você foi escolhido por uma – disse Cassandra, sorrindo. – Nossa, sua história está ficando cada vez mais interessante. Mas vamos voltar ao ensinamento, essa parte de teoria deve estar ficando chata. Haverá tempo para eu te explicar tudo! Pronto? – perguntou Cassandra, ansiosa.

– Sim!

Cassandra soltou as mãos de Erion e seu bracelete imediatamente voltou a ser uma pulseira comum, o que deixou a mulher um pouco incomodada. Porém, como havia prometido, resolveu deixar a teoria de lado e mostrar a parte mais prática. Como ainda estava usando o catalisador de testes, Cassandra decidiu explicar para Erion como tudo funcionava.

– Erion, preste bastante a atenção no que eu vou fazer – disse Cassandra, pegando uma vela comum do mesmo lugar de onde tirou o case com o catalisador e a Runah. – Acredito que, com você me vendo fazer as coisas, elas fiquem um pouco claras! – completou, confiante.

Cassandra aproximou delicadamente sua mão do pavio da vela. Erion olhava com atenção, até que a Runah do catalisador de testes emitiu um fraco brilho, semelhante ao de quando fez a rotina de checagem. No entanto, ao contrário da última vez, o brilho permaneceu ativo, o que realçou a bela cor da Runah. De repente, uma pequena chama surgiu na ponta do dedo de Cassandra. Era como se seu dedo tivesse se transformado em um isqueiro. Cassandra encostou a chama no pavio da vela, que a fez acender.

Erion pareceu ficar um pouco desapontado com o que acabara de presenciar. Para o garoto, todo aquele processo de ativar a Runah com o catalisador para fazer um gesto tão simples parecia um truque barato. Ele até que tentou, mas não conseguiu disfarçar o descontentamento.

Cassandra fechou a mão lentamente e a chama desapareceu. Além da mão, Cassandra também fechou a face, vendo que havia algo de errado com o garoto.

– Você prestou a atenção? – perguntou, colocando a vela sobre um belo castiçal em cima da mesa. – Você parece decepcionado, o que foi? Sua Hara-Khai se desativou novamente, eu percebi assim que soltei a sua mão!

– É verdade, eu não tinha percebido! – disse Erion, preocupado.

– Quando eu puxei sua energia e sua Hara-Khai se ativou, virando um bracelete, você se surpreendeu como se fosse algo absurdo. Você já a viu ativa antes, por que a surpresa? – perguntou Cassandra com os olhos penetrantes. – Você não acredita em magia, não é? – prosseguiu ela, desapontada, atravessando a chance de Erion de se explicar. – Agora faz sentido, sua mana não está fluindo direito, porque você não acredita nela!

Erion abaixou a cabeça e não encontrou palavras para responder à acusação de Cassandra.

– Ei, está tudo bem! – disse Cassandra, sorrindo e percebendo que o garoto havia ficado sentido. – Só achei que talvez você fosse um pouco diferente dos outros humanos, mas nisso você é igual! – afirmou.

– Não entendi – replicou Erion, confuso

– Não temos o costume de trazer pessoas já entrando em fase adulta ou adultos. O mundo em que você vive despreza a magia por completo e te afasta dela a qualquer custo, mesmo que indiretamente. Isso faz com que você e sua mana deixem de conversar. Estive analisando seu comportamento aqui e, desde que comecei as explicações, você me olhava como uma convenção de cientistas e suas teorias, achando que isso que fiz não passou de um truque! – disse Cassandra com os olhos marejados. – Estou errada?

– Cassandra, eu sinto muito, eu não quis te chatear! – explicou-se Erion, triste. – Mas admito. Para mim, realmente é difícil acreditar, mesmo depois de tudo que senti na pele. Ainda tenho um vestígio lá no fundo dizendo que tudo não passou de um sonho. Eu nunca pensei ser capaz de usar magia durante toda a minha vida. E, de repente, preciso dela para me salvar. É tudo muito confuso para mim ainda! E também você não ajuda. Fez todo esse caminho para criar essa pequena chama. Pareceu realmente um truque barato! – disse, desafiando Cassandra.

– Em nosso mundo, a magia tem muitas formas, desde o mais simples ato até coisas mais complexas. Um exemplo é por que você entende o que eu falo e eu consigo te entender como se fôssemos dois nativos conversando. Isso eu creio que responda à sua pergunta do hospital, que deixamos em aberto! Tudo bem, já que minha demonstração não foi o bastante, que tal tentarmos algo diferente? – perguntou Cassandra em tom desafiador. – Já que temos uma plateia exigente aqui hoje... Desafio aceito! – declarou com um sarcástico sorriso.

XXV. DESAFIO ACEITO

Cassandra, com um ar mais confiante e um pouco mais séria, se ajeitou na poltrona mais uma vez e continuou:

– Como já te disse, usar magia requer muito treino, e o treino não é muito fácil. Talvez eu tenha lhe passado a impressão errada sobre as coisas, ao fazer algo tão simples!

– Cassandra, é sério, não quis ofender! – disse Erion, envergonhado por ter dado a entender que estava debochando de tudo.

– Para que essa pequena chama surgisse, tive que controlar minha energia ao máximo. Não queríamos um acidente, queríamos? – perguntou Cassandra. – Isso é mais difícil do que parece, Erion. Controlar a magia com sabedoria pode mudar o rumo de um combate! A quantidade de mana que você aplica denota o quão poderoso será o feitiço – continuou, levantando-se e afastando-se do garoto. – Entendeu, Erion? – acrescentou, preparando-se para usar o feitiço novamente.

Erion começou a ficar um pouco acuado com o tom ameaçador de Cassandra. Porém, sem que pudesse dizer nada, com um olhar atravessando Erion, a mulher disse:

– Talvez eu precise ser um pouquinho mais convincente, você não acha? Portanto, desafio aceito! – E removeu o catalisador de testes, colocando-o sobre a mesa. Cassandra revelou seu braço direito e não possuía apenas uma, mas várias Runahs, uma de cada cor.

Erion olhou para o braço de Cassandra e ficou apavorado e ao mesmo tempo admirado ao ver a quantidade de Runahs que ela possuía e quão belo seu catalisador era, todo dourado e com as pedras alinhadas, cobrindo quase seu antebraço todo, como uma armadura revestida de joias.

– Agora vamos à diferença entre fazer isso... – disse Cassandra, criando uma pequena bola de fogo sobre a palma de sua mão.

De olhos arregalados, Erion imediatamente se levantou da cadeira e começou a se afastar diante da demonstração de Cassandra.

– Ou dizer... – continuou a mulher, abrindo os braços e fazendo sua Runah vermelha brilhar. – Parede de fogo – gritou Cassandra.

Das duas mãos de Cassandra saíram enormes chamas, que logo se transformaram em verdadeiras paredes de fogo. As chamas queimavam intensamente, como se viessem de um tanque de combustível pegando fogo. Com rapidez o fogo incendiava tudo por onde passava; os móveis, o teto, as paredes. Muitos objetos começaram a cair, até os vidros dos quadros foram quebrados por conta da alta temperatura. Partes do teto em chamas caíam sobre tudo, inclusive perto de Erion, que fazia de tudo para desviar. Além disso, a temperatura na pequena sala já estava ficando insuportável; Erion estava com dificuldades para respirar.

– Entendeu agora por que é necessário controle? – questionou Cassandra calmamente, apesar do caos que causara.

– Tá bom, tá bom, já entendi! – respondeu Erion em pânico, enquanto cobria o rosto para tentar se proteger das chamas.

Mais uma vez fazendo sua Runah vermelha brilhar, Cassandra disse serenamente:

– Brisa de gelo.

Da palma de sua mão surgiu um pequeno aglomerado de flocos de neve bem brancos. Imediatamente, Cassandra soprou os flocos da palma de sua mão. Conforme os soprava, a quantidade de flocos aumentava até formar um pequeno ciclone, congelando tudo que tocava. Nem Erion escapou de ser congelado. As chamas se apagaram quase que instantaneamente com o feitiço de Cassandra. Já Erion ficou completamente coberto de neve e, como nativo de terra tropical, tremia absurdos.

– Incrível! *Atchim*! – disse Erion, impressionado e com a voz trêmula por conta do frio.

– Como eu te disse lá no hospital, estou te dando a possibilidade de fazer tudo que a sua mente permitir. Isso, é claro, em prol das pessoas que necessitam de nós! – disse Cassandra em tom heroico. – Compreende agora? Imagine uma pessoa sem treinamento com poderes, seria desastroso!

– A-acho que entendi! *Atchim*! – respondeu Erion, ainda morrendo de frio.

– Eu não vou mentir para você. Não te trouxe aqui para ficar de férias, seu treinamento será rigoroso! – avisou Cassandra seriamente.

– Eu estou pronto! – afirmou o garoto, mais animado após a bela demonstração de Cassandra.

– Reiniciar – disse Cassandra subitamente.

Ao falar isso, a sala emitiu um forte e ofuscante brilho. Tão forte, que Erion teve que cobrir os olhos com os braços. Assim que os abriu, Erion se espantou ao ver que a sala estava mais uma vez intacta, como se nada tivesse acontecido.

– Que bom que ficou animado. Nunca duvide da magia como fez há pouco. E digo mais, isso foi apenas uma brincadeira. Espere até aprender a *Pegasus*! – declarou Cassandra, sorrindo. – Mas isso é assunto para uma outra hora! Agora é sua vez, precisamos fazer essa sua Hara-Khai funcionar – completou, sentando-se novamente na poltrona e cruzando as pernas.

XXVI. SUA VEZ

Cassandra estendeu o braço até a mesa e pegou o catalisador de testes, guardando-o de volta no case, separado da Runah. Estático, Erion olhava para Cassandra com um enorme frio na barriga e sem saber o que fazer ou dizer.

– Sente-se! – disse Cassandra serenamente, indicando a cadeira onde o garoto estava sentado antes.

Desconfiado de que a cadeira ainda pudesse estar quente ou congelante, Erion se sentou bem cauteloso. Os atos inocentes do garoto alegravam Cassandra, que sempre deixava escapar uma sincera risada, como a de uma mãe que olha para seu filho tentando os primeiros passos.

– Cassandra, eu não sei o que fazer – disse Erion, tenso.

– Se acalme, você já fez uma vez e pode fazer de novo! – encorajou Cassandra.

– Eu vi o que você fez, mas não compreendo como o fez!

– Vamos voltar à lição anterior, mas, desta vez, você deve fazer sozinho, ok?

– Ok! – respondeu Erion, engolindo em seco.

– Feche os olhos e a sinta fluir por você – disse Cassandra em um tom bem sereno e delicado.

– Tudo bem!

– Sim, vamos lá, você consegue! – replicou, encorajadora.

Erion fechou os olhos e ficou em um silêncio profundo e inerte por um bom tempo. Cassandra o observava atentamente, na esperança de que algo grandioso aconteceria. Porém, alguns minutos depois, o garoto abriu seus olhos e, com cara de decepção, disse:

– Não consigo!

– Como? Você conseguiu daquela vez, o que mudou agora? – perguntou Cassandra, decepcionada. – Não desista! – disse, encorajando Erion mais uma vez.

Erion repetiu o procedimento, mas o resultado, para a infelicidade de ambos, foi o mesmo.

– Ah, acho que já sei... – começou Cassandra, levantando-se da poltrona e retornando ao canto da sala onde fez a demonstração anterior. – Pelo jeito, sua magia só se manifesta quando você está em perigo. Bom, acho que posso dar um jeito nisso! – completou com um sorriso malicioso.

– Por que a imagem de você nesse canto da sala me amedronta tanto? – perguntou Erion, apavorado e balançando a cabeça.

– Punho de Pedra – conjurou Cassandra, acionando uma Runah na cor azul.

Ao brilhar de sua Runah, Cassandra criou uma enorme bola de pedra no formato de um punho, quase do tamanho de uma bola de demolição. Erion observou impressionado e assustado ao mesmo tempo, pois não sabia quais eram os planos de Cassandra.

– Olhe, eu não sei se isso vai funcio... – tentou dizer Erion, sendo interrompido por Cassandra, que, sem aviso prévio, arremessou a enorme pedra contra o garoto.

A julgar por seu tamanho, a pedra deveria pesar várias toneladas, mas foi arremessada facilmente pela mulher. Erion ficou paralisado pelo medo e nada fez para desviar enquanto o enorme punho de pedra se aproximava. O garoto virou o rosto e fechou os olhos esperando o impacto; e, por questão de milímetros, a pedra não o atingiu em cheio.

Anestesiado pelo medo, ele se virou lentamente e olhou o enorme buraco criado pela pedra. Ainda tremendo, Erion cauteloso se aproximou do buraco, com medo de que algo desabasse sobre ele. O rapaz não acreditava no que estava vendo. Apesar do tamanho do estrago, não era possível ver o que havia do outro lado, era apenas um buraco escuro e vazio. Alguns segundos depois, o garoto voltou a si e gritou enfurecidamente, virando-se para Cassandra:

– Tá maluca!?

– Não, só estou com a pontaria ruim. Na próxima eu te acerto, com certeza! – disse Cassandra, preparando-se para atacar outra vez. – Punho de pedra – conjurou, criando uma nova e gigante pedra.

De novo sem avisar, Cassandra atirou a enorme pedra em direção a Erion. Porém, ele sentiu algo diferente naquela vez. Era como se estranhamente o medo fosse desaparecendo, mesmo com o pedregulho se aproximando. O garoto foi tomado por uma sensação de calmaria e serenidade e sabia que, se não tomasse uma atitude, morreria. Em uma fração de segundo, sua Hara-Khai se ativou. A joia no meio de seu bracelete mudou de transparente para roxa e brilhou intensamente. Erion, com estranho semblante sério, disse de forma calma:

– *Stasium.*

A gigante pedra subitamente parou em pleno ar, a poucos milímetros de atingir Erion. O objeto ganhou um contorno de luz azul, assim como Cassandra fez com Erion na enfermaria para evitar que pulasse da janela. Era como se a gravidade não tivesse mais efeito sobre a enorme rocha. Similar a uma simples bexiga de festa, Erion começou a mover a pedra com facilidade de um lado para o outro, enquanto ela levitava.

– Incrível! Essa pedra deve pesar umas duas toneladas – disse Erion, maravilhado e ainda brincando com a pedra.

– Na verdade, cento e cinquenta – relatou Cassandra, séria, cruzando os braços.

Nossa, ele aprendeu a Stasium *só de olhar!?,* pensou a mulher.

Cassandra ativou sua Runah azul mais uma vez, o que a fez emitir um rápido brilho. Em seguida, a enorme pedra se transformou em poeira de luz, até desaparecer por completo. Passado o susto, a Hara-Khai de Erion voltou a ser uma simples pulseira.

– Muito bem! – disse Cassandra, orgulhosa.

– Ei, que ideia foi essa de ficar me jogando pedras? – questionou Erion, enfurecido. – Tá querendo me matar?

– Me desculpe, mas precisava testar minha teoria – respondeu ela, serena.

– Teoria? De quê? De jogar uma pedra em mim e me matar? – perguntou o garoto, ainda zangado.

– Como eu te disse antes, você e sua magia não andam juntos. Você não acredita totalmente que a magia exista e, pior, que ela exista em você. Por conta disso, ela não flui como deveria!

– Continuo sem entender – disse Erion, confuso.

– Você usou magia agora porque estava em perigo, e seu instinto foi se defender! – explicou Cassandra. – Você não consegue ativar sua Hara-Khai sozinho, que é um dos primeiros passos do controle de magia!

– Por isso eu não consegui usar o catalisador?

– Não, isso é outro problema!

– Ah, cara, nem comecei e já tá ficando difícil! – falou Erion, desapontado.

– Calma! Não é tão grave assim – ponderou Cassandra, tentando não desanimar o garoto. – Até onde eu estudei, pessoas que usam Hara-Khais não podem usar Runahs. As Hara-Khais assumem o controle da mana do usuário de maneira exclusiva e repelem a Runah como se fosse um corpo estranho, impedindo-as de acessar a magia.

"Quando eu te pedi para se concentrar e usar a Runah, eu não senti nenhuma energia vindo de você. Isso não é normal e podia ser o catalisador com problema, por isso eu o testei. Foi aí que eu entendi que você possuía uma Hara-Khai. Isso é um sinal bem típico de quem usa esse tipo de artefato!"

– E agora? O que eu faço? – perguntou Erion, preocupado.

– Seu treinamento vai ser bem mais difícil do que eu pensava, mas vamos dar um jeito! – replicou Cassandra, dando um lindo sorriso. – Bom, chega de treino por hoje, preciso te mostrar nossa cidade!

– Mas essa sala ainda parece velha. A cidade é assim também? – indagou Erion, desapontado.

– Essa é uma sala de transição, você não notou que ela está intacta depois de tanto estrago que eu provoquei? – perguntou Cassandra.

– É verdade, eu ouvi você dizer "reiniciar" e tudo voltou ao normal. Também, quando a pedra atingiu a parede, não deu para ver o outro lado – disse Erion, impressionado.

– Essa sala não existe na verdade e, quando passarmos por aquela porta, ela desaparecerá. Aí, sim, você verá nossa torre e a cidade! Aqui é o que chamamos de sala virtual. O que você viu foi um programa de simulação. Usamos uma decoração comum da Terra para facilitar e fazer com que o iniciante mantenha o foco, porque, se eu te mostrasse o que eu estou para lhe mostrar, ficaria bem difícil se concentrar, acredite! – afirmou a mulher. – Você está pronto? – desafiou-o, aproximando-se da porta.

– Sim... – respondeu ele, apreensivo.

– Por aqui! – chamou Cassandra, abrindo a porta, sendo que do outro lado era possível ver apenas uma forte e ofuscante luz.

XXVII. Bem-vindo a Zethar

Cassandra ficou parada diante da porta, aguardando Erion, que estranhamente continuou estático, relutante, apenas olhando para ela. Percebendo que algo estava errado, Cassandra ajudou o garoto a relaxar e estendeu sua mão amistosamente, dizendo com serenidade:

– Não tenha medo! O máximo que vai acontecer é você ficar de boca aberta. Confie em mim!

A passos de tartaruga, Erion caminhou até Cassandra e, com as mãos trêmulas e suadas pelo nervosismo, segurou a da mulher. Imediatamente Cassandra devolveu ao garoto um olhar cheio de ternura, como de uma mãe que acompanha o filho no primeiro dia de aula. O gesto fez com que o coração dele se acalmasse.

– Tudo bem se quiser fechar os olhos! – falou Cassandra, segurando a mão de Erion com firmeza.

Aderindo à sugestão de Cassandra, Erion fechou os olhos e respirou fundo. Lado a lado, os dois cruzaram lentamente a porta em direção à ofuscante luz. Assim que cruzaram a porta, a passagem de imediato se fechou atrás dos dois, assustando Erion com o barulho. Gentilmente Cassandra o conduziu, afastando-o um pouco da porta por onde passaram.

– Pode abrir os olhos!

Erion o fez lentamente, quando por fim lhe foi revelado o que havia além da misteriosa luz da estranha sala. O garoto não entendia como a estrutura poderia ter mudado daquela maneira. O que antes era um corredor velho e empoeirado, com salas de escritório saídas direto dos anos 1930, tornou-se um amplo salão, muito limpo e organizado, todo cercado de vidro.

Ao olhar um pouco mais à volta, a primeira coisa que chamou a atenção do garoto foi a total ausência da sala por onde saíram.

– Ué, cadê a sala? – perguntou, confuso e olhando para todos os lados.

– Eu te disse que a sala não existia. Ela cumpriu seu propósito e foi encerrada – respondeu Cassandra, enigmática

A harmonia do local era impecável, com vários vasos grandes no chão, rentes ao vidro que cercava o local e um pequeno jardim com uma verde grama milimetricamente aparada e repleto de outras plantas exóticas que exalavam uma delicada fragrância. Em volta do florido jardim, havia diversos bancos grandes feitos de um estranho material metálico e pequenos caminhos de pedra para acessá-los, evitando que a grama fosse pisada. Toda a iluminação ficava por conta da delicada luz do sol, que entrava pela estrutura de vidro, o qual, de tão polido, parecia um fino e caro cristal.

– É lindo, não? – perguntou Cassandra, admirando o jardim.

– Sim! – respondeu Erion, encantado com as partículas coloridas que saíam das flores.

– Aqui é um local de relaxamento. Muitas pessoas vêm para meditar e colocar seus pensamentos em ordem.

– Nunca estive em um lugar tão pacífico!

– Pela cidade há mais lugares iguais a esse. Quando tiver um tempo, você poderá ir. É aberto ao público.

– Legal! – exclamou Erion, eufórico. – Até que foi tranquilo, aqui é bem bonito, mas é um pouco parecido com o lugar onde tive que enfrentar aquela coisa! – completou, um pouco desapontado.

– Sério? Então por que não dá uma olhada pela janela? – perguntou Cassandra com um sorriso malicioso.

Atendendo ao pedido, Erion se aproximou da janela e olhou. Como foi dito ser a estrutura mais alta, não havia nada além do belo e cintilante azul do céu. Porém, quando o garoto olhou levemente para baixo, a reação foi imediata.

– Impossível! – bradou Erion, de boca aberta e totalmente paralisado.

– Bem-vindo a Zethar, Erion! – disse Cassandra, orgulhosa da imensa e moderna cidade que se perdia de vista. – Acho que eu deveria ter trazido um babador! – debochou do garoto.

Erion não acreditava em seus olhos. Nem em sonho ele imaginara algo de tamanha magnitude. A cidade era gigantesca, ao ponto de perder de vista, com prédios imponentes, quase tão altos quanto a torre onde estavam. Alguns eram feitos totalmente de um metal que refletia delicadamente a luz do sol. Outros, assim como a torre onde estavam, pareciam ser feitos de vidro, mas não era possível ver o que havia por dentro.

A cidade era muito agitada e, até onde era possível ver, Erion se encantava com cada detalhe. Por toda parte havia veículos voadores, milhares deles cortando os céus. Ainda mais abaixo havia alguns tubos transparentes e suspensos, quase à altura dos andares dos prédios. Dentro deles circulavam veículos em alta velocidade que, para Erion, era impossível identificar.

– O que tem dentro daqueles tubos ali? – perguntou, apontando diretamente para os tubos.

– São trens, Erion – respondeu Cassandra.

– Nossa, e como são rápidos! – continuou o garoto, maravilhado.

– Trens são um de nossos principais meios de transporte aqui em Zethar – explicou Cassandra.

Erion resolveu ficar mais um tempo admirando a cidade. Além dos trens, os veículos voadores foram o que mais fascinaram o garoto. A julgar pelo tamanho deles, pareciam ser transportes particulares, como carros. Eram tantos detalhes, tanta informação, que o garoto começou a ficar zonzo e passar mal, assim como Amélia havia previsto.

– Acalme-se, garoto! Respire, abaixe a cabeça e abrace os joelhos! – ensinou Cassandra, preocupada.

Erion começou a respirar fundo, como se tivesse corrido uma maratona, e foi se recompondo aos poucos.

– Se sente melhor? – questionou, ainda preocupada.

– Sim, pelo menos contrariei a ruiva e não desmaiei, mas foi quase! – disse Erion, encabulado.

– Fique tranquilo, foi um choque para você. É muita coisa nova ao mesmo tempo para sua cabeça processar – disse Cassandra, apoiando a mão sobre o ombro do garoto. – Mas, me diga, o que achou? – indagou, esperançosa.

– Eu... Eu não sei nem como descrever o que acabei de ver! – replicou Erion, maravilhado, como se saísse de um parque de diversões.

– Nem em meus sonhos ou em filmes de ficção, eu vi algo desta forma! – prosseguiu o garoto.

– Posso imaginar... – disse Cassandra. – Aqui é a torre principal da Cidade do Norte. Temos outras três grandes cidades iguais a essa, sendo elas a Cidade do Leste, Oeste e Sul. Nosso planeta se chama Zethar, como já lhe disse há pouco.

– Realmente essa cidade se perde ao fundo, não dá pra calcular o tamanho disso só de olhar! – exclamou Erion, tentando medir a cidade pelo que via através da janela.

– Quanto ao cálculo, eu posso te ajudar. Só a cidade onde estamos agora é do tamanho da Terra! – disse Cassandra.

– O quê? Impossível! – falou Erion, sem acreditar.

– Hahahaha! – gargalhou Cassandra. – Você é hilário!

– Ei, qual é a graça? – perguntou Erion, incomodado.

– Você está tão preso às limitações. Você não viu nada ainda, acredite. Você tem uma longa estrada de aprendizado pela frente, que vai te fazer questionar muita coisa! – disse Cassandra, sorrindo. – Mas chega de papo, vamos voltar à academia, sim? – E caminhou na direção do jardim.

– Tudo bem! – concordou Erion, seguindo-a logo atrás.

Erion e Cassandra iniciaram sua caminhada cruzando um belo caminho de pedra que formava um símbolo, o qual Erion já havia visto antes, na academia. Enquanto caminhavam, notou que, no vidro que cercava o andar, surgiam algumas informações, como hora, local, clima, entre outras que Erion não fazia ideia de que se tratava.

Ao chegarem ao fim do pequeno jardim, depararam-se com o que pareciam ser dois elevadores. Diferente dos vidros que cercavam o andar, as portas eram de um tom alaranjado, com algumas inscrições, que Erion não conseguia entender, por toda a sua extensão.

– Vocês gostam de vidro aqui, hein? – disse Erion, sarcástico.

– Vidro? – perguntou Cassandra, surpresa.

– Ué? Tudo aqui não é feito de vidro, não? – questionou o rapaz, confuso.

– Esse material transparente a que você se refere não é vidro. Isso é um material que chamamos de Vandrilium – respondeu, demonstrando certo apego pelo material. – É transparente igual ao vidro que vocês usam como janelas, porém é mais resistente que o diamante. Em outras palavras, é praticamente indestrutível!

– Caramba, sério mesmo? – indagou Erion, surpreendido.

– Muitas coisas em nosso planeta são construídas utilizando esse material, inclusive a torre em que estamos! – respondeu Cassandra. – Esse material é inteligente, apesar de transparente e limpo para quem está do lado de dentro. É impossível enxergar o que está dentro. Ele utiliza a incidência de luz sobre a matéria e cria esse efeito.

– E eu aqui pensando que era uma simples janela de vidro, hehe! – disse Erion, perplexo. – Para onde nós vamos agora?

– Vamos ao andar de transportes.

Com gentileza, Cassandra aproximou a mão da porta de um dos elevadores, o que fez com que ele chegasse instantaneamente, abrindo-se em silêncio. Os dois entraram no elevador de paredes escuras. Diferente de um elevador comum, não havia nenhum botão para selecionar os andares. Cassandra estendeu a mão direita na direção de uma das paredes, surgindo um belo painel holográfico na cor azul, com vários números que, pela sequência, pareciam ser correspondentes aos andares. Apesar de ser apenas um holograma, o painel parecia ser firme, como se fosse feito de um material palpável. Ao lado de cada um dos botões, havia uma pequena imagem e um texto com uma breve descrição. Cassandra pressionou o número 902.

Assim que Cassandra selecionou o andar, a imagem correspondente ao andar foi ampliada, revelando uma sala ampla com várias cabines. Em sua descrição estava escrito "Viagem Instantânea".

– Ah, só uma coisa, Erion... Tente não gritar! – disse Cassandra, confirmando a seleção do andar.

– Gritar pelo quê? – perguntou ele, apreensivo, enquanto olhava a porta rapidamente se fechar.

Sem responder, Cassandra somente esboçou um malicioso sorriso e subitamente o elevador, de preto, ficou todo transparente, revelando uma deslumbrante paisagem urbana. O elevador estava posicionado do lado externo do prédio, o que facilitava a visão panorâmica da enorme e agitada cidade. Além dos modernos carros voadores, havia também muitas árvores e praças por toda parte, tudo em um belo equilíbrio tecnológico e natural. Erion ficou apavorado, tentando se apoiar na porta com medo de cair, pois não apenas as paredes, mas também o piso era transparente, o que dava a vertiginosa impressão de estar em queda livre. Logo o elevador iniciou sua descida, despencando a uma velocidade incrível, como se nada o segurasse. E contrariando Cassandra...

– Ai, carambaaaaaa, vamos morreeeeeeer! – gritou Erion, desesperado.

Alguns segundos de gritaria depois, o elevador começou a escurecer mais uma vez, voltando a seu estado inicial, e uma voz robótica disse:

– Andar 902, sala de transportes.

Erion saiu correndo do elevador passando mal e logo em seguida se apoiou sobre os joelhos, ofegante. O elevador os havia levado a um saguão bem movimentado, com muitas pessoas circulando apressadas, enquanto outras estavam sentadas em confortáveis sofás, mexendo em seus celulares e conversando entre si.

Lentamente o garoto recompôs-se até Cassandra colocar a mão no ombro dele, fazendo-o dar um pulo de susto.

– Está tudo bem? – perguntou Cassandra, preocupada.

– Da próxima vez, eu vou de escada, sem zoeira! – retrucou, incomodado.

Cassandra conduziu o garoto até uma grande porta de metal com um letreiro digital escrito "Viagem Instantânea". Da mesma forma que com o elevador, ela apenas aproximou a mão da porta, que se abriu em segundos. Os dois entraram em uma ampla sala com várias cabines grandes, como cabines telefônicas, cada uma com um terminal na parede.

Circularam por um tempo pela sala até que Cassandra parou repentinamente diante de uma série de cabines com um letreiro digital no topo escrito "Embarque". Mais de perto era possível ver que o terminal era bem moderno e, assim como tudo que Erion havia visto até então, não tinha botões. Diante do terminal havia o holograma de um planeta com uma definição de imagem incrível, era quase possível tocá-lo, de tão real.

A geografia do planeta era bem diferente da Terra. Os continentes eram bem divididos em relação à sua proporção de água. No topo do terminal havia uma pequena antena feita de um metal estranho.

Erion ficou um tempo tentando entender o que era aquela bizarra máquina, porém foi interrompido por Cassandra.

– Vamos lá?

– Por que não voltamos de carro? – indagou Erion, confuso.

– A julgar como você ficou quando olhou a cidade lá de cima, acho que é muita informação se formos de carro. Então, resolvi usar uma forma de transporte mais eficiente.

– Legal, mas não entendi o que estamos fazendo aqui. Você vai chamar um transporte usando esse terminal aí?

– Não, Erion, esse aqui é o transporte! – replicou Cassandra, apontando para o terminal.

– Não entendi – disse Erion, ainda mais confuso.

– Ó só avisando: você vai se sentir um pouco estranho, mas rapidinho passa!

– Estranho como? – questionou ele, aflito.

Sem responder ao garoto, Cassandra retirou do bolso de sua túnica um aparelho celular, que, de tão fino, parecia ser só uma simples tela de vidro com uma cobertura emborrachada. Cassandra acessou um aplicativo com o desenho de mapa, semelhante ao que era mostrado no holograma do terminal. Após interagir um pouco com o aplicativo, o holograma do globo começou a se movimentar, até que subitamente parou com uma flecha vermelha sobre um dos continentes.

De repente, surgiu a bela imagem de uma estrutura enorme, como um palácio entalhado em uma montanha, com uma vasta vegetação à sua volta e belas quedas d'água. Erion não reconhecia nada, mas reparou que na descrição da estrutura estava escrito "Academia de Versynia". Em seguida, sobre a imagem, surgiram dois botões virtuais, um verde para "Confirmar" e um vermelho para "Cancelar".

Cassandra segurou a mão de Erion e pressionou o botão verde, confirmando sua escolha. A imagem do globo começou a girar, e uma mensagem de boa viagem apareceu. O terminal começou a emitir um som eletrônico estranho, e várias pequenas esferas luminosas emanaram da antena. Erion olhava para todos os lados feito um animal assustado, tentando entender o que estava acontecendo. Cassandra, percebendo a inquietação do garoto, segurou a mão dele ainda mais firmemente, para evitar que tentasse fugir.

– Não, espera aí, que porcaria é essa!? – questionou Erion, tentando se soltar.

– Garoto, não me faça passar vergonha. Já não basta a gritaria no elevador! – falou Cassandra, debochando do garoto.

As esferas luminosas saídas da antena foram pouco a pouco cobrindo o corpo dos dois como um manto de energia. Subitamente, os dois desapareceram por completo, parecendo que se desintegravam.

Em um terminal semelhante ao da sala de transportes, instalado em uma sala muito bem decorada e com móveis delicados, feitos em um metal brilhante, esferas de energia começaram a surgir. Aos poucos, as esferas se aglomeraram e materializaram os corpos de Cassandra e Erion.

– Nossa, acho que vou vomitar! – disse Erion, enjoado, caindo de joelhos no chão e cobrindo a boca.

– Acalme-se. Respire. No começo é estranho mesmo! – Cassandra tentou acalmar o jovem.

– Bom, acho que não está faltando nada! – disse Erion, tocando-se.

– Relaxe, esse é nosso transporte mais seguro e caro. Ele converte o corpo em energia e transmite entre os terminais na velocidade da luz – explicou Cassandra seriamente, enquanto abria a janela que dava para um vasto jardim, muito bem-cuidado e simetricamente desenhado.

– Nossa, tô me sentindo em uma convenção de nerds de filme espacial! – disse Erion, recompondo-se.

– Hahahahahaha! Essa foi boa – disse Cassandra, rindo escandalosamente. – Essa aqui é minha sala. E, como você já sabe, sou a diretora desta instituição! – disse Cassandra, recompondo-se.

– Então estamos de volta ao lugar aonde cheguei quando vim parar no seu mundo? – perguntou Erion.

– *Nosso* mundo, Erion! – declarou Cassandra com ternura. – Agora aqui também é a sua casa. Como você mesmo viu, nossa tecnologia é bem avançada em relação ao seu planeta – completou, respirando fundo a delicada brisa que entrava pela janela.

– Mas por que terminais na parede? Já que aqui é tão moderno, não seria mais fácil usar o celular? – perguntou Erion, confuso.

– Não, isso requer muito poder de processamento e não seria muito seguro. Também é uma forma de mantermos o controle de quem está indo para onde. Como sou a diretora daqui, tenho livre acesso aos terminais V.I. Porém, o uso desse tipo de transporte é aberto a todos, por um preço considerável, é claro – explicou Cassandra, sem disfarçar o incômodo com o valor. – Dessa forma, temos certeza de que ninguém se perdeu e que você não vai terminar dentro de um banheiro tentando ir para casa – completou, rindo.

– É, faz sentido! – disse Erion, tentando imaginar lugares estranhos para se terminar em uma viagem daquele tipo.

– Sem querer te desapontar, mas você vai ter de usar isso de novo em breve – disse Cassandra.

– Eu? Por quê? – perguntou, já com um embrulho no estômago.

– Lembre-se: você precisa avisar aos seus pais que você está aqui!

– Ai, caramba, é verdade! – exclamou. – Há quantos dias eu já estou aqui mesmo? – perguntou, preocupado.

– Três dias.

– O festival que eu ia participar dura sete dias, então ainda tenho quatro dias livres. – E contou nos dedos.

– Certo, o primeiro passo é te mostrar um pouco da academia. E, para isso, já que vocês têm uma história, vou deixar a cargo de uma pessoa que te conhece – disse Cassandra, pegando seu celular.

– Poxa, pensei que você me mostraria tudo por aí – falou ele, desapontado.

Ignorando a frustração do garoto, Cassandra pegou o celular e se afastou um pouco de Erion, caminhando até a janela.

– Bom dia, Keira. Desculpe-me atrapalhar sua aula, mas preciso de uma de suas alunas emprestada – disse Cassandra em tom bem amistoso. – Maravilha! – exclamou, indicando que a resposta havia sido positiva. – Você poderia liberar a Amélia, por favor? – perguntou Cassandra.

– Certo, muito obrigada, minha amiga! Diga a ela para utilizar o terminal de transportes direto para minha sala, ok? Legal, vou ficar te devendo essa! – concluiu, desligando o celular e guardando-o no bolso.

XXVIII. O ALOJAMENTO

Cassandra e Erion aguardaram alguns minutos e, de repente, novas esferas de energia começaram a surgir do terminal da sala. Elas materializaram Amélia. A ruiva trajava um uniforme azul-marinho com detalhes em dourado. Diferente da ideia que Erion tinha sobre a vestimenta dos alunos durante a luta contra o gravius, o uniforme de Amélia era bastante adequado. Ela trajava um elegante terninho e uma saia pregueada, longa além dos joelhos, e botas pretas de salto. A vestimenta deixou Erion confuso e, na inocência, o garoto a analisou de cima a baixo, deixando-a bastante desconfortável. Percebendo o que estava havendo, Cassandra interveio:

– Acredito que agora entendeu o que eu lhe disse sobre as roupas serem diferentes, certo?

– Me desculpe – disse Erion, abaixando a cabeça, envergonhado.

– Ah, então é isso? – questionou Amélia, aliviada.

– Quando Erion chegou a Zethar, ele criou uma imagem própria e limitada sobre os objetos mágicos. Por isso estranhou o material de suas roupas. Agora a mente dele é capaz de processar esse tipo de informação, graças a seu acesso à magia – respondeu Cassandra. – Mudando de assunto: Erion, essa você já conhece, mas, caso tenha se esquecido, é Amélia Hawkins! – apresentou com um tom de orgulho, apontando para a ruiva.

– Pode me chamar de Amy! – declarou a ruiva timidamente, ajeitando os cabelos.

– Ah... Er... Oi! – cumprimentou Erion, estendendo a mão trêmula, bem nervoso.

– Pode ficar tranquilo, eu não mordo! – cumprimentou-o Amy, sorridente.

– A Cassandra me explicou o que houve na Finlândia, me desculpe! – disse Erion, encabulado.

– Imagina, restauraram minha memória, e ficou tudo certo. Deve ter sido um baita choque para você esse monte de coisa que te aconteceu!

– Você não faz ideia... – afirmou Erion, aflito ao se lembrar do combate.

– Vocês terão tempo para conversar depois – interrompeu Cassandra. – Amy, o motivo pelo qual te chamei aqui é que estou bastante atarefada e Erion tem apenas quatro dias para se integrar. Você me faria o grande favor de mostrar um pouco da academia para ele?

– Claro, será um prazer! Podemos começar pelo alojamento para você se trocar. É que vai ser meio embaraçoso ficar circulando com você vestido assim! – disse Amy, debochando das roupas do garoto.

– Ei, o que tem de errado com minha roupa? Tá meio rasgada e tal, mas não é para tanto – disse Erion, incomodado. – Ó e não pensa que eu esqueci do que você falou do festival aquele dia! – continuou, cruzando os braços.

– Aquele festival barulhento, repleto de moleques se debatendo e ouvindo aquele som infernal? – perguntou Amy ironicamente.

– Sério mesmo? Tirou onda de novo? – questionou, furioso. – Ô, garota, você não sabe o que é música boa!

– Música? Aquilo? – debochou Amy.

– Aí, não me tira do sério, não, hein? Cassandra, não posso fazer isso sozinho? – apelou Erion.

– De maneira alguma, vai que você entra onde não deve! – respondeu Cassandra.

– Legal, agora vou ter de ficar preso com essa chata aí – murmurou Erion.

– O que você disse? – indagou Amy, autoritária.

– Hum? Nada! – retrucou, surpreendido pela ruiva.

– Vocês dois, parem já com isso! – disse Cassandra com autoridade máxima, fazendo os dois abaixarem a cabeça.

– Sim, senhora! – concordaram os dois em uníssono.

– Desculpa, Erion! – disse Amy com muito esforço.

– Desculpa também! – replicou Erion, controlando o orgulho.

– Assim está melhor – declarou Cassandra, acalmando o tom de voz. – Agora que vocês acalmaram os ânimos, podemos continuar? – perguntou, incomodada.

– Sim, senhora! – concordaram os dois, cabisbaixos.

– Posso mesmo contar com você para a tarefa, Amy?

– Claro, eu o levo para conhecer as nossas instalações, sem problemas! – respondeu Amy, solícita.

– Maravilha, muito obrigada, Amy! Vou adicionar alguns créditos extras para você – disse Cassandra, sorrindo, orgulhosa.

– Obrigada, senhora Cassandra!

– Antes disso, precisamos te equipar com o básico – falou Cassandra, dirigindo-se a Erion.

Cassandra andou em direção a uma porta feita de metal brilhoso, com um letreiro eletrônico escrito "Armazém". Com um simples gesto de sua mão, Cassandra fez a porta se abrir delicadamente, revelando uma sala gigantesca com várias caixas feitas de diferentes materiais, os quais Erion não conseguiu identificar. O que realmente não fazia sentido para ele era como poderia haver uma sala tão grande dentro de outra relativamente pequena. Ignorando a curiosidade do garoto, Cassandra entrou na suposta sala e a porta se fechou imediatamente atrás dela.

Amy e Erion aguardaram alguns minutos até que a diretora voltou com uma pequena caixa adornada com um símbolo feito de metal. O símbolo era o mesmo que Erion viu em várias estruturas no campo de estudos durante o combate. O garoto espiou mais uma vez a estranha sala e se espantou ao reparar que no suposto armazém havia algumas pessoas circulando apressadas e alguns pequenos robôs carregando o que pareciam ser cargas. Poucos segundos depois, delicadamente a porta se fechou.

– Tem gente dentro do seu armário? – questionou Erion, impressionado e apontando para a porta.

– Ah, não, isso aqui é só um acesso, o armazém fica em outro lugar. Há pessoas e máquinas trabalhando lá o tempo todo – respondeu Cassandra com um sorriso.

– Impossí... – tentou dizer Erion, sendo interrompido por um olhar atravessado de Cassandra.

– Olha essa palavra de novo! – repreendeu-o Cassandra.

A senhora colocou a estranha caixa sobre a mesa. Dentro da caixa havia um molde feito em espuma, onde repousava um belo telefone celular. O aparelho era muito semelhante ao de Cassandra, porém um pouco menor.

– Você está brincando... – disse Amélia, desapontada. – Você vai dar um modelo ZX pra ele? Eu estou esperando esse upgrade há dias – continuou.

– Acalme-se, garota, saiu da fase beta hoje. Todos vocês receberão o upgrade em breve! – explicou Cassandra, estranhando a ansiedade da ruiva.

– Uau, cara, sério que vou ganhar um celular maneiro desses? – perguntou Erion com os olhos arregalados.

– Claro, eu preciso que você carregue um com você para mantermos contato. Vai precisar dele para tudo, não só aqui dentro da academia, mas no mundo afora. Temos uma rede enorme e estamos todos conectados. Temos aplicativos para quase tudo – esclareceu Cassandra carinhosamente.

– Isso é tão legal! – disse Erion, como se fosse uma criança ganhando um brinquedo.

– Pode pegar! –avisou Cassandra, apontando para a caixa.

– Ué? E não tem carregador, não? – perguntou Erion, pegando a caixa e olhando-a por todos os lados.

– Carregador? –indagou a diretora, perplexa.

– Na Terra, os aparelhos usam baterias e precisamos colocá-los em plugues na parede para carregá-las – respondeu Erion, estranhando a pergunta.

– Me desculpe, Erion, estou tão acostumada com as coisas aqui, que esqueço o quanto seu planeta ainda está bem para trás em tecnologia! – disse Cassandra. – Este aparelho é energizado por três forças, sendo elas: movimento, luz solar e calor corporal.

– Caramba! – gritou ele, surpreso.

Assim que pegou o celular na mão, o garoto pôde ver o quanto era fino, quase que na espessura de um cartão de banco.

– Nossa, é tão fino, que tenho até medo de quebrar! – disse Erion, analisando a finura do aparelho. – Como eu uso uma tela tão fina?

– Acalme-se, antes que comece a nos forrar de perguntas, vou simplificar. O aparelho deve ficar no seu bolso o tempo todo – disse Cassandra, cortando uma possível enxurrada de perguntas.

– Mas e a tela? – questionou Erion, guardando o aparelho no bolso.

– Está bem aqui! – replicou Cassandra, apontando para a frente de Erion.

– Aqui onde? – demandou o garoto, balançando os braços.

Assim que fez o movimento, uma luz como a de um scanner passou pelo corpo de Erion. E, de repente, diante do garoto, surgiu uma tela holográfica com uma definição incrível. O celular, para surpresa de Erion, o reconheceu dizendo:

– Bem-vindo, Erion!

– Eita, como? – perguntou o garoto, espantado.

– Eu cadastrei você em nosso sistema enquanto você estava desacordado! – disse Cassandra, sorrindo.

– E como você sabia que eu aceitaria? – interpelou ele, desconfiado.

– Eu vi em seus olhos – respondeu Cassandra serenamente.

O aparelho mudou de imagem para uma tela com vários ícones muito bem-definidos. Erion tentou tocar e ficou maravilhado ao ver que era possível sentir o ícone em suas mãos, como se estivesse fisicamente à sua frente.

– E agora vou ficar com esse holofote na minha cara? – inquiriu Erion, preocupado.

– Não, depois de alguns segundos a tela vai ficar totalmente invisível, mas vai continuar aí caso você precise. Depois dê uma olhada, tem um manual explicando tudo direitinho – respondeu Cassandra. – Mais alguma dúvida?

– Só uma... Todo mundo pode ver minha tela? – perguntou ele, preocupado.

– Não. A menos que você configure o compartilhamento da tela, somente você será capaz de ver o que se passa em seu aparelho – explicou Amélia, incomodada e atravessando Cassandra. – Desculpe-me, senhora – disse, envergonhada.

– Está tudo bem – disse Cassandra, erguendo as sobrancelhas, espantada. – Bom, Erion, depois você brinca com seu aparelho novo. É melhor vocês irem! – concluiu Cassandra.

– Sim, senhora! – concordaram os jovens.

Erion e Amy seguiram em direção à porta, que se abriu ao se aproximarem. Os dois caminharam por um longo corredor bem iluminado pela luz do sol, que adentrava pelo teto transparente. Assim como a torre, havia alguns vasos com plantas muito coloridas, as quais exalavam uma delicada fragrância. Erion se apegava muito aos detalhes e não deixava escapar uma fina análise visual de tudo.

Após uma breve caminhada, os dois chegaram a um elevador muito parecido com o que Erion havia visto na torre. Amy o chamou com um simples estender de mãos, que o fez surgir em segundos, abrindo suas portas. Apreensivo, Erion foi entrando nas pontas dos pés, claramente sem superar o forte trauma passado no elevador da torre. Percebendo a inquietação do garoto, Amy disse:

– Ei, pode ficar tranquilo, esse elevador não é igual ao da torre! Primeiro nós vamos aos dormitórios, você realmente precisa trocar de roupa. – E abriu o painel holográfico com os andares da academia.

– Ah, cara, é perseguição isso já! – retrucou Erion.

– Não é isso, sua roupa está um trapo. E outra, temos padrões de vestimenta dentro da academia! – disse Amy, tentando acalmar o garoto. – Acredite, você vai se surpreender. Eu até faria uma demonstração, mas aqui é bloqueado!

– O quê? Bloqueado? Ainda estamos falando de roupas? – perguntou Erion, confuso.

– Hahahaha, relaxe, tudo fará mais sentido depois! – respondeu Amy, rindo.

– Não estou entendendo mais nada! – replicou ele, coçando a cabeça.

Amy selecionou o andar cujo título dizia "Alojamento". Imediatamente, o elevador fechou suas portas e iniciou sua descida. Apesar de a porta ser semelhante à da torre, ele não era panorâmico e descia em uma velocidade bem menor. Mesmo assim, o jovem permaneceu com cara de pânico, esperando o pior. Amy ria muito ao ver como Erion se comportava com algo tão simples.

Poucos segundos depois, o elevador parou, e uma voz robótica disse:

– Vigésimo andar, alojamento.

Os dois jovens saíram do elevador, que dava em um corredor com diversas portas a perder de vista. Todas eram exatamente iguais, feitas de um metal brilhoso semelhante a aço escovado. Para Erion, esse corredor havia sido a única coisa normal que ele vira até então. Antes de iniciarem a caminhada, Amy se lembrou de algo e disse:

– Nossa, é mesmo...

– O que foi? – perguntou Erion, estranhando.

– Erion, compartilhe a tela do seu celular para eu ver, por favor? – pediu ela, educadamente.

– Fazer o quê? – indagou o rapaz, mais confuso ainda.

– Vamos lá, abra sua tela e aperte o símbolo com uma flecha no canto direito – disse Amy, impaciente.

– Espere aí! – disse Erion, com dificuldade para mexer no aparelho.

O garoto olhou a tela de cima a baixo e, depois de muito tempo, conseguiu encontrar a tal tecla. Assim que conseguiu, Amy finalmente pôde ver a tela de Erion.

– Ué, mas para que serve isso?

– Esse modelo usa uma criptografia neural que fica atrelada ao usuário. Ou seja, antes de você me perguntar, somente o dono do celular pode ver a tela, a menos que você faça o compartilhamento – disse Amy, feito uma cientista.

– Olha, não me leva a mal, não, mas eu parei na parte do "Esse modelo" – explicou Erion, com cara de bobo e coçando a cabeça.

– Sério mesmo? – perguntou, pasma. – Aí aperta aquela tecla ali – indicou Amy, apontando para uma tecla escrita "Controle Total".

– O que isso faz? – questionou ele, desconfiado.

– Isso é para permitir que eu possa mexer em sua tela. Vai ser mais rápido do que eu ficar te ensinando a mexer! – disse Amy, impaciente.

Após navegar um pouco pelos aplicativos do celular, Amy abriu um e-mail de Cassandra com o título "Boas-Vindas". No texto, a diretora passou algumas instruções, inclusive o quarto em que Erion ficaria.

– Aqui! – disse Amy, satisfeita por ter encontrado o que procurava. – Você vai ficar no quarto 33B. Que coincidência, vamos ser vizinhos. O meu quarto é o 32B!

– Quarto? Eu vou ter um quarto? Que legal! – exclamou Erion, eufórico.

– Todos nós temos um enquanto estamos aqui na academia. Só voltamos para casa aos fins de semana – elucidou Amy.

– A Cassandra pensou em tudo mesmo. Estou começando a acreditar que ela sabia qual seria minha resposta.

– Estranhamente, ela leva muita fé em você! – disse Amy, sorrindo. – Vamos andando, o quarto é por aqui – continuou, tomando a dianteira.

Erion seguiu Amy devagar, enquanto observava as portas. Cada uma tinha um letreiro eletrônico no topo com um número seguido de uma letra. De um lado, portas com a terminação A, e do outro, B.

– Chegamos! – exclamou Amy, parando diante de uma porta com letreiro escrito "33B". – Agora é com você! – completou, indicando a porta.

– E como eu faço? – perguntou Erion, confuso ao ver que a porta não tinha maçaneta, botão ou qualquer coisa que permitisse sua abertura.

– É só se aproximar da porta e estender a mão, igual eu fiz diante do elevador!

Seguindo as instruções de Amy, Erion estendeu a mão na direção da porta, que imediatamente se abriu, correndo para o lado e fazendo um som eletrônico estranho. Os dois cruzaram a porta e, assim que pisaram dentro do quarto, uma voz surpreendeu Erion dizendo:

– Sejam bem-vindos, Erion e Amélia!

O garoto não acreditava nos próprios olhos. Em sua cabeça, imaginava um alojamento minúsculo para estudantes, com apenas uma escrivaninha e uma cama para dormir. Mas, muito pelo contrário, o quarto era grande, quase do tamanho de um apartamento, finamente decorado, com móveis de design futurista, usando materiais que Erion não conseguia descrever.

– Cara, que legal, mas como pode isso? – questionou, ainda deslumbrado com o local.

– Magia e tecnologia, meu caro! Nossa, vai ser engraçado te olhar babando por cada lugar que a gente passar hoje! – falou Amy, sorrindo. – Você terá tempo de examinar e explorar seu quarto. No andar de cima, ficam o quarto e o banheiro. Vai lá que eu te espero aqui! – completou, sentando-se em uma confortável poltrona e pegando o celular.

Erion caminhou até um lance de escadas feito de uma pedra brilhosa. A escada, como disse Amy, dava acesso ao mezanino, onde havia os dois cômodos. O primeiro visitado foi o quarto, simples e bem-organizado, com apenas uma cama e uma porta estranha que, pelo formato, parecia ser o guarda-roupa. Era iluminado pela cintilante luz do sol que adentrava por uma pequena janela. Da janela, era possível ver uma excepcional paisagem composta por uma vegetação de muitas flores e uma densa selva ao fundo. A estranha porta, assim como todas que cruzou até então, também não tinha fechadura ou qualquer forma de abrir. Como Erion já estava se acostumando às coisas do lugar, resolveu tentar o óbvio e estendeu a mão em direção à porta. Para sua surpresa, deu certo, e a porta se abriu, fazendo com que um grande cabideiro com várias roupas delicadamente encapadas em um material transparente aparecesse para o lado de fora. Erion notou que, apesar de haver várias roupas, todas pareciam ser iguais, inclusive na cor.

O garoto pegou uma delas e colocou-a sobre a cama. Alguns segundos depois, o cabideiro retornou para o estranho guarda-roupa e a porta fechou-se subitamente, o que fez com que Erion levasse um baita susto. Ele achou estranho que, após tanta tecnologia e magia, a capa tivesse um simples zíper de metal para abrir. Assim que o abriu, veio a surpresa: a capa transformou-se em um pó brilhoso e em seguida desapareceu, como se tivesse sido absorvida pelo lençol da cama.

– Legal! – exclamou Erion, impressionado.

Erion experimentou a roupa, em princípio toda folgada, mas que, aos poucos, foi se ajustando perfeitamente de acordo com seu corpo. A roupa era espetacular, composta de uma calça social, um terno azul com detalhes em dourado e um par de botas semelhantes às que Amy usava, com exceção do salto. A roupa era muito elegante, como um traje de gala militar. O garoto estranhou não haver um espelho no quarto para ver se a roupa havia lhe caído bem. De repente, da porta do armário surgiu um botão holográfico escrito "Espelho". Sem muita opção, tocou o botão, e a porta do guarda-roupa logo se transformou em um espelho de corpo todo. Imediatamente decepcionado, o garoto disse:

– Ah, cara, olhe para mim! Estou parecendo um soldadinho de chumbo!

– Erion? – gritou Amy, preocupada. – Está tudo bem aí em cima?

– Sim, já tô descendo! – respondeu, saindo do quarto e caminhando em direção à escadaria.

– Uau! Bem melhor agora! – disse a garota, maravilhada ao ver Erion descendo as escadas.

– Melhor? Até gostei das botas, mas olha esse terno. Lutei minha vida toda para não usar uniforme, e olha essa coisa! – protestou Erion, mais desapontado ainda.

– Ficou bem em você, está até com ar de mais... – começou Amy, sendo imediatamente interrompida por um olhar atravessado de Erion.

– Nem termine essa frase! – disse Erion, cruzando os braços.

– Hahahaha. Anime-se, agora vem a parte que talvez você goste! – falou Amy, sorrindo. – Você poderia compartilhar sua tela igual anteriormente? – pediu com educação.

– Ah, isso eu já sei fazer! – E ele logo selecionou as opções.

– Olha só, já está pegando o jeito! – disse Amy, colocando-se ao lado de Erion. – Ok, vou te mostrar esse aplicativo aqui! Ai, esse modelo ZX é incrível! – completou, envergonhada por sua nerdice enquanto abria um aplicativo chamado "Roupas".

– O que tem de mais nele? É o quê, um joguinho isso aqui? – perguntou Erion, confuso.

– Não, seu tonto, isso é o aplicativo de roupas! – respondeu, ríspida.

– Aplicativo de roupas? Ai, eu não entendi – disse Erion, confuso.

– Bom, pelo jeito vou ter que te explicar tudo, não é? – falou Amy, incomodada. – Ok. Nossas roupas não são roupas comuns. São feitas de tecidos mágicos que mudam de forma segundo alguns critérios. Esse aplicativo consegue moldar a nossa roupa de acordo com a ocasião. Dessa forma, só precisamos ter uma roupa e conseguimos todos os modelos que quisermos – explicou Amy da maneira mais simples possível. – Acho melhor eu te mostrar na prática – disse, pegando seu celular, que era menos moderno. – Vamos ver. Que tal um vestido!? – E mexeu no aplicativo, afastando-se um pouco de Erion.

Amy selecionou dentre as opções um belo vestido de gala, aplicado a uma espécie de manequim virtual na tela principal do aplicativo. Em seguida, surgiu uma mensagem perguntando se Amy aceitava ou não a transformação. Sem demora, a garota confirmou a opção, e imediatamente a sua roupa foi tomada por uma luz branca. No lugar de seu uniforme da academia materializou-se um lindo vestido de gala vermelho com um design futurista e extravagante. Impressionado, Erion notou que não apenas a roupa havia mudado, mas também os calçados, que antes eram botas e se transformaram em sapatos de salto alto. Em segundos, Amy estava pronta para uma cerimônia a nível de entrega do Oscar.

– Caramba! – gritou ele, com os olhos arregalados.

– Entendeu como funciona? – disse Amy, voltando à roupa anterior. – Eu disse que você ficaria surpreso.

– Então eu posso ter toda a roupa que quiser? – perguntou Erion.

– Sim e não! – respondeu Amy.

– Ué? – questionou, confuso.

– Bom, temos acesso às roupas que se moldam, mas não acesso total a todas as roupas que existem no mundo! Com esse aplicativo, temos acesso às lojas de roupa que vendem o trabalho de todos os melhores estilistas de Zethar. Temos a opção de comprar e baixar as roupas pela internet ou irmos até uma loja, onde temos acesso temporário a todo o estoque disponível e podemos experimentar até encontrar uma que nos agrade! – explicou Amy.

– Ah, não, microtransações até aqui? – reclamou Erion. – Era só o que faltava, DLC[42] de roupa na vida real! – continuou Erion, frustrado.

– A roupa básica tem quatro fases: uniforme, roupa de combate, roupa casual e roupa de dormir – elencou Amy. – Essas mudanças básicas podem ser ativadas por comando de voz também, o celular é programado para reconhecer esse tipo de comando. Isso é muito útil, principalmente para mudar rapidamente de uniforme para roupa de combate. Você deve ter notado que havia várias roupas iguais em seu

---

42 DLC, do inglês Downloadable Content ou, no português, conteúdo para download. É um termo utilizado em jogos modernos com conteúdos pagos para adicionar objetos, missões ou até personagens para compor o jogo.

guarda-roupas, certo? – perguntou. – Acho que com essa explicação excluímos uma possível dúvida.

– É verdade, isso que eu achei estranho. Agora até faz sentido! – concordou Erion, estranhamente entendendo. – Bom, deixe-me ver o que eu tenho aqui! – disse, fuçando o aplicativo.

– Olha, eu acho que só vai ter o básico aí! – disse Amy, tentando não desapontar o garoto.

– Ué, o meu tem cinco opções. Tem uma aqui com um sinal de interrogação.

– Que estranho! – falou Amélia, surpresa.

– Deixe-me ver o que é – disse Erion, selecionando a tal roupa.

Assim como aconteceu com Amy, a roupa de Erion emitiu uma luz e se transformou em um modelo diferente.

– Ah, não, você tá de brincadeira! – disse Amy, incomodada.

– Uhuu, que da hora!! – gritou Erion, eufórico. – Minha roupa, com a camisa do Angra, que usei quando cheguei aqui. E, olha só, toda restaurada! – continuou Erion. – Agora, sim, gostei do aplicativo! – concluiu o garoto, abaixando o fogo.

– Ai... Bom, só uma coisa, lembre-se do que te falei lá em cima, que não podia te mostrar algo pelo bloqueio? – perguntou Amy.

– Sim.

– Então, eu me referia a esse aplicativo. Por padrão, a academia bloqueia-o, só permitindo que o uniforme seja utilizado nas dependências, além da roupa casual durante as aulas que exigem mais esforço físico!

– Ah, cara – disse Erion, desapontado.

– Não sei como essa roupa foi parar aí, talvez a Cassandra tenha adicionado para você se adaptar ao uniforme. Mas, passando por essa porta, sinto lhe informar, você vai ter de usar o uniforme igual a todo mundo – explicou Amy, rindo. – Ah, e não adianta trapacear e tentar sair vestido assim, porque, quando você deixar o quarto, sua roupa voltará a ser o uniforme! Acho que estamos prontos, vamos? – perguntou, apontando para porta.

– Vamos! – concordou Erion, ansioso com o que estava por vir.

XXIX. UM BREVE TOUR PELA ACADEMIA

Erion e Amy saíram do quarto e, desafiando o que a garota havia dito, Erion saiu usando sua vestimenta favorita. Assim que deu o primeiro passo no corredor, sua roupa imediatamente voltou a ser o uniforme original. Amy morreu de rir ao ver a cara de desapontamento de Erion, que nada podia fazer além de se conformar. Para piorar, a ruiva completou:

– Eu te avisei, não foi?

Os dois seguiram pelo longo corredor e retornaram até o elevador por onde vieram. Antes de entrarem, Amy disse:

– Você deve estar faminto.

– Que nada, eu estou bem! – disse Erion, seguido de um estrondoso ronco, que, de tão alto, ecoou pelo corredor.

– É, pelo jeito já sei onde te levar primeiro! – disse Amy, rindo.

Os dois entraram no elevador, e Amy selecionou o andar "Refeitório". Dentre as diversas opções, Erion teve a impressão de ter visto um chamado "Praia", porém achou melhor ignorar. Antes que pudessem conversar sobre qualquer coisa, o elevador subitamente parou e uma voz eletrônica disse:

– Terceiro andar, refeitório!

Os dois deixaram o elevador e caminharam em direção ao refeitório, que era bem amplo, semelhante a uma praça de alimentação de shopping. Havia também plantas em lindos vasos, espalhadas por toda parte para decorar o lugar, além de uma fonte de cristal no centro. Tudo era muito bem limpo e organizado, e sua harmonia passava uma forte sensação de paz. As mesas eram construídas com dois amplos sofás posicionados um de frente para o outro e com uma bela e estranha luminária sobre elas. A julgar pela forma como estavam dispostos, a ideia seria para poder acomodar mais pessoas juntas. Não havia lugares para dois ou mesas individuais. Apesar de o espaço ser amplo, Erion não conseguiu identificar o que seria a cozinha ou onde fariam o pedido, muito menos onde pagariam pela refeição. E, como esperado, pelo horário o lugar estava completamente deserto.

Erion olhou um pouco mais adiante e notou que não havia apenas as plantas em vasos, mas também árvores ao fundo, banhadas pela luz do sol que adentrava pelo teto transparente.

– Surpreso? – perguntou Amy.

– Olha, isso aqui parece tudo, menos um refeitório! – respondeu Erion.

– Aqui não é apenas um refeitório, mas também um local de descanso e paz. Muitos alunos às vezes dormem depois do almoço embaixo das árvores, ou nadam no lago – disse Amy.

– Espera aí, tem um lago aqui? – perguntou Erion, surpreso.

– Sim, fica um pouco mais ali embaixo, além das árvores – explicou Amy, apontando para as belas árvores. – Um outro dia eu te levo lá com calma para conhecer.

– Legal! – respondeu, eufórico.

– Vamos comer? – perguntou a garota, caminhando na direção de um dos sofás.

Erion acompanhou Amy e se sentou diante dela. Na mesa não havia talheres, pratos ou qualquer outra coisa que pudesse ser utilizada para comer. Havia apenas seis bandejas milimetricamente posicionadas. Curioso, Erion pegou a bandeja que estava à sua frente e a virou de cabeça para baixo, estranhando por realmente se tratar de uma bandeja comum.

– Ah, não me conta, espera aí, quero tentar descobrir qual é o truque dessa vez! – disse Erion, tentando decifrar a bandeja.

– Truque? Hahahaha, você é hilário! – riu Amy. – Coloque a bandeja como estava!

– Tudo bem – disse Erion, reposicionando a bandeja. – Tá, e agora?

– Essa bandeja tem um aplicativo chamado "QFood". Nele, você pode escolher entre as maiores criações dos mais renomados chefs de toda a Zethar. Se preferir, você seleciona os ingredientes e monta o prato como achar melhor. O aplicativo é totalmente customizável – explicou.

– Devo entender que toda essa conveniência aí não seja de graça!? – supôs Erion sarcasticamente.

– Evidente que não! Baseado no que escolher, o dinheiro é automaticamente debitado de sua conta.

– Então o cardápio fica na bandeja? Legal! – falou, eufórico. – Será que eu já tenho conta?

– A Cassandra deve ter criado e colocado alguns créditos para você. Fique tranquilo, qualquer coisa eu pago – esclareceu Amy.

– Obrigado! – disse ele, sem jeito. – E depois, o quê? Virá um garçom virtual de dentro da bandeja e entregará a comida? – perguntou, ainda tentando desvendar como tudo funcionava.

– Hahahaha! – gargalhou Amy. – Você está vendo essas luminárias sobre as mesas?

– Sim! – respondeu, observando as luminárias.

– Ela usa uma Runah sintética de conjuração atrelada ao sistema da bandeja. É ela quem cria toda a comida sinteticamente, seja qual for o ingrediente, a combinação ou a forma de preparo, baseada em um vasto banco de dados. Você vai aprender sobre conjuração mais para a frente, fique tranquilo. Simplificando, diferente do aplicativo de roupas, que só modifica um único objeto fixo, esse tem a função de criar objetos, no caso, comida. – concluiu Amy. – Erion? – indagou ao ver o olhar disperso do garoto. – ERION!??? – gritou ao notar que o garoto estava começando a babar após sua palestra. – Você ouviu alguma palavra do que eu disse? – continuou, enfurecida.

– Eu ouvi, sim, mas fico imaginando esse negócio de sintético. Tem gosto bom esse treco aí? – perguntou Erion.

– Qual é o problema de comida sintética?

– É que sintético, sei lá, dá impressão de que a comida vai ter gosto de plástico! – respondeu Erion com cara de nojo.

– Tudo que existe, seja de qual planeta for, é composto de moléculas e elementos químicos. Não importa se é carne, vegetal ou um pedaço de plástico. Com essa Runah, é possível criar qualquer coisa, desde que esteja nos elementos catalogados, é claro! – explicou Amy.

– Então quer dizer que, se eu pedir um bifão, essa pedrinha aí vai criar um bife como se fosse de verdade?

– Mas é de verdade! A única diferença entre esse bife e o que você come em seu planeta é que aqui não custou a vida de nenhum ser para ser criado.

A última frase de Amy fez com que Erion ficasse mudo e refletisse um pouco sobre o assunto. O garoto em seguida deu um caloroso sorriso de satisfação e continuou:

– Nossa, tá aí uma coisa que eu gostei muito!

– Aproveitando o assunto, nosso planeta tem leis que proíbem a caça de animais. A fauna daqui deve ser preservada a todo custo! – explicou Amy.

– Uau, queria que fosse assim na Terra! – lamentou Erion, triste. – Tem animal que nem existe mais por causa disso.

– Você entendeu como funciona, né? – perguntou a garota, tirando Erion de sua breve tristeza.

– Ah, sim, primeiro escolho alguma coisa na bandeja e depois essa lampadazinha aí em cima faz a comida – descreveu Erion.

– Lam...pa...dazinha... – disse Amy, perplexa. – Minha nossa... – concluiu, abaixando a cabeça e escolhendo sua comida na bandeja.

Ignorando o mau humor da ruiva, Erion resolveu mexer um pouco no aplicativo da bandeja. Apesar de parecer uma simples bandeja de plástico, a definição de imagem era impressionante. No topo da tela principal , estava escrito "Cardápio Para Humanos". Erion achou um pouco estranho, mas depois pensou bem. Sem saber muito sobre a gastronomia local, achou que seria mais seguro ficar com o que ele conhecia. Na tela havia várias opções de comidas prontas que levavam o nome de algumas pessoas que Erion imaginou que fossem os tais chefs a quem Amy se referia. Era um prato mais lindo que o outro, ao ponto de querer devorar a bandeja.

Antes de começar a escolher, temendo dar prejuízo à ruiva, Erion deu uma olhada no aplicativo para ver se havia alguma coisa que indicasse que ele possuía dinheiro para pagar. Alguns cliques depois, encontrou próximo ao seu nome um número seguido de um $, o que indicava que o garoto tinha mesmo dinheiro. Cassandra realmente não o havia deixado na mão. Como Erion sabia que era um zero à esquerda na cozinha, achou melhor escolher algo da seção de pratos prontos. Para facilitar, o garoto escolheu uma combinação de hambúrguer e refrigerante.

Amy, mais sofisticada, escolheu um delicado caldo, que, além de uma coloração estranha, tinha alguns elementos que Erion preferiu nem perguntar o que eram. Assim que confirmaram a seleção dos pratos, a luminária emitiu uma luz laranja sobre a bandeja e instantaneamente a refeição escolhida surgiu junto com os talheres e acompanhamentos.

– Talher para comer hambúrguer? É ruim, hein? – disse Erion, pegando o lanche com as mãos feito um ogro.

Ele deu a primeira mordida e parou por um instante de olhos arregalados. Lentamente uma pequena lágrima no canto do olho escorreu.

– E então? Tem gosto de plástico como você pensava? – perguntou Amy sarcasticamente.

– Você tá brincando? É o melhor hambúrguer que eu comi na minha vida! – respondeu, eufórico.

O garoto comia como se fosse o último hambúrguer do planeta. Não satisfeito, pediu outros lanches e os foi devorando um após o outro, como se não houvesse amanhã. Amy fingia não estar incomodada, mas, a cada estrondo que o garoto fazia enquanto comia, ela dava uma breve olhada perplexa, enquanto com muita classe voltava a tomar seu curioso caldo.

Um bom tempo depois, Erion finalmente terminou de comer, batendo a mão na barriga e dizendo:

– Ah, como eu comi!

Assustada com a pilha de louça entre os dois, Amy começou a ficar preocupada e até se arrependeu um pouco por ter se oferecido gentilmente para pagar a conta, caso Erion precisasse.

– Ah, a Cassandra realmente colocou dinheiro na minha conta. Pode ficar tranquila, que não vou te deixar no prejuízo hoje! – disse Erion, sorrindo. – E agora, como fazemos para limpar as mesas? – perguntou, preocupado, após analisar a pilha enorme de sujeira que havia feito.

– Pode deixar tudo aí, que a mesa se limpa sozinha!

– Caramba, que legal isso aí! Tá aí algo que seria maravilhoso em shoppings! – vociferou Erion, lembrando-se de como era chato ter de ficar levando as bandejas para o local de descarte.

– Agora vamos, temos pouco tempo a perder e eu ainda tenho aula de Elemental mais tarde! – disse Amy, preocupada.

– Tudo bem!

Assim que se afastaram da mesa, sobre ela surgiram pequenos quadrados azuis feitos de energia. Em poucos segundos, os quadradinhos apagaram tudo que havia sobre a mesa, deixando tudo completamente limpo. A limpeza ficou impecável de tal forma que era como se ninguém tivesse comido ali. Amy tomou a dianteira e caminhou de volta ao elevador enquanto Erion a seguia cambaleando de tanto que comeu.

De volta ao elevador, antes de selecionar o próximo andar, Amy disse:

– Vou te levar aonde nós fazemos nosso treinamento de campo.

– Legal, um pouco de ação! – exclamou Erion, empolgado.

– Opa, vai com calma aí, vamos só ver o centro de treinamento e voltar, ok?! – declarou, autoritária.

Amy selecionou dentre as opções de andares um que continha a imagem de uma sala relativamente pequena, com paredes quadriculadas, e que levava o nome de "Centro de Treinamento". Enquanto o elevador fechava as portas, Amy pegou seu celular e continuou:

– Deixe-me ver se tem alguma turma treinando lá agora – disse Amy, acessando um aplicativo de agenda. – Que pena, hoje não tem nenhuma turma treinando. Se fosse ontem, você poderia ter visto a gente.

– Sério? – perguntou Erion, desapontado.

– Pelo menos dá para você ter uma ideia de como é e onde fica! – disse Amy, tentando alegrar o garoto. – Relaxa, você vai ter de usar essa sala mais do que gostaria, acredite! – concluiu, sorrindo.

Poucos segundos depois, o elevador parou e uma voz eletrônica anunciou:

– Primeiro andar, centro de treinamento.

Os dois deixaram o elevador e caminharam por um amplo corredor feito de um estranho e brilhoso metal. O lugar era bem claustrofóbico, não havia janelas. A impressão que dava era a de andar dentro de um enorme cofre.

Após uma breve caminhada, Erion e Amy chegaram ao fim do caminho, onde havia uma gigante porta preta com uma insígnia dourada da academia gravada no metal e um letreiro digital escrito "Centro de Treinamento". Amy se aproximou da enorme porta, que, para sua surpresa, imediatamente se abriu. Erion não acreditava em seus olhos, pois, diferente da foto do elevador, diante do garoto estava uma imensa paisagem desértica de areia avermelhada e enormes formações rochosas do tamanho de montanhas.

O sol brilhava forte, o clima era bem árido e o ar era difícil de respirar. Enquanto Erion olhava maravilhado feito um turista, Amy analisava em volta com olhar de preocupação. Sem entender do que se tratava, na inocência Erion disse euforicamente:

– Ah, cara, que divertido, essa sala é incrível! Amy, como é possível? Era claramente uma sala pequena e fechada na foto do elevador e agora tem um deserto gigante aqui dentro!

– Isso não está certo... – disse Amy friamente.

– Você vem dizer isso para mim?! Estamos falando de um deserto dentro de uma sala! – disse Erion sarcasticamente.

– Não é isso... – respondeu, apreensiva. – Erion, a sala era para estar trancada e desativada!

– Vai ver alguém a esqueceu ligada, você mesma disse que teve aula aqui ontem.

– Sim, mas eu fui a última a sair com a professora e a vi desligar a simulação e trancar a sala – explicou Amy.

Enquanto a garota tentava averiguar o que estava errado, mexendo em vários aplicativos em seu celular, Erion continuou com seu turismo, admirando a curiosa paisagem desértica. Porém, de repente, quebrando a concentração de ambos, ouviu-se um forte estrondo seguido de um tremor. Amy imediatamente olhou perplexa na direção de onde o som parecia ter vindo. Em seguida, ouviu-se uma sequência de estrondos de menor impacto, terminando com um ainda mais forte que o primeiro. A força do último tremor foi forte ao ponto de fazer com que algumas pedras da enorme parede rochosa caíssem. Amy olhou para Erion com uma feição de espanto e ao mesmo tempo a porta por onde entraram subitamente se fechou.

XXX. PERIGO NO CENTRO DE TREINAMENTO

Amy correu na direção da porta e tentou abri-la de todas as formas que conhecia, mas foi tudo em vão. Para piorar a situação, os estrondos recomeçaram em uma sequência ainda maior e mais rápida.

A ruiva retornou até Erion com um semblante sério e apreensivo.

– Você fica aqui, eu vou ver o que está acontecendo! – disse Amy, abrindo um aplicativo em seu celular.

– Como assim, o que tá acontecendo? – perguntou Erion, preocupado.

– Eu ainda não sei, mas, a julgar pelo nível do estrondo e a sequência, eu diria que se trata de um combate! – respondeu Amy.

– Ah, não, de novo? Tá ficando chato isso já! – disse o garoto, inconformado.

– Droga! Não consigo acessar as câmeras do centro de treinamento. Isso está muito estranho! – disse Amy, frustrada, fechando o aplicativo bruscamente.

Amy também tentou ligar para vários de seus contatos, inclusive para Cassandra, a fim de relatar o que estava acontecendo, mas a ligação simplesmente não completava. Tentou todos os aplicativos possíveis de comunicação e nenhum deles funcionou.

Nem ligar eu estou conseguindo, pensou ela, aflita.

– É sério, Erion, não sabemos o que está realmente acontecendo e você ainda não recebeu treinamento adequado. Para sua segurança é melhor você ficar aqui! – insistiu Amy, preocupada.

– Nada disso, eu vou junto! – bradou ele, determinado.

Amy parou por um momento, ofuscada pelo olhar de determinação do garoto, respirou fundo e respondeu:

– Tudo bem, só não vai atrapalhar.

– Ok! – respondeu Erion sem jeito.

– Não banque o herói.

– Ok! – concordou, incomodado.

– Se a coisa ficar feia, simplesmente fuja, entendeu?

– Tá bom, já entendi! – retrucou Erion, irritado.

– Acho que o sistema de transportes ainda funciona. Vou tentar chamar um veículo para nós! – disse Amy, acessando um aplicativo de transportes.

No aplicativo havia muitas opções de veículos, porém a grande maioria deles estava desabilitada, o que obrigou Amy a selecionar uma moto dentre as opções. Em segundos, materializou-se uma moto planadora preta, com design futurista e agressivo, o que indicava ser feita para altas velocidades.

– Uau! – exclamou Erion, boquiaberto.

– Sobe aí, eu dirijo! – disse Amy, subindo na moto.

– Ok!

Com um simples acenar de mão, Amy fez surgir um pequeno painel holográfico contendo um breve diagnóstico das funções da moto. Ela mexeu um pouco na interface holográfica, que, além do diagnóstico, também continha alguns aplicativos, muitos deles ligados ao centro de treinamento. A ruiva logo ficou frustrada, pois muitas das funções que ela julgava cruciais não estavam funcionando.

Após um tempo mexendo na interface da moto, Amy conseguiu, com a ajuda de um dos aplicativos, mapear de onde os impactos estavam vindo. Imediatamente o sistema traçou uma rota contendo a distância e o tempo que gastariam até chegarem aonde estava ocorrendo o suposto conflito.

– Se segure bem aí, que essas motos são rápidas! – disse Amy, acelerando aos poucos.

Mesmo devagar, a moto era muito veloz e quase silenciosa. Erion gritava como se estivesse em uma montanha russa e balançava sobre a moto tal qual um boneco de posto de gasolina, enquanto buscava uma forma de se segurar.

– Desse jeito você vai cair! Se agarre na alça ao lado da sua cintura! – gritou Amy bem alto, por conta do barulho do vento.

– Ok... – respondeu Erion, parecendo ter entendido, apesar do forte deslocamento de ar.

– Na minha cintura não, seu abusado! Eu disse para se segurar na alça ao lado da sua cintura! – gritou Amy, enfurecida.

– Tá bom, achei! – falou Erion, segurando-se na alça.

Vendo que Erion parecia estar seguro, Amy acelerou o máximo que pôde, fazendo com que a moto planasse a uma velocidade incrível. No painel de instrumentos, Erion teve a impressão de ter visto, por cima do ombro de Amy, que a velocidade que trafegavam marcava em torno dos seiscentos quilômetros por hora. A velocidade era tanta, que Erion mal conseguia manter os olhos abertos; já para a ruiva, tal velocidade parecia ser normal, como se estivesse apenas passeando.

Poucos minutos de viagem depois, os dois chegaram até o alto de um penhasco, de onde era possível ver que realmente Amy estava certa quanto ao combate. Por conta da distância, parecia impossível identificar quem estava lutando contra quem. O penhasco devia ter centenas de metros, e mesmo assim, sem avisar Erion, Amy acelerou a moto. O garoto só teve tempo de gritar:

– Pera aí, tá malucaaaaaa!!!

A moto despencou em queda livre por alguns segundos e, assim que foram se aproximando do chão, dois pequenos propulsores saíram de suas laterais, amortecendo a queda e estabilizando-a de modo que voltasse a planar. Sem perder tempo, Amy acelerou a moto ao máximo e seguiu na direção do conflito, que para seu alívio, ainda ocorria. O som dos impactos foi aumentando, sinalizando que estavam cada vez mais próximos. Por segurança, Amy preferiu manter um pouco de distância da luta e foi diminuindo a velocidade até parar a moto atrás de uma gigantesca rocha vermelha. Amy desceu imediatamente da moto e se aproximou do canto da rocha de modo que pudesse espiar o conflito.

O combate era entre dois jovens que lutavam bravamente contra um gigante robô, atacando-o com movimentos incríveis de artes marciais e de esquiva, incluindo saltos mortais que desafiavam as leis da física. O robô era realmente imponente, com mais de dois metros de altura, e sua aparência lembrava a de um samurai trajando uma armadura metálica, polida ao ponto de refletir o ambiente como um espelho. O choque entre os três, tanto no ataque como na defesa, revelou-se ser o responsável pelos sons de impacto que Erion e Amy ouviram ao entrar no centro de treinamento.

O samurai atacava os dois ferozmente a uma velocidade incrível, dificultando muito a defesa dos jovens. Ao mesmo tempo que o combate era favorável ao samurai, os jovens não deixavam barato e, sempre que podiam, partiam para cima com tudo que tinham para ganhar terreno.

– Sarah.? Trevor? – perguntou Amy em voz baixa ao conseguir identificar os dois jovens que combatiam.

O combate seguiu no mesmo ritmo por mais um tempo. Sarah e Trevor alternavam os golpes quase que em sincronia, mas, mesmo assim, o samurai passou a se defender mais facilmente, como se pudesse prever os movimentos deles, adaptando-se à forma como os jovens lutavam. Ao perceber que estavam ficando mais fracos e perdendo terreno perante mais uma ofensiva do samurai, Sarah utilizou uma Runah azul e, projetando a palma da mão para a frente, disse:

– Parede de Partículas.

Subitamente se ergueu entre os dois jovens e o samurai uma enorme parede feita de energia semelhante a uma grande rede, contendo a sequência de golpes ferozes do samurai. A cada pancada contra a barreira, um forte estrondo ecoava pelo vasto deserto e fazia com que as grandes rochas em volta se despedaçassem, tamanha a força do impacto. Apesar de a barreira ser resistente, Sarah começou a mostrar sinais de cansaço e, aos poucos, a barreira ficou mais difícil de ser mantida. O esforço era tanto, que Sarah mal conseguia se manter de pé e foi sucumbindo pouco a pouco a cada ataque, até dizer em tom de desespero:

– Eu não aguento mais!

– Aguente só mais um pouco, eu já consegui recuperar um pouco da minha força. Quando a barreira quebrar, eu vou atacá-lo com tudo que puder e você foge! – disse Trevor heroicamente, colocando-se em guarda.

– Eu não vou sair daqui sem você! – disse Sarah, esforçando-se ainda mais, fazendo com que a barreira se fortalecesse novamente.

Percebendo o perigo iminente, Amy correu na direção da luta a uma velocidade incrível e, em um salto, golpeou o samurai fortemente com uma voadora, arremessando-o bem longe de Sarah e Trevor. Com a força do golpe, o samurai foi arremessado contra um paredão, que despedaçou com o impacto, levantando muita poeira.

– O que está acontecendo aqui? – perguntou Amy, autoritária.

– Hawkins? – perguntaram Sarah e Trevor em uníssono.

– O que vocês dois fazem aqui? – questionou Amy.

– Enquanto estávamos indo para a sala de aula, recebemos uma mensagem estranha com um pedido de ajuda do Albert, que disse ter ficado preso no centro de treinamento! – respondeu Trevor.

– A gente achou estranho e imaginou ser uma piada, mas viemos até aqui para ver do que se tratava! – disse Sarah, recompondo-se.

– E o que aconteceu depois? – indagou Amy, impaciente.

– A gente escutou um grito no corredor do centro de treinamento e correu para ver o que estava acontecendo. Quando chegamos, a porta estava aberta e, assim que entramos na sala, a porta se fechou e a simulação de deserto se ativou. O mais estranho foi termos sidos posicionados nesse quadrante tão longe da entrada! – explicou Sarah, desconfiada.

– E você, Hawkins, o que faz aqui? – inquiriu Trevor, desconfiado.

– Você também recebeu a estranha mensagem? – adicionou Sarah.

– Não, eu vim trazer o garoto novo para conhecer as instalações – respondeu Amy, preocupada ao ver que os escombros onde o samurai fora arremessado estavam se mexendo.

– O Erion? – perguntou Sarah.

– Sim, eu o trouxe para conhecer o centro de treinamento. A porta se abriu do nada e a simulação de deserto já estava ativa. Assim que entramos na sala, a porta se trancou e meu celular começou a falhar. Aliás, várias funções daqui não estão funcionando direito! – concluiu a ruiva.

Subitamente, interrompendo a conversa, a enorme máquina de combate saiu do meio dos escombros e surgiu diante dos três jovens. Amy ficou surpresa que, mesmo tendo recebido um forte ataque direto, a máquina não havia sofrido um arranhão sequer.

– Isso é uma unidade Shogun[43]!? – perguntou Amy, abalada ao reparar melhor no samurai.

---

43 O nome Shogun era um título dado nos anos 1100 aos comandantes do exército japonês. Esse título distinguia os comandantes dos demais, pois era oferecido

Para a surpresa de todos, o Shogun, ao invés de recomeçar o ataque e incluir Amy, se afastou um pouco, dando um salto para trás, e disse friamente:

– Nova ameaça detectada, analisando.

Com seus olhos, o Shogun analisava tudo ao seu redor, e dados em texto surgiam em seu visor, como velocidade do vento e condição do clima. Quando seus olhos focalizaram Sarah e Trevor, em seu sistema surgiu "Alvo já analisado". Ao olhar para Amy, no entanto, em seu visor surgiu:

ID: 34458
Nome: Amélia Hawkins
Especialidade: Elemental, Natureza, Invocação, Médica
Ameaça: Moderada

– Alterando protocolos! – disse o Shogun, movendo as placas de sua armadura com muito barulho.

O Shogun modificou toda a estrutura de sua armadura, deixando-a um pouco mais grossa e fazendo com que sua aparência se tornasse ainda mais imponente e agressiva. Diferente da forma anterior, em que estava com as mãos limpas, o Shogun passou a portar duas enormes Katanas[44] em sua cintura.

– Isso não faz sentido, o Shogun é um protocolo de treinamento da Elyse, só ela tem acesso a ele! – disse Amy, preocupada.

– A gente sabe disso. Mas ele surgiu do nada, atacando a gente! – interveio Sarah.

– Eu já treinei com o Shogun antes nas aulas da Elyse, mas não foi um décimo do que foi esse combate. Estávamos realmente lutando por nossas vidas! – explicou Trevor ao se lembrar do que passaram.

---

diretamente pelo imperador. Trata-se de uma abreviação de *Seii Taishōgun*, que significa grande general apaziguador dos bárbaros.

44 Tradicional espada japonesa utilizada pelos samurais no Japão antigo e feudal. Seu destaque está na forma curva e leveza.

Os dois jovens, além do aparente cansaço, estavam com vários ferimentos pelo corpo e seus uniformes bastante surrados, o que chamou a atenção da ruiva.

– O que houve com o uniforme de vocês? – perguntou, reparando no trapo que suas roupas haviam se tornado.

– O aplicativo de roupas estava bloqueado para nós, e tivemos de lutar assim mesmo! – respondeu Sarah, olhando o estado de suas roupas.

– Acho que podemos vencê-lo juntos! – disse Amy, preparando-se para o combate e revelando seu catalisador, com design sofisticado feito em um material metálico verde e com quatro Runahs de cores variadas.

– Amy, espere, tem mais... Nossos catalisadores estão bloqueados. Somente Runahs de Conjuração e Médica funcionam – declarou Sarah, quase desmaiando de exaustão.

– O quê? – indagou Amy em tom de desespero. – Droga!

Enquanto isso, Erion, com muito custo, descia da moto passando muito mal por conta da viagem. Aproveitando que a ruiva não estava por perto, o garoto vomitou um pouco e depois caiu sentado no chão, dizendo:

– Ah, cara, eu não aguento isso!

De volta ao local do conflito, Sarah desativou a barreira, transformando-a em pó de energia e falou, ofegante:

– Estamos lutando com ele há horas. Ele parece se adaptar a nosso modo de combate. Por isso modificou sua armadura ao te ver. Ele fez isso várias vezes, não era tão forte assim quando nos atacou pela primeira vez!

– Modo de combate – pronunciou Amy.

Para a sua surpresa, nada aconteceu, confirmando o que Sarah havia dito sobre o aplicativo de roupas. O Shogun permanecia imóvel e em silêncio enquanto observava a preocupação de Amy ao ver que o tal modo de combate não estava funcionando.

– Vamos fazer assim? – perguntou o Shogun, quebrando o silêncio.

– O que você quer? – replicou Amy, incomodada.

– Vou te dar uma colher de chá e espero que em troca você me entretenha à altura! – disse o Shogun, cruzando os braços.

Quanto mais falava, menos a máquina parecia ser uma simples Inteligência Artificial em um robô de treinamento. A forma como se dirigiu à Amy fez parecer que diante dela estava uma pessoa, e não uma máquina.

– Que estranho, desde que o combate começou, ele não disse nada além de que éramos uma ameaça e mudava de protocolo conforme íamos vencendo-o, até que ficou do jeito que você viu – disse Trevor.

– Definitivamente tem o trabalho de um hacker por trás disso, uma Inteligência Artificial não usaria esse tom. Obviamente não se trata de um defeito de máquina – declarou Amy, enigmática.

– Concordo! – assentiu Trevor.

– Bravo, senhorita Hawkins! – disse o robô ironicamente enquanto aplaudia. – Mas, voltando, como lhe prometi, vou te dar aquela colher de chá – continuou o Shogun em tom irônico. – E... pronto! Pode usar seu precioso aplicativo de roupas e seu modo de combate!

– Você vai se arrepender disso! – protestou Amy confiante.

– Veremos – concluiu o Shogun, arrogante.

– Modo de combate – disse Amy.

Desta vez, respondendo a seu comando, o uniforme de Amy brilhou delicadamente e transformou-se em um belo traje preto que cobria o corpo todo. O traje era bem colado ao corpo, mostrando nitidamente a forma física da ruiva e dando ênfase às suas curvas. Ao mesmo tempo, oferecia proteção a várias partes vitais do corpo, como peito e pescoço, na forma de uma delicada armadura, feita em um material flexível semelhante à borracha. Tudo isso anatomicamente distribuído como se fosse feito para o corpo da ruiva.

– Espero que com isso você dure um pouco mais que esses dois aí! – disse o Shogun, debochando de Sarah e Trevor.

– Pare de babar! – falou Sarah, dando um forte tapa na cabeça de Trevor.

– Ei, calma aí, eu tô todo quebrado! – reclamou Trevor, passando a mão na cabeça.

Depois de um tempo, Erion finalmente conseguiu se colocar de pé e decidiu se juntar aos outros jovens. O garoto caminhou cambaleante até finalmente chegar ao local do conflito, despertando surpresa.

– Erion? – indagou Trevor, surpreso.

– Ah, cara, o que tá acontecendo? – perguntou Erion, ainda enjoado. – Mas que porcaria é essa? – emendou, olhando o Shogun de cima a baixo.

– Nova ameaça detectada, analisando! – disse o Shogun, repetindo sua rotina de análise.

– Eita, esse treco fala! – disse Erion, surpreso.

Assim como havia feito com Amy, após uma breve análise, no visor do Shogun surgiram os dados:

ID: 54326
Nome: Erion
Especialidade: Nenhuma
Ameaça: Inexistente

– Erion, ajude os dois e leve-os para um lugar seguro! – disse Amy heroicamente. – Erion? – chamou, ao perceber que o garoto estava disperso e a olhava maliciosamente. – ERION!!!??? – gritou, na esperança de tirá-lo do estranho transe.

– Hã? Oh! Desculpa! – respondeu Erion, voltando a si.

– Pare de ficar me olhando e faça o que eu te pedi, seu pervertido! – gritou Amy novamente.

– Ok! – disse Erion, batendo continência e dando um bobo sorriso.

– Isso não será possível! – disse o Shogun sinistramente. – Só podem sair daqui mortos ou depois de me vencerem!

– Ih, é ruim, hein? Vou indo nessa. Falou! – debochou Erion do perigoso samurai, caminhando na direção de Sarah e Trevor.

– A julgar por seu nível, eu não recomendo tentar – declarou o Shogun.

Erion deteve sua caminhada brevemente e olhou o robô por cima do ombro. Ignorando o aviso, continuou sua caminhada na direção de Sarah e Trevor, dizendo:

– Ah, se liga aí, pedaço de lata!

Erion mal deu dois passos adiante e o gigante de metal, em um lapso de segundo, se deslocou tão rápido, que permitia a Amy ver apenas a figura distorcida dele. A gigante máquina apareceu na frente de Erion subitamente e, sem hesitar, deu um leve tapa com as costas de sua mão em seu rosto. Apesar da simplicidade do golpe, foi o suficiente para arremessar Erion contra uma grande rocha um pouco além de onde a moto estava estacionada. Ao atingir a rocha, o garoto a despedaçou com seu corpo, fazendo com que muitos pedaços caíssem sobre ele, soterrando-o.

– Se não pode lutar, aceite a morte ficando aí parado! – asseverou o Shogun, arrogante.

– Erioooooooon! – gritou Amy, desesperada. – Seu maldito! – completou, ajeitando as belas luvas de sua roupa.

– Vamos ver se você vive pelo nome dos Hawkins! – disse a máquina em tom de deboche.

– Prepare-se! – desafiou Amy, determinada.

– Amy, fique tranquila, que dou uma olhada no Erion, ou no que sobrou dele! – avisou Trevor, apoiando Sarah em volta de seu ombro e se afastando do local do combate.

– Eu disse que só saem daqui mortos ou se me vencerem – desafiou o Shogun, tentando avançar sobre os dois.

– Eu serei sua oponente – anunciou Amy, abrindo os braços e indicando que não deixaria que se aproximasse de seus amigos.

– Está bem! Depois de te esmagar, vou atrás dos outros. Aproveitando, curem-se depressa, não acho que esse combate vá durar muito. Logo será a vez de vocês e espero que me divirtam – disse o Shogun em tom ameaçador.

– Você fala demais para um pedaço de lata! – troçou Amy, debochando do Shogun.

Os adversários permaneceram imóveis e se encarando enquanto Sarah e Trevor, quase sem forças, se apoiavam um no outro como podiam e caminhavam na direção em que Erion havia sido arremessado. Amy se preparou para o combate, colocando-se em guarda.

– Hum, se me lembro bem, Wushu[45] não é sua especialidade, Hawkins! – disse o Shogun, enigmático.

---

45 Do chinês, a palavra Wushu significa Arte da Guerra ou Arte Marcial. É um termo utilizado para caracterizar todas as artes marciais e também qualquer tarefa executada com perfeição.

Droga, ele está certo!, pensou Amy. *Isso vai ser bem perigoso, mas preciso proteger a todos. Vou ter de me virar como puder...*

– Erion parece ter sobrevivido ao impacto. Me disseram que ele sobreviveu a um ataque direto de um gravius. Sinto sua mana bem fraca, mas consigo sentir! – disse Amy em voz baixa, enquanto desviava o olhar para os escombros onde Erion estava.

O Avengion quebraria um galho agora. Pelo que sei, Erion não usa Runahs e catalisador como nós, mas também, mesmo se conseguisse usar invocação, ele não deve fazer a menor ideia de como fez para chamá-lo aquele dia!, pensou Amy.

– E então? Pronta? – questionou o Shogun, colocando-se em guarda e interrompendo os pensamentos da ruiva.

– Eu é que pergunto! – gritou Amy, avançando furiosamente contra o Shogun.

XXXI. AMÉLIA, A RUIVA BOA DE BRIGA

Amy iniciou o combate atacando o Shogun ferozmente e com uma precisão incrível. O combate era lindo, digno de um verdadeiro filme de artes marciais. Assim como o nome implica, o Wushu utilizado pela ruiva misturava várias técnicas de lutas conhecidas, como Karatê, Tae-kwon-do, Muay-Thai, Ninjitsu e vários outros como se fosse uma só arte. Apesar da falta de confiança que demonstrara anteriormente por não poder lutar usando feitiços, Amy lutava muito bem e estava ganhando terreno, pressionando o gigante samurai a se defender mais. Com o tempo, o Shogun deixou de apenas se defender e passou a atacar também, alternando entre ataque e defesa. Aos poucos, os dois foram ganhando velocidade, ao ponto de que era difícil entender que estilo usavam.

Enquanto isso, exaustos, Sarah e Trevor continuaram sua dificultosa caminhada, afastando-se do campo de batalha e tentando chegar até Erion.

– Eu... não... aguento mais! – declarou Trevor, sucumbindo.

Também sem forças, Sarah se deixou puxar pelo peso do amigo e os dois caíram juntos, apoiados à rocha ao lado de onde Amy parou a moto. Mesmo mais distantes do conflito, os dois ainda sentiam os impactos do combate, que começava a ganhar proporções maiores.

– E o Erion? Nós precisamos ajudá-lo! – disse Sarah, preocupada.

– Relaxa, eu o vi ser atingido em cheio por aquela criatura que nos atacou no campo de estudos e sobreviver. Pode ter certeza de que o ataque dele foi mil vezes mais poderoso que esse pequeno tabefe do Shogun! – respondeu Trevor, confiante. – Você tem uma Runah Médica com você? – perguntou, ofegante.

– Tenho, sim, mas estou sem forças para usar, e você? – perguntou Sarah com dificuldade.

– Eu também estou acabado. E pior, esqueci de colocar a minha no catalisador, não imaginei que fôssemos passar por isso! – disse Trevor em tom de tristeza.

– Vamos descansar um pouco e tentar recuperar um pouco de força, porque, se a Amy não o aguentar, seremos os próximos! – afligiu-se Sarah.

– Você está certa! – afirmou Trevor, ajeitando-se melhor.

Amy continuava lutando bravamente, mostrando que era realmente boa de briga. A ruiva batia cada vez com mais força e, quando conseguia atingir o Shogun, o estrondo de seus golpes ecoava pelo centro de treinamento. O samurai também a atacava ferozmente a uma velocidade incrível, dificultando para a ruiva se defender. Pela velocidade de seus golpes, muitos passaram despercebidos pela guarda da ruiva, atingindo diretamente sua armadura, que, apesar de parecer um pouco frágil, se moldava conforme os golpes eram recebidos, diminuindo o impacto direto contra o corpo.

Ainda que atingida várias vezes, Amy não deixava barato e contra-atacava fortemente. Em certo momento, os dois se repeliram e se afastaram um pouco. De maneira sincronizada, saltaram na direção um do outro, atingindo-se no rosto ao mesmo tempo. A força foi tamanha, que o impacto os repeliu imediatamente, fazendo com que rodopiassem no ar e fossem arremessados a metros de distância.

– Parece que subestimei sua força, Hawkins! – disse o Shogun, levantando-se sem muita dificuldade.

– É, muitos cometem esse erro e se arrependem! – replicou Amy, mantendo a arrogância.

– Ah, arrogância, marca registrada dos Hawkins! – debochou o Shogun da situação. – Você até luta bem, mas tem muitas falhas!

– Cala a boca! – disse Amy, levantando-se um pouco atordoada.

Diferente do Shogun, Amy sentiu bastante o último golpe e ficou um pouco atordoada e com a visão turva. Mesmo assim a ruiva partiu para cima do adversário e o combate recomeçou. A intensidade passou a causar grandes estragos ao ambiente, destruindo rochas enormes e provocando várias rachaduras no chão.

Do outro lado do campo de batalha, Erion começava a dar sinais de vida, movendo-se por debaixo dos escombros. Aos poucos, o jovem foi surgindo do monte de pedras que o cobria e se levantou com bastante dificuldade.

– Nossa, cara, alguém anotou a placa da carreta que me atropelou? – perguntou-se Erion. – O que está acontecendo? – E olhou em volta.

De onde o rapaz estava, era possível ver Sarah e Trevor encostados na rocha próxima à moto, enquanto o conflito estrondoso continuava. O garoto escutou uma espécie de bip e na sua frente surgiu um pequeno holograma com o rosto de Cassandra e um botão para aceitar ou negar a ligação. Intuitivamente, Erion pressionou "Aceitar", e iniciou-se uma videochamada.

– Oi, Erion! Estou ligando para saber como está indo o tour pela academia! – disse Cassandra.

– Ah! *Cof, cof*! Está tudo bem! – articulou Erion, tossindo por causa da poeira levantada pelo combate, que chegava até ele.

– Está tudo bem mesmo!? – questionou Cassandra, desconfiada. – Onde vocês estão? Ela te mostrou a praia?

– Sim... Foi legal! – respondeu Erion, sem foco por estar assistindo à luta ao mesmo tempo.

– Erion? Está tudo bem mesmo? O que é essa rocha vermelha atrás de você? – questionou Cassandra, incomodada. – Onde você está? Vou ter de te rastrear!?

– A gente veio conhecer o centro de treinamento – anunciou Erion, seguido de um forte barulho semelhante a uma explosão.

– Isso foi uma explosão? – indagou Cassandra, preocupada. – Erion, se você está com algum problema, pode falar!

Cedendo à pressão e como de praxe, o garoto respirou fundo e se preparou para uma de suas saraivadas de palavras:

– Tá bom! A gente veio até o centro de treinamento e a porta abriu do nada. Entramos e ouvimos um estrondo. A porta se trancou sozinha. Daí a Amy tentou ligar para você, mandar sinal de fumaça e tudo mais, mas não conseguiu. Então ela chamou uma moto em um aplicativo maneiro e reclamou que tinha um monte de coisa que não funcionava. A maluca dirigiu a moto voadora super-rápido. Depois a gente chegou ao conflito e viu a Sarah e o Trevor lutando contra um samurai de metal maluco, que tá tentando matar a gente! – respondeu Erion até o ar acabar e ele ficar roxo.

– Menino, respire! – disse Cassandra, perplexa.

– Ah, é, verdade! – assentiu Erion, tomando fôlego com dificuldade.

– Garoto, por que não me falou logo? Eu estou indo para aí imediatamente! – gritou Cassandra, desligando o telefone.

Assim que se recuperou um pouco mais, Erion caminhou até perto de Sarah e Trevor, que assistiam à luta, aflitos.

– Você é resistente, hein, cara? – alegou Trevor ao ver Erion se aproximando, inteiro.

– Acho que foi sorte! – respondeu sem jeito.

– A gente não teve chance de te agradecer pelo outro dia. Valeu mesmo por ter salvado a gente! –reconheceu Sarah.

– Ah, que isso! – falou Erion, encabulado. – Opa, se eu soubesse que ia ter uma briga boa dessa, teria trazido pipoca para assistir! – completou, mudando de assunto e em tom bobo. – Adoro filmes de Kung Fu, principalmente os do Lee Chan!

– Erion, a coisa aqui é séria, esse tipo de combate é perigoso! – alertou Trevor, seriamente.

– Ah, mas a Amy está tirando de letra! E não é que a ruiva é boa de briga? – admirou-se Erion, torcendo pela ruiva e dando socos no ar.

– Você está errado – ponderou Sarah.

– Ué, por quê? Ela é tão rápida, que mal posso acompanhar o que tá fazendo, e o latão aí não está conseguindo sobressair tanto. Ele me detonou com um tapa só! – observou Erion, estranhando a preocupação de Sarah.

– O combate parece equilibrado, mas... – desabafou Sarah.

– A Amy já foi atingida várias vezes por descuido, e o Shogun, apesar da forma mais ameaçadora, está mais fraco de que quando lutou contra nós há pouco! – emendou Trevor.

– Sho o quê? – perguntou Erion.

– Shogun, ou unidade Shogun. É uma máquina de treinamento de Wushu que a Elyse usa para otimizar suas aulas. Só que ele sob controle não é tão forte assim! – explicou Sarah.

– A gente acredita que alguém hackeou o centro de treinamento e essa unidade Shogun. Por isso ele está lutando com o intuito de nos matar! – disse Trevor seriamente. – O pior é que a Amy já está no limite, e acho que aquela máquina infernal sabe disso e abaixou o nível só pra brincar com ela!

– Limite? Não entendo nada desse tal de Wushu aí, mas ela parece estar lutando tão bem! – falou Erion.

– O combate até começou bem e a Amy deu um pouco de trabalho para o Shogun, mas o Wushu dela é muito falho. Ela tem muita dificuldade em manter os combos e com isso acaba deixando muita brecha em sua defesa – explanou Trevor. – Por isso eu acho que o Shogun só está brincando com ela. Nesse nível, se ele fosse lutar para valer mesmo, o combate já teria acabado faz tempo – continuou, preocupado.

– Nossa, mas e agora!? – perguntou Erion, aflito.

– A gente não pode fazer muito, estamos exaustos até para usar a Runah Médica! – respondeu Sarah com pesar em sua voz.

– Eu vou lá! – declarou Erion heroicamente.

– Tá maluco? Ele vai te matar! – advertiu Trevor.

– Mas eu não posso ficar aqui assistindo ela se machucar! – bradou Erion.

– Machucar? Erion, se continuar assim... Amy vai morrer! – disse Sarah com lágrimas nos olhos.

As palavras da garota caíram como um prédio sobre Erion. A dura revelação da real situação afetou o garoto de tal forma, que sua pulseira chegou a reagir, emitindo um brilho, e em seguida se apagou. Erion sabia que não podia deixar isso acontecer e, sem pensar, correu em direção ao combate, surpreendendo Sarah e Trevor.

– Pera aí, volta aqui! – vociferou Sarah, em vão.

Ignorando totalmente o pedido de Sarah, Erion continuou correndo para onde Amy e o Shogun lutavam. Amy parecia bem cansada e não conseguia atingir mais o samurai com facilidade. E, assim como Trevor havia falado, o Shogun passou a tirar mais vantagem da vulnerabilidade de Amy e começou a humilhá-la, lutando com deboche, empurrando-a e jogando-a no chão.

Erion assistia a tudo calado e ficou imóvel pelo medo, ao ver aquela gigante máquina lutando daquela forma. O samurai sem pudor algum continuava a atacar Amy de toda forma, aproveitando-se das brechas em sua defesa e seu cansaço e dando a ela pouca chance de reagir. O combate havia diminuído de ritmo drasticamente. A garota era atingida com muita força várias vezes e a muito custo conseguia se esquivar. A ruiva praticamente se transformou em um saco de pancadas. Até que, sem mais forças para se defender, Amy foi atingida em cheio na barriga, arregalando os olhos pela dor. O golpe foi tão forte, que a ruiva perdeu a força das pernas e caiu de joelhos, levando a mão à barriga. Sem piedade, o Shogun ergueu Amy pela cabeça com apenas uma das mãos. A ruiva começou a perder os sentidos e nada fez para se defender, permanecendo imóvel como se fosse uma boneca nas mãos do Shogun.

– Não! – repreenderam Sarah e Trevor, desesperados.

– Patético! – disse o Shogun, jogando-a no chão.

Ao ver Amy ser jogada, Erion venceu o transe do medo e correu desesperado em direção à amiga.

– Amy! Amy! – gritou Erion, desesperado, ajoelhando-se ao lado dela. – Calma, eu vou te ajudar! – prosseguiu o garoto, em pânico.

– E-Erion! Sai daqui! – censurou Amy, recobrando os sentidos e abrindo os olhos com muito esforço. – Foge! Eu vou tentar segurá-lo! – E tentou se levantar, caindo em seguida.

– Como eu faço para te curar? Eu não tenho mais aquela voz estranha para me ajudar! – exclamou Erion, aflito, ajudando Amy a se sentar.

– Não precisa, Erion, eu já estou acabada! – respondeu quase sem voz. – Me ajude a levantar! – pediu, apoiando-se em Erion.

Erion ajudou a ruiva, apoiando-a em seu ombro. O garoto não deixou de reparar no corpo de Amy. As partes que pareciam placas de armadura já estavam todas rachadas e sua roupa, bem rasgada, revelando sua pele.

– É só isso, Hawkins? Você é uma falha para sua família. Uma desonra! – disse o Shogun, aproximando-se lentamente dos dois.

– Seu maldito! Eu vou te rachar ao meio! – esbravejou Erion, enfurecido, colocando-se na frente da amiga, que mal se aguentava em pé.

– Erion, não! – protestou Amy, aflita.

Erion não podia conter a raiva de ver sua amiga ferida daquela forma. O deboche feito pelo samurai fez o sangue do garoto ferver. Erion achava que o que corria por seu corpo era apenas raiva, mas logo se deu conta de que era algo que já havia sentido antes. Era uma estranha força, de uma serenidade única. Mais uma vez, sua pulseira se transformou, e sua Hara-Khai se revelou. O medo que inundava seu coração desapareceu e o seu semblante ficou sério, e até um pouco frio. A misteriosa força que corria por seu corpo lhe deu uma súbita coragem para encarar o gigante de metal e seus temíveis olhos vermelhos.

– Olha só o que temos aqui... – debochou o Shogun. – Atualização de ameaça! Analisando! – disse ele, fazendo mais uma varredura.

No visor da máquina surgiram os dados sobre Erion:

ID: 54326
Nome: Erion
Especialidade: Desconhecida
Novo item detectado: Hara-Khai
Ameaça: Extrema

– Alterando protocolo! – alertou o Samurai, afastando-se dos dois e começando uma nova transformação.

A armadura do samurai mudou completamente, inclusive sua cor. De prateada, mudou para um tom grafite e com detalhes em dourado. Não só a estética de sua armadura havia mudado, o Shogun aumentou consideravelmente de tamanho, tornando-se ainda mais ameaçador. Além das duas Katanas, duas Kusarigamas[46] com correntes enormes e pontas afiadas foram adicionadas à armadura do Shogun.

– Iniciando o ataque! – acautelou o Shogun, começando uma corrida em direção aos dois.

46 Kusarigama é uma arma tradicional japonesa que consiste em uma Kama (pequena foice) com uma longa corrente de metal presa a um cabo.

A ruiva olhava a cena e não entendia o que estava acontecendo e por que o Shogun havia mudado repentinamente. Até que reparou melhor no braço de Erion e viu sua Hara-Khai ativada.

– Erion, sua Hara-Khai, desative – clamou Amy, desesperada.

– Por quê? – questionou Erion.

– O Shogun se transformou por causa dela! – respondeu Amy.

– Eu não sei como desliga! – replicou, aflito.

– Essa não, a gente vai morrer! – disse Amy, entregando os pontos.

– Vixi, agora deu ruim! – declarou Erion ao ver que o Shogun se aproximava para lhe dar um golpe certeiro.

O ataque era iminente, Amy não tinha forças para se mexer e tentar defender Erion, que ficou parado esperando o golpe. Sarah e Trevor mal conseguiam olhar o óbvio desfecho do combate. Porém, no exato instante em que o Shogun ia atingir Erion com um forte soco, uma cortina de fumaça roxa surgiu entre eles e deteve o ataque. De dentro da cortina de fumaça, soou uma voz familiar, que disse severamente:

– Já chega!

XXXII. UMA REVIRAVOLTA NO COMBATE: UMA AULA DE WUSHU

Um forte vento subitamente soprou no centro de treinamento, dissipando a estranha fumaça roxa. Aos poucos, revelou-se que no meio dela estava Cassandra, trajando uma roupa casual, perfeita para uma boa caminhada em um parque.

Parecia mentira: Cassandra havia detido o poderoso ataque do Shogun com apenas um dedo. Erion custava a acreditar na facilidade com a qual Cassandra deteve o golpe. Especialmente após a surra que levou e ao ver o quanto os outros jovens tiveram dificuldade para enfrentar a perigosa máquina de combate.

– Por que demorou tanto!? – disparou Erion, indignado pelo risco que passou.

– Oh, me desculpe! – respondeu Cassandra, irônica. – Vocês estão bem?

– Senhora Cassandra! – desabafou Amy, aliviada ao ver sua mentora.

Assim como fez nas vezes anteriores, o Shogun se afastou mais uma vez e realizou uma nova checagem, fazendo surgir em seu visor:

ID: 14236
Nome: Cassandra Grey
Especialidade: Wushu, Elemental, Conjuração, Médica, Engenharia, Modificação, Invocação
Ameaça: Extrema

– Cassandra Grey! Que surpresa! – disse o Shogun em tom irônico. – Eu achei que havia bloqueado os celulares! – E cruzou os braços.

– Não o modelo ZX! Ele opera em uma criptografia diferente! – retrucou Cassandra, olhando para Erion. – Desativar simulação!

– Oh, isso não será possível, essa simulação tem novas regras. Ou vence ou morre! – proferiu a máquina em um tom sinistro.

Hum, isso não é uma unidade Shogun, pensou Cassandra enquanto discretamente observava um aplicativo de diagnósticos na tela holográfica de seu celular.

– Olha, vou te dar a última chance de levar seu brinquedinho daqui inteiro! – ameaçou Cassandra.

– O quê? Isso não é uma unidade Shogun hackeada, senhora Cassandra? – surpreendeu-se Amy.

– Você está certa quanto ao hacker, mas isso não é uma unidade Shogun. A Elyse mantém o controle de todas as unidades, que só respondem a ela. Se uma unidade fosse ativada, por qualquer motivo, ela seria a primeira a chegar aqui para investigar! – replicou Cassandra, abismada.

– Eu sabia! – gritou Trevor, ouvindo o diálogo a distância. – Aquela coisa era forte demais para ser uma unidade Shogun!

– Hahaha você é engraçada, sempre achando que está por cima de tudo e de todos! – falou o samurai. – Mas tenho de admitir que você é esperta!

– Quem está por trás disso? – questionou Cassandra. – Revele-se! – exigiu, ainda mais severa.

– Você não é a tão chamada diretora de Versynia? A lendária Cassandra Grey. Por que não descobre? – debochou o samurai.

– Grrr – rosnou Cassandra, indignada.

Aproveitando enquanto a máquina permanecia imóvel, Cassandra ativou seu belo catalisador com Runahs de cores variadas. Estendendo delicadamente a mão à frente, Cassandra fez com que uma Runah Médica brilhasse em seu catalisador e disse em seguida, delicadamente:

– Névoa de Cura.

O feitiço fez surgir uma delicada névoa esverdeada, que tomou conta do centro de treinamento. Dentro dela circulavam pequenas folhas feitas de energia. Em contato com os corpos de Amy e Erion, curaram todas as suas feridas instantaneamente. Mesmo Amy estando extremamente ferida, a névoa a fez se recompor, como se nada tivesse acontecido. A delicada névoa chegou até onde Sarah e Trevor estavam e também curou seus ferimentos. Os dois, mesmo depois de recuperados, preferiram não se envolver no combate. Não se sabe se por medo de Cassandra ou pela confirmação da suspeita de Trevor de que a máquina não era uma unidade Shogun.

– Nanorreparação – disse Amy subitamente.

A roupa destruída da garota foi aos poucos coberta por pequenas partículas de energia semelhantes a insetos. Alguns segundos depois, as partículas se dissiparam, transformando-se em pó de energia, revelando que a roupa de combate da ruiva havia sido completamente restaurada.

Com todos curados e Amy com sua roupa consertada, Cassandra disse seriamente:

– Amélia, você luta junto comigo! Erion, quero que você observe bem!

– Sim, senhora! – concordaram os dois em uníssono.

Por que se passar por um Shogun e atacar os alunos?, perguntou-se Cassandra, ainda preocupada com a situação.

– Vamos ver se você é digna do nome dos Grey! – disse a misteriosa máquina, colocando-se em guarda e quebrando os pensamentos de Cassandra.

– Ok, hoje vai ser uma aula prática de Wushu – declarou a diretora, ajeitando sua sapatilha e batendo com a ponta do pé contra o chão.

– Senhora, me desculpe, mas não seria prudente a senhora usar um traje de combate? – perguntou Amy, preocupada.

– Não seja tão dependente de tecnologia, minha cara, esse foi seu primeiro erro! – respondeu Cassandra em tom severo. – A melhor defesa não está na melhor armadura, mas sim em ser forte o bastante para não se deixar bater. O estrago que você fez em sua roupa de combate foi puro retrato disso.

– Entendi! – assentiu Amy, abaixando a cabeça.

– Não é para ficar triste! Você deve ficar feliz por ainda estar viva e ter a oportunidade de corrigir seus erros. A tecnologia nos trouxe benefícios, mas nos deixou dependentes e acabou com muitos de nossos costumes – explicou Cassandra em um tom triste. – Lembre-se, Erion, eu quero que você observe bastante! – completou, dando uma leve piscada.

Subitamente e surpreendendo a todos, a diretora surgiu diante da máquina e iniciou uma simples e rápida sequência de golpes. Sua precisão era fantástica e, à medida que atingia o suposto Shogun, pedaços de metal de sua armadura eram arrancados, tamanha a força dela. A velocidade e a técnica de Cassandra fizeram com que o inimigo nem sequer tivesse tempo de reagir; o que lhe restou foi apenas aceitar a surra.

Erion vibrava a cada golpe, como se estivesse assistindo a um filme de artes marciais. Amy, por outro lado, se sentiu um pouco envergonhada ao comparar a forma que lutou com a de Cassandra. Para a ruiva, ficou mais do que claro que sua mentora estava em um nível muito além de sua imaginação.

Cassandra finalizou a poderosa sequência com um chute giratório na cabeça do samurai, arremessando-o a metros de distância até se chocar contra um enorme rochedo, despedaçando-o.

– Olharam bem? – perguntou Cassandra, encarando-os sobre o ombro. – Isso é Wushu!

– Uau! – exclamou Erion, maravilhado.

– Não é só bater no oponente, mas sim controlar sua energia e bater nos pontos certos. Usar sua mana para atacar, e não apenas os punhos – explicou, determinada. – Entendeu, Erion? – perguntou, autoritária, ao flagrar o garoto com a cabeça nas nuvens.

– Sim, senhora! – respondeu, batendo continência e com os lábios tremendo.

– Amy, essa parte você já sabia. Então, menos fé em seus equipamentos e mais fé em você! Você vai lutar junto comigo agora. Lembre-se, mantenha a guarda alta o tempo todo. Sua guarda é sua armadura! Vamos vencê-lo juntas! – encorajou Cassandra, dando um delicado sorriso.

– Sim, senhora! – gritou Amy, determinada, colocando-se em guarda.

Após o discurso de Cassandra, Amy se sentiu mais forte e confiante. A ruiva sabia que havia cometido erros que poderiam ter custado não só sua vida, mas também a de seus companheiros.

Subitamente, interrompendo a reflexão da jovem, o gigante samurai emergiu do chão diante dela em um salto. Enquanto ainda estava no ar, o samurai sacou suas duas Katanas e se preparou para atacar Amy de maneira avassaladora. Apesar da aparente surpresa de seu ataque, Cassandra já havia se antecipado e saltou ainda mais alto. Com os dois punhos juntos golpeou o samurai usando bastante força e arremessando-o contra o chão.

Porém, assim como na luta contra Sarah e Trevor, o samurai começou a se adaptar ao combate. Mesmo com a força do golpe de Cassandra, a misteriosa máquina conseguiu corrigir sua trajetória e, antes que se chocasse contra o solo, conseguiu amortecer sua queda, utilizando seus dois braços. Para evitar ser atacado pela diretora novamente, o samurai tomou impulso com os braços, dando um longo salto mortal e se afastando bastante das duas.

Tomada por um forte impulso de lutar e reaver sua honra, Amy correu vigorosamente na direção do samurai e iniciou seu ataque com uma voadora. A ruiva mirou sua investida na altura do peito do samurai, que conseguiu se defender no último instante cruzando suas espadas. Mesmo se defendendo, o gigante metálico derrapou vários metros para trás até conseguir se equilibrar. Em seguida, o samurai contra-atacou Amy com um forte chute giratório, mas a jovem conseguiu se defender e logo emendou uma sequência de golpes, que obrigou a máquina a ficar na defensiva.

Infelizmente, apesar da boa performance, aos poucos os ataques de Amy foram perdendo eficácia e ficando cada vez mais previsíveis. O samurai já havia se adaptado ao estilo de luta da ruiva, que ainda tinha algumas falhas. Aproveitando-se disso, o gigante de metal mudou para uma postura mais ofensiva e covardemente passou a atacá-la com suas afiadas Katanas. A jovem desviava com bastante dificuldade das lâminas, o que a obrigou a recuar um pouco para tentar se defender melhor, acabando com sua ofensiva.

Cassandra ficou de longe apenas observando a aluna, deixando que continuasse a lutar para ganhar experiência e melhorar seu Wushu. Amy se esforçava para se esquivar das afiadas lâminas usando saltos mortais e outros movimentos incríveis de esquiva, que aos olhares de Erion pareciam impossíveis de executar. Após uma nova investida ainda mais feroz por parte do samurai, a garota cometeu um pequeno erro de cálculo em sua esquiva e, ao não perceber que o adversário havia alterado o padrão de seu ataque, acabou abrindo uma grande brecha. Aproveitando, o samurai quebrou a guarda da jovem batendo com o cabo de sua Katana no rosto de Amy. Desnorteada pela força do golpe, Amy tentou se equilibrar e se defender do próximo ataque, mas era tarde. A lâmina do samurai já estava indo com toda a força na direção de sua cabeça.

Um forte impacto ecoou pelo centro de treinamento e levantou muita poeira, cobrindo a visão de Erion, Sarah e Trevor como uma tempestade de areia. Preocupados, os três jovens gritaram em sincronia:

– Amyyyy!!

Um doloroso silêncio tomou conta do centro de treinamento enquanto a poeira lentamente abaixava. Erion, que estava mais perto, foi o primeiro a abrir a boca, assombrado pela cena que viu. Cassandra havia surgido na frente de Amy no exato momento do ataque e nem sequer se defendeu, sendo atingida em cheio na cabeça. Apesar da força com que foi atingida, Cassandra não tinha nem um só arranhão. Já a espada do samurai não teve a mesma sorte, ficando toda rachada pelo impacto.

– Eita, velha da cabeça dura! – pensou Erion em voz alta.

Cassandra segurou firmemente a espada com uma das mãos. O samurai tentou de toda forma puxar a espada da mão de Cassandra, mas seu esforço foi em vão. A gentil senhora, apesar de seu semblante calmo, continuava resistindo e apertando cada vez mais a espada enquanto o samurai insistia em puxá-la. De repente, ouviu-se um forte estalo e a gigante arma do samurai se despedaçou.

Livre de Cassandra, que destruiu sua espada, o adversário tentou atacá-la com um soco, mas foi rapidamente detido por Amy, a qual havia recuperado os sentidos. Cassandra aproveitou o momento e emendou uma forte sequência de golpes, a muito custo defendidos pela máquina. As duas faziam uma bela dupla, alternando entre ataque e defesa. O ritmo do combate começou a se intensificar e era cada vez mais belo de ver. Ao observar a forma como Cassandra lutava, Amy foi evoluindo e deixando suas falhas menos evidentes a cada passo.

Enquanto continuava a observar o combate atentamente, Erion foi tomado por uma estranha ansiedade de lutar ao lado de suas amigas. Mesmo ciente de suas limitações e de uma grande ausência de coragem, a vontade de lutar foi crescendo, deixando o garoto inquieto. Cassandra logo percebeu que algo estava diferente em Erion, como se, de alguma forma, ela pudesse ler os sentimentos do jovem.

O combate chegou a um ponto em que os três pareciam estar lutando no mesmo nível. O balanço entre ataque e defesa deles era de um sincronismo tão preciso, que a luta parecia ter sido coreografada. A esse ponto, qualquer deslize por parte de um deles poderia custar muito caro. Apesar da aparente tensão do combate, estava claro que Cassandra não lutava usando toda a sua força para que Amy pudesse melhorar seu Wushu.

A ânsia de lutar começou a fazer a mana de Erion ferver e isso chamou a atenção de Cassandra. De alguma forma, o garoto compreendeu o princípio básico do Wushu. Embora fossem técnicas combinadas de várias artes marciais, ainda era um método mais primitivo que envolvia o uso do próprio corpo como arma. Por conta disso, o garoto sentiu que talvez fosse possível ao menos tentar fazer alguma coisa. Com essa mistura de sentimentos, sua mana passou a fluir rapidamente, até que a Hara-Khai mais uma vez se ativou. Cassandra ficou bastante preocupada com o que estava acontecendo com Erion e com a proporção que a situação ganhava. Isso fez com que ela temesse a perda do controle pelo garoto.

Percebendo que Cassandra havia se distraído por causa de Erion, o samurai fez com que seus olhos vermelhos brilhassem, gerando um forte flash, que ofuscou a visão da diretora e de Amy, abrindo uma brecha em suas defesas. Aproveitando a guarda baixa, o samurai as golpeou com força e as jogou longe. Imediatamente, o adversário correu na direção de Erion enquanto sacava suas duas Kusarigamas.

– Não, ele vai matar o Erion! – gritou Amy, aflita, enquanto esperava sua visão voltar.

Erion logo se deu conta do perigo que corria, mas desta vez o impulso de fugir e se esconder havia desaparecido por completo. Sem medir as consequências, o garoto correu em direção ao monstro de metal. Assim como viu Cassandra e os outros fazerem, Erion tentou atacá-lo com toda a força, desferindo uma sequência de golpes. O resultado foi como se alguém tentasse dar um soco contra o casco de um navio cargueiro. Tudo que o garoto conseguiu fazer foi machucar bastante suas mãos e seus pés. Subitamente, a gigante máquina começou a rir muito e, sem piedade, deu um soco forte na barriga de Erion, que o fez cair de joelhos e vomitar um pouco de sangue.

– Puft, você não vale nem a pena matar, sua existência já é castigo o suficiente para você! – disse o samurai em tom de deboche. – Bom, isso não significa que não posso te fazer sofrer, e muito! – completou, preparando-se para atacar Erion com suas Kusarigamas.

A afiada lâmina se aproximava do corpo de Erion, pronta para o retalhar. O garoto não tinha mais forças para reagir, restava apenas esperar a morte chegar. Mas, de repente, soou uma doce e delicada voz:

– Barreira reversa!

XXXIII. VIRANDO-SE NO WUSHU: UMA SOLUÇÃO MIRABOLANTE

Um domo de energia quadriculada se formou ao redor de Erion no exato instante em que o samurai o atingiria. Com a força do impacto, a barreira se desmanchou, porém toda a força do samurai se voltou contra ele, pulverizando sua Kusarigama e o arremessando a metros de distância.

– Tudo bem aí? – perguntou a delicada voz, revelando-se ser Sarah.

– O que aconteceu? – questionou Erion, ainda assustado.

– Eu usei uma barreira reversa. Ela retorna a força contra o agressor.

– Nossa, valeu mesmo! – agradeceu Erion, aliviado.

– Por nada! – respondeu Sarah, sorrindo.

O samurai logo se recompôs e arremessou sua segunda Kusarigama na direção de Sarah. Subitamente, Trevor surgiu diante da arma e deteve o ataque enrolando a corrente da arma em volta de seu braço. O samurai o puxou com toda a força, fazendo Trevor voar. Assim que se aproximou do monstro de metal, o jovem foi recebido por uma saraivada de golpes. A muito custo, Trevor defendeu todos os ataques, mesmo estando preso pelo braço. Então Cassandra surgiu e cortou a corrente usando apenas uma das mãos. Aproveitando a surpresa, a diretora atingiu o samurai com tanta força, que a força gerada pelo golpe impediu que o samurai pudesse se endireitar, restando apenas se arrebentar contra um paredão de rochas.

– Obrigada, Trevor, pode deixar que eu assumo daqui! – gratificou-se Cassandra, correndo para perto de Amy.

– Obrigado, senhora Cassandra! – respondeu Trevor, surpreso.

Cassandra e Amy se deslocaram até onde o samurai se chocou e reiniciaram a sequência cinematográfica de combate. Erion não sabia onde doía mais, se onde recebeu o golpe ou em seu orgulho por ter apanhado novamente sem ter podido fazer nada. O garoto não conseguia entender o que havia acontecido. Quando sua vida estava em perigo na luta contra o gravius, ele conseguiu de alguma forma sobreviver, mas desta vez foi feito de saco de pancada. Esses pensamentos corroeram a cabeça de Erion por um tempo, até que o garoto levou a mão onde recebeu o golpe e se deu conta de que, além da barreira de Sarah ter lhe protegido do segundo ataque, a roupa, mesmo não sendo um traje de combate como a de Amy, também o protegera. Erion também percebeu o quanto Cassandra era poderosa, muito além de sua imaginação, e que, se a coisa ficasse feia, ela surgiria para protegê-lo. Isso de alguma forma gerou uma sensação de segurança e de que ele jamais correu perigo de verdade, algo muito diferente de quando teve que encarar o gravius sozinho.

Depois de uma curta reflexão, Erion achou uma solução um tanto inusitada, que poderia dar muito certo, ou muito errado. O garoto se lembrou de que em um de seus filmes favoritos, que ironicamente envolvia samurais em um campo de batalha, um grupo de personagens, como último recurso, removeu a parte de cima de suas armaduras. Os guerreiros do filme ficaram completamente expostos e a um passo da morte. Parecia loucura, mas isso abriu uma incrível vantagem. Pela pressão do medo de morrer, suas técnicas e seus sentidos foram aguçados ao extremo, o que os levou à vitória. Por algum motivo, mesmo se tratando de uma ficção, de alguma forma fazia todo sentido para Erion. O garoto não tinha outra alternativa, senão a de se arriscar, na esperança de que sua força de alguma forma despertasse. Como ele sabia que talvez morreria, resolveu fazer isso tudo com estilo. Erion abriu o aplicativo de roupas em seu celular e ficou um tempo procurando alguns itens específicos. Notou que em uma das lojas de roupa havia uma opção de customização em que o usuário poderia montar seu figurino conforme desejasse. Erion pegou uma peça de roupa de cada seção, até encontrar tudo o que precisava.

Enquanto isso, Cassandra e Amy lutavam bravamente. Em certo ponto da luta, notaram que, pelo movimento de suas mãos, Erion parecia estar utilizando seu celular.

– O que esse idiota está fazendo? – perguntou Amy enquanto lutava.

– Vai saber. Vai ver ele ficou entediado e resolveu mexer no celular – respondeu Cassandra com estranheza.

Com seu figurino completo no aplicativo, Erion confirmou a seleção e alguns créditos foram removidos de sua conta. Segundos depois, sua roupa se transformou em um traje bem extravagante. E, de um elegante uniforme, um pouco surrado pelo combate, sua roupa transformou-se em um conjunto completo de lutador de Kung Fu, incluindo as sapatilhas, a faixa na cintura e a calça preta. Havia mais um detalhe muito importante nesse traje: ele cobria tudo, menos o peitoral, deixando o garoto completamente exposto da cintura para cima.

– Que roupa esquisita é essa? – surpreendeu-se Sarah.

– Ah, cara, que legal, estou parecendo o Lee Chan! – exclamou Erion, eufórico, ignorando a estranheza de Sarah.

– Lee o quê? – perguntou Sarah, ainda mais confusa. – Olha, parece que você não precisa de mais nada. Vou dar uma olhada no Trevor, tudo bem? – perguntou, afastando-se de Erion lentamente.

– Sem problemas! – respondeu Erion, ainda se admirando.

– Só tenta não fazer nenhuma besteira, tá? – concluiu Sarah, apertando o passo.

Será que toda garota nesse planeta é chata desse jeito?, pensou Erion, incomodado.

Curiosas com o que Erion estava fazendo, Amy e Cassandra olharam para trás novamente. O choque da cena fez com que as duas perdessem um pouco do foco no combate. Cassandra ficou desesperada ao ver Erion usando a roupa da qual se orgulhava tanto, sem proteção alguma. Aproveitando-se da distração de ambas, o samurai, abrindo um espacate no ar, chutou as duas ao mesmo tempo, afastando-as.

Brevemente livre delas, o monstro metálico correu a toda velocidade na direção de Erion. O garoto percebeu o que estava acontecendo e se preparou para colocar seu inusitado plano em prática. Cassandra se recompôs rapidamente e correu o máximo que pôde para tentar alcançar o samurai, mas era tarde e não havia mais tempo para proteger Erion.

– Não! – gritou Amy, desesperada. – Erion, se esconde, seu ignorante!

O samurai se aproximava rapidamente, enquanto o garoto respirou fundo e disse:

– É, lá vem o latão... – disse Erion, fazendo um alongamento estranho. – Agora ou vai ou racha! – concluiu Erion, ficando imóvel apenas aguardando o golpe chegar.

Próximo de Erion, o samurai deu um salto e desferiu um forte soco, atingindo o rosto do garoto. Todos ficaram paralisados com a cena e não acreditaram no que viram. A força do golpe fez Erion virar a face devagar, enquanto seus pés afundaram levemente no chão. Era inacreditável, o gigante punho do samurai contra o rosto de Erion servia apenas de apoio para o manter no ar. Cassandra observava, ao mesmo tempo que satisfeita pela performance do garoto, assustada pela forma perigosa que ele encontrou para conseguir o feito. Algo também que Cassandra não pôde deixar de notar foi o semblante de Erion. De um rosto alegre e até um pouco bobo, Erion encarava o gigante samurai com um olhar sério e frio. Era como se, por um momento, o garoto se transformasse em outra pessoa.

– Impossível! – gritou o samurai, perplexo.

– É, eu também acho! – assentiu Erion, em um tom bobo. – Eu não sei quem está por trás disso, ou o que está acontecendo – prosseguiu, mudando subitamente para uma voz grave e séria. – Só espero que seu seguro tenha cobertura para isso! – finalizou, dando um sorriso sarcástico.

O samurai se colocou de pé, mas, antes pudesse esboçar qualquer reação, Erion deu um soco na altura do peito da máquina. Com a força, o local onde bateu afundou, fazendo um círculo em volta. Por causa do impacto do golpe, o samurai voou na direção de Amy e Cassandra quicando no chão feito uma bola, enquanto sua armadura se despedaçava. As duas continuavam perplexas enquanto a gigante máquina se aproximava delas. Amy se preparou para dar continuidade ao combate, colocando-se em guarda, até que Cassandra suspirou espantada. Antes que a ruiva pudesse perguntar o que lhe havia causado espanto, Erion surgiu instantaneamente diante delas e deteve o gigante no ar com apenas uma das mãos. De olhos arregalados e a boca trêmula de espanto, Amy disse:

– Ele se moveu igual a um Meyjai!?

– Só um pouquinho, querida... – replicou Cassandra, dando em seguida um delicado sorriso.

– O quêêêêê? – questionou Amy, olhando desesperadamente para Cassandra.

– Mais rápido – emendou Cassandra.

– Você quer dizer que... – começou Amy.

– Isso mesmo, por um instante ele foi um pouquinho mais rápido que um Meyjai – respondeu Cassandra, orgulhosa. – O engraçado é que ele não faz ideia do que fez e de como fez. Está aí um carinha interessante!

– Vamos começar de novo? – protestou Erion, empurrando o samurai.

– Você vai se arrepender! – advertiu o samurai.

E então um frenético combate se iniciou. Erion começou a ganhar terreno rapidamente, sem fazer muito esforço. O samurai atacava-o com tudo e, muitas vezes, pela falta de experiência com o Wushu, o garoto acabava ora ou outra sendo surpreendido por algum ataque, mas rapidamente conseguia se defender. Conforme o combate avançava, Erion estranhou que a máquina estava ficando mais lenta e seus golpes mais fáceis de serem lidos.

– Ué, já tá cansado? – indagou Erion ao perceber que estava em vantagem. – Seus movimentos estão muito lentos, parece que está lutando em câmera lenta! – continuou o garoto, confuso.

– Erion, seu bocó, não é ele que tá mais lento, é você que tá lutando mais rápido! – gritou Amy, irritada.

– Ei, aproveitando, ó, vocês duas! – falou Erion, voltando um pouco ao seu jeito comum de ser. – Uma ajudinha aqui? – reclamou.

Cassandra percebeu que o semblante de Erion havia voltado ao normal e também sua forma de falar. Temendo que algo ruim acontecesse, Cassandra se juntou ao combate imediatamente e seguiu lutando ao lado de Erion. Apesar de uma pequena queda no rendimento do garoto, o sincronismo dos dois era tão perfeito, que pareciam ser apenas uma única pessoa lutando, enquanto quebravam várias partes da armadura do robô com seus furiosos ataques. Em alguns momentos, dava-se a ilusão de que Erion estava lutando de igual para igual com Cassandra.

– Vamos acabar com isso logo e juntos! – asseverou a diretora seriamente.

– Bora! – aceitou Erion, empolgado.

– Ei, nesse jogo jogam três – disse Amy, juntando-se ao combate.

Os três cercaram o samurai e o combate recomeçou. Atacando juntos, a máquina não era capaz de se defender. Para tentar diminuir a diferença, o samurai sacou sua última katana e atacou Erion usando os dois braços. O garoto teve poucos segundos para desviar e, com a força do golpe, a espada ficou presa no chão. Aproveitando a deixa, Erion incrivelmente correu, pisando sobre a enorme espada, e acertou uma voadora na cara do monstro de metal. O samurai voou um pouco para trás junto com a espada. Cassandra se deslocou rapidamente para receber o samurai e desferiu uma forte sequência de golpes. Desta vez, a diretora bateu com muita força, o que acabou arrancando quase toda a armadura do adversário, revelando seu esqueleto metálico. Ao fim da sequência, Cassandra se afastou do samurai, dando um salto mortal para trás e abrindo espaço para Amy dar continuidade ao ataque.

O samurai, quase todo destruído, tentou atacá-la com sua espada, mas foi em vão. A ruiva, tomada por uma estranha aura esverdeada, conseguiu deter o ataque com apenas uma das mãos. Assim, despedaçou com um aperto a gigante espada do samurai. Sem perder tempo, Amy iniciou um fulminante combo, que, de tão rápido, destruiu o resto da armadura do robô. A energia ao redor de Amy brilhava como uma chama ardente e, com um forte golpe no peito do samurai, transformou o que restou da máquina em pó de metal. O poderoso ataque deixou a ruiva exausta e ofegante e, aos poucos, sua aura esverdeada foi perdendo o brilho, até desaparecer por completo.

A luta havia finalmente chegado ao fim, e o monstro foi derrotado com a força do trabalho em equipe. Cassandra aproveitou muito bem a oportunidade para que os jovens trabalhassem e vencessem juntos.

– Excelente trabalho! – disse Cassandra, sorrindo. – Amy, gostei de ver você usando sua aura de mana para lutar. Agora seu Wushu ficou bom, continue praticando!

– Obrigada, senhora Cassandra! – agradeceu Amy, envergonhada pelo elogio.

– Senão te coloco para treinar com a Elyse! – acrescentou Cassandra seriamente, com olhar psicótico.

– S-sim, senhora! – hesitou Amy, apavorada.

Algum tempo depois, Sarah e Trevor se juntaram ao grupo.

– Ufa, até que enfim acabou!

– Ótimo trabalho de vocês dois. Vocês progrediram bastante, estou orgulhosa!

– Obrigado, senhora Cassandra! – disseram, sincronizados.

– Depois eu quero os dois na minha sala e que me expliquem o que aconteceu! – disse Cassandra seriamente.

– Sim, senhora! – responderam os jovens.

– Erion, boa jogada ao usar a pressão máxima para tentar acordar seus poderes. Boa, mas inconsequente, você poderia ter morrido! – repreendeu Cassandra severamente.

– Sinto muito! – disse Erion, cabisbaixo.

– Não é bronca, pelo contrário, estou orgulhosa de você. Só quero que tenha mais cuidado e se esforce para não ter de fazer isso de novo! – aconselhou Cassandra, dando em seguida um sereno sorriso.

– Pode deixar! – concordou, determinado.

– Erion, onde você arrumou sua roupa? – perguntou Amy, olhando estranhamente.

– Ah, sei lá, eu entrei numa loja de um tal de Jacque sei lá o quê, fui escolhendo algumas peças e montei este figurino! – explicou ele, encabulado.

– Hahahahahahaha, você comprou isso do site do Jacque Dovil?? – debochou Amy.

– Qual é o problema? Foi o único lugar em que eu achei o que eu precisava! – respondeu Erion, irritado.

– Nossa, quase ninguém compra dele, os designs são horríveis! – observou Amy. – Sério, volte para sua roupa normal. Está me incomodando, de verdade!

– É, cara, não querendo ser chato, mas tá bem esquisito esse seu modelinho aí! – troçou Trevor, rindo em seguida.

– Ah, cara, até você? – protestou Erion, decepcionado. – Já não basta essa chata aí?

– Você me chamou de quê? – indagou Amy, enfurecida.

– Nem vem, agora sou o mestre do Wushu! – disse Erion, convencido, fazendo uma pose de luta ridícula.

– Erion, lembra que eu te falei sobre conjurar? – perguntou Amy, estranhamente serena.

– Ah, é, criar objetos com magia!? – respondeu Erion inocentemente.

– Agora que o samurai foi destruído, meu catalisador voltou a funcionar. E nossa, que coisa, eu tenho uma Runah de Conjuração aqui comigo –anunciou, sarcástica.

– Ok – acatou Erion com um mau pressentimento.

Sarah e Trevor olharam um para a cara do outro e se afastaram dos dois, dando pequenos passos para o lado.

– Vou te mostrar uma coisa – avisou Amy, fazendo uma Runah azul brilhar.

– O que você quer me mo...

Antes que Erion terminasse, Amy conjurou uma espécie de bastão enorme e bateu com tanta força na cabeça do garoto, que o enterrou no chão, deixando só parte do tronco para fora.

– Pronto, era isso que eu queria te mostrar. Te mostrei a ter mais respeito! – disse Amy, arrogante.

– Vocês dois não têm jeito mesmo! – disse Cassandra, colocando a mão na testa.

– Tá querendo matar ele, Amy? – perguntou Sarah, preocupada.

– *Hunf*! – bufou Amy, virando a cara e caminhando para longe de Erion, que continuava zonzo pela pancada. – Senhora Cassandra, obrigada por tudo. Sua aula foi ótima, acho que agora estou mais confiante! – exprimiu enquanto retornava a seu uniforme original.

– Imagine, minha querida, mas não se descuide. Eu não estava brincando quando disse que colocaria a Elyse para te treinar! – alertou Cassandra com um olhar assustador.

– Tudo bem! – retrucou Amy, amedrontada.

– Vá para seu alojamento e descanse bastante, estou muito orgulhosa de você! – declarou Cassandra, colocando as mãos nos ombros da jovem. – Eu também vou indo, preciso conversar com aqueles dois! – continuou, referindo-se a Sarah e Trevor. – Erion, você também me surpreendeu hoje e merece um descanso depois de tudo isso – continuou. – Sarah, Trevor – chamou.

– Sim, senhora! – acordaram os jovens, acompanhando a diretora.

Erion ainda estava mais para lá do que para cá por causa da pancada, nem sequer prestou atenção no que Cassandra disse e todos seguiram seu caminho o ignorando completamente.

– Ei, vocês vão me deixar aqui!? Espera aí! – gritou, desesperado enquanto tentava sair da areia.

– Amy, você ouviu alguma coisa? – perguntou Cassandra, sorrindo.

– Não ouvi nada, deve ser defeito da simulação! – debochou Amy.

– Ah, cara, já não basta na Terra todo mundo me zoando – reclamou Erion, decepcionado.

Já um pouco longe de Erion, Cassandra proferiu delicadamente:

– Desativar!

Alguns segundos depois de Cassandra desativar a simulação, todo o mundo onde eles estavam foi se desmaterializando como em um jogo virtual. Em poucos segundos, a enorme paisagem árida se transformou em apenas uma fria sala de quatro paredes quadriculadas de cor cinza-escuro. Erion, que estava enterrado da cintura para baixo, apareceu perto dos outros sentado no chão frio.

– Ué? Cadê a terra? As pedras? – perguntou, confuso.

– Bem-vindo a Zethar, filho! – cumprimentou Cassandra, olhando sobre o ombro.

XXXIV. UM BREVE MOMENTO DE DESCANSO E REFLEXÃO

Com todos fora do centro de treinamento, Cassandra acessou um painel projetado na lateral da porta e digitou um estranho código. Segundos depois, ouviu-se uma voz feminina dizendo:

– Anulação de código de segurança atual efetuada com sucesso!

E a porta imediatamente se fechou.

– Vamos? – convocou Cassandra, tomando a dianteira.

Exaustos, os jovens seguiam sua mentora com bastante dificuldade, um se apoiando ao outro. Assim que finalmente chegaram até o elevador, Cassandra selecionou no painel os andares "Alojamento" e "Diretoria", e o elevador imediatamente seguiu seu curso. No andar do alojamento, Amy e Erion desembarcaram e se despediram dos outros. Os dois caminharam devagar pelo corredor, até chegarem a seus respectivos quartos. Sarah e Trevor permaneceram no elevador junto com Cassandra e a acompanharam até o andar da diretoria, onde ficava a sala dela.

De frente para a porta de seus quartos, Erion e Amy se olharam por um breve momento, esboçaram um sorriso tímido e entraram sem dizer nada.

Feito um zumbi, Erion se arrastava pelo quarto enquanto tentava chegar até o andar de cima. Com muito custo, o garoto foi ao banheiro, onde encontrou mais ao fundo um estranho cesto no chão, no qual acima estava projetada eletronicamente a mensagem "Deposite sua roupa suja aqui". Apesar de estranho para o jovem, Erion removeu o celular do bolso e jogou a roupa suja no cesto, que subitamente foi absorvido pelo piso junto com a roupa, fazendo o garoto levar um baita susto. Só restava a Erion encontrar o chuveiro ou pelo menos algo que se assemelhasse a um.

Minutos mais tarde de árdua busca, o mau cheiro do garoto já estava ficando forte ao ponto de que nem ele mesmo conseguia suportar, e nada de encontrar o bendito chuveiro. Até que, irritado, Erion gritou:

– Pô, cara, só queria tomar banho!

Incrivelmente, atendendo ao seu pedido, um box de vidro fosco se ergueu e uma deliciosa água, com aroma estranho, começou a cair do teto. O espaço onde a água caía era muito amplo, permitindo que Erion pudesse andar de um lado para o outro. Não importava para que lado o garoto caminhasse, a queda d'água simplesmente o seguia. O que mais surpreendeu o garoto, além da temperatura da água perfeita, foi que ela removeu toda a sujeira de seu corpo, deixando-o limpo por completo. Para a frustração de Erion, subitamente a estranha água foi cortada e uma voz feminina soou do nada:

– Banho completo!

Antes que o garoto pudesse reclamar do curto banho, um forte jato de ar morno circulou dentro do box, secando-o totalmente. Por fim, um cabide contendo um novo uniforme todo limpo se materializou na parede. Já familiarizado com o aplicativo, o garoto não teve problemas em selecionar sua boa e velha roupa, no estilo da Terra, contendo uma camisa com uma estampa de sua banda brasileira favorita, o Angra.

De banho tomado, Erion seguiu para o quarto, onde encontraria quem seria sua amiga pelas próximas horas: a cama. Quando esteve lá antes, o rapaz ainda não havia reparado, mas a cama era apenas uma tábua de metal flutuante com uma lamparina azul na cabeceira. Assim que se deitou, a simples tábua se transformou em um ergonômico colchão com uma coberta muito macia e bem-dobrada. O jovem deitou a cabeça lentamente no colchão, que se moldou em um travesseiro confortável. Devagar, o teto branco foi dando lugar a uma bela projeção de céu estrelado. O garoto aproveitou para refletir um pouco sobre a experiência que teve e ficou feliz pelas coisas que foi capaz de fazer, mas também veio a imagem do que não foi capaz. Erion se lembrou da forma como Amy teve de se sacrificar para protegê-lo e o quanto o descontrole de sua Hara-Khai piorou, e muito, as coisas. Se Cassandra não tivesse aparecido naquela hora, uma tragédia com certeza teria acontecido, e ele não poderia ter feito nada a respeito. Erion ficou matutando o porquê de ter hesitado tanto e como poderia ter feito diferente. Lentamente, o jovem foi vencido pelo cansaço até cair em um sono profundo.

No quarto ao lado estava a ruiva na mesma situação, pensando e refletindo sobre o último evento. Amy aprendeu da pior maneira que, apesar do forte nome que carregava, ainda tinha muito a aprender. Outros pensamentos a deixaram um pouco incomodada, em especial no que dizia respeito a Erion. Ela não conseguia entender como um garoto totalmente indisciplinado como ele era capaz de fazer coisas tão incríveis, algumas delas além das capacidades da jovem. Assim como Erion, a ruiva continuou a refletir sobre as próprias falhas, mas também se permitiu um momento de glória, pois, diante de uma situação extrema, teve a flexibilidade de mudar e evoluir. A jovem ponderou por mais um tempo até também cair em um sono profundo.

Já na diretoria, após uma longa conversa, Cassandra dispensou Sarah e Trevor, que retornaram direto ao alojamento. A mentora permaneceu em sua sala, caminhando de um lado para o outro, tentando entender o que estava acontecendo. A forma como os jovens foram atacados pelo gravius no campo de estudos, a chegada de Erion e a misteriosa máquina de combate já contabilizavam três ocorrências estranhas. Era como se tudo que aconteceu estivesse ligado a Erion de alguma forma. O garoto podia ser muito azarado ao ponto de estar sempre no lugar errado e na hora errada; ou pior, o garoto estava onde precisava estar, e sua chegada a Zethar não havia sido uma coincidência. Esse monte de pensamentos estava fritando a mente de Cassandra e a deixando cada vez mais confusa e inquieta. *Uma conspiração, talvez? Mas de quem?*, pensou, aflita.

Cansada de ficar andando em círculos em seus pensamentos, Cassandra navegou entre os contatos de seu celular e selecionou a imagem de um homem negro, bem-afeiçoado e com uma barba cinzenta, cujo nome na sua lateral dizia Cedric. Cassandra iniciou uma chamada de vídeo. Para a aflição dela, o telefone chamou uma, duas, várias vezes. Perto de desistir da ligação, Cedric atendeu.

– Cassandra Grey, a que devo a honra de ser chamado tão tarde da noite? – perguntou Cedric ironicamente e com uma baita cara de sono.

– Me desculpe, Cedric, é que preciso muito de um amigo para conversar! – respondeu Cassandra com uma voz aflita. – Você é o único em quem posso confiar no momento!

– Nossa, então a coisa deve ser muito séria mesmo. Quer me encontrar em algum lugar? – indagou Cedric, preocupado.

– Um café seria bom... – insinuou Cassandra, dando um delicado sorriso.

– Combinado, te encontro na cafeteria, então! – concluiu Cedric, sorrindo.

– Obrigada, Cedric! – agradeceu, aliviada, enquanto encerrava a videochamada.

Cassandra respirou fundo e seguiu rapidamente para a cafeteria. Assim que desceu do elevador, ela se deparou com um homem alto, de porte forte, trajando uma bata branca de gola alta. Apesar da imponência de sua figura, o homem transmitia um ar de delicadeza e serenidade, como um sábio. Assim que Cassandra se aproximou, ele logo a reconheceu e os dois se cumprimentaram com um caloroso abraço.

– Que bom te ver, Cassie!

– Cedric, você não faz ideia como é bom ver um rosto amigo!

– O que aconteceu de tão grave, que precisou me chamar aqui a essa hora? – perguntou Cedric, preocupado, enquanto se sentava à mesa. – É sobre o que tem acontecido na academia nos últimos dias? Você está em perigo? Posso te ajudar?

– Calma, Cedric, é apenas uma suposição. Mas, talvez da forma que eu te contar, você entenda a razão da minha preocupação!

– Bom, pelo seu olhar, acho que vamos precisar de muito café, mas eu sou todo ouvidos, minha querida amiga!

A conversa dos dois se arrastou madrugada adentro. Cassandra retomou os eventos estranhos que ocorreram e expôs suas ideias e a forma como havia processado tudo aquilo. Cedric falou pouco, ficou boa parte do tempo apenas ouvindo.

– Realmente, Cassie, essa história toda com garoto novo é bem curiosa!

– A parte da Elyse é que me deixa intrigada. Se o ataque no centro de treinamento tivesse dado certo, com certeza ela seria responsabilizada – hesitou Cassandra, preocupada.

– Você foi a favor de Elyse no passado e vocês duas têm uma história desde então – lembrou Cedric.

Cassandra fez um breve silêncio e respirou fundo enquanto processava tudo que Cedric havia lhe dito.

– Bom, parece que você já entendeu quem é o alvo disso tudo e o que está em jogo, certo? – perguntou Cedric, quebrando a melancolia de Cassandra.

– Você está certo, meu amigo, essa história do Erion ter chegado do nada, fazendo esse monte de coisas absurdas, me desviou do que estava realmente acontecendo – confessou Cassandra, aliviada.

– Vou ficar de olho por aí, pode contar comigo para o que precisar, Cassie! – declarou Cedric, segurando as mãos de Cassandra com ternura.

– Obrigada, Cedric, estou bem melhor agora! – disse a mulher com um sorriso tímido. – Às vezes, eu preferia que o Lazar tivesse escolhido outra pessoa – completou, desviando o olhar de Cedric.

– Nunca diga isso! Se ele fez a escolha que fez, foi para o bem de todos, mesmo que talvez alguns não aceitem isso. E Cassie... Tome cuidado! Lembre-se de que você apenas tem ideia do alvo, mas ainda não sabe quem está por trás disso e o porquê – alertou Cedric seriamente.

– Pode deixar!

Desabafar a situação toda fez Cassandra se sentir mais leve, e até um sorriso sobrepôs a face de angústia que carregava.

– Já está tarde, melhor irmos! – anunciou Cassandra.

– Nossa, o tempo certamente voou! – acrescentou Cedric, olhando o holograma de seu celular.

Cassandra e Cedric voltaram para o elevador e seguiram para o andar de alojamento para mestres. Cedric, como um cavalheiro, acompanhou a mulher até a porta do quarto dela. Os dois se olharam com ternura e se despediram com um caloroso abraço. A diretora entrou em seu quarto, que, diferente do de Erion, não era tão tecnológico. Havia várias lâmpadas coloridas nas paredes, dando um ar psicodélico e uma incrível paz. Cassandra pensou um pouco na conversa com Cedric enquanto tomava um relaxante banho. Em seguida, deitou-se em sua confortável cama e rapidamente pegou no sono.

XXXV. DE VOLTA PARA CASA: A DECISÃO ANTECIPADA DE CASSANDRA

Eram oito da manhã e Erion roncava feito um caminhão desregulado enquanto dormia todo esculhambado em sua cama flutuante. De repente, rompendo seu pesado sono, o celular começou a tocar em cima de uma mesinha próxima à cama. Perdido, Erion andou de um lado para o outro até se dar conta de que o celular já havia incrivelmente aparecido em seu bolso, de alguma forma. Assim que se acalmou um pouco, pôde ver que havia uma tela holográfica quase transparente com a foto de Cassandra bem diante de seus olhos, com a opção de atender. Assim que enfim se deu conta disso, o garoto atendeu prontamente.

– Bom dia, Erion! Você demorou a atender, está tudo bem? – disse Cassandra.

– Oi, bom dia, Cassandra! É que fiquei procurando meu celular para tentar atender! – respondeu Erion com voz de sono.

– Erion, os modelos ZX se conectam com o seu uniforme e conseguem se materializar no bolso para evitar que você o esqueça ou o perca, caso esteja em missão. Você não leu o manual? – perguntou Cassandra.

– Ah, cara, ninguém lê manual! – replicou ele, em voz baixa.

– Você sabe que eu ainda posso te ouvir, não é?

– Desculpa! – retratou-se Erion, envergonhado.

– Olhe, ler o manual ainda vai acabar salvando sua vida um dia – disse Cassandra seriamente.

– Tudo bem, prometo que depois eu dou uma olhada! – declarou Erion, incomodado.

– Sei... – falou ela, desconfiada. – Bom, você poderia vir à minha sala assim que possível? – interpelou, mudando de assunto.

– Claro, mas aconteceu alguma coisa? – indagou Erion, preocupado.

– Não, pode ficar tranquilo! – tranquilizou-o Cassandra, rindo. – Só, por favor, venha depressa, sim?

– Sim, senhora! – assentiu Erion.

Cassandra encerrou a videochamada, e a tela do celular de Erion fechou-se. O garoto ficou muito preocupado com a ligação repentina, mesmo Cassandra dizendo que estava tudo bem. Para não deixar a diretora esperando, saiu correndo, quase caindo nas escadas. Como observou bem a todos, o garoto não teve dificuldades em usar o elevador sozinho e chegar até o andar da diretoria. Assim que deixou o elevador, seguiu em direção à sala de Cassandra, que, para sua surpresa, já estava na frente da porta à sua espera.

– Obrigada por ter atendido ao chamado tão rápido, Erion! – disse Cassandra, acenando com a mão para abrir a porta. – Por favor, entre!

Erion entrou na sala e se sentou na mesma cadeira que usou da última vez que esteve ali. Cassandra se sentou em sua confortável cadeira de frente para Erion e o olhava de maneira enigmática, mantendo silêncio. O garoto por outro lado estava quase passando mal pela ansiedade, tentando prever o assunto da conversa.

– Nervoso? – perguntou Cassandra, rompendo o silêncio subitamente.

– S-sim! – gaguejou Erion.

– Eu disse que você poderia ficar tranquilo, não disse? – indagou a mulher, sorrindo. – Relaxe, é só uma conversa simples e uma mudança repentina de agenda!

– M-mudança? – questionou Erion, ainda preocupado.

– Bom, antes que você desmaie de ansiedade, vou direto ao ponto. Eu decidi antecipar sua partida para a Terra!

– Ué, por quê?

– Tem algo em sua história que não encaixa muito bem – repreendeu Cassandra, enigmática.

– Olha, eu te disse tudo sobre mim! – disse Erion, desconfiado.

– É mesmo? Qual é seu sobrenome?

– É, quase tudo... – respondeu Erion, sem graça.

– Algo me diz que sua chegada até nós não foi coincidência. E também há esses eventos estranhos acontecendo e colocando a vida de meus alunos em risco!

– Espera aí, você não tá achando que eu tenho algo a ver com isso, né?

– A princípio, sim, pois você chegou no mesmo dia em que ocorreu o primeiro evento. Porém, seu sacrifício para salvar a todos foi sincero, e não senti maldade vinda de você. Mas não foi por isso que te chamei aqui...

– Então foi pelo quê? E o que meu sobrenome tem a ver com isso? – perguntou Erion, confuso.

– Antes que você entre naquela pilha de perguntar mil coisas, vou resumir. Em Zethar, o dom da magia é passado através de gerações, ou seja, é passado entre os membros da família – explicou Cassandra. – Qual é seu sobrenome mesmo? – questionou ironicamente.

– Silva – comunicou Erion.

– Viu? Nunca existiu nenhum Silva na história de Zethar! – declarou Cassandra. – Claro, sempre podemos ter novas famílias aqui, mas já faz uns mil anos que não temos uma família nova vinda da Terra em nosso planeta!

– Caramba, eu não fazia ideia! – disse Erion, surpreso.

– Infelizmente, mesmo entre as gerações estamos perdendo adeptos à magia – acrescentou Cassandra em tom triste.

– Nossa, mas por quê?

– Antigamente, todos os membros da família eram usuários de magia. Hoje, esse número vem diminuindo com o passar das gerações. A tecnologia que temos avançou muito e a necessidade de manipular magia foi se perdendo. Com isso, as pessoas estão cada vez menos sensíveis à magia, e alguns nem sequer conseguem usar uma Runah. Veja o exemplo de ontem, até um de nossos melhores alunos estava se apoiando totalmente à tecnologia e se esquecendo dos velhos costumes. Há vinte anos, um Hawkins jamais levaria uma surra de um boneco de combate! – disse Cassandra, incomodada. – Ironicamente, graças à magia temos tecnologia, e a tecnologia está acabando com ela! – acrescentou tristemente.

– Isso é muito triste, eu não sabia que as coisas estavam assim! Mas eu ainda não entendi onde eu entro nessa história...

– Erion, você não tem histórico familiar aqui, mas tem uma Hara-Khai. São dois fatores muito fortes e que não fazem muito sentido.

Por isso, eu vou com você para a Terra e quero conversar com seus pais – explicou Cassandra.

– Meus pais? Pra quê? – desconfiou Erion.

– Quero ver se eles me ajudam a desvendar esse quebra-cabeças.

– Por mim, tudo bem. Só é meio difícil encontrar os dois juntos em casa. Eles são enfermeiros e trabalham muito!

– Que poético, seus pais se dedicam a salvar a vida de outras pessoas, e você faz o mesmo. Você teve uma criação muito boa, garoto, vai ser um grande homem! – disse Cassandra, orgulhosa.

– Meus pais sempre me ensinaram o valor do trabalho e da vida. Eles são um grande exemplo de superação – manifestou Erion, orgulhoso.

– Posso imaginar!

– Mas como eles vão te entender? Opa, é mesmo, como eu te entendo? Isso eu não entendi até agora!

– Isso é algo que a tecnologia ainda não conseguiu resolver, só a magia mesmo. É uma magia de linguística avançada. As palavras são códigos interpretados pelo nosso cérebro. O problema é que nem sempre o interpretador está habilitado a entender. Essa magia converte o código de forma que o cérebro entenda, ou seja, não importa o conteúdo ou o sentido do que eu digo, ela fará seus pais entenderem e também é assim que a gente se entende por aqui. Ou você achou que convenientemente eu falava português?

"Zethar é um planeta muito grande, e temos uma enorme diversidade de raças e culturas, cada qual com seu próprio dialeto. A Elyse, por exemplo, é trevoriana e não fala a mesma língua que eu, mas nos entendemos!"

– Que incrível! – disse Erion, maravilhado.

– Com o tempo, tudo fará mais sentido e você se tornará um de nós. E, se tudo der certo, um Meyjai! – disse Cassandra, esperançosa.

– Meia do quê?

– Meyjai, Erion! – respondeu Cassandra, incomodada. – Os Meyjais são o mais alto escalão de magia em nosso planeta. Nossa academia treina alunos, e apenas os mais habilidosos e capacitados são escolhidos a dedo para se tornarem Meyjais!

– Legal! – exclamou, impressionado.

– Por ora, vá até a cafeteria e coma alguma coisa. Depois, encontre-me no andar de transportes, ok?

– Tudo bem! – empolgou-se Erion.

– Obrigada, Erion! – disse a diretora carinhosamente.

– Pelo quê? – perguntou o garoto, desconfiado.

– Por confiar em mim e estar disposto a nos ajudar!

Erion esboçou um sincero sorriso e deixou a sala da diretora, seguindo para a cafeteria. Assim que chegou, encontrou a cafeteria completamente vazia. O garoto até deu uma volta pelo local e olhou em algumas mesas se havia alguém, mas não encontrou ninguém.

– Ah, cara, será que esse pessoal toma café tão cedo assim? – reclamou Erion, imaginando que horas passaria a ter de acordar.

O garoto escolheu uma das mesas e rapidamente montou um senhor café da manhã bem brasileiro no aplicativo da bandeja. O café veio reforçado, com direito a um bom pão com manteiga, frutas e um saboroso café com leite. Enquanto comia, Erion ficou pensando no que Cassandra disse e ficou intrigado com a insistência dela em conhecer seus pais e como isso teria relação com tudo que tinha acontecido desde que chegou a Zethar. Seus pensamentos fervilhavam com inúmeras possibilidades do que estava por vir, tanto que o garoto acabou quase engolindo seu café da manhã de uma vez.

Assim que terminou, Erion retornou ao elevador e selecionou o andar que dizia transportes. Em pouco tempo, o garoto desembarcou no andar e entrou na sala de transportes. Conforme a foto do elevador, a sala realmente se assemelhava muito à da torre, mudando apenas as cores e a presença da insígnia da academia nas paredes. O garoto circulou um pouco pela sala, para se familiarizar com o local. Mais adiante, sentada em uma poltrona de metal muito confortável, estava Cassandra, trajando uma calça jeans e uma camisa de manga longa.

– Nossa, você veio rápido! – surpreendeu-se Cassandra, levantando-se.

– É que eu fiquei ansioso – explicou ele, encabulado.

– Posso imaginar... Minha nossa! – exclamou Cassandra, tapando o nariz.

– O que foi? – perguntou Erion, olhando para os lados e tentando entender.

– Desculpe, mas seu hálito está horrível – disse Cassandra com cara de nojo.

– Ah, me desculpe, mas não achei escova em lugar algum.

– Hahahahaha. Espere um pouco, pegue isso aqui! – disse Cassandra, tirando do bolso uma caixinha com algumas balas. – Pode pegar! – acrescentou, estendendo a mão.

– Tudo bem! – disse Erion timidamente, pegando o doce.

Erion colocou uma das balas na boca. A princípio, tinha um sabor de menta forte, que foi aumentando rapidamente. De repente, começou a fazer um movimento de enxágue dentro da boca do garoto, o que o impediu de abri-la, deixando Erion desesperado. O garoto começou a correr de um lado para o outro sem parar, até que Cassandra gritou:

– Acalme-se, Erion, já vai passar!

Distraído pelo chamado de sua mentora, Erion não se deu conta de que corria na direção de uma divisória, e bateu a cara com tudo, caindo no chão.

– Erion, está tudo bem? – perguntou Cassandra, preocupada. – Tente abrir a boca agora.

Atendendo ao pedido da diretora, Erion abriu a boca rapidamente, o que fez sair uma névoa de ar frio, logo dissipada.

– Acho que sim! – respondeu Erion, voltando ao normal.

– Desculpe, mas as minhas balas são meio fortes – explanou Cassandra, encabulada.

– O que foi isso?

– Essas balas limpam os dentes. Não precisamos de escova e pasta como na Terra. Uma dessas já faz limpeza e branqueamento dos dentes – esclareceu Cassandra.

– Caramba, isso sim seria útil na Terra!

– Vamos, então?

– Vamos!

– Só troque de roupa antes de partirmos. Devemos chamar o mínimo de atenção possível – alertou Cassandra seriamente. – Você deve ter notado que criei uma roupa igual à que você chegou aqui em Zethar, certo?

– É, a Amy deixou isso bem claro para mim outro dia – disse Erion, com ironia.

Seguindo o pedido da diretora, Erion rapidamente mudou sua roupa usando o aplicativo do celular. Assim que se trocou, o garoto seguiu Cassandra até um dos terminais na ala de embarque da sala de transportes.

– Erion, pelo que vejo aqui, o terminal mais próximo fica em uma cidade chamada Mauá, você conhece? – perguntou Cassandra, olhando o mapa no terminal V.I.

– Mauá? Nunca ouvi falar. Fica em São Paulo isso? – perguntou Erion, tentando olhar o mapa.

– Sim, pela localização diz que fica no Brasil e no estado de São Paulo! – respondeu Cassandra.

– Bom, qualquer coisa a gente se vira com o transporte público – declarou Erion. – Pera aí, como você sabe que essa cidade fica perto de onde eu moro? – perguntou, preocupado.

– E seus pais se chamam Samuel e Júlia, certo? – interpelou a diretora ironicamente.

– Ei, vocês vasculharam toda a minha vida, é? – indagou ele, irritado.

– Foi necessário! – justificou-se seriamente.

– Ué, se vocês sabem tanto, para que ter essa conversa com meus pais?

– Como eu já te disse anteriormente, você é a única peça que não se encaixa nessa história toda – declarou Cassandra, enigmática.

– Isso foi para me deixar mais calmo ou ainda mais nervoso?

– Hahaha. Você é engraçado. Vamos? – convocou-o Cassandra, cortando o assunto.

XXXVI. A CHEGADA À TERRA

Cassandra confirmou o destino no painel do terminal V.I., e rapidamente as esferas de energia desmaterializaram os dois. Segundos depois, os dois apareceram em uma ladeira completamente deserta, na cidade de Mauá. O terminal que os trouxe à cidade desapareceu da parede sem deixar qualquer vestígio. Cassandra pegou seu celular do bolso e, ao invés de usar a tela holográfica, resolveu usá-lo à moda antiga, tocando a fina tela. A diretora abriu um aplicativo de mapas que mostrava que eles estavam no bairro da Matriz, um bairro muito remoto e bem próximo à estação de trem da cidade. O aplicativo era inteligente e automaticamente traçou uma rota até a casa de Erion, sugerindo o caminho mais eficiente.

Os dois desceram a ladeira e seguiam a rota indicada pelo aplicativo de mapas. Pelo caminho, passaram por uma rua um pouco mais movimentada, com algumas pequenas lojas e clínicas de saúde. Um pouco mais adiante, ao fim da rua, chegaram a uma pequena descida, e do topo era possível ver a Igreja da Matriz.

– É uma bela igreja! – disse Cassandra.

– É verdade! – concordou Erion, admirando a construção.

Seguiram na direção oposta da igreja, cruzando por uma gigantesca passarela feita de metal vermelho, que passava sobre a linha do trem e dava acesso ao centro da cidade. De cima, puderam ver que havia uma outra entrada mais próxima e mais vazia, porém fechada para reformas, o que os obrigou a seguir até a entrada do outro lado da passarela. Pouco tempo de caminhada depois, os dois chegaram ao barulhento centro da cidade. Diferente de onde surgiram usando o terminal V.I., o lugar era bastante tumultuado, com pessoas andando rapidamente na direção da rodoviária, embaixo da passarela vermelha;

outros, no sentido das lojas populares. Cassandra impressionou-se ao ver como a cidade estava malcuidada, com bastante lixo para todo lado e água empoçada na calçada, que não se sabia ao certo de onde vinha.

– Não sei como as pessoas conseguem viver assim – comentou Cassandra, incomodada.

– Infelizmente essa é a realidade do Brasil. O centro de São Paulo, onde temos patrimônios históricos, está desse jeito também – contou Erion, triste. – Depois de ver Zethar, fica difícil aceitar como a humanidade tem evoluído pouco por aqui.

– Nisso você tem toda a razão, você é bem sábio para alguém tão jovem – observou Cassandra, orgulhosa.

– Cassandra, você poderia me fazer um favor? – perguntou, desviando o olhar para um espaço embaixo da passarela.

– Claro, do que você precisa? – replicou ela, solícita.

– A Amy falou, enquanto comíamos, que é possível criar objetos usando magia – respondeu Erion vagamente.

– Sim, isso se chama conjuração, mas por que a pergunta?

– É possível conjurar comida?

– Sim. Mas, nossa, você já está com fome? – perguntou Cassandra, assustada.

– Não! Não é para mim... – disse Erion, encabulado pelo pedido.

– E então?

– Para eles! – respondeu Erion, apontando para um grupo de cachorros deitados em frente a uma das entradas da rodoviária. – Você poderia criar ração e um galão de água para eu poder dar para eles? – perguntou, com medo de incomodar sua mentora. – Eles devem estar com muita fome e sede!

– Erion... – desabafou Cassandra com os olhos marejados. – Vou fazer o que você me pediu aparecer atrás daquela pilastra, para não chamar muita atenção! – disse, mexendo seu pulso delicadamente e usando o catalisador por debaixo da blusa, a fim de chamar o mínimo de atenção possível.

Erion se afastou e seguiu para o local onde Cassandra disse que as coisas apareceriam. Cassandra fez um sinal positivo acenando com a cabeça, indicando que tudo estava pronto. Erion ficou impressionado ao ver que havia uma caixa com um saco de ração, alguns potes de plástico e um galão de água. A ração era muito cheirosa, o que despertou o interesse dos peludos, que se levantaram um a um abanando o rabo.

– Estão com fome, amiguinhos? – perguntou Erion, aproximando-se lentamente dos cães.

Cassandra achegou-se a Erion e juntos espalharam os potes, um para cada cão, tanto de comida como de água. Os peludos comiam com gosto, como se fosse a melhor refeição que já tiveram.

– Essa ração é especial. Muitos desses cães estão desnutridos, ela os deixará em total forma e mais resistentes – disse Cassandra, observando os animais.

– Sério?

– Sim, ela elimina algumas pragas e vai deixá-los imunes a elas por um bom tempo!

– Não sei como agradecer – disse Erion com os olhos marejados.

– Eu é que agradeço por você ser assim – falou Cassandra, colocando a mão sobre o ombro de Erion. – Que estranho, quando ele me agradeceu, mudou levemente o tom de voz, como na luta contra o samurai! – murmurou.

– Oi, você falou comigo?

– Ah, não, eu estava pensando alto. Vamos!?

Os dois caminharam mais um pouco até chegarem à entrada da estação. Cassandra comprou os bilhetes e os dois seguiram até a plataforma de embarque, onde aguardaram o trem com destino à estação Brás. Para chegarem até a Zona Oeste, eles precisariam fazer algumas baldeações, alternando entre o trem e o metrô. Cassandra e Erion permaneceram em silêncio enquanto aguardavam o trem chegar. Alguns minutos depois, o trem se aproximou, parou na plataforma e os dois rapidamente embarcaram e se sentaram à janela.

Assim que o trem deixou a estação, Erion resolveu quebrar o silêncio:

– Eu queria poder fazer isso que você fez há pouco.

– O quê? A conjuração? – perguntou Cassandra em tom baixo.

– Sim, essa luta por esses animais abandonados é muito difícil. Se eu soubesse as coisas que você sabe, eu tentaria fazer a vida deles ser um pouco mais fácil – comentou Erion.

– Você sempre ajudou animais de rua?

– Sim, sempre que podia, eu carregava um pouco de ração comigo na mochila para o caso de encontrar algum cão pelo caminho – lembrou Erion, orgulhoso. – Me dói o coração saber que eles passam necessidade e que não pediram para estarem ali. São seres inocentes e cheios de amor.

– É verdade, você é um herói para esses peludinhos, não é?

– Não me considero assim. Só faço o que acho que todas as pessoas deveriam fazer. Eles são vida, sabe? Muitos os tratam apenas como objeto, mas meus pais sempre me ensinaram a valorizar a vida. Na verdade, aprendi a gostar de animais graças a meus pais! Você viu quantas pessoas passaram por nós? Você viu quantos ajudaram?

– Você está certo!

– Lembra quando você me disse sobre eu me sentir impotente? Então... Essa é uma das coisas que me fez aceitar o seu pedido, ainda mais agora, depois de ver o que você fez – entristeceu-se Erion.

– Erion... Você já fez muito por hoje – encorajou Cassandra.

– Eu queria não ter mais de fazer isso, queria que eles fossem todos adotados. Por isso, vou me tornar um poderoso Meyjai e ajudar a todos os animais de rua – afirmou Erion, determinado.

– Quando você terminar seu treinamento, você fará além disso! – declarou Cassandra, confiante.

Os dois encerraram o assunto e seguiram olhando profundamente a paisagem não tão bela como a de Zethar, mas, tendo em mente que tudo que existe, por pior que pareça, tem lá o seu lado bom. Erion olhou para o céu e notou duas figuras estranhas voando, iguais às que havia visto durante o voo para a Finlândia. Percebendo a fixação de Erion no céu, Cassandra perguntou:

– São lindos, não são?

– Sim, eu vi dois desses durante meu voo para a Finlândia.

– São gryphons! – observou Cassandra. – Você já deve tê-los visto em estátuas ou pinturas. Muitos artistas são sensíveis à magia e veem coisas que outras pessoas não são capazes de ver. Isso lhes traz inspiração, mesmo que seu acesso a ela seja feito de maneira superficial.

– Isso não faz sentido, como temos coisas assim aqui na Terra e as pessoas não podem ver? – perguntou Erion, confuso.

– Existem muito mais coisas aqui do que você imagina, mas as pessoas não têm sensibilidade para ver ou estão tão presas a padrões impostos ao longo do tempo, que inconscientemente ignoram sua existência. Há mana em todos os seres vivos no universo, desde a menor planta até o maior dos seres. Muitos, assim como os humanos, nem sequer se dão conta. Os humanos têm dificuldade em aceitar o desconhecido e tacham de loucos todos os que fogem a seus padrões. Um exemplo muito triste é o das primeiras usuárias de magia em seu planeta. Assim que tomaram consciência de serem dotadas de uma força que não podiam descrever, resolveram explorar um pouco esse dom. Infelizmente, isso gerou pânico nas pessoas e acabou lhes custando a vida de uma maneira terrível. Essa foi a primeira forma direta de intimidar as pessoas, de que, se tentassem explorar a magia, esse seria o seu fim. Como resultado, as pessoas distanciaram-se de qualquer coisa relacionada à magia, até a tomaram como uma maldição. Muitos outros usuários de magia foram caçados e buscaram refúgio em Zethar, formando as primeiras famílias humanas por lá.

– Nossa, eu não fazia ideia...

– Infelizmente, a maioria dos humanos enxergam tudo superficialmente. Quer um bom exemplo?

– Sim!

– Da última vez que eu pesquisei, a humanidade havia avançado apenas 5% na exploração dos oceanos. Mal eles sabem que há civilizações lá embaixo muito mais avançadas, e jamais fizeram contato. E, de repente, não sei por qual motivo, em vez de continuarem, resolveram gastar uma enorme fortuna explorando o que chamam de Marte!

– Ué, e qual o problema com Marte? Já até encontraram vestígios de água por lá.

– Sinto te desapontar, garoto, mas vocês estão explorando o lugar errado. Aquela esfera vermelha é como a lua, o resultado de uma chuva de grandes meteoros. O planeta mesmo fica em outro quadrante e esse satélite é um pouco mais afastado de Marte do que a lua é da Terra, por isso nunca o viram – respondeu Cassandra, pegando seu celular.

– Ah, não, pera aí, você quer mesmo que eu acredite que Marte fica em outro lugar?

– Isso mesmo. Olhe, já tem um tempo que não faço uma visita. Se quiser, um dia eu te levo lá usando o terminal. O conselho galáctico do qual Zethar faz parte tem uma base grande lá, veja aqui – elucidou Cassandra, mostrando uma foto para Erion em seu celular.

– Impossível.

– Nossa, como eu odeio o som dessa palavra. – declarou Cassandra, irritada.

– Mas essa base fica em uma região de mata e aparenta ter vida abundante!? – questionou Erion, surpreso.

– É engraçado. Mesmo você vendo a imagem, você insiste na dúvida! – disse ela, desapontada.

– Peço desculpas, mas se coloque no meu lugar – pediu Erion, tentando argumentar. – Faz anos que falam em explorar o planeta vermelho e acreditam que tem alguma coisa lá. E aí, do nada, você me fala que lá nem sequer é Marte! Ah, cara, isso tá fritando minha cabeça!

– Eu imagino, suas raízes nessa realidade limitada são muito profundas. Você se lembra de quando era criança? Quantas coisas você deve ter visto e os adultos o ensinavam que era apenas a sua imaginação? Você cresceu sendo forçado a ver o mundo com uma venda nos olhos. E isso explica a sua dificuldade em acessar sua magia por espontânea vontade.

– É tão sério assim? – perguntou Erion, preocupado.

– Infelizmente, sim, e é por isso que o estudo de magia para os humanos deve começar bem cedo, antes que a mente seja contaminada por essa realidade. Com o passar dos anos, o indivíduo vai se distanciando cada vez mais de sua mana, até perder acesso a ela por completo. E forçar isso para alguém com a mente completamente formada pode levar a pessoa à loucura – respondeu Cassandra.

– Mas, sabendo disso, por que me ofereceu a chance de trabalhar a magia? – surpreendeu-se Erion.

– Você demonstrou ainda ter um fino laço de conexão com sua mana, talvez mantido por sua Hara-Khai. Infelizmente, sua jornada será bem difícil por conta disso.

– E o que eu faço?

– A única forma será acreditar em magia, assim como acreditou que ela o protegeria ao ter aquela ideia estúpida e irresponsável – afirmou Cassandra, lembrando-se da ideia mirabolante que Erion teve para lutar contra o samurai.

– Vixi! – exclamou Erion, fazendo cara de bobo e coçando a cabeça.

– Você vai precisar se conectar a ela em sua forma mais pura. Fique tranquilo, vou te ajudar a fazer isso no momento certo, ok?

– Não sei como te agradecer!

– Depois conversaremos mais sobre esse assunto. Só pense que a magia é algo bom e você deve tentar aceitá-la!

– Vou pensar nisso, obrigado! – agradeceu Erion, voltando a olhar a paisagem.

A viagem durou mais alguns minutos e, baldeações depois, chegaram à Linha 9, que os levaria até a estação Hebraica-Rebouças, em um bairro nobre de São Paulo. Enquanto o trem seguia seu curso, Cassandra admirava a paisagem, já um pouco mais moderna e com prédios imponentes, mas não escondia sua indignação. Percebendo a inquietação de Cassandra, Erion perguntou:

– O que foi? Algum problema?

– Olha essa quantidade de água sem nenhuma vida. É um total desperdício! – exclamou em tom triste.

– Infelizmente é um problema que nos assombra há anos e ninguém nunca fez nada – disse Erion, incomodado também.

– Água é um dos recursos que gera até guerras entre civilizações por conta de sua escassez em alguns mundos e aqui é tratada dessa maneira. É incrível como há seres que não entendem que, sem água, não há vida. São incapazes de pensar no amanhã e seguem sobrevivendo ao dia de hoje – concluiu Cassandra, indignada.

O trem se aproximava da estação Hebraica-Rebouças, e os dois preferiram não se estenderem mais no assunto sobre a água. Assim que o trem parou na estação, Erion e Cassandra desembarcaram e caminharam alguns metros até chegarem à casa de Erion. O garoto parou diante do portão e estranhou, pois estava ouvindo um barulho de mangueira vindo de sua casa.

– Algum problema, Erion?

– Não! É que é estranho ter alguém em casa, meus pais trabalham muito! – inquietou-se, apreensivo.

– Eu sei, por isso dei um jeitinho de eles conseguirem folga juntos! – respondeu Cassandra, sorrindo.

– Nossa, me dá até medo essa manipulação de vocês.

– Me desculpe, mas era imprescindível que os dois estivessem em casa hoje! Ah, não me olhe com essa cara, não, não fiz nada ilegal! – disse Cassandra, incomodada com o olhar de Erion.

– Bom, se você diz... – aceitou Erion, sarcasticamente.

– É sério, só otimizei a escala de trabalho deles um pouquinho – concluiu Cassandra, sorrindo.

Os dois aproximaram-se do portão de pedestres e, como Erion estava sem a chave, tocou o interfone. Samuel atendeu o interfone rapidamente e tomou um baita susto ao olhar pela câmera e ver quem estava no portão e gritou:

– Erion!!!????

Como um raio, Samuel correu pelo jardim até o portão de entrada e bruscamente abriu o portão.

– O que você está fazendo aqui? Não era para estar na Finlândia? Aconteceu alguma coisa? – perguntou, ainda mais preocupado. – Quem é essa senhora?

Já sei de onde veio essa arte de fazer perguntas sobre perguntas..., pensou Cassandra, ao ver como o comportamento de Samuel e Erion era parecido.

Assustada com a comoção no portão, Júlia também correu em direção a Samuel para averiguar o que lhe causara espanto.

– O que aconteceu? Eu ouvi você gritar Erion? – questionou Júlia na ponta dos pés, olhando sobre o ombro de Samuel. – Erion!? Por que você está aqui? – perguntou, surpresa.

– Pai... mãe... – disse Erion, tentando se explicar.

– Não se preocupe, não aconteceu nada de errado – explicou Cassandra calmamente. – Sou Cassandra Grey, amiga de Erion! – apresentou-se, fazendo reverência.

– Cassandra? Erion você nunca comentou sobre esta amiga! – ponderou Júlia.

– Fale a verdade, o que você aprontou? – questionou Samuel, autoritário. – Ela é do serviço social? Polícia?

– Eu não aprontei nada! – respondeu Erion, irritado.

– Fique tranquilo, senhor Samuel! Como disse há pouco, ele não fez nada de errado, muito pelo contrário. De qualquer forma, precisamos conversar – acalmou-o Cassandra em tom mais sério, evitando mais questionamentos de Samuel.

– Tudo bem – disse Samuel, olhando desconfiado para Júlia.

Os quatro permaneceram em silêncio por um tempo, até que Samuel falou subitamente:

– Minha nossa, onde estão minhas maneiras? Por favor, entre, senhora Cassandra!

Erion e Cassandra entraram na casa, seguiram Samuel e Júlia até a cozinha e se sentaram um ao lado do outro.

– Você aceita um café? – perguntou Júlia, abrindo o armário com as xícaras.

– Claro, se não for incomodar! – respondeu Cassandra.

– Imagine – sorriu Júlia. – Um cafezinho é sempre bom! – prontificou-se, pegando a cafeteira elétrica.

– Nos desculpe a falta de jeito há pouco, mas hoje o dia foi bem estranho. Primeiro nossa gerente nos liga avisando que houve uma mudança na escala e que estávamos de folga hoje. Depois, Erion aparece do nada em nossa porta com uma amiga de quem nunca ouvimos falar – disse Samuel sem jeito.

– A gente tirar folga juntos é tão raro de acontecer, que ficamos até confusos! – explicou Júlia.

– Não tem problema, fiquem à vontade – declarou Cassandra delicadamente.

Samuel sentou-se de frente para Erion e permaneceu em silêncio. O medo do que a gentil senhora tinha para dizer o deixou bastante inquieto.

– Vou assar uns pães de queijo – anunciou, levantando-se bruscamente e caminhando até o refrigerador.

– Pode ficar calmo, eu já disse que o que temos para conversar é sério, mas é coisa boa! – assegurou Cassandra, tentando acalmar o pai de Erion.

Nossa, até na ansiedade os dois se parecem!, pensou ela.

Alguns minutos depois, o café e os deliciosos pães de queijo estavam prontos. Sem cerimônias, Cassandra foi a primeira a se servir, enchendo consideravelmente sua xícara, e disse:

– Peço desculpas, mas eu adoro café, e o cheiro está delicioso!

– Pode se servir à vontade! – disse Júlia. – Erion, tenha modos! – gritou, vendo Erion se empanturrando de pão de queijo.

– Desculpe a minha ansiedade, mas vocês podem nos dizer o que está acontecendo? – perguntou Samuel, curioso.

– Nossa, isso aqui está divino, muito obrigada! – agradeceu Cassandra enquanto terminava seu último gole de café. – Tudo bem, acho que não tem por que tanto mistério! – manifestou, limpando a boca delicadamente com um guardanapo. – Erion, acho que você poderia começar contando como nos conhecemos...

XXXVII. UMA REVELAÇÃO INESPERADA: A SUSPEITA DE CASSANDRA SE CONFIRMA

Indo direto ao ponto, Erion narrou os fatos ocorridos desde quando ele chegou à Finlândia. Cassandra permaneceu em silêncio e, enquanto ouvia o relato do garoto, observava a reação de seus pais atentamente, em busca de alguma resposta para suas dúvidas. Para sua surpresa, os dois permaneceram em silêncio e ouviram tudo com a maior naturalidade, como se não fosse algo absurdo. Erion caprichava nos detalhes sobre Zethar e sobre tudo que havia visto até então e o quanto gostou de suas experiências, mas manteve a modéstia ao falar de seus feitos. Assim que terminou , um pesado silêncio tomou conta do ambiente. Samuel e Júlia se olharam angustiados.

– Seu filho é um grande homem! –afirmou Cassandra, rompendo o silêncio. – Arriscou sua vida mais de uma vez para proteger pessoas que ele mal conhecia.

– Ah, nem foi tanto assim! – envergonhou-se Erion.

– Sua modéstia é perturbadora, garoto! – rebateu Cassandra.

– Só fiz o que eu achei que era o certo a fazer.

– Me desculpem a sinceridade, mas ou vocês estão em choque com a história ou não é a primeira vez que vocês escutam esse tipo de história – disse Cassandra, pressionando os dois.

Samuel e Júlia permaneceram em silêncio e olharam profundamente para Erion, que não sabia o que dizer. O garoto, assim como Cassandra, também estranhou seus pais não terem questionado nada ou esboçarem qualquer reação. Então, Samuel e Júlia fitaram um ao outro com os olhos cheios de lágrimas. Os dois respiraram fundo, deram-se as mãos e Júlia resolveu tomar a palavra:

– Sempre soubemos que esse dia chegaria, só não esperávamos que fosse assim, tão de repente – anunciou Júlia com a voz trêmula.

Cassandra esboçou um leve sorriso de satisfação por saber que sua intuição estava certa.

– Mãe, calma, não precisa chorar! – tranquilizou-a Erion, desesperado.

– Não é de tristeza, é de alívio! – explicou a mãe, enxugando as lágrimas

– Alívio? – questionou, confuso.

– Nós carregamos esse segredo há anos e nunca pudemos tirar esse fardo de nossas costas, dividindo com ninguém – confessou Samuel com a voz trêmula.

– Fardo? pai... mãe... O que está havendo?

– Erion, nós o amamos muito, sempre nos dedicamos ao máximo para que você nunca sentisse falta de amor, carinho e afeto – disse Júlia, não contendo o choro.

– O que está acontecendo? – perguntou o garoto, ainda mais preocupado. – Eu também amo muito vocês, mas vocês estão me assustando! – inquietou-se, entrando em desespero.

– Erion, tem algo que você precisa saber e acho que sua amiga talvez possa nos ajudar – falou Samuel seriamente.

Samuel e Júlia aproximaram-se ainda mais e seguraram firme a mão um do outro. Passaram a contar o que lhes aconteceu há dezoito anos. Os dois narraram os fatos sem deixar faltar um só detalhe. Erion ouvia a tudo em silêncio e, quanto mais dramático era o trecho do relato, tanto ele como Cassandra se emocionavam fortemente. O garoto jamais imaginou o quão profundo era o tal segredo que seus pais guardaram durante tanto tempo e jamais puderam desabafar com ninguém. Era um fardo pesado para carregar, tanto para proteger o garoto como para garantir que ele pudesse ter direito a uma vida normal.

Assim como o fim do relato de Erion sobre suas experiências, a história de Samuel e Júlia terminou em um pesado silêncio.

– Quer dizer então, que... não sou filho de vocês? – perguntou Erion, quebrando o silêncio e levantando-se bruscamente da mesa.

– Erion, você é nosso filho, só não partilha de nosso sangue! – disse Júlia aos prantos.

– Não, impossível! – esbravejou ele, enfurecido.

– Acalme-se, Erion! – gritou Cassandra também, desesperada.

– Não! Eu vivi uma mentira todo esse tempo! Vocês não tinham esse direito! – bradou Erion, esbarrando com força nas coisas.

– Erion, você é nosso filho, você foi confiado a nós para que pudéssemos amá-lo. Esse foi o desejo de sua outra mãe! – exaltou-se Samuel, tentando acalmar o garoto.

– Isso não pode ser, eu não aceito isso! Agora vou quebrar tudo pela casa e sair correndo estranhamente e subir para o meu quarto e bater a porta! – berrou Erion, correndo pela casa. – Ufa! – desabafou, parando de repente e se recompondo, sentando-se educadamente à mesa.

Todos estavam perplexos com a reação de Erion diante da notícia. Cassandra era uma mistura de vergonha alheia e preocupação pela atitude do jovem. Samuel e Júlia ficaram com os olhos arregalados e estavam paralisados, sem saber o que dizer ou fazer.

– Sempre vi isso na TV e imaginei que, se acontecesse comigo, eu reagiria assim. É, realmente alguém agir dessa maneira não faz o menor sentido! – ponderou Erion em tom de deboche. – Pai... mãe... Eu amo vocês! – afirmou seriamente. – Isso para mim só reforça a admiração que eu sempre tive por vocês. Aguentar um peso desse por tanto tempo... – falou, orgulhoso da atitude de seus pais.

– Erion... – desabafaram Samuel e Júlia.

– Eu estava sozinho, poderia ter ido parar em qualquer lugar, mas vocês me acolheram e me amaram como se eu fosse seu filho – reconheceu o garoto, sorrindo. – O showzinho aí foi por terem demorado para me contar!

Todos deram uma longa gargalhada ao mesmo tempo que choravam de emoção. Foi uma cena admirável e totalmente inesperada aos olhos de Cassandra. Apesar da pouca idade de Erion, Cassandra admirava a capacidade do garoto de se adaptar às mudanças.

– Isso resolve sua dúvida? – perguntou Erion à Cassandra.

– Em partes, sim! – respondeu Cassandra, enigmática, cruzando os braços. – Ela realmente não disse seu nome, não deixou nada para trás?

– Não, como dissemos, ela não teve tempo de dizer – respondeu Samuel.

– Infelizmente, não posso ajudar muito como vocês esperavam. Para mim, isso é tanto mistério como é para vocês! – disse Cassandra, desapontada.

– Mas, espere um pouco, com toda essa tecnologia que vocês têm, por que não fizeram um exame de DNA enquanto eu estava apagado? – indagou Erion, como um detetive.

– E fizemos... E é por isso que estamos aqui hoje – anunciou Cassandra sarcasticamente.

– Ué, não entendi – protestou, confuso.

– Seu teste de DNA apontou que você era humano – explicou Cassandra seriamente. – E, como eu te disse antes, um humano com uma Hara-Khai não faz sentido algum. Nunca houve um humano em Zethar que usasse uma!

– Mas e então? – questionou Erion.

– Uma coisa é mais do que óbvia, você não é humano. Mas, por algum motivo, seu DNA está mostrando como se você fosse um – observou Cassandra, enigmática. – Creio que sua Hara-Khai criptografou seu código genético e escondeu suas origens. Agora que ouvi a história de seus pais, minhas suspeitas se confirmaram.

– Eita, então eu sou um alienígena? Será que vou ficar verde e tentáculos estranhos vão crescer pelo meu corpo?

– Erion, existem outras raças humanoides pelo Universo. O que você descreveu aí é outra coisa! – acalmou-o Cassandra, rindo.

– Ufa! Fico mais tranquilo!

– Erion, você é realmente uma figura!

– Pai... mãe... Acho que o resto, vocês já devem imaginar... – disse Erion, temendo a resposta.

– Nós entendemos que você precisa partir e essas pessoas precisam de sua ajuda. Fico muito orgulhoso que você esteja partindo por essa razão, meu filho! – falou o pai, orgulhoso.

– Uma frase que sua outra mãe disse e nunca me esqueço foi que o futuro do Universo dependia de você Na hora não fez o menor sentido, mas, agora, vejo que ela previu que isso fosse acontecer –admitiu Júlia, sorrindo.

– Cassandra, você disse que o número de pessoas que usam Hara-Khais no Universo é mínimo, certo? Então, não tem como checar um por um para saber minhas origens? – perguntou Erion.

– Quando eu disse poucos, eu quis dizer em escala de milhares! – respondeu Cassandra.

– Uau!

– Quanto a vocês dois, não há motivos para tristeza. Erion não vai partir para sempre. Todos os alunos humanos podem sair do planeta uma vez por mês – explicou Cassandra.

– Sério?? – perguntou Erion, todo eufórico.

– Claro, você está indo para uma academia, e não para uma prisão – disse Cassandra, sorrindo.

Uma grande alegria mais uma vez tomou conta do lugar. Erion abraçou seus pais, que choravam de alegria e orgulho. Vendo a cena, Cassandra não pôde conter as lágrimas de emoção ao ver o quanto de história a família tinha e quão bela e grandiosa era. Cassandra também não pôde deixar de pensar na mãe biológica de Erion e no sacrifício que ela fez para salvar o filho.

É incrível o rastro de dor que a última grande guerra causou e o quão longe atingiu, pensou.

– Bom, Erion, hora de ir! – chamou-o Cassandra, eufórica.

– Mas já?

– Você poderá voltar em breve, fique tranquilo!

– Cassandra, por favor, cuide bem do nosso garoto! – pediu Júlia, preocupada.

– Eu o protegerei com a minha vida, vocês têm a minha palavra! – prometeu Cassandra honrosamente.

– Erion, cuide-se, escove os dentes, tome banho e seja gentil com as mulheres! –aconselhou Júlia, severamente.

– Isso mesmo, garoto, criamos um homem direito, e não um idiota! – emendou Samuel.

– Tá bom, já ouvi! – consentiu Erion, incomodado com tanto sermão.

– Pode deixar, que eu o mantenho na linha! – afirmou Cassandra.

Os dois cruzaram a porta da sala e seguiram em direção ao portão principal, que dava acesso à rua. No portão, Samuel e Júlia abraçaram-se com ternura e, apesar da preocupação, mantiveram o olhar de orgulho enquanto observavam Erion caminhando ao lado de sua mentora, até que sumiram de vista.

– Erion, estamos com sorte – disse Cassandra, mexendo em seu celular.

– Ah, é? Por quê?

– Pelo aplicativo do V.I., temos uma conexão bem perto daqui – respondeu Cassandra, apertando o passo. – Antes de voltarmos para Zethar, não se esqueça do que eu te falei. Não há limites do que você pode fazer! – disse ela, encorajando o garoto.

– Sei lá, eu quero muito acreditar, ainda mais após ver o que é possível fazer com magia. Na minha cabeça, correr ainda é correr. Eu bem que queria que fosse natural correr altas velocidades, criar comida, chamar caras de outros mundos. Vai ser difícil isso tudo entrar na minha cabeça! – disse Erion, pensativo.

– Fique tranquilo, tudo acontecerá ao seu tempo, não precisamos apressar as coisas. Lembre-se, o primeiro passo é acreditar – declarou Cassandra, colocando a mão sobre o ombro de Erion.

Os dois retomaram a caminhada e, enquanto andavam pelas ruas, era possível ouvir um barulho de sirene aproximando-se. Curioso, Erion parou por um momento e olhou para trás. A sirene era de uma viatura de polícia perseguindo dois suspeitos em uma moto. Ambos dirigiam em alta velocidade, muito acima do bom senso para vias tão pequenas. O rapaz percebeu que um pouco adiante, por onde a perseguição passaria, um cachorro um pouco confuso atravessava a rua. Em uma fração de segundo, o garoto surgiu do outro lado da rua com o cachorro em seus braços. Cassandra aproximou-se rapidamente dele e disse:

– Isso que é velocidade! Até eu fiquei surpresa.

– Aqui neste mundo ninguém valoriza a vida, por viver apenas em prol dos seus interesses – constatou Erion com uma voz grave e severa. – Pode ir, amiguinho, você está a salvo. Está com fome? – indagou, voltando ao normal e olhando para Cassandra.

– Você está tentando acreditar, não é?

– Por quê?

– Isso que você fez não foi inconsciente. Você sabia que podia se deslocar naquela velocidade. – disse Cassandra. – E, sim, vou conjurar a ração para o cachorrinho, antes que você me peça. Ele deve estar faminto – completou, sorrindo, enquanto repetia o procedimento o mais discretamente possível.

O cachorro comeu até mal conseguir ficar em pé, de tão estufado. De repente, Erion teve uma brilhante ideia. Como seus pais ficariam mais sozinhos sem ele por perto, o garoto então resolveu ajudar três almas de uma vez. Correu pela rua na direção de sua casa enquanto chamava o cachorro. Timidamente, o peludo ia a passos lentos, seguindo Erion a uma certa distância. Por conta da comoção na rua, Samuel saiu no portão para ver o que estava acontecendo. De longe, Samuel avistou Erion correndo. A primeira coisa que lhe ocorreu foi que algo ruim tivesse acontecido e, assim que o garoto se aproximou, perguntou, preocupado:

– Erion? O que aconteceu, você está bem?

– Estou sim! – respondeu, fazendo gestos para que o cachorro se aproximasse.

– Que susto! Você apareceu correndo bem depois do som das sirenes ter seguido na mesma direção que vocês. Pensei que tivesse acontecido alguma coisa – disse Samuel.

– Ah, não, não aconteceu nada – declarou Erion, agachando perto do cachorro.

– E então, por que voltou? E esse cachorrinho?

– Eu o salvei de ser atropelado por aquela perseguição. Você poderia dar um lar a esse amiguinho? – perguntou Erion com olhar de filhote.

– Ah, Erion, eu não sei... – disse Samuel, relutante.

– Erion? O que você faz aqui? – questionou Júlia, surpresa.

– Mãe, eu acabei de salvá-lo de ser atropelado na rua. Ele não tem ninguém, vocês poderiam dar um lar para ele? – insistiu o garoto, com olhar cintilante.

– O que você acha? – perguntou Samuel à Júlia.

– Acho que vai ser bom para nós termos um bichinho! – disse Júlia, abaixando-se para acariciar o cãozinho.

– Você e seus bichinhos, não é, meu filho? – disse o pai, sorridente. – Então está feito, bem-vindo à família! – disse, interrompendo-se pensativo. – Que nome damos para ele?

– Ah, não sei, ele é amarelo, que tal chamá-lo de amarelinho? – respondeu Erion, empolgado.

– Acho bem apropriado! – concordou a mãe, também sorrindo.

– Agora vá, senão você vai se atrasar! – disse Samuel, seriamente.

– Até breve, amo vocês, tchau! – despediu-se Erion.

Erion correu para perto de Cassandra, que o olhava com aprovação. Os dois retomaram sua caminhada até o ponto indicado no aplicativo do celular de Cassandra. Algumas poucas quadras depois, chegaram a uma viela deserta, onde Cassandra, com um gesto com a mão, fez surgir na parede de concreto um terminal. Após uma rápida conexão com seu celular, os dois já estavam de volta à sala de transportes da academia.

– Vá descansar, Erion, amanhã já será seu primeiro dia de aula!

– Você acredita mesmo que eu possa fazer essas coisas incríveis que você diz que serei capaz?

– Erion, aquela pequena corrida que você fez para salvar o cachorrinho superou a velocidade de um Meyjai. Não falei na hora para não encher sua bola! – falou Cassandra, com uma piscada de olho.

– Uau! – disse Erion, custando a acreditar.

Os dois pegaram o elevador, que logo seguiu seu curso. Erion se despediu de Cassandra com um caloroso abraço e desceu no andar do alojamento para alunos. A mulher seguiu para sua sala para preparar a iniciação de Erion na academia.

Em seu quarto, Erion pensou um pouco no que a diretora havia lhe dito sobre quando salvou o cãozinho. O garoto se lembrou de ter sentido uma sensação boa enquanto corria e que não havia motivo para ter medo. Descobrir sobre sua história fez com que Erion se sentisse ainda mais parte disso tudo.

Exausto, deitou-se em sua cama e apagou assim que tocou a cabeça no travesseiro. Um grande dia aproximava-se de Erion e uma grande aventura estava prestes a se iniciar.

XXXVIII. O PRIMEIRO DIA DE AULA

Eram seis e meia da manhã, e o alarme do celular de Erion tocou bem alto, fazendo-o levar um baita susto e sair correndo feito louco até cair do mezanino, estampando a cara no chão.

– Ah, cara, eu preciso resolver esse problema de acordar! Vou acabar me matando um dia – disse, tentando se recompor.

Erion acessou a tela holográfica de seu celular e lá estava a razão do escândalo. Era uma notificação: "Café da manhã disponível até 7h45". Feito um raio, o garoto tomou um rápido banho e trocou de roupa. Ele continuava admirado com a facilidade de se desfazer da roupa suja e como uma nova aparecia toda vez que tomava banho. *Meu pai iria gostar disso, ele odeia ter de lavar a roupa todo dia*, pensou, lembrando-se de que as tarefas em casa eram divididas e seu pai ficava a cargo da lavagem das roupas.

Para não passar vergonha outra vez com seu hálito, o garoto notou que havia uma bela pia feita em uma pedra lustrosa e uma torneira dourada. Sobre a pia havia uma pequena caixa de plástico semelhante a um porta-remédios. Dentro dela, estava uma pastilha como a que Cassandra lhe deu durante a viagem para a Terra. Com muito medo de a experiência anterior se repetir, o garoto colocou a pastilha na boca de uma só vez e fechou os olhos, esperando o pior. Para sua surpresa, ela agiu da mesma maneira, mas não tinha um quinto da força da que Cassandra lhe havia oferecido.

Erion olhou em seu celular e percebeu que esse evento todo lhe custara quase vinte minutos. O garoto saiu em disparada e quase foi atropelado por Amy, que o esperava do lado de fora.

– Bom dia! – cumprimentou Amy, sarcástica. – E depois dizem que as mulheres demoram para se arrumar.

– Eu ainda estou me adaptando, tá!? – respondeu ele, incomodado. – Sério que você ficou aí fora me esperando às seis e cinquenta da madrugada só pra me zoar? Por que não foi na frente? – questionou.

– Eu estava passando e achei melhor te acompanhar no primeiro dia! – declarou Amy, com um estranho sorriso amistoso. – Vamos? Eu ainda estou acorrentada como sua guia e preciso te mostrar onde ficam as salas de aula.

– E material? Não preciso de um caderno para anotar as coisas?

– Material? A gente não estuda em uma caverna, não, temos computadores nas salas de aula – respondeu Amy, rindo.

– Ah, tá, entendi! Vamos, então!

– Tente agir com naturalidade, tá bom? Não me faça passar vergonha, o refeitório vai estar cheio dessa vez! – anunciou Amy, tomando a dianteira.

– Tudo bem, calma aí – falou Erion, correndo atrás da ruiva.

Diferente da vez anterior, o caminho até o elevador estava bastante agitado, com vários alunos saindo de seus quartos apressados, enquanto outros aguardavam na frente do quarto de seus amigos para tomarem café juntos. Erion percebeu que, assim como Amy o alertou, todos os jovens, sem exceção, trajavam uniformes iguais ao dele e de Amy.

Alguns minutos depois, chegaram à cafeteria. O local estava bem barulhento e agitado, com vários jovens conversando enquanto comiam. Outros se esforçavam para manter uma linha de conversa enquanto mexiam em seus celulares ao mesmo tempo. Poucos aparelhos já eram o modelo ZX que Erion recebera. O garoto chegou muito apreensivo pelo que Amy lhe disse mais cedo e não sabia como seria recebido pelas pessoas. Com o tempo, conforme caminhavam pela cafeteria, o garoto viu que tudo era normal, assim como um shopping em um fim de semana na Terra. Erion compreendeu que em Zethar os jovens também eram, simplesmente, jovens.

Tudo ia muito tranquilo enquanto Amy procurava por uma mesa livre ou por alguns amigos que tivessem guardado lugar para ela, até que, como de praxe, um grupinho tentou estragar a harmonia de tudo.

– Aí, Hawkins, servindo de babá para novatos? – gritou um jovem loiro de cabelo espetado, bem afeiçoado e de porte atlético. Um típico garoto descolado, que fazia a cabeça das garotas, com ego suficiente para se sentir superior a todos.

– Vai pro inferno, Albert! – esbravejou Amy, furiosa.

– Uuuuuh, nossa, a gatinha ruiva acordou do lado errado hoje! – troçou um dos amigos de Albert.

– A Cassandra está fazendo caridade agora, trazendo qualquer um para nossa academia? – perguntou Albert com toda a arrogância possível.

– Não está, não. Aliás, que eu saiba, você foi o último! – retrucou Amy, desprezando o garoto.

– Uuuuuh! – provocaram todos os jovens, humilhando Albert.

– Como é que é? – disse o rapaz, levantando-se furioso.

– Opa, calma aí, Albert, você não quer ter de ficar na detenção com a Elyse, não é? – repreendeu um outro amigo de Albert, barrando o valentão.

– É, não vale a pena. Perdi até a fome! – declarou Albert, furioso. – Isso vai ter volta, Hawkins! – concluiu o valentão, deixando a cafeteria.

– Não ligue para ele, vamos! – chamou Amy, continuando a busca por uma mesa livre.

– Uau, você é bem valente mesmo! – disse Erion, impressionado.

– O Albert é um idiota, ele acha que é o melhor da academia só porque é o queridinho da senhora Lavigne!

– Senhora Lavigne?

– Ela é uma das mestras de artes elementais. O nome dela é Catherine Lavigne e é uma das mestras mais rígidas de nossa academia. E esse babaca que você conheceu é o aluno favorito dela – respondeu Amy, um pouco incomodada com o assunto.

– Ela é tão chata assim? – perguntou Erion, preocupado.

– Dizem que ela já foi muito gentil, mas, depois que a senhora Cassandra se tornou diretora da academia, ficou desse jeito. Depois falamos sobre isso, vamos nos sentar àquela mesa, tem gente mais amigável lá! – concluiu Amy, apontando para uma mesa onde estavam sentados Trevor, Sarah e Gabriel.

Assim que se aproximaram , todos se levantaram para receber Erion e Amy, que disse:

– Pessoal, esse vocês já conhecem de vista e de situações bem complicadas!

– Oi! – cumprimentou Erion, acenando timidamente.

– Como vocês já sabem, o nome dele é Erion.

A menção ao nome do garoto acabou atraindo a atenção de todos, que pararam o que estavam fazendo e olharam impressionados. Percebendo a situação, Gabriel convidou a todos a se sentarem, o que foi rapidamente atendido. Aos poucos, os demais em volta da mesa voltaram sua atenção ao que estavam fazendo, enquanto outros cochichavam olhando sorrateiramente para a mesa dos jovens. Erion foi se enturmando e ficando mais à vontade. Mesmo assim, depois da advertência de Amy, o garoto tentou ser o mais educado possível, apesar de seu jeito meio engraçado e linguajar bem peculiar. Após um tempo, o que o incomodou foi ficar deslocado quanto aos assuntos.

Os amigos de Amy falavam apenas sobre feitiços e sobre as novidades tecnológicas lançadas com o tempo. O foco do momento era o lançamento do upgrade dos celulares para o modelo ZX. Até onde Erion pôde entender, o upgrade era tanto de software como de hardware. Dessa forma, os alunos não precisavam trocar de aparelho; a nanotecnologia permitia que o aparelho se moldasse de acordo com o código. Na mesa, nenhum dos jovens havia recebido o upgrade até então, e todos estavam bastante ansiosos com a novidade. Então, soltando uma pérola, Erion soltou:

– Não sei por que vocês dão tanta importância para isso! – Erion debochou do amor das pessoas pelo aparelho.

– Você tá brincando, né? – perguntou Sarah.

– O upgrade para o ZX é esperado já faz meses, ele saiu da fase beta ontem!– disse Gabriel.

– Eu queria tanto ver um de perto só para ver como é! – declarou Sarah, desapontada com a demora.

– Acho que podemos dar um jeito nisso – falou Amy, olhando para Erion.

– Ei, é verdade, a Cassandra disse que você usou o modelo ZX para ligar pra ela e pedir ajuda. Opa, e por falar nisso, valeu por ter nos ajudado no centro de treinamento! – agradeceu Trevor.

– Que isso! – exclamou Erion, encabulado. – Mas, sério, todo esse barulho por causa disso!? – indagou, tirando o celular do bolso e o colocando sobre a mesa.

Todos ficaram eufóricos, pegaram o celular e o olharam de todos os ângulos. Erion compartilhou a tela holográfica com os jovens da forma que Amy lhe havia ensinado. Os jovens mexeram em quase todas as configurações e aplicativos, fazendo coisas das quais Erion nem tinha ideia que o aparelho era capaz. Toda a euforia nerd foi interrompida subitamente com a aparição de um pequeno holograma de Cassandra acima das mesas dos alunos. O holograma parecia ser uma imagem gravada, que disse:

– O horário de café se encerra em cinco minutos!

Todos terminaram rapidamente o café da manhã e estavam indignados por ainda não terem recebido o tal upgrade.

– Como você conseguiu? – perguntou Gabriel, curioso.

– Ele recebeu um modelo ZX direto da caixa! – respondeu Amy.

– Nossa, cara, isso é tão injusto! – exclamou Sarah.

– Parem de drama, a Cassandra disse que logo todos receberão o upgrade – anunciou Amy, mais conformada, porém destruída por dentro.

– Vamos indo para a sala de aula, não quero me atrasar de novo. Mais um atraso, e vou ter de ficar até mais tarde com a Elyse – contou Gabriel, preocupado.

– Nossa, vocês falam tanto da Elyse ser tão terrível, mas, quando a conheci naquela versão da academia toda zoada, ela parecia ser uma mocinha toda tímida e educada atrás do balcão do ginásio. Ela parecia ser tão simpática, por que todo mundo tem medo dela? – perguntou Erion.

– Hahahahahahahahaha!! – gargalharam todos.

– Ei, qual é a graça? Pensei que o irmão dela fosse o problema aqui – disse Erion, lembrando-se.

– Você não deve ter visto a Elyse depois que Cassandra abriu seus olhos, não é? – indagou Amy.

– Por quê? Achei que apenas as vestimentas das pessoas e os objetos mudassem – falou Erion.

– A Elyse é trevoriana, então você deve ter visto apenas a imagem residual dela, como se fosse uma humana comum – respondeu Amy.

– Nossa, ela é tão diferente assim?

– Acho melhor você não a ver mesmo, porque, do jeito pervertido que você me olhou naquela roupa de combate, não vai ser muito saudável fazer o mesmo com ela – disse Amy, levantando-se junto com os outros.

Os jovens se afastaram um pouco da região das mesas e seguiram para o lado oposto, até chegarem a uma espécie de lobby que dava acesso a outro elevador. De repente, interrompendo a caminhada, Amy disse com um sorriso sádico:

– Olha só, falando nela, olha ela vindo aí! – E afastou-se de Erion, sendo copiado pelos demais.

– Quem? Onde? – perguntou o garoto.

De repente, Erion olhou na direção do elevador para onde estavam indo. O garoto ficou hipnotizado ao ver uma linda jovem com olhos cor de mel e íris semelhantes à de um felino. A jovem tinha traços delicados e trajava um vestido bem justo ao corpo, o que realçava sua forma física. Erion achou até um pouco estranho, mas ela tinha muitos outros traços felinos, como orelhas sobre a cabeça, delicadamente cobertas por seus longos cabelos castanhos. As presas salientes em sua boca e suas garras pareciam ser bem afiadas. Erion estranhou todos se afastarem, mas ignorou, pois a beleza dela o impedia de desviar o olhar. Com todos os atributos da jovem, Erion tremeu os lábios, até que não pôde mais se segurar e disse em voz baixa:

– Nossa, ela é muito ga...

Antes que pudesse terminar a frase, Elyse surgiu diante de Erion, erguendo-o pelo pescoço com apenas uma mão. Em seguida, apertou as afiadas garras no pescoço dele e o bateu contra o chão com muita força, abrindo uma enorme cratera. Erion ficou estirado no fundo da cratera, todo arrebentado, e mal conseguia se mover. Elyse pisou firme no peito do estudante com um dos pés, calçado com uma delicada sandália de salto alto.

– Você me chamou de quê?? – questionou Elyse, enfurecida. – Hein? Fala!!

– E...u... não... dis...se... nada! – replicou Erion com muita dificuldade.

Enquanto isso, Amy e seus amigos, apesar do espanto, se acabavam de rir com a cena.

– Ei, espera aí, você é aquele garoto novo, não é? – perguntou Elyse, mudando subitamente de personalidade. – Nossa, me desculpe! Ai que vergonha!

– Tu...do... bem... – respondeu Erion, ainda em choque.

– Venha cá, deixe-me te ajudar! – disse Elyse, puxando Erion pelo uniforme e o colocando de pé.

Elyse bateu um pouco na roupa de Erion para remover a poeira que a sujara. Subitamente, a feroz jovem tomou Erion nos ombros e, em um só pulo, saiu da profunda cratera. De volta ao nível do lobby, todos os outros alunos já haviam deixado o refeitório para não se atrasarem, restando apenas Amy, que ainda tinha a tarefa de guia.

– Me desculpe, garoto, eu te tratei tão bem no outro dia e agora quase te matei! – disse Elyse, ainda envergonhada. – Você deve me achar uma maluca, me desculpe mesmo...

– Tá tudo beleza! – disse Erion, recuperando-se do susto.

– Só não me chame mais assim, ok? – pediu Elyse, dando um leve soco no ombro de Erion.

– Pode ficar sossegada, que não vou mesmo, desculpe o meu desrespeito! – falou o garoto, fazendo uma reverência.

– Erion? Vamos lá, ainda preciso te levar até a sua sala! – disse Amy, cortando o assunto. – Consegue andar? – perguntou, com um sorriso sádico.

– Acho que sim. Ai! – exclamou Erion, cambaleando.

Os dois deixaram o refeitório e retomaram o caminho até o outro elevador. No elevador, Amy selecionou um andar escrito "Salas de Aula", que fez surgir uma pequena imagem de várias bancadas posicionadas em formato de U e uma espécie de um palco diante delas. Assim que desembarcaram do elevador, Amy e Erion seguiram por um corredor com várias salas semelhantes ao alojamento de alunos. Semelhante aos quartos, cada sala tinha um letreiro eletrônico identificando o número e o lado da sala.

– Erion, abra seu aplicativo de agenda e me dê acesso? – pediu Amy, interrompendo a caminhada.

– Claro! – respondeu ele, atendendo rapidamente.

– Vamos lá, deixe-me ver... Você tem aula com... – disse Amy, mexendo no aplicativo de agenda.

– Espera aí, a gente não vai junto?

– Claro que não, você não sabe nem o básico ainda, hahaha! – respondeu Amy, rindo. – Nossas aulas são agendadas, então cada dia temos aula em uma turma diferente. Aqui tudo é dividido por matéria. Por exemplo, hoje eu tenho aula de Conjuração!

– Acho que entendi... – disse Erion em um tom claramente confuso.

– Pronto, aqui! – falou Amy ao encontrar o evento do dia. – Sua primeira aula será de introdução à magia com... Uau! – exclamou, de olhos arregalados.

– O quê? Por favor, fala que não vai ser aquela maluca que me espancou agora há pouco! – falou Erion, preocupado.

– Não, sua primeira aula será com a senhora Cassandra! – respondeu Amy ainda surpresa.

– Ufa! – desabafou Erion.

– Erion, nossa diretora não leciona há anos. Você é o primeiro depois de tanto tempo!

– Que legal, pelo menos eu já a conheço!

– Você não dá importância para nada mesmo, não é? – perguntou, indignada.

– Ué, não entendi!

– Ter a senhora Cassandra como mentora é um privilégio que nenhum de nós teve! – disse Amy, decepcionada. – Devo admitir que você parece mexer com ela de alguma forma, que a faz tentar de tudo para te fazer evoluir. Talvez ela tenha visto algo em você que desafia sua compreensão.

– Nossa, eu não fazia ideia! – disse Erion, encabulado por fazer pouco caso de algo tão importante.

– Fique tranquilo. Vamos, que você está atrasado. Sua sala é a 150A, fica no fim do corredor! – disse Amy, retomando a caminhada.

Pouco tempo depois, diante da sala com um letreiro escrito "150A", Erion olhou para Amy profundamente e uma forte ansiedade tomou conta dele. Sua respiração ficou ofegante de repente, como se aquele robô samurai estivesse do outro lado da porta.

– Ei, fique tranquilo, você vai se sair bem! – declarou Amy, tentando acalmar o garoto.

– Vou... tentar... – disse Erion, suando frio.

– Boa sorte no seu primeiro dia, Erion! – desejou Amy em tom encorajador e, em seguida, caminhou na direção de sua sala de aula.

– Obrigado, acho que vou precisar!

Enquanto Erion permanecia petrificado diante da sala sem saber o que esperar, Cassandra chegava ao refeitório para ver de perto o tremendo estrago que Elyse fez.

– Você não muda mesmo, Elyse! – disse Cassandra, sorrindo.

– Senhora Cassandra!? – disse Elyse, surpresa.

– O que aconteceu aqui?

– Me desculpe, senhora, eu perdi o controle com o garoto novo! – respondeu Elyse, encabulada.

– Nossa, o que ele fez de tão grave assim?

– Ah, ele me chamou de... – disse Elyse, envergonhada.

– Nem precisa me dizer. Olhe, eu não lembro a última vez que te vi bater em alguém com tanta força! – falou Cassandra, impressionada.

– Eu não sei o que deu em mim! – disse Elyse, constrangida.

– Um impacto dessa proporção com certeza seria fatal. Eu sei que não é de sua índole atacar um aluno com essa fúria toda!

– Eu não sei explicar, senhora. Se quiser me punir, tudo bem! – afirmou Elyse, cabisbaixa.

– Imagine, eu jamais puniria você, Elyse. Só queria saber o que aconteceu – rebateu Cassandra com um sorriso.

– Eu não entendo. O que a senhora está tentando me dizer?

– Você sabia em seu inconsciente que ele aguentaria, não é? – perguntou a diretora com um olhar malicioso.

– Eu... Está bem... Eu senti algo estranho quando o ataquei. Era como se, de alguma forma, eu não precisasse me segurar – admitiu Elyse. – Não sei explicar, apesar do comentário pervertido, eu me senti desafiada.

– Hahaha, esse garoto não para de surpreender. Aposto que ele não faz ideia de como sobreviveu! – disse Cassandra, rindo.

– Por quê? – questionou Elyse.

– Ele não sabe nada sobre magia. Tem dezoito anos e, como já está indo para a fase adulta, acreditar em magia ainda é um desafio para ele! – explicou Cassandra, apreensiva.

– Wushu? – perguntou Elyse, lembrando-se do relatório que leu sobre o suposto Shogun.

– Ele só conseguiu usar aquele dia porque viu em filmes na Terra e copiou os movimentos com uma técnica arriscada para forçar uma reação. Ele faz coisas inconscientemente. Se eu pedisse para ele lutar com você agora, ele não teria a menor chance! – respondeu Cassandra. – O treinamento dele será difícil, e vou precisar muito da sua ajuda depois. Como você sabe, um usuário de magia sem saber Wushu é uma presa muito fácil, até usando uma Kunda-Khan!

– Quanto a isso, não há dúvidas. Pode contar comigo, senhora! – disse Elyse, solícita.

– Fico muito agradecida, minha amiga, e digo novamente, será muito difícil convencê-lo, mas tenho fé de que você conseguirá! – falou Cassandra com um lindo sorriso.

– Eu não vou te desapontar, senhora! – declarou Elyse, fazendo uma reverência.

– Eu sei que não. E o melhor de tudo, você viu que ele aguenta o tranco! – disse Cassandra, piscando o olho direito.

– Hahaha, é verdade! – gargalhou Elyse.

– Depois discutiremos como você vai ajudá-lo. Bom, falando nisso, preciso me apressar, vou ser a primeira instrutora dele – disse Cassandra, olhando a hora em seu celular.

– A senhora? Depois de todos esses anos? – questionou Elyse, surpresa.

– Sim, me senti na obrigação de ajudar esse garoto, ainda mais após ouvir sua verdadeira história – respondeu Cassandra. – Depois falamos mais sobre isso!

– Sem problemas. Até mais, senhora!

– Até! – saudou Cassandra, gerando uma nuvem roxa e desaparecendo.

Após alguns minutos, surgiu na tela holográfica do celular de Elyse que o processo de limpeza do local se iniciaria. Assim como o centro de treinamento, a gigante cratera foi tomada por quadrados azuis feitos de energia, que rapidamente reconstruíram a cafeteria, deixando-a como nova.

Por sua vez, Erion havia enfim entrado na sala e observava tudo atentamente, encantado com a modernidade. Assim como na imagem do elevador, havia enormes bancadas, divididas por níveis e acessadas por uma escadaria central, iguais a de algumas universidades na Terra. Sobre elas, finas telas bem espaçadas entre si, sendo uma para cada aluno. Como estavam desligadas, não passavam de um fino e delicado pedaço de vidro. Sobre o palco diante das bancadas, uma grande tela holográfica informava hora e temperatura e saudava os alunos, que deveriam estar ali. Para fugir um pouco de tanta tecnologia, da janela era possível ver a paisagem de um jardim bem-cuidado e um pequeno córrego de águas transparentes cruzando-o. De repente, quebrando o reconhecimento do garoto, uma névoa roxa se formou na sala e dela surgiu Cassandra, da mesma forma que no centro de treinamento. Erion, que estava sentado sobre a bancada próximo à escadaria principal e ao lado de uma das telas, levou um baita susto, o que o fez cair e rolar escada abaixo até chegar aos pés de Cassandra.

– Desculpe a demora, está tudo bem!? – disse Cassandra, olhando perplexa para Erion todo torto no chão.

– Tudo bem, eu cheguei faz pouco tempo – respondeu Erion, levantando-se e se recompondo.

– Ouvi que você conheceu a Elyse – disse Cassandra, sarcástica.

– Ah, hehehe, é verdade! – confirmou, fazendo cara de bobo e desviando o olhar. – Fiquei surpreso de saber que você será minha mentora! – Aproveitou para mudar de assunto.

– Boa tentativa... – disse Cassandra, cruzando os braços e não o deixando fugir do assunto. – Acho que você entendeu como ter respeito é importante. E parabéns por ter sobrevivido! – declarou, severa. – Com a força que ela usou pra te bater, era pra você ter morrido. Então, que não tenhamos uma próxima vez, ok?

– Não precisa dizer outra vez! – disse Erion, apavorado só de se lembrar.

– Quanto à sua surpresa por eu ser sua mentora: você é um caso especial, e venho acompanhando sua evolução desde o início, então fica mais fácil do que deixar outra pessoa te conhecer primeiro.

– Legal! E o que eu vou aprender hoje? – perguntou ele, eufórico.

– Olhe só, já está todo ansioso! – disse Cassandra, rindo. – Vou te ensinar a entender a essência de sua magia, mana.

– Que legal! Vamos lá!

– Calma, tudo a seu tempo! – disse Cassandra, tentando acalmar a ansiedade do garoto. – Venha comigo, vou te levar a um lugar!

– Ué, não vai ter aula de teoria chata? Sério? Agora tô gostando!

– Erion, se concentre! E, sim, você vai ter teoria. Aliás, muita teoria!

– Ah, não! – reclamou, decepcionado. – Para onde vamos? Centro de treinamento?

– Não, nós vamos para um lugar um pouco mais complexo! – respondeu Cassandra, enigmática. – Esse lugar se chama Templo de Mana!

XXXIX. RUMO AO TEMPLO DE MANA

— Templo de Mana? – perguntou Erion, curioso.

– Isso mesmo! O Templo de Mana é um local de meditação onde muitos de nós renovamos nossas forças.

– Eu achava que essa tal de mana aí se restaurava enquanto descansávamos.

– Sim, mas pense na mana como a lâmina de uma faca. Se você usa a faca por muito tempo, ela continua cortando, mas não na mesma intensidade de quando você a tirou da embalagem.

– Olha, falando dessa forma, até que faz sentido!

– Viu? Já estou aprendendo a me comunicar com você melhor – disse Cassandra, sarcástica.

– Esse templo fica aqui na academia?

– Não, o templo fica em uma região mais afastada da Capital do Norte!

– A gente não vai usar aquele terminal esquisito de novo, não, né? Eu odeio aquele negócio!

– Desta vez não, hahahaha! Vamos usar um tipo de transporte que você conhece bem. Nós vamos para lá de trem! – disse Cassandra, rindo.

– Sério? – perguntou Erion, surpreso.

– Sim, achei que seria uma boa oportunidade para você ver a paisagem por um outro ângulo. Você viu vagamente uma parte da cidade lá de cima da torre! Trens são o nosso meio de transporte mais utilizado. Nós temos trens para todos os lugares, desde a cidade grande até as áreas rurais. Temos um forte balanço entre tecnologia e natureza em Zethar.

– Caramba, isso é muito bom!

– A natureza de Zethar é respeitada com rigor máximo, sem que invadamos seus limites. Ela depende de nossa preservação, e nós de sua existência. Assim, todo mundo ganha! – exclamou Cassandra com muito orgulho.

– Se ao menos na Terra as pessoas pensassem assim, o mundo não estaria se acabando! Um exemplo no Brasil é a Floresta Amazônica, que a cada ano fica mais parecida com um deserto. Muitos animais perdem suas casas e outros não conseguem escapar com vida da devastação, por conta das queimadas! – disse Erion, triste.

– Realmente, isso é muito triste, mas fico feliz em saber que você pensa assim – disse Cassandra com um sorriso. – Teremos tempo pra conversar no caminho. Vamos, temos muito a fazer! – chamou, caminhando em direção à porta, que se abriu automaticamente. – Siga-me!

Erion seguiu correndo atrás da diretora pelo corredor, até chegarem ao elevador. Cassandra selecionou um andar que dizia "Sistema de Trens". Ao lado da imagem, apareceu uma grande estação com vários trens de design moderno estacionados.

– Cara, tem uma estação dentro da academia? Quer dizer que a gente pode pegar um trem aqui e ir pra onde quiser, quando quiser? – perguntou Erion, eufórico, já se imaginando conduzindo o trem.

– Hahahaha, calma aí, não é bem assim. Nós temos trens na academia, porém seu uso é restrito, e o destino único é a Estação Central – respondeu Cassandra, sorrindo.

– Estação Central?

– Toda capital tem uma e todos os trens passam por elas. A partir delas é possível ir para qualquer lugar do planeta!

– Ah, tá, tudo bem! – disse Erion, decepcionado.

O elevador chegou até o andar do Sistema de Trens. Assim como na imagem, o local parecia uma grande plataforma de embarque com vários trens estacionados. Eram extremamente modernos, construídos em um metal cuja textura Erion jamais havia visto. Seu design lembrava um pouco os modernos trens TGV de Paris. Diferente da Terra, não havia trilhos. Os trens flutuavam sobre uma faixa azul luminosa feita de energia.

Erion e Cassandra caminharam até a plataforma com letreiro eletrônico dizendo "2B". Nela, Erion pôde ver mais de perto o belo trem branco com símbolos da academia em dourado. Assim que se aproximaram, sem qualquer ação de Cassandra, a porta se abriu automaticamente.

O interior do trem era bem luxuoso, com acabamento feito em um material semelhante à madeira e as poltronas de um delicado tecido confortável.

Assim que se sentaram de frente de um para o outro, uma voz robótica soou dentro do vagão:

– Bom dia, senhora Cassandra! São só os dois hoje?

– Sim, você pode nos levar até estação central? – perguntou Cassandra educadamente.

– Claro, o tempo de viagem é de cinco minutos – concluiu a voz.

De repente, um grande portão abriu-se diante do trem, revelando uma paisagem belíssima, idêntica à imagem dos arredores da academia, que Erion havia visto no terminal V.I. da sala de transportes. O trilho de energia conectava-se a um gigante tubo transparente, muito maior visto de perto em relação ao que Erion pôde ver do alto da torre.

– Não seria mais fácil usarmos essa linha para ir direto ao Templo de Mana? – perguntou Erion, confuso.

– Só temos o privilégio de usar essa linha até a Estação Central e, a partir de lá, somos apenas cidadãos comuns. Não seria justo usarmos o privilégio de termos um trem em nossa garagem e passarmos na frente das pessoas que pagaram passagem na estação – respondeu Cassandra seriamente.

– É, pensando por esse lado, parece certo irmos até a Estação Central apenas – aceitou o garoto.

– Prepare-se, nós já vamos partir! – disse Cassandra, após ouvir um delicado sinal sonoro.

O trem fechou as portas e iniciou um deslocamento suave, deixando a plataforma e entrando no gigante tubo transparente. Rapidamente atingiu uma incrível velocidade que deixou a bela paisagem difícil de identificar por suas amplas janelas panorâmicas. Após uma curva sobre uma montanha, já era possível ver um pouco da paisagem que havia ficado para trás. Tudo era muito belo, planícies verdes, rios limpos e cintilantes, pássaros exóticos voando por toda parte, enquanto outros animais maiores corriam pelas planícies, livres. O trem entrou em um túnel bem iluminado e, assim que saiu, Erion pôde ver a academia ao fundo, entalhada em meio à bela natureza. Seu design futurista era incrível, com anéis de metal como rodas dentadas circundando-a. Sua estrutura moderna, ao mesmo tempo que contrastava com toda a natureza intocada em volta, parecia se fundir de alguma maneira. Isso seria o que Cassandra queria dizer quanto a respeitar os limites da natureza.

Apesar da incrível velocidade com a qual o trem se deslocava, era suave para quem estava dentro, como se não estivesse se movendo. Após admirar um pouco a paisagem do outro lado, Erion ficou procurando pela academia em sua janela, mas já não era mais possível vê-la, por causa da distância. A experiência o fez se sentir como se estivesse em um mundo de RPG MMO. Jamais passou por sua cabeça a experiência intensa que viveria naquele lugar. O garoto se perguntava onde estava com a cabeça quando cogitou a hipótese de recusar-se a embarcar nessa grande aventura.

– Seu silêncio é atípico, meu jovem aprendiz! – disse Cassandra, quebrando o transe de Erion.

– Oi? Ah, é verdade! – replicou Erion, confuso, ainda admirando a paisagem. – Eu não consigo deixar de admirar tudo isso.

– Fico feliz que esteja gostando do passeio.

– Obrigado mesmo, de verdade! – disse Erion com um lindo sorriso. – Cassandra, como é esse Templo de Mana?

– O Templo de Mana é bem diferente dos locais que você já visitou aqui. É um dos poucos locais em nosso mundo que a tecnologia não tocou.

– Só não entendi por que me levar até lá, em vez do centro de treinamento.

– Por conta da sua situação, eu acho que nosso treinamento básico iria demorar muito para você conseguir usar magia apropriadamente – explicou Cassandra, preocupada.

– E no templo eu vou conseguir isso? – perguntou Erion, preocupado.

– Se o que prevemos estiver correto, sim! No templo, você vai conseguir se conectar com sua mana na forma mais pura e com isso ficará mais fácil aceitar sua existência.

– Pera aí, aceitar!? Mas, eu a senti fluir e tudo mais, quando lutei contra aquele pedaço de sucata lá!

– Ah, é? Então vamos lá, ative sua Hara-Khai, vamos ver! – desafiou Cassandra com olhar sarcástico.

Erion tentou de tudo quanto foi jeito, fez força, meditou em uma pose esquisita, mas nada de sua Hara-Khai funcionar.

– Viu? Você não evoluiu praticamente nada desde quando chegou aqui – disse Cassandra com seriedade.

Percebendo a imediata tristeza no olhar do garoto, a diretora emendou em tom amigável:

– Não fique triste. Não é totalmente culpa sua. Você já é quase um adulto, e acreditar em magia a essa altura é muito difícil mesmo. Acredito que isso crie uma forma de repulsa natural. Mas nem tudo está perdido.

– Sério? – perguntou Erion, mais animado.

– É, acho que exagerei um pouco. Você fez progresso. Pequeno, mas fez! Você se lembra do cachorrinho que você salvou outro dia?

– Lembro! – respondeu Erion, tendo um flashback da situação.

– O impulso de salvar uma vida fez com que você acreditasse e acessasse sua mana novamente. Ainda resta uma pequena fagulha de fé em você! No templo, você e sua mana terão a chance de se reconectarem.

– E se não funcionar?

– Bom, talvez você não consiga mais sair de lá e ficará preso em outra dimensão para sempre – respondeu Cassandra, sarcástica, dando uma risada amedrontadora.

– O quêêêêêêê? – questionou o garoto, sentindo um frio na barriga.

– Eu te falei dos riscos. Oh, é mesmo, me esqueci, que cabeça a minha! – disse Cassandra, sarcástica, levando a mão à testa.

– Ah, não, tô fora, não quero ficar vagando sei lá por onde! – gritou Erion, correndo em direção à porta e tentando abri-la sem sucesso.

– Relaxe, garoto! Isso só aconteceu uma vez, mas de qualquer forma use isso como um incentivo para ter sucesso.

– Ah, cara, por que para mim tudo tem de ser tão difícil!?

XL. O BELO CAMINHO ATÉ O TEMPLO DE MANA

Após encerrarem a conversa, o trem entrou em mais um túnel e, ao sair, Erion ficou surpreso com o que viu. A bela e colorida paisagem natural havia mudado radicalmente para uma imponente cidade. De repente, a voz eletrônica do trem soou:

– Bem-vindos à Capital do Norte!

Agora vista do mesmo nível, Erion ficou impressionado com o quanto era majestosa, com prédios imponentes, tão altos, que, mesmo o tubo estando a uma boa altura em relação ao solo, ainda assim não era possível ver o topo das torres. A cidade era tumultuada, com carros voando para todas as direções. Era incrível que, apesar da velocidade, nunca colidiam. Mais abaixo havia outros tubos transparentes menores, onde pessoas circulavam rapidamente sobre esteiras automáticas que as conduziam para outras partes da cidade.

Aos poucos, o trem foi diminuindo de velocidade, até que entrou em uma estrutura de metal, semelhante ao design de estações inglesas, como a própria Estação da Luz da cidade de São Paulo. Embora tivesse traços diretos do século XVI, o seu interior era forrado de tecnologia, com elevadores panorâmicos e painéis holográficos por todos os lados, mostrando informações sobre o clima, o horário e os destinos dos trens. Outros também mostravam algo que parecia ser a transmissão de um canal de TV local. E, assim como a maioria das estruturas de Zethar, a transparência do teto auxiliava na iluminação natural.

O trem enfim parou na plataforma e imediatamente abriu as portas. Uma voz eletrônica disse:

– Bem-vindos à Estação Central de Versynia, favor desembarcar!

Assim como em qualquer lugar, a estação era muito movimentada, com pessoas circulando apressadas. Várias delas trajavam roupas extravagantes, com estilo futurista e bastante exóticas, embarcando e desembarcando dos trens que chegavam e partiam sem parar. Apesar de parecer tumultuada, todos respeitavam o espaço alheio, sem jamais se esbarrarem. Os mais velhos tinham prioridade, e a cordialidade entre as pessoas era invejável.

Cassandra e Erion desembarcaram do trem e seguiram pela longa plataforma, que terminou em um enorme saguão com várias cadeiras confortáveis para os que esperavam a condução chegar. Erion esperava ter milhares de plataformas para diversas partes do mundo, como disse Cassandra, mas ficou surpreso ao ver que havia não mais do que quinze plataformas. Ainda assim, era tudo organizado, praticamente não havia filas para embarcar nos trens. Pelo painel com informações sobre chegadas e partidas, era possível ver que a mesma plataforma era utilizada mais de uma vez para locais diferentes. Bastava pegar o trem certo, que era possível se deslocar com facilidade.

Os dois caminharam até o portão 14C e pegaram uma esteira que os conduziu, e mais um monte de gente, até a plataforma de embarque, que ficava afastada da qual desembarcaram. Cassandra olhava atentamente os painéis holográficos para ter certeza de que pegariam o trem certo. Pelo menos uns três trens pararam na plataforma onde estavam. Era impressionante como os trens chegavam em poucos segundos. Rapidamente, a plataforma ficou vazia, restando Erion, Cassandra e um número pequeno de pessoas. Com toda essa eficiência, mesmo se uma pessoa perdesse o trem, logo chegaria outro.

Cassandra olhou mais uma vez o painel com os horários dos trens e disse:

– Erion, se prepare, o próximo trem é o nosso!

– O próx... – começou Erion, mas foi interrompido por um trem que estacionou na plataforma subitamente.

Assim que abriu as portas, Cassandra pegou Erion pela mão e o arrastou para dentro. Os dois encontraram um lugar para se sentarem, e logo o trem partiu, entrando novamente em um tubo transparente. O trem era muito parecido com o usado para partir da academia, mas sem a insígnia da instituição.

Erion estava inquieto com a viagem, tentando acompanhar os detalhes da gigantesca cidade passando pela janela.

Essa cidade não tem fim?, pensou.

– Pode relaxar um pouco, Erion, a viagem vai ser longa, ainda estamos na cidade! – disse Cassandra.

– Nossa, quando você me falou do tamanho da cidade, eu pensei que estava de zoeira comigo!

– Não estava. A cidade é realmente o equivalente ao planeta Terra inteiro! A Capital do Norte não tem só essa cidade, não; temos sub-cidades menores espalhadas pelo continente. Essa por onde estamos passando era a antiga Versynia. Esse é o nome de nossa academia, por ficar na província de tal cidade.

– O mundo inteiro é moderno desse jeito?

– Não, hahaha! Temos cidades não tão tecnológicas, que compõem apenas uns trinta por cento do que chamamos de Capital do Norte! – respondeu Cassandra, sorrindo.

– Uau!

– Zethar é bem diversificado, temos grandes matas, zonas rurais, que é para onde vamos, e até uma gigante cidade embaixo d'água.

– Tá de zoeira?!

– Eu particularmente não gosto muito de lá, acho um pouco claustrofóbico, mas um dia eu prometo que te levo lá pra conhecer, talvez você goste!

– Legal! – gritou, eufórico, chamando a atenção dos outros passageiros.

– Hahahaha, você é uma figura!

Aos poucos o trem foi finalmente deixando a cidade. Ao fazer uma curva, Erion pôde ver a enorme cidade ao fundo. Majestosa, mais parecia uma montanha feita de metal. Por um breve momento, Erion se lembrou de São Paulo, uma cidade bem grande, mas que, perto da Capital do Norte, parecia ser apenas uma amadora maquete de trabalho escolar.

– Veja só, você está com sorte! – disse Cassandra, sorridente.

– Por quê?

– Olhe aqui no meu celular! – Cassandra compartilhou sua tela holográfica. – Esse é um aplicativo com o itinerário completo deste trem. Parece que mudaram a rota desde a última vez que passei por aqui. Por essa rota, nós passaremos pela Acqua – continuou, manipulando o aplicativo.

– Acqua?

– Sim, vamos passar perto da cidade que fica embaixo d'água, sobre a qual lhe falei.

– Você tá zoando!?

– É só uma parada em uma estação, mas dá para você vê-la um pouco!

– Ah, cara, que legal! – gritou Erion, pulando do banco, mais uma vez chamando a atenção dos outros passageiros.

Cassandra sorria abertamente a cada pulo de euforia que Erion dava quando algo novo cruzava seus olhos. Ao fundo, assim como nos arredores da academia, Erion pôde ver brevemente um grupo de animais enormes, semelhantes a dinossauros correndo por uma planície vasta em direção a uma mata fechada. Tudo era perfeito, e Erion achava que nada mais poderia surpreendê-lo, mas a cor do céu aos poucos mudou, até chegar a um tom lilás.

– Está estranhando o tom lilás, não é? É normal termos esse fenômeno a essa hora, por conta da nossa atmosfera.

– É incrível! – exclamou Erion, boquiaberto.

– O bom de o céu estar dessa cor é que fica mais fácil ver as luas!

– Pera aí, você disse luas?

– Claro, se você olhar bem, vai ver mais de uma.

– Caramba, é verdade!

– Temos o total de oito luas em Zethar – disse Cassandra.

– Nossa, espero que isso não seja um sonho e que eu tenha que acordar.

– Você está bem acordado, meu amigo, isso eu posso lhe assegurar – disse Cassandra, rindo.

O momento pelo qual Erion estava tão ansioso se aproximava. O trem chegava a uma região com vasta quantidade de água, de modo que o garoto não conseguiu identificar se era lago ou se era mar, pois as águas eram bem calmas. O tubo conduziu o trem até um outro túnel escuro e iniciou uma acentuada descida. A luz artificial do túnel logo revelou a bela fauna aquática ao seu redor, com criaturas aquáticas exóticas, algumas delas ameaçadoras e assustadoras, enquanto outras desfilavam na água exibindo suas belas cores e flutuando em pequenos grupos até sumirem de vista. Havia uma bela vegetação colorida, que ajudava a iluminar o túnel junto com a luz própria e formações de corais, onde alguns pequenos animais se escondiam.

Algum tempo depois, o trem entrou em uma outra enorme estrutura de metal e foi diminuindo a velocidade até parar. A estrutura era uma grande estação de trens com estilo semelhante à Estação Central, menor em tamanho, mas tão movimentada. Erion ficou surpreso ao ver quantos desembarcaram e seguiram rapidamente até um trem em uma nova plataforma. Ele tentou acompanhar tudo até a partida da locomotiva, que seguiu na direção da água.

Erion olhou pela janela e se distraiu com a visão. Ao fundo, apesar de turva, era possível ver as luzes e a silhueta de uma gigantesca cidade ao longe. Era como se fosse uma versão menor da Cidade do Norte espelhada embaixo d'água.

– Aí está ela, Acqua! – declarou Cassandra.

Infelizmente, o tour foi curto, pois, assim como na superfície, as locomotivas não ficavam muito parados e, em um instante, deixou a estação da cidade Acqua.

– Gostou? Pena que esta parte é afastada da cidade principal – disse Cassandra, decepcionada por não poder mostrar mais ao garoto.

– Mas está bom, já deu pra ter uma ideia.

– Nossa próxima parada será a estação que dá acesso ao Templo de Mana! – disse Cassandra, voltando a seu assento.

– Como é lá? – perguntou Erion, curioso.

– Diferente de tudo que você já viu até agora, a cidade é bem pequena e pacata, parecendo uma pequena vila ao pé da montanha!

– Deixe-me adivinhar, o templo fica no topo?

– Acertou!

– Nossa, isso é tão filme de Kung-Fu! – disse Erion, sarcástico.

– Você gosta muito desses tais filmes, não é?

– Sim, eu adoro artes marciais! – respondeu, eufórico.

– É, posso dizer que sim. Você até lutou bem para quem nunca foi treinado em Wushu.

– Muito eu aprendi vendo você e a Amy lutarem. Aquela lata velha também foi uma boa referência.

– Hum, vamos ver depois. – disse a diretora, sarcástica. – Chegamos! – E levantou-se veloz.

O trem parou em uma pequena plataforma de madeira bastante rústica, totalmente diferente das duas estações anteriores. Assim que desembarcaram, a locomotiva fechou suas portas e deixou a plataforma, revelando um pouco mais dos arredores. A paisagem era incrível, com montanhas enormes, planícies verdes e uma pacata vila com casas feitas em madeira e telhado estilo oriental, como se aquele local tivesse parado na época do Japão feudal. Ao longe, era possível ver o que parecia ser uma plantação de arroz, onde algumas pessoas com roupa de camponês e chapéu de palha trabalhavam contentes.

Cassandra e Erion caminharam pela pequena rua milimetricamente pavimentada. Apesar de a aparência da vila ser semelhante à ilustrada em seus filmes favoritos, o garoto acabou se decepcionando ao não ver os habitantes do vilarejo usando Wushu para seus afazeres diários. Eles simplesmente levavam uma vida simples e de bastante trabalho, com uma impecável disciplina. Muitos ainda achavam tempo para manter a cordialidade e faziam reverências a Cassandra e Erion enquanto passavam.

– Que estranho... – disse Erion, preocupado.

– O que foi, Erion?

– Eu tenho quase certeza que já vi esse lugar antes – falou, enigmático. – Isso mesmo, acho que foi um dos primeiros filmes do Lee Chan!

– Muitos dos filmes que você assiste refletem outras realidades.

– Como assim? – questionou Erion, confuso. – Quer dizer que pessoas sonham com Zethar e fazem filmes sobre isso!?

– Quando sonhamos, dependendo de nossa mediunidade, nós deixamos nossos corpos e entramos em um universo quântico, que nos dá acesso a outros planos – respondeu Cassandra. – Você não achou a Estação Central semelhante com algumas estações de trem da Terra?

– É verdade, agora que você falou faz todo sentido!

– Os sonhos servem de grande inspiração para artistas, arquitetos e engenheiros, que traduzem o que veem em possibilidades reais ou em pesquisas para que no futuro isso se torne possível. É assim que muitos mundos evoluem, até Zethar evoluiu muito nos últimos anos. E com a magia, ficou bem mais acessível tornar essas coisas realidade.

– Incrível! – disse Erion, encantado.

– Isso não é uma matéria obrigatória, mas acho que seria bom você estudar isso um pouco, quando tiver um tempo. O ato de cruzar outras dimensões vai te ajudar a adquirir novas experiências no futuro. Inclusive, é isso que você está prestes a experimentar assim que chegarmos ao templo.

– Isso que me preocupa – disse Erion, engolindo em seco.

XLI. A CHEGADA AO TEMPLO DE MANA

Erion e Cassandra continuaram sua caminhada pela vila, quando, de repente, um homem de cabelos longos e negros e de porte atlético cruzou seu caminho. O homem trajava um robe laranja com detalhes em dourado, semelhante ao que os conhecidos monges Shaolin usam na Terra. Aos poucos, o estranho homem se aproximou de Cassandra, fez uma reverência e disse educadamente:

– Senhora Cassandra, há quanto tempo!

– Minha nossa, Tai Wuzhou – disse Cassandra, abraçando o amigo. – Nossa, faz muito tempo que não nos vemos! Esse aqui é meu aprendiz, Erion! – E apontou para o garoto.

– Erion!? – questionou Tai com os olhos arregalados. – Você carrega um nome forte, meu jovem amigo. Mas aprendiz? Pensei que você tivesse parado de lecionar.

– Esse aqui é diferente, tem toda uma história, que infelizmente vai ter de ficar para uma outra hora, preciso levá-lo até o templo – disse Cassandra, sem jeito por cortar o assunto de repente.

– Templo de Mana para alguém tão jovem? Não é perigoso? – perguntou Tai.

– Ai, não fale isso! Já foi difícil trazê-lo sem mencionar os riscos – sussurrou Cassandra.

– Ei, eu ainda estou aqui, lembra? – falou Erion sarcasticamente.

– Tem agentes no templo agora? – perguntou Cassandra.

– Sim, acabei de vir de lá, eles estão em prece!

– Ótimo, tem algum Fay-Jet pronto?

– Pode usar o meu, eu deixei perto da estrada no fim da vila.

– Nossa, que bênção encontrar você por aqui, Tai!

– O prazer foi todo meu. Espero que um dia você possa me acompanhar em um chá, e traga seu aprendiz também. Estou muito curioso para conhecer sua história – disse Tai amistosamente.

– Com certeza, assim que as coisas acalmarem um pouco – afirmou Cassandra, dando um belo sorriso. – Muito obrigada!

– Que isso! É sempre um prazer te ajudar, minha amiga! – disse Tai, fazendo uma reverência.

Cassandra respondeu à reverência do amigo educadamente e passou por ele em direção ao fim da rua principal da cidade.

– Valeu, tio Tai! – disse Erion, passando correndo por Tai e tentando alcançar Cassandra.

Os dois caminharam até o fim da vila, onde encontraram um veículo parecido com um carro voador, conforme Tai havia dito. Sem demora, Cassandra tocou gentilmente o veículo com a palma da mão. Vários frisos luminosos surgiram ao redor da mão de Cassandra e percorreram todo o carro, que em seguida flutuou e abriu suas portas para cima, em formato de gaivota. Erion estranhou que, mesmo com a aparência moderna, não se parecia muito com os veículos que viu cruzar os céus da Cidade do Norte.

– Eu conheço essa cara – disse Cassandra, irônica. – Antes de começar a perguntar, esse veículo não é o mesmo que você viu na Cidade do Norte. É de uma tecnologia antiga, que chamamos de Tecnologia Arcana! Em outras palavras, esse tipo de veículo só funciona com magia. Eu usei minha mana para ativá-lo.

– Sério?

– Aqui é uma região muito remota e o celular funciona só para o básico. Quase nenhum aplicativo funciona. Por isso, esse lugar é tão especial para os usuários de magia. Aqui é um lugar onde a essência ainda não se perdeu – explicou a diretora, com ar de alívio por estar ali.

– Todo mundo vem aqui?

– Não, apenas alguns mestres de nossa academia. Na maior parte do tempo, o templo é usado pelos Meyjais para meditação.

– Mas aí eu não entendi... Não dá no mesmo usar apenas a tecnologia?

– Esse é o problema, a tecnologia em nosso planeta avançou muito desde essa que você está vendo agora. Isso facilitou muito nossas vidas. A tecnologia nova aprendemos graças à magia antiga e aos poucos a estamos esquecendo! – explicou com ar de tristeza.

– Vou te ajudar a manter as coisas no lugar – disse Erion, tentando confortar a diretora.

– Por isso te escolhi como meu aprendiz – declarou Cassandra, esboçando um sorriso em seguida. – Agora vamos? – perguntou, entrando no carro.

– Sim! – respondeu Erion, pulando no banco do passageiro.

Dentro do veículo, com um delicado toque de sua mão, assim como fez para abrir a porta do lado de fora, Cassandra fez o painel eletrônico do veículo se acender. O painel não era holográfico, como Erion estava acostumado a ver. Sua projeção era feita sobre um painel abaixo do vidro. Cassandra fez uma Runah azul em seu catalisador brilhar e surgiu um manche, como um manche holográfico, porém feito com magia.

– Agora entendo o que você quis dizer que a tecnologia atual veio diretamente da magia! – disse Erion, olhando o manche que Cassandra havia criado.

– Muito bem observado, a tecnologia holográfica foi uma herança da conjuração. Os cientistas conseguiram copiar seu funcionamento.

– Uau! – exclamou Erion, maravilhado.

O veículo começou a se mover a uma velocidade incrível, o que fez com que Erion literalmente grudasse no banco. Apesar disso, o silêncio do veículo era impressionante. Pela janela era possível ver o quanto já haviam se distanciado da vila. Erion olhava de um lado para o outro, como se estivesse esperando alguma coisa acontecer e logo perguntou confuso:

– Ué, esse veículo aqui não voa, não?

– O Fay-Jet é um planador, o que voa é um outro modelo, mas gasta muito mais magia para operar, então não vale a pena o consumo.

– Olha, até que eu gostei desse aqui, sabe?

– Que bom! Quando você melhorar um pouco seu conhecimento em magia, eu te ensino a conjurar um – disse Cassandra, animando o garoto.

– E aquela moto que a Amy chamou pelo celular? É desse tipo também?

– Não, ela é parte de um processo complexo utilizando a tecnologia que te falei. Esse processo usa o que chamamos de Runahs sintéticas, que imitam funções mágicas básicas e as transformam em realidade. Na verdade, é basicamente o que fazíamos usando magia, só que agora é tudo computadorizado. Temos um Repositório Quântico, que é acessado, e a tecnologia faz o resto!

– Eu não vou nem perguntar qual é a desse supositório aí!

– Repositório, Erion! – disse Cassandra, incomodada, virando os olhos.

– Eu entendo como você se sente. A academia tenta manter o estudo de magia, conjuração, elementos, que demora muito tempo para uma pessoa aprender e, de repente, tudo foi reduzido a um toque na tela – declarou Erion, estranhamente sério.

– Olha, você tem uma ótima percepção das coisas, gostei, mas você não está totalmente certo. Elementos são forças da natureza, então são impossíveis de serem copiados. Conjurar é outra história, temos mundos que foram criados há bilhões de anos e servem de acesso para nossa magia, nos fornecendo matérias físicas para nossas criações. Invocação também, mas isso vamos deixar para outra hora, já estamos chegando – concluiu Cassandra, reduzindo a velocidade.

Erion olhou pela janela do veículo e viu que já estavam no topo da montanha. De tão alto que estavam, não era mais possível ver a vila na parte de baixo. Cassandra finalmente parou o veículo diante de uma linda cachoeira, de onde era possível ver mais acima uma estrutura de pedra. Cassandra abriu a porta do Fay-Jet. Erion desembarcou correndo e, como de costume, perguntou:

– Aquele é o templo?

– Ah, não, acima da cachoeira temos uma pequena vila, que serve de alojamento para os funcionários do templo e para receber os viajantes que vêm de longe.

– Legal!

Os dois se dirigiram até uma estreita estrada pavimentada por pedra que, graças aos planadores, não mostrava sinais de desgaste. Algum tempo depois, chegaram a uma escadaria que contornava a montanha e passava embaixo da magnífica cachoeira.

Após uma cansativa subida, Erion e Cassandra chegaram ao topo, onde havia lindas casas feitas em pedra, cheias de bordas e texturas, coisas que Erion jamais havia visto. Cortando a delicada vila, um córrego desaguava na cachoeira por qual passaram. Diferente da vila ao pé da montanha, esta era mais silenciosa e poucas pessoas circulavam por lá. trajando roupas semelhantes às que Tai estava usando. Ao fundo da vila, havia a maior estrutura de todas, feita em um metal dourado e com uma alta e larga escadaria de pedra branca e brilhante. Maravilhado com o lugar a cada passo que dava, Erion disse, empolgado:

– Que lugar incrível! A atmosfera daqui mexe com minhas emoções de uma forma que não consigo compreender!

– Se acalme, jovem, a emoção ainda nem começou – disse Cassandra, irônica.

Erion continuou a admirar a paisagem enquanto acompanhava Cassandra nos primeiros degraus da escada. Cansado, o garoto disse, ofegante:

– Fala que tem um feitiço para subir isso tudo...

– Pare de ser preguiçoso, a caminhada faz parte da graça do passeio.

– Se você diz... – falou Erion, subindo os largos degraus.

Como resultado da longa subida, os dois chegaram à entrada do que parecia ser o templo, onde uma gigante porta de madeira vermelha, coberta por dragões entrelaçados e outros símbolos em metal dourado, se abriu lentamente assim que se aproximaram dela.

Conforme adentravam, Erion podia ver como tudo era milimetricamente perfeito. Nas paredes, vários desenhos de pessoas usando magia e outras texturas exuberantes e bem-esculpidas. Apesar de não se assemelhar praticamente em nada com as estruturas futuristas por onde Erion havia passado, o local também era iluminado naturalmente pela luz cintilante do sol, que passava por um delicado vitral dourado no teto.

Mais para dentro do templo, Cassandra e Erion entraram em uma câmara onde havia um grande número de pessoas trajando túnica branca com um capuz lhes cobrindo as cabeças. As pessoas estavam ajoelhadas em pose de meditação e pronunciavam delicados sussurros, orando. Antes de tomar a próxima bronca de Cassandra, Erion passou próximo deles fazendo o máximo de silêncio possível. Mais de perto, o garoto achou curioso ver que, ao redor de cada uma dessas pessoas, circulava uma fina e delicada aura dourada. A energia tomava o local por completo, o que fez com que Erion sentisse uma paz que jamais havia sentido em lugar algum.

Após cruzar a câmara, chegaram até a porta de acesso a um lindo jardim, onde o sol brilhava forte e refletia sua majestosa luz sobre as folhas das plantas recém-regadas.

– Espera aí, o Templo não era lá atrás? – perguntou Erion, confuso.

– Não, o Templo é ali! – disse Cassandra, apontando para uma grande estrutura dourada no formato de pirâmide com alguns desenhos entalhados na pedra, como hieróglifos.

Os dois caminharam até a estrutura e, ao chegarem diante dela, Cassandra olhou para o topo com esperança. Respirando bem fundo, disse:

– Pronto? É aqui que sua jornada começa!

– Você vai entrar junto, né? – perguntou, preocupado.

– Não posso... Você tem de entrar sozinho para garantir a pureza do processo!

– Então tá, só espero não ficar preso sei lá onde! – falou o garoto, caminhando até a entrada da misteriosa pirâmide.

XLII. O MISTERIOSO TEMPLO DE MANA

Erion entrou na estrutura lentamente e ficou confuso com o que viu. As paredes eram transparentes, e não de pedra, como do lado de fora. Era como se Erion tivesse entrado em uma casa de vidro.

– E agora? – perguntou, perdido.

– Feche seus olhos e relaxe! – respondeu Cassandra. – Boa sorte!

O garoto fechou os olhos e ficou assim por um bom tempo, esperando que algo surpreendente acontecesse. Porém, nada além de um pesado silêncio pairava na estranha sala.

– Cassandra, olha, eu agradeço você ter tido todo esse trabalho, mas acho que esse lugar ou tá quebrado ou sou eu – disse, decepcionado. – Cassandra? – chamou, estranhando a demora na resposta. – Você está me ouvindo? – perguntou, abrindo os olhos lentamente. – Mas o que é isso? – questionou, assustado ao olhar em volta.

Erion estava dentro de uma ampla sala branca, tão clara, que chegava a ofuscar a vista. O silêncio era tão absoluto, que os ouvidos de Erion doíam pela pressão. Assustado, procurou pela porta por onde entrou, mas ela havia desaparecido. Não havia qualquer outra saída, nem sequer uma janela ou qualquer brecha, apenas um vazio branco.

O garoto começou a correr desesperado em todas as direções, na esperança de encontrar uma saída, mas, conforme corria, era como se as paredes se afastassem infinitamente. A sensação de correr no vazio era terrível e agoniante, deixando Erion cada vez mais desesperado.

Após alguns minutos de tentativas vazias, Erion finalmente desistiu, sentou-se no chão e perguntou:

– E agora? O que eu faço?

O tempo foi passando e nada mudava. *Seria essa a zona de perigo sobre a qual Cassandra me alertou? Será que fiquei preso entre as dimensões e não tenho mais como voltar?* Essas perguntas pairavam sobre ele e o estavam levando à loucura. Erion perdeu qualquer noção de tempo, e a ausência de vida ou de qualquer outra coisa deixava tudo ainda pior. Abandonando a razão, ele gritou:

– Alguém? Socorro! Por favor! Me tirem daqui!!

Parecia inútil, seus gritos apenas ecoavam dentro da sala e ninguém respondia. Mas, de repente, para a surpresa do garoto, uma voz familiar soou em sua cabeça, dizendo:

– Olá, garoto!

– Essa voz...

– Que bom que se lembrou, fico feliz que tenha aceitado o convite da Cassie! – disse a voz misteriosa.

– Então você conhece a Cassandra?

– Somos velhos amigos! Tive receio de que você não aceitasse a oferta – declarou a voz misteriosa em tom de preocupação.

– Bom, ela foi bem convincente.

– Aposto que foi.

– Como que você conseguiu me encontrar?

– Eu segui seu rastro de mana, é complicado!

– Eu estou preso aqui?

– Preso? Você entrou no Templo de Mana, garoto! Espere um minuto, o que você vê? – perguntou a voz misteriosa, preocupada.

– Uma sala branca e vazia!

– Hum, isso não é nada bom!

– Por quê? Eu não tô preso em outra dimensão, não, né?

– Quase isso... Quando a sala está desta maneira, significa que você perdeu a conexão com sua mana quase por completo – respondeu a voz misteriosa, enigmática. – Quando outras pessoas entram no templo, seus mundos são rapidamente criados e, no refúgio, sua energia é purificada e elas retornam mais fortes. Você precisa encontrar a sua essência – encorajou a voz.

– Como assim?

– Quando a sala está branca da forma que você descreveu, significa também que sua mana está em estado dormente. Você precisa fazê-la se mover!

– Ah, que bom, isso é fácil! – disse Erion ironicamente.

– Sério? Você sabe o que fazer? – perguntou a voz misteriosa, surpresa.

– CLARO QUE NÃO! – gritou Erion.

– Imaginei – declarou, desapontada. – Bom, vamos lá, desde o início. Feche os olhos e concentre-se!

– Tudo bem, mas vou adiantando que já tentei essa de fechar os olhos um monte de vezes e não deu certo!

– A mana está dentro de você, sempre esteve. Aceite sua força! – disse a voz misteriosa em tom encorajador. – Você cresceu acreditando que a magia não existia. Com isso, você e sua mana passaram a andar por caminhos opostos. Hoje, vocês vão se reencontrar, então se esforce, tente encontrá-la!

– Mas como? Eu nem sei o que é mana direito – indagou Erion, preocupado.

– Dê uma forma a ela, pode ser qualquer coisa, uma pessoa, um animal, não importa, mas você tem de encontrá-la dentro de você! Pense na forma mais pura que lhe vem à mente, que melhor represente sua força. Medite, faça uma viagem até o seu interior!

Erion silenciou por um momento e tentou buscar em pensamento algo que o ajudasse a encontrar sua mana perdida. Ele sabia que a mana era algo bom, pois sempre o protegia quando estava em perigo. O garoto colocou-se em pose de meditação assim como as pessoas no outro templo faziam, mas tudo que via era apenas a escuridão de seus olhos.

Pouco tempo se passou e Erion afundou-se ainda mais em seus pensamentos, até que entrou em um sono profundo. Ao abrir os olhos novamente, o garoto não sabia distinguir se o que via era um sonho ou a realidade. A sala branca e vazia de antes foi substituída por um lugar como o espaço sideral, repleto de estrelas. Erion sentiu uma calma que jamais havia sentido em sua vida. Uma poderosa energia quente e acolhedora percorria aquele espaço imenso e infinito. Apesar de sentir sua presença, Erion não sabia como interagir com ela e ficou parado um tempo pensando no que fazer, quando lhe veio à mente as últimas palavras da voz misteriosa. Erion esboçou um tímido sorriso de conquista e disse calmamente:

– Nunca pensei que poderia ser algo tão simples!

Fechou os olhos novamente e pôde ouvir um latido bem distante. Ao abrir os olhos, bem ao longe, ele viu a figura de um lindo cãozinho, cujo corpo era feito de uma energia cósmica azul que se misturava às estrelas. O animal começou a latir mais forte e insistentemente, como se estivesse chamando sua atenção. Porém, mesmo sua mana tendo tomado forma, ele ainda não era capaz de dar o próximo passo. Pensando no inesperado, Erion tentou o que lhe parecia ser o mais óbvio a fazer.

– Vem cá, rapaz! – gritou Erion, batendo as mãos.

O cãozinho atendeu imediatamente e correu para perto de Erion a uma velocidade fora do comum. De repente, o animal interrompeu sua corrida e parou diante de Erion, encarando-o hipnoticamente enquanto balançava sua cauda. O garoto apoiou-se sobre um dos joelhos e mais uma vez tentou chamá-lo para perto de si para um carinho.

– Vem cá, rapaz! – disse, batendo as mãos novamente. – O que foi? – perguntou, percebendo a hesitação do animal. – Já sei, você está triste porque eu te abandonei, não foi?

– Hunf! – respondeu o cão com tom de tristeza.

– Me desculpe! Eu acabei me esquecendo de você enquanto você ficou aí me esperando todo esse tempo – disse Erion, tentando se aproximar do cãozinho. – Você pode me perdoar? – perguntou, olhando no fundo de seus olhos. A energia era como se Erion estivesse olhando para uma linda constelação azul. – Eu juro que jamais vamos nos separar de novo!

– Au-au! – latiu o cão, pulando de alegria.

– Vem cá, garoto! – disse Erion, abrindo os braços.

O cão, sem pestanejar, pulou nos braços de Erion, que o abraçou com muita ternura e disse:

– Desculpa, por favor!

Em um flash de memória, Erion lembrou-se de sua infância enquanto brincava sozinho e havia uma figura de um cachorro. Ele achava que era apenas um amigo imaginário, ou coisa assim, mas agora compreendia que era na verdade sua mana brincando com ele.

Nesse flash, havia memórias de muitos anos, até o ponto em que Erion começou a crescer. O flash terminou indicando que sua caminhada juntos havia terminado ali. Os dois prolongaram o lindo momento de afeto, até que o cãozinho lambeu o rosto de Erion e, aos poucos, foi se transformando em uma névoa de energia que brilhava fortemente como uma constelação. A névoa se misturou ao corpo de Erion, transformando-se em um manto, até que os dois se tornaram um só.

Erion despertou subitamente no templo onde se separou de Cassandra e lentamente se levantou do chão. O garoto foi tomado por uma inexplicável vontade de chorar. E, pela primeira vez, sentiu que não estava mais sozinho e que seu amigo estava em seu coração.

– E então? – perguntou a voz misteriosa subitamente. – Vejo que você e sua mana estão trabalhando juntos!

– Agora, sim, eu acredito! – disse Erion, enxugando as lágrimas. – E então?

– Agora vem a parte divertida – respondeu a voz misteriosa, sarcasticamente.

– O quê?

– Quer um conselho? Aperte o cinto, que a viagem vai começar!

– Como assim? Não entendi. Ei, espera aí, quem é você e por que me ajuda?

– Nossa, quanta pergunta! Nós vamos nos encontrar um dia, mas não agora – respondeu a voz misteriosa. – Vai ter um dia que você vai precisar muito de mim e eu estarei lá para ajudar. Boa sorte, garoto! – concluiu.

– Ei, espera! – gritou Erion.

Seu último esforço de contato foi inútil, pois a presença da voz havia desaparecido por completo. Aos poucos, a sala foi se tornando opaca e com paredes escuras. Erion ouviu o som de uma porta se abrindo vindo detrás dele. Ao que tudo indicava, o processo do Templo de Mana havia terminado.

Fisicamente, Erion não sentia nada de diferente, apenas notou que sua Hara-Khai brilhava mais incandescente do que nunca e o bracelete que a envolvia apresentava uma textura mais complexa. Ele caminhou para fora do templo em direção ao belo jardim, que parecia ainda mais belo do que da última vez que ele o havia visto. Os raios de sol brilhavam em seu rosto e uma delicada brisa lhe causava um estranho arrepio. Era como se Erion pudesse sentir com mais detalhes cada elemento à sua volta. O que não lhe entrava na cabeça era o que a voz misteriosa quis dizer no fim. Da maneira que lhe foi dito, ele esperava que algo grandioso fosse acontecer, mas tudo estava normal, com exceção de sua Hara-Khai.

– Bom, acho que não era para sentir nada mes... – começou Erion, sendo interrompido por uma forte dor no corpo.

Ao mesmo tempo que sentiu a dor, uma aura se formou ao redor de seu corpo e uma forte pressão aumentou dentro de si. Erion se sentia como se fosse uma bomba a ponto de explodir.

– O que tá acontecendo? – gritou, desesperado.

O garoto mal conseguia respirar, tamanha era a força que ia tomando proporções cada vez maiores, fazendo com que o chão tremesse. Tentou fechar os olhos para se concentrar e controlar a tremenda força que o envolvia, mas nada funcionava.

Os tremores ficavam cada vez mais intensos, fazendo com que animais dos arredores fugissem em pânico. A situação estava completamente fora de controle, o que levou Erion a gritar em pânico, gerando um forte eco:

– Cassaaaaaandraaa!!!!

Subitamente, surgiram cinco monges trajando um robe branco com um capuz cobrindo-lhes o rosto. Essas pessoas eram as mesmas que Erion havia visto orando no outro templo. Os cinco circularam Erion e, projetando a palma das mãos à frente, geraram uma cúpula de energia branca ao redor do garoto.

– Mantenha a calma! – gritou um dos monges.

– Me ajude! Eu não consigo controlar – respondeu Erion, desesperado.

– Nós vamos te ajudar, só tente se acalmar! – disse outro monge.

– *Restrictum mana a remotis* – disse outro, fazendo uma sequência de posições com as mãos e juntando uma na outra.

Aos poucos, a energia de Erion foi se estabilizando, porém não estava diminuindo. Os monges do templo estavam claramente se esforçando ao máximo para conter a força de Erion, mas não parecia estar funcionando.

– A energia dele não está abaixando!

– O que faremos?

– Senhora Cassandra? – indagou um dos monges ao olhar para trás e ver que Cassandra estava caminhando na direção deles.

Sem dizer nada, a diretora, em uma velocidade incrível, apareceu diante de Erion e, com dois dedos estendidos em uma das mãos, perfurou o tórax do rapaz em uma sequência de golpes, atingindo vários pontos que representavam os pontos vitais do garoto. Os furos expeliram um pouco de sangue misturado com energia e, aos poucos, a força dele foi enfraquecendo. Rapidamente, aproveitando o momento, Cassandra abraçou Erion como um filho e sussurrou de maneira suave:

– Shhh, está tudo bem!

A energia de Erion se retraiu pouco a pouco, deixando de brilhar tanto. O garoto finalmente se acalmou, cessando o tremor que causara. Enfim, sua aura desapareceu por completo, restando apenas alguns pequenos raios de energia emanando de seu corpo, como fagulhas de eletricidade.

– Como se sente? – perguntou Cassandra delicadamente.

– Ufa, bem melhor! O que foi aquilo? – indagou Erion, abrindo os olhos devagar.

– Muito obrigada por cuidarem dele, fiquei com medo de não chegar a tempo! – disse Cassandra aos monges. – Eu assumo daqui! – continuou, fazendo uma reverência aos membros do templo.

– Foi um prazer, Cassandra! – prontificou-se um deles, respondendo à reverência.

Da mesma forma misteriosa que surgiram, os membros do templo desapareceram feito névoa no ar. Cassandra afastou-se subitamente de Erion e disse, impressionada:

– Isso sim é energia pura! Esse campo estático à sua volta é parte residual de sua mana. De tão afiada, se alguém sem treinamento adequado te tocasse agora, seria extremamente doloroso ou até letal!

– Nossa, mas a imagem que eu fiz de minha mana parecia um ser tão inocente e sereno. Não imaginava que fosse fazer esse estrago ou me explodir junto! – disse Erion, olhando ao seu redor.

– Eu imaginei que isso aconteceria, só não pensei que seria tão intenso – declarou Cassandra, enigmática.

– Tá maluca, eu poderia ter morrido! – gritou, enfurecido.

– Era um risco que tínhamos de correr. Seu distanciamento estava piorando, e resolver isso, se é que conseguiríamos a tempo, demoraria anos ou até décadas utilizando métodos convencionais – respondeu Cassandra.

– Da próxima vez, me avise antes pelo menos! – exclamou Erion, indignado.

– Se eu tivesse dito qualquer palavra, isso só aumentaria sua dúvida em aceitar ou não a magia. O resultado poderia ser desastroso, mas aí está você, sua Hara-Khai está mais bonita que da última vez que a vi. Vejo que o seu fluxo de energia está funcionando normalmente!

– O que foram esses furos? – indagou Erion, apalpando os ferimentos.

– Sua energia estava sobrecarregando o corpo, então fiz esses furos na sua camada de energia. Isso fez com que seu corpo expelisse o excesso de carga. Somente dessa forma consegui conter sua força. Senão você teria se despedaçado! – disse Cassandra, sarcástica.

– O QUÊÊÊÊÊÊ? – berrou Erion.

– Deixa, que eu cuido disso! – disse Cassandra, revelando seu catalisador. – Curar! – E – usou uma Runah Médica.

Um manto de energia verde cobriu o peito de Erion e instantaneamente curou suas feridas.

– Nossa, bem melhor! – declarou Erion, reparando que os ferimentos haviam sumido. – Pera aí, quer dizer que ainda corro risco de explodir? – perguntou, preocupado.

– Calma, isso só aconteceu porque você elevou sua força além da conta pela meditação. Daqui para frente você só deve acessar o quanto seu corpo aguentar! Pode ficar tranquilo, agora você pode começar sua jornada e quem sabe um dia se tornar um Meyjai – falou Cassandra, dando um sorriso delicado.

– Todo esse poder... – disse Erion, olhando a palma de suas mãos fixamente. – Eu... Eu sinto como se não houvesse limites para o que eu posso fazer... – completou, maravilhado com sua nova força.

– Então me mostre! – desafiou Cassandra, colocando-se em pose de luta.

– Você tá brincando, né?

– Eu pareço estar brincando? – replicou Cassandra seriamente, encarando Erion.

XLIII. Test-Drive

Cassandra se manteve em pose de luta enquanto Erion continuava a acreditar que se tratava de uma brincadeira da mentora.

– Eu não posso lutar contra você, eu nem sei o que fazer – disse Erion, preocupado.

– Ah, a dúvida, sempre uma névoa escura que nos faz tropeçar em nós mesmos – falou Cassandra, enigmática. – Não foi você mesmo quem acabou de dizer que suas limitações se foram? Então, qual é o problema? Contra o samurai você parecia saber muito bem o que fazer!

– Opa, calma aí! Uma coisa é eu proteger minha vida contra um samurai maluco, outra é uma aula de combate com você!

– E qual é a diferença? – perguntou, irônica.

– Ué, você é minha mentora e teoricamente não me machucaria, certo?

– Eu não contaria com isso! Vamos fazer um test-drive dessa sua nova força! Ah, e não vou aliviar só porque você é um novato. Então, prepare-se!

– Errr, Cassandra?

– Sim? – incomodou-se Cassandra.

– Se eu disser que não e sair correndo, fica tudo certo? – perguntou Erion com um estranho sorriso.

– Claro... – respondeu, sorridente.

– Jura? Ufa, então acho que vou indo! Falou! – declarou Erion, virando-se de costas e saindo correndo.

– Que não! – exclamou Cassandra, surgindo instantaneamente diante de Erion.

– Eu preciso mesmo fazer isso? Não vai ter uma aula daquelas do tipo, vamos lá, essa aqui é a base. Ou vamos aprender a socar, contando *ichi, ni, san, shi, go, roku!* – disse Erion, contando em japonês e dando socos no ar enquanto fazia uma pose de luta constrangedora.

– Erion, última chance, prepare-se, senão vai doer, e muito! – disse Cassandra seriamente. – Liberte a sua mente!

– Olha, eu até tentei me libertar saindo correndo, mas não deu certo, não!

Subitamente, Cassandra aplicou um forte golpe no estômago de Erion. A energia irradiada foi se espalhando pelo corpo do garoto e o arremessou bem longe, fazendo-o quicar várias vezes no chão, até que, por fim, caiu de cara no chão.

– Eu disse para você se preparar! – asseverou Cassandra, cruzando os braços. – Lição número um, nunca baixe a guarda! – repreendeu a tutora severamente, voltando à pose de luta inicial.

Ai! Velha maluca, me bateu para valer!, pensou Erion, levando a mão à barriga em sinal de dor.

Com muito esforço, Erion recompôs na medida do possível, enquanto Cassandra permanecia imóvel em sua impecável pose. O garoto olhava a instrutora assustado, mas se pôs em guarda para esperar o próximo ataque.

– Assim está melhor! – disse Cassandra, satisfeita.

Mais uma vez se movendo rapidamente, a mulher surgiu subitamente diante de Erion, que tentou se defender fechando-se com os braços e erguendo a perna, esperando o próximo golpe.

– Aqui! – apontou Cassandra, atrás do garoto.

– O quê? Você está na minha frente! – falou Erion, assustado ao ver a imagem da instrutora desaparecendo.

– Eu estava. Isso se chama Miragem.

– Miragem?

– Isso mesmo, o que você viu há pouco foi só um resíduo da minha presença. Quando viu minha imagem desaparecendo, eu já estava atrás de você!

– Como isso é possível?

– Simples, você não enxerga com os olhos! Os olhos somente captam a imagem e enviam para o cérebro, mas existe uma tolerância de velocidade. Se algo se move muito rapidamente, demora um tempo até que a imagem chegue ao seu cérebro e seja processada. Como os olhos registram a imagem, a última coisa que foi enviada ao cérebro foi minha imagem parada à sua frente!

– Caramba! – disse Erion, impressionado.

– O que ocorre é que você ainda não progrediu o bastante para conseguir me acompanhar. Sinceramente, eu esperava um resultado diferente, porque, quando atacou o samurai, você se moveu muito mais rápido do que isso. Em outras palavras, você vai ter de ser tão rápido quanto eu, para me acompanhar. Por isso, eu sugiro levar esse treino a sério, ou vai se machucar de verdade.

– E como eu faço isso?

– Em Wushu, ou em qualquer outra arte com magia, utilizamos mana desde para o jeito como nos movemos até a forma como enxergamos o mundo. No seu caso, você precisa treinar seus olhos para acompanhar usando mana e, ao mesmo, tempo usá-la para se defender e atacar.

– Isso tudo tá cada vez mais confuso... – disse o garoto, desapontado e coçando a cabeça.

– Olhe atentamente a minha mão e diga quantas vezes ela se moveu! – disse Cassandra, acenando.

– Errrr, uma vez!?

– Errado, vamos lá, concentre-se! – disse Cassandra, iniciando o movimento.

Erion prestou atenção um pouco mais e conseguiu notar que Cassandra havia acenado três vezes com a mão.

– Três vezes! Consegui!

– Eu acenei dez vezes e a uma velocidade ainda menor que da última vez – replicou Cassandra seriamente.

– Ah, cara! – exclamou Erion, desapontado.

– Não fique triste, use o tempo da tristeza para se esforçar. E agora que você já entendeu como eu faço para me mover, talvez você apanhe um pouco menos! – desafiou Cassandra, colocando-se em pose de luta novamente.

– Tudo bem, vamos lá! – aceitou, determinado.

Erion tentou copiar a impecável pose, mas o resultado terminou em uma versão toda desengonçada e até um pouco constrangedora da de sua mentora. Vendo a perturbadora dificuldade do garoto, Cassandra resolveu pegar um pouco mais leve para que Erion pudesse acompanhar seus movimentos.

Ela disparou uma furiosa sequência de golpes contra Erion, que, a muito custo, conseguiu se defender. O treino seguiu assim por mais alguns minutos, mas não parecia estar dando bons resultados.

– O que está acontecendo? Lute direito! – gritou Cassandra, severa e interrompendo o combate. – Isso é um treino de Wushu, e não uma briga entre dois bêbados em um bar. Concentre-se!

– Eu estou fazendo o meu melhor! – irritou-se Erion.

– Então, por que está usando só o seu corpo para se mover? Se fosse um adversário de verdade, você estaria morto a essas horas – disse Cassandra seriamente. – Vamos lá, força, use sua mana! – exclamou, tentando encorajar o garoto. – Você entrou em contato com sua mana, mas isso não significa que você vai sentar e as coisas vão acontecer sozinhas, se esforce. Vocês têm que andar juntos!

– E você acha que eu tô fazendo o quê? Jogando paciência no celular?

Subitamente, Cassandra retomou o combate e facilmente quebrou a defesa de Erion. Com um chute no tórax, ela o arremessou ainda mais longe que da última vez.

– Quando você cansar de servir de saco de pancada, me avise! – gritou, irônica.

– Ai, cara, essa velha bate forte pra caramba! – disse ele, recompondo-se.

E agora, o que eu faço? Ela não vai me deixar em paz enquanto não lutar direito, mas como eu faço isso!?, pensou. *Ô, tiozinho da voz na cabeça, seria uma boa hora para dar uma dica, não!?* E esperou por ajuda.

– Medite um pouco, faça sua mana circular, Erion. Comande-a! – vociferou Cassandra, a distância.

Atendendo ao pedido da mentora, Erion se ajoelhou e fechou os olhos. Graças à experiência no Templo de Mana, conseguiu acessar sua energia mais rapidamente e a fez fluir pelo corpo. Conforme seu poder aumentava, sua meditação ficava cada vez mais serena, até que toda a dúvida e o receio desapareceram. Lentamente Erion foi abrindo os olhos e revelando um semblante calmo, porém muito sério, como o de um homem sábio ao invés de um moleque totalmente perdido.

Mesmo a uma certa distância, Cassandra não pôde deixar de notar como o garoto havia mudado e relembrou as outras vezes que esse misterioso semblante surgiu.

Esse olhar de novo? Sua mana está estável agora, mas o que será esse evento?, perguntou-se Cassandra.

Erion se levantou e começou a mover os braços lentamente e logo sentiu diferença no peso de seu corpo enquanto se movimentava com a ajuda de sua mana. Não só sua face havia mudado, mas também seu comportamento. Era como se finalmente ele compreendesse como sua energia funcionava. Apesar de não saber usar feitiços, assim como Cassandra havia lhe dito, Wushu é uma arte um pouco mais primitiva e de fácil acesso. Era chegada a hora de colocar em prática o pouco que já havia vivido até aquele momento, era hora de soltar as correntes humanas que foram impostas a ele desde sua infância.

Cassandra ficou parada esperando uma reação e resolveu não atacar só para ver o quanto ele havia realmente mudado.

– Vamos lá, garoto, você consegue! – murmurou Cassandra com altas expectativas.

Erion se colocou em uma posição de luta mais parecida com a de Cassandra, ficou imóvel e encarando sua mentora na espera de que ela desse o primeiro golpe. Entendendo o recado rapidamente, a mulher partiu em alta velocidade, segurando-se o mínimo possível. Erion, por sua vez, parecia muito confiante e permaneceu com a pose imóvel até a chegada quase instantânea de Cassandra, que o atacou fortemente com um soco. De maneira surpreendente, o garoto deteve o golpe com apenas uma mão, o que o fez derrapar alguns metros para trás devido à força. Cassandra emendou uma forte sequência de golpes, que Erion conseguiu desviar eficientemente.

– Agora sim, isso são movimentos de Wushu! – disse Cassandra, tendo suas expectativas correspondidas.

O curioso é que desta vez Erion não disse uma só palavra, o que era bem diferente do habitual. O garoto parecia estar focado no combate, intensificado. Cassandra começou a atacar adicionando também uma sequência de chutes a seus golpes. Apesar de estar conseguindo se defender, Erion sabia que, mesmo com acesso à sua força, lhe faltava experiência, o que Cassandra tinha de sobra.

– Prudência e foco, gostei! Continue assim! – declarou Cassandra, satisfeita, aumentando ainda mais a pressão.

A luta fluía como em um filme de artes marciais, tamanha era a precisão dos golpes dos dois. Erion havia aprendido artes marciais quando jovem, mas nunca foi muito bom. Porém, agora ele não tinha limites, não havia barreiras, apenas a experiência. E esse sentimento foi deixando o garoto um pouco mais à vontade e o fez partir um pouco para ofensiva.

Cassandra ficou tão satisfeita com o nível alcançado no combate, que ficou até com um pouco de receio de se empolgar demais e acabar machucando o garoto gravemente.

Com a força da luta, o ambiente começou a ficar cada vez mais danificado, com várias pedras rachadas, buracos no chão. Apesar do estrago, ao mesmo tempo que a paisagem ia sendo destruída, uma luz dourada brilhava sobre as partes danificadas e as reconstruía, de forma semelhante ao que ocorrera no centro de treinamento.

– Parece que sua mente está mais aberta! – notou Cassandra, parando um pouco.

– É estranho, é como se tudo que eu tivesse aprendido ao longo da vida ficasse mais evidente. Golpes vistos na TV, que eu nem sequer sonhava em conseguir fazer algum dia, eu estou conseguindo executar! – disse Erion, impressionado.

– Essa foi a minha promessa no hospital, lembra?

– Sim. E aproveitando, tem algo mais que eu gostaria de tentar... – disse Erion sem jeito.

– O quê? – perguntou Cassandra, curiosa.

– Tem uma arte marcial em particular que eu sempre achei muito especial e carrega a história do meu país. Acho que eu tenho condições de incluí-la em Wushu! – respondeu Erion.

– Que estranho, porque o Wushu já é uma arte que engloba todas as artes marciais conhecidas! – ponderou Cassandra, curiosa. – Tudo bem, pode tentar, mas não pense que vou pegar leve durante sua adaptação! – E colocou-se em uma pose de luta um pouco mais ameaçadora.

XLIV. PARANAUÊ

Erion puxou da memória sua visita com os pais a Pernambuco durante uma de suas férias. No tempo que ficou lá, Erion aprendeu muito sobre a cultura pernambucana, e a parte que mais lhe encantou foram as lindas rodas de capoeira. Erion se lembrou de que até tentou participar na época, mas, mesmo sendo praticante de artes marciais, o garoto não parecia encontrar o que chamavam de gingado. Ele lembrou que os capoeiristas não só tinham belos chutes, mas praticamente voavam em meio a movimentos de ataque e esquiva. Um nativo havia dito a Erion que, na época da escravização no Brasil, os escravos desenvolveram essa arte como uma forma de defesa, camuflando-a como dança. Enquanto ao olhar dos fazendeiros parecia que eles apenas dançavam entre si, homens e mulheres na verdade treinavam, aperfeiçoando seu combate belo e mortal.

Erion resolveu botar essa técnica em prática e avançou na direção de Cassandra, que de imediato o impediu, estendendo a mão em sinal de pare. Estranhamente, em seguida ela fez alguns movimentos com a mão, indicando que estava utilizando seu celular. Erion notou com estranheza que vários fios dos cabelos cinzentos de sua mentora foram aos poucos mudando para um tom de branco. A essa altura, depois de tudo que viu até ali, Erion achou melhor não falar nada.

– Pronto, podemos começar! – disse Cassandra com um sorriso.

– O que foi isso? – perguntou Erion, confuso.

– Confesso que desconhecia essa arte, mas acabei de me atualizar. E posso dizer com todas as palavras, que arte mais linda. Muitos dos movimentos até usamos, principalmente os saltos mortais e as esquivas. Essa também estava ligada ao Wushu, mas de uma forma diferente.

Vamos lá? – indagou Cassandra, estendendo as duas mãos cruzadas para Erion em sinal de cumprimento.

O garoto respondeu ao gesto, e os dois iniciaram a capoeira com uma estrela e um salto mortal, quase que sincronizado. Aos poucos, Erion foi se libertando e ganhando ritmo. Orgulhoso, o garoto vibrava por dentro por finalmente conseguir atingir algo próximo ao nível dos capoeiristas que havia visto naquele dia. Curiosamente, Cassandra agia como se fosse uma verdadeira mestra de capoeira, gingando de uma maneira impecável, como se tivesse nascido sabendo a arte. Erion abusava dos saltos mortais e das estrelas enquanto acompanhava sua mentora. Os dois quase flutuavam, como se a gravidade ali não existisse.

Será que os capoeiristas usavam mana também?, pensou o garoto.

A mulher começou a pressionar o garoto, aproximando-se cada vez mais dele, e a dança ficou de lado e logo se tornou um verdadeiro combate de chutes e esquivas sincronizados. Erion se esforçava para defender os fortes golpes de Cassandra quando não conseguia desviar a tempo, mostrando claramente a diferença entre os dois.

– Um dia, quem sabe, você poderá criar seu próprio estilo de Wushu – disse Cassandra, orgulhosa de como o garoto estava agindo.

– Sério? – perguntou Erion, eufórico.

– Pode apostar!

Então, o combate começou a ficar um pouco estranho. Cassandra notou que Erion estava cada vez mais desconfortável com a pressão que ela fazia e passou a cometer muitos erros, inclusive sendo atingido por vários chutes. Era como se toda aquela chama do início estivesse se apagando e Erion voltava à antiga forma.

O que está acontecendo?, perguntou-se Cassandra, preocupada.

– Já está bom de combate por hoje! – disse, interrompendo a luta.

– Ufa! – disse Erion, ofegante, como se tivesse lutado por horas.

Cassandra ficou incomodada com o que viu. Erion estava exausto fisicamente, muito diferente da vez que lutou com o samurai.

– Respire um pouco e vamos fazer outra coisa.

– Tudo bem! – concordou Erion, aparentando estar ainda mais cansado.

Depois de se recompor e tomar fôlego, Erion perguntou:

– O que a gente vai fazer agora?

– Vamos testar sua velocidade!

– Velocidade?

– Tente me pegar se puder! – disse Cassandra por sobre os ombros. – Pronto?

– Não, pera aí! – gritou Erion, tentando ganhar tempo.

– Vai! – berrou Cassandra, correndo, gerando uma miragem e, em seguida, desaparecendo da vista do garoto.

– Como que pode!? – questionou Erion, impressionado, começando a correr.

Erion corria, mas parecia que estava apenas correndo casualmente em um parque. O garoto sabia que algo não estava certo, era óbvio. De repente, veio-lhe à mente os filmes de ninjas e a forma impressionante que corriam. Tentando copiar, Erion colocou os braços para trás e começou a correr o mais rápido que pôde. Aos poucos, o garoto alcançava Cassandra, que manteve a dianteira o tempo todo. Os dois percorreram por um bom tempo a paisagem repleta de belas flores e grama alta, que cobria pequenas elevações, enquanto ao longe, uma intocada floresta se perdia de vista. O garoto se esforçou um pouco mais, até que finalmente ficou a poucos milímetros de Cassandra, que disse:

– Sabe o que lhe falta?

– Oi? – respondeu Erion, surpreso, sem perceber que se aproximavam de um desfiladeiro com uma gigante queda d'água, que desaguava em um cintilante rio azul muitos metros abaixo.

– Controle – disse Cassandra, parando subitamente.

– O quê? – indagou Erion, passando rapidamente por Cassandra, que acenou com um sorriso sarcástico enquanto olhava Erion cair do penhasco. – Velha maluuuucaaaaa!!!!

– Hum, isso definitivamente não está certo – falou Cassandra de braços cruzados na beira do penhasco.

XLV. ALGO ERRADO

Após a passagem de Erion pelo Templo de Mana, Cassandra criou uma certa expectativa sobre o garoto, e vê-lo perder rendimento tão rapidamente e despencar inocentemente daquela altura absurda a deixou muito perplexa.

Das cristalinas águas do rio ao pé da cachoeira, Erion emergiu de repente e nadou até a margem, onde se arrastou para fora da água até deitar de barriga para cima, ofegante, como se tivesse nadado quilômetros. Ele se sentou cruzando as pernas e ficou um tempo admirando a paisagem ao passo em que tomava fôlego. Cassandra surgiu subitamente atrás dele e perguntou, preocupada:

– Erion, está tudo bem?

– Sim, mas, puff, puff, podemos dar um tempo!? – indagou, exausto.

– Tudo bem!

Durante o tempo em que guardava o garoto se recompor, Cassandra o observava em silêncio.

Isso não está certo, os pontos de contenção que eu apliquei nele já deveriam ter perdido força, pensou Cassandra, enquanto abria um aplicativo em seu celular.

O aplicativo analisou Erion, mostrando na tela um boneco virtual representando o garoto. Na tela havia alguns gráficos com diversas informações, como sinais vitais, a quantidade estimada de mana, entre outras. Cassandra selecionou o gráfico que mostrava a leitura do uso de mana de Erion e se espantou com os resultados. As leituras em tempo real estavam totalmente bagunçadas, iguais a um sismógrafo detectando um tremor de alta escala.

Mas o que é isso? Nunca vi uma linha de mana tão instável desse jeito! A energia desse garoto é uma bagunça só, pensou, assustada. *Nossa, a quantidade de mana nele é gigantesca, não é à toa que ele conseguiu sustentar o Avengion por tanto tempo e ainda curar as feridas de Gabriel. O que me incomoda é que, se o aplicativo estiver correto, só nesses poucos minutos de luta ele quase esgotou sua reserva de mana, e Wushu é uma das artes com o menor consumo,* continuou, mergulhada em seus pensamentos.

– Ufa, eu não sabia que cansava tanto esse treinamento – desabafou Erion, levantando-se. – Tá tudo bem, Cassandra? – perguntou, espantado pelo semblante preocupado de sua mentora.

– Não é nada, coisas do trabalho, precisamos retornar à academia! – respondeu Cassandra seriamente.

– Sério? Poxa, tava tão legal! – disse, decepcionado.

– Tudo bem, vamos fazer só mais uma coisinha, ok? – falou Cassandra, sorrindo.

– Legal! – gritou Erion, entusiasmado.

– Vamos tentar usar elementos – comunicou Cassandra, ajeitando suas Runahs.

– Espera aí, eu ainda não sei usar elementos. Eu nem sequer entendo como essa encrenca aqui funciona – reclamou, apontando para sua Hara-Khai.

– Calma, são quatro passos simples: primeiro, visualizar; depois, conhecer; na sequência, materializar; e, por fim, selar – falou a diretora.

– Nossa, isso parece bem complicado – reconheceu, coçando a cabeça.

– Vamos tentar de outra forma. Quando eu digo a palavra fogo, o que vem à sua mente?

– Sei lá, uma fogueira, uma vela. Por quê?

– O fato de você conhecer o elemento fogo e criar uma imagem usando-o faz com que os passos um e dois já estejam completos – declarou Cassandra, sorrindo.

– Uau! – clamou. – E o passo número três?

– Essa é a parte onde a magia entra. Você vai usar sua Hara-Khai e sua mana juntas, e assim criar o que está em sua mente!

– Tá bom, vou tentar – afirmou Erion, tentando se concentrar.

Sem perceber, a Hara-Khai brilhou repentinamente e mudou de transparente para amarelo, semelhante à Runah Elemental.

– Olhe só, notou que sua Hara-Khai mudou de cor quando você pensou em um elemento? – questionou Cassandra.

– Caramba, é verdade! – exclamou ele, olhando sua joia.

– Você tem uma ferramenta interessante. Nós temos de carregar uma Runah de cada tipo. – disse Cassandra, frustrada. – Vou facilitar as coisas para você, e vamos ficar apenas até o passo número três, ok?

– E o passo quatro?

– Apenas feitiços mais complexos precisam de selo. O que vamos fazer aqui é algo relativamente simples.

– Esse lance de selo é bem confuso. Só conheço os que meus pais botavam nas cartas quando eu era criança.

– Você sabe que a palavra selo tem várias funções, certo? Também significa tudo o que se fecha, e é isso que temos de fazer – explicou Cassandra, com feição perplexa. – Me admira você estranhar isso, sendo que usou dois feitiços usando selo – concluiu.

– Ah, é?

– Sim. Quando você chamou o Avengion e usou o feitiço de cura, você usou selos! Entendeu agora? Os selos foram as palavras "Avengion" e "Curar". As magias complexas precisam de nomes específicos para se distinguir das outras mais simples, ou você pensaria em chamar o Avengion e no fim seria trazido a esse plano algo completamente diferente.

– Acho que entendi! – disse Erion, ainda com semblante confuso.

– Todos os feitiços têm níveis, desde os básicos, que servem para fazer coisas simples, até os mais complexos. Um bom exemplo foi o que eu usei na torre, lembra-se?

– Sim, você acendeu uma vela sem dizer nada e depois falou aquele nome complicado e botou fogo na sala toda – declarou Erion, lembrando-se do caos.

– Exatamente, o feitiço Parede de Fogo precisa do fogo como base. Em minha mente eu o modifiquei para transformá-lo em uma parede. Só que apenas fazendo isso mentalmente não posso trazê-lo para nosso plano. Sendo assim, para que o feitiço exista, eu preciso dar um nome a ele e usar a quantidade de mana correta. Não vou nem perguntar se você entendeu alguma coisa que eu falei. Por isso vamos ficar apenas até o passo três!

– Aí eu não entendi. Se o conceito é tão simples, partindo de criar algo na cabeça, e se a magia faz tudo, para que uma academia? É só sair inventando nomes, e já era! – disse Erion, eufórico.

– Hum, se é tão fácil, por que não tenta? – perguntou Cassandra desafiadora.

– Ah, tá, então se afasta, que vou te impressionar! – anunciou Erion, fazendo uma pose estranha.

– Essa eu quero ver! – desafiou Cassandra, debochando do garoto.

Erion tentou se concentrar um pouco para se lembrar de todos os passos que Cassandra explicou e da vez que ela usou o feitiço de chama que quase destruiu a sala da torre. Em sua mente, visualizou uma barreira de chamas e logo sentiu a mana fluir por seu corpo até sua Hara-Khai, que brilhou fortemente.

– Agora vai! – gritou Erion, estendendo a mão. – Paredão de Fogo.

Uma aura vermelha surgiu em volta de sua mão, indicando que algo surpreendente aconteceria, mas, no fim, tudo que Erion conseguiu foi fazer uma pequena fagulha do tamanho de um acendedor de fogão com um constrangedor som de peido, soltando uma pequena fumaça da palma de sua mão.

– Ué? O que aconteceu? – questionou Erion, frustrado depois de fazer tanta pose e ficar tão determinado.

– Hahahahahahaha! – gargalhou Cassandra.

– Eu pensei no fogo, usei a magia, falei o tal do selo e cadê o fogo?

– Ué, você não disse que seria fácil? – perguntou Cassandra, irônica, cruzando os braços. – Agora você entende por que existe uma academia para isso? Classificamos as magias em dez níveis, sendo um para as mais fracas e dez para as mais poderosas. Cada nível requer conhecimento específico de sua base e a quantidade de mana necessária para executá-la.

– Nossa, que negócio complicado!

– Basicamente, as magias de Classe 1 não são muito perigosas e são simples de serem compreendidas, porém as de classes mais altas requerem muito treino e dedicação. Se tentar executar uma magia de classe alta sem saber o que está fazendo, pode acabar se matando! – ponderou Cassandra seriamente.

– Vixi, quer dizer que agora há pouco eu podia ter morrido? – questionou Erion, preocupado.

– Não. No seu caso, você nem sequer compreendeu a base de um elemento para começar a usar uma magia de Classe 1 e já foi logo tentando usar uma magia complexa. Você só gastou mana à toa! – declarou Cassandra, irônica. – Não se preocupe em absorver tudo isso de uma vez, só se lembre de que usar magia requer treino, dedicação e respeito. E o mais importante: paciência!

Erion se esforçava para prestar atenção o máximo que podia, mas um forte cansaço pesava, custando-lhe ficar acordado. Cassandra percebeu que ele não estava bem, e ao mesmo tempo não tirava os olhos dos gráficos em seu aplicativo.

– Está com sede, Erion?

– Tô, sim, está um baita calor! – respondeu Erion, abanando-se.

Cassandra fez um gesto com a mão, e uma Runah de Conjuração azul brilhou em seu catalisador. De repente, surgiu na mão da mentora um cantil feito de um estranho metal preto com alguns símbolos em dourado.

– Pegue! – disse Cassandra, jogando o cantil.

– Ô louco, isso aqui tá quente para burro. O que tem aqui, café? – perguntou, assustado com a temperatura do objeto, em seguida o derrubando no chão.

Sei que é arriscado, mas eu preciso ter certeza, pensou Cassandra.

– Que tal usar uma magia de gelo e resfriar o cantil? – indagou, sorrindo.

– É mesmo, boa ideia! – respondeu o garoto, entusiasmado. – Isso não precisa de selo também, certo?

– Não, você só precisa usar o elemento de gelo e fazer com que o objeto em sua mão esfrie – respondeu Cassandra, ansiosa.

– Ok, vamos lá... Concentração...

Uma fina aura de tom azulado cobriu a mão do garoto. Cassandra observava atentamente os dados do aplicativo, enquanto Erion parecia se esforçar bastante para executar a tarefa. Mesmo com todo o aparente esforço, o cantil nem sequer suou pela troca de temperatura.

– Ah, cara, como é difícil! – disse Erion, frustrado, fazendo ainda mais força. – Eu... não... enten...! – continuou, com os olhos pesados.

Antes que pudesse concluir a frase, Erion foi caindo aos poucos de lado, como se um pesado sono o vencesse, até que perdeu os sentidos e desmaiou.

– Eu sabia! – declarou Cassandra, suspirando e fechando os olhos, em sinal de tristeza pelo ocorrido.

Imediatamente, clicou em um botão de emergência, que logo a conectou a uma atendente.

– Central de Emergência.

– Aqui é Cassandra Grey, estou com uma emergência médica próxima ao Templo de Mana. Por favor, mande uma unidade de transporte médica o mais rápido possível!

– Sim, senhora, há uma unidade médica nas proximidades, o tempo de chegada é de cinco minutos – disse a atendente.

– Obrigada! – agradeceu Cassandra, desligando a ligação.

A diretora se ajoelhou ao lado de Erion e passou a mão em seus cabelos carinhosamente enquanto aguardava o transporte médico chegar. Em poucos minutos, assim como a atendente havia dito, um pequeno jato branco de asas curtas iniciou um pouso vertical, causando uma forte ventania que balançava as copas das árvores e criava um rastro sobre o rio.

O jato abriu a porta traseira em forma de rampa por onde desceram três pessoas da equipe médica, que rapidamente se aproximaram de Erion. Um deles, usando uma Runah azul, conjurou uma maca flutuante feita de metal prateado, com um colchão do mesmo material da cama de Erion. Rapidamente colocaram o garoto sobre a maca, que, em seguida, exibiu sobre a cabeceira uma tela holográfica com gráficos de diagnóstico, semelhantes aos contidos no aplicativo de Cassandra.

Os membros da equipe médica e a diretora acompanharam a maca flutuante. Assim que entrou no jato, a maca parou sobre um retângulo azul no chão, onde ficou firmemente travada por magnetismo. Todos se sentaram em confortáveis poltronas posicionadas de frente para a maca de Erion e a porta por onde embarcaram se fechou.

Em silêncio, o jato decolou verticalmente e, em poucos segundos, já havia atingido altitude e uma incrível velocidade de cruzeiro. Os membros da equipe médica analisavam com cuidado os dados que eram fornecidos pela maca em um aplicativo mais detalhado que o de Cassandra, até que um deles subitamente se dirigiu a ela, dizendo:

– Fique tranquila, apesar da grande descarga de magia, ele está apenas em um sono profundo. Vamos levá-lo para o parque hospitalar e deixá-lo em repouso!

– Obrigada! – reconheceu Cassandra, um pouco aflita.

Enquanto o jato sobrevoava as belas paisagens, a diretora acessou o celular, selecionou Cedric entre seus contatos e iniciou uma videochamada.

– Olá, Cassie! – disse Cedric, atendendo rapidamente, como se esperasse a ligação. – Como está indo o treino do garoto? Eu vi que tem um chamado médico vindo da região do Templo de Mana, está tudo bem? – perguntou, preocupado.

– Ele desmaiou enquanto usava um elemento base – respondeu Cassandra, aflita.

– Como assim?

– Estou lhe enviando os últimos eventos da log do aplicativo de diagnóstico. Olhe e me diga! – disse Cassandra, selecionando alguns arquivos e enviando para Cedric.

– Me dê um minutinho, que eu já vejo.

Um aviso de arquivo anexo surgiu na tela holográfica de Cedric. Ao abrir os arquivos, o sistema automaticamente acionou o aplicativo de diagnósticos.

– Que leituras absurdas são essas? Deu problema no aplicativo, foi isso? – questionou Cedric, perplexo.

– A princípio também achei que fosse um problema de calibragem, mas depois de tudo que aconteceu... – declarou Cassandra, enigmática.

– Cassie, essas leituras sugerem que ele gastou o equivalente de mana para uma magia de Classe 4 só para usar um elemento base?

– Não é só isso, Cedric, a primeira parte da log são os dados de nosso treino de Wushu. Olhe a variação de mana!

– Que absurdo! Nem a Elyse usa tudo isso de mana em um soco. E olha que ela é incrivelmente poderosa! – exclamou Cedric, perplexo.

– Ele estava até indo bem, mas foi só o distrair um pouco, que ele perdeu completamente o controle e tive que interromper o treino. Se fosse um combate real, ele estaria em sérios apuros – continuou, preocupada.

– Sem dúvidas! – disse Cedric, analisando mais detalhadamente as informações. – Nossa, por muita sorte ele não voltou ao estado neutro. Como já aconteceu recentemente, a situação seria muito grave!

Cedric selecionou uma aba em seu aplicativo chamada "Dados em Tempo Real". Isso lhe deu acesso aos dados coletados pela maca.

– Isso não é bom. Mesmo dormindo, a mana desse garoto é uma bagunça – disse Cedric, perplexo.

– Essa bagunça foi o que mais me chamou a atenção enquanto eu monitorava sua performance. Por isso, queria que você confirmasse minhas suspeitas.

– Bem colocadas as suas suspeitas, minha amiga. Esse tipo de leitura indica um problema grave. Problema de foco! – disse Cedric, enigmático. – E é aí que está o problema, caramba! A quantidade de mana que esse garoto tem é fora do normal. Depois que ele passou pelo Templo de Mana, sua energia começou a se mover como esperado, mas com essa quantidade monstruosa é quase impossível de manter sob controle linear. Por isso o gráfico de leitura da mana dele sempre parece um sismógrafo em plena atividade. Isso gera essa instabilidade de altos e baixos em sua performance. Para usar magia, é necessário que a mana seja linear e aumente gradativamente. No caso dele, parece uma corredeira furiosa e indomável! – continuou.

"E tem mais. Como você sabe, a função dos portões é delimitar o quanto o corpo é capaz de suportar uma determinada carga mágica. A força de circulação dele é tão forte, que nem mesmo os portões foram capazes de conter a energia e acabaram se destrancando. Isso explica como, sem treino algum, ele conseguiu invocar o Avengion e usou uma magia de cura tão complexa para salvar o Gabriel."

– Faz sentido! – disse Cassandra, lembrando-se dos feitos de Erion até o momento. – E é claro que isso tem consequências, certo?

– Somando isso ao problema de foco, pode ser perigoso, colocando não só a vida dele em risco, como a de todos à sua volta! – explicou Cedric, preocupado.

– Você está certo. Como eu estaria sem você, meu amigo? – confessou Cassandra com um sorriso carinhoso.

– Todos nós precisamos de um guia, minha querida amiga! Sei que você encontrará um jeito para resolver isso – afirmou Cedric, devolvendo o sorriso.

– Eu espero que sim. Nós conversaremos melhor sobre isso quando eu chegar aí – disse a mulher.

– Só se for com um café! – pediu Cedric carinhosamente.

– Eu pago! – afirmou Cassandra, encerrando a ligação.

Pouco tempo depois o jato se aproximou da região onde já era possível ver a majestosa academia. Reduziu a velocidade até chegar a uma imensa cachoeira, que se abriu revelando um hangar[47] repleto de outros jatos futuristas, muitos deles bem maiores que o discreto transporte médico.

Cassandra e os membros da equipe médica desembarcaram conduzindo a maca de Erion até uma ampla área, de onde seguiram por caminhos opostos. Um dos membros ativou uma Runah azul e conjurou um portal feito de uma ofuscante luz branca. O grupo caminhou na direção do portal e desapareceram junto de Erion.

Após ver Erion desaparecer, Cassandra ficou um tempo olhando na direção do portal e se afundou em seus pensamentos. De repente, interrompendo-os, uma jovem de longos cabelos escuros e olhos lilás, trajando uma roupa justa branca com detalhes em amarelo, semelhante à roupa de combate que Amy utilizou durante a luta contra o samurai, parou diante de Cassandra e disse:

– Senhora Cassandra? Senhora... Cassandra...? – insistiu a jovem.

---

47 Hangar é um grande local, geralmente um galpão, situado em aeroporto ou heliporto, onde as aeronaves ficam estacionadas para manutenção ou para o próximo voo.

– Oi, Alexandra! – falou Cassandra, voltando a si.

– Está tudo bem? – perguntou Alexandra, preocupada.

– Está tão evidente assim que há um problema? – questionou Cassandra em tom triste.

– É que nunca te vi com um semblante tão preocupado, aliás não vejo um semblante assim desde meu exame prático de piloto – disse Alexandra, rindo, na tentativa de animar Cassandra. – O que quer que seja, sei que a senhora dará um jeito! – E apoiou as mãos nos ombros de Cassandra. – Ainda sou muito grata pelo que fez por mim no passado!

– Imagine! Eu jamais deixo ninguém para trás – declarou Cassandra, melhorando um pouco seu semblante preocupado.

– Duvido que o caso seja pior que aquele dia. Era impossível meu esquadrão ter sobrevivido, e a senhora deu um jeito – lembrou Alexandra com um sorriso.

– Obrigada, Alex! Hoje foi você quem me salvou! – exclamou Cassandra, dando um caloroso abraço em sua amiga.

A diretora seguiu para sua sala, pensando no que faria em seguida e como lidaria com a situação. No caminho, passou por vários alunos que a reverenciavam com muito respeito. Em sua sala, Cassandra ficou olhando a bela paisagem em silêncio e estática. Pouco tempo depois, quebrando sua melancolia, o celular tocou e na tela holográfica surgiu um belo símbolo com os dizeres "Parque Hospitalar" abaixo. Cassandra atendeu e logo surgiu a face delicada de uma jovem na tela, que disse:

– Senhora Cassandra? Cedric pediu para entrar em contato com a senhora. O paciente Erion já está acordado.

– Muito obrigada, vou para aí imediatamente! – agradeceu Cassandra, desligando a ligação.

XLVI. JOGANDO LIMPO: UMA NOVA ESPERANÇA

Erion havia despertado em um quarto branco e de piso polido, com apenas a cama flutuante onde ele estava deitado e uma grande janela panorâmica, por onde entrava uma cintilante luz do sol. Na parede sobre a cabeceira, eram exibidas diversas informações sobre o estado de saúde de Erion.

Confuso, Erion se esforçava para tentar compreender como havia parado ali. Porém, logo seu coração se acalmou ao receber uma inesperada visita.

– Nossa, você deve gostar muito de hospital, hein, garoto? – falou Amy, irônica.

– A-Amy? – indagou Erion, estranhando a visita. – Onde eu estou?

– Aqui é o parque hospitalar, fica dentro da academia! – respondeu a ruiva. – Você já esteve aqui, lembra? Ah, é verdade, você não deve estar reconhecendo por causa da sua visão limitada na época.

– Como eu... vim? Ai! – gritou Erion, sendo interrompido por uma forte dor de cabeça.

– Tá tudo bem? Quer que eu chame alguém? – perguntou Amy, preocupada.

– Não, já está passando. Deve ser uma enxaqueca, acho que tomei muito sol! – disse o garoto, massageando a cabeça.

– Ah, mas não é só isso, não mesmo! – interrompeu Cassandra, entrando subitamente acompanhada de uma jovem trajando um robe branco com linhas douradas. – Amy? Você por aqui? – questionou, surpresa. – Bom, depois você me explica! Você poderia, por favor, aguardar lá fora querida? – pediu delicadamente.

– Sim, senhora! – respondeu a ruiva de pronto, deixando a sala.

– E você, meu jovem? Como está passando? – indaga a diretora ao garoto, sorrindo.

– Desde que acordei, me sinto estranho, estou com dores pelo corpo e minha cabeça parece que tem uma britadeira dançando em uma roda de heavy metal! – disse Erion com feição de dor.

A jovem da equipe médica espelhou a projeção da parede em seu celular para que pudesse analisar melhor o estado de saúde do garoto.

– Ele está bem, essas dores são normais. São apenas reflexos das lesões causadas pelo esforço mágico excessivo que curamos quando ele deu entrada no parque hospitalar. Fique calmo, que vou aliviar suas dores! – falou a jovem, aproximando-se de Erion.

A jovem revelou sob a manga de seu robe uma Runah Médica, que brilhou fortemente quando aproximou as mãos de Erion. Uma singela luz verde emanou das delicadas mãos da jovem e se espalhou lentamente pelo corpo de Erion.

– Se sente melhor?

– Nossa, estou muito melhor! – disse Erion, eufórico, sentando-se com as pernas cruzadas sobre a cama. – Muito obrigado!

– Imagina, se precisar, é só me chamar! – avisou a jovem com um sorriso.

– Muito obrigada! – agradeceu Cassandra, fazendo reverência à moça.

– Se vocês me dão licença, vou deixá-los em paz. Parece que vocês têm muito para conversar!

A jovem deixou o quarto de Erion e seguiu pelo corredor onde Amy estava sentada em uma confortável cadeira, um pouco inquieta.

– Ele está bem, pode ficar tranquila! – anunciou, parando diante de Amy e em seguida caminhando pelo imenso corredor.

De volta ao quarto, Cassandra se sentou ao lado de Erion e disse:

– Fico mais aliviada que você esteja bem. Por um momento achei que tivesse ocorrido algo grave com você!

– Algo grave? Como assim? Tudo de que lembro foi que me bateu um baita sono e, de repente, aqui estou – disse o garoto, confuso.

Erion ficou preocupado com o silêncio de Cassandra, que deixou pairar um doloroso suspense sobre o real motivo de como foi parar no parque hospitalar.

– Erion, vou jogar limpo com você – principiou Cassandra, levantando-se da cama e caminhando em direção à janela.

– Ih, lá vem! – exclamou Erion, esperando o pior.

Sem esconder absolutamente nada, Cassandra iniciou seu relato sobre o que havia presenciado durante o treinamento, inclusive mostrando as considerações de Cedric e o relatório do aplicativo que ela usou para avaliar o desempenho do rapaz. Erion ouviu a tudo calado e pela primeira vez não ousou interromper a diretora com suas intermináveis perguntas. Infelizmente, as notícias para o garoto não eram boas e, além de seu incomum silêncio, sua feição alegre e até um pouco boba foi desaparecendo conforme Cassandra avançava no relato.

– E isso é tudo! – terminou Cassandra com pesar na voz.

– Ah, cara, eu tava tão orgulhoso de ter me conectado com a magia de novo, só pra terminar desse jeito – desabafou, com voz triste. – Por um momento eu achei que voltaria para poder aprender tudo sobre magia e futuramente me tornar um Meyjai, mas, pelo jeito, não vai rolar, né? – perguntou, lançando um olhar de profunda tristeza sobre Cassandra.

– Ah, para com esse drama, garoto! Não é o fim do mundo, não! – disse Cassandra, debochando de Erion.

– Mas, se eu não tenho controle sobre a magia e posso ser um perigo para todo mundo, como vou frequentar as aulas? – indagou, confuso.

– Simples: não vai! – respondeu Cassandra.

– Ué, e então? Vão me mandar de volta para casa e me fazer esquecer tudo? – questionou Erion, preocupado.

– Erion, o que aconteceu com você foi perigoso. Se você voltasse ao estado neutro, teria morrido. Lembre-se do que eu te falei lá no começo, coincidentemente nesse mesmo lugar. Porém... – começou Cassandra, cruzando os braços e se apoiando na janela.

– Opa, já gostei do tom desse porém! – disse Erion, animando-se.

– Com treinamento adequado, nós podemos amenizar um pouco a situação! – anunciou Cassandra seriamente.

– Sério? – gritou Erion, pulando da cama. – Mas como eu faço?

– Você não poderá frequentar as aulas com os outros alunos, pelo menos não agora! – retrucou Cassandra.

– Por que não disse logo que simplesmente dava para dar um jeito antes de eu ficar nesse pânico todo!? – indagou Erion.

– Simplesmente porque seu caminho será difícil e doloroso. E já vou lhe adiantando que o que os alunos enfrentam todo dia durante nas aulas não será um por cento do que você vai ter de aguentar! – disse Cassandra, sinistra. – Eu pergunto, você ainda quer fazer isso? Eu sei que foi um pouco trabalhoso te convencer a ficar, mas eu não fazia ideia que as coisas chegariam a esse ponto. Eu tenho fé nesse treinamento, mas existe uma pequena margem de erro. Você está ciente disso?

Erion fechou a cara novamente e se manteve em silêncio por um algum tempo enquanto olhava a paisagem pela janela. Sua mente viajou léguas, era como se ele percorresse todo o caminho até o Templo de Mana. Ele também se lembrou dos animais de rua que precisavam de sua ajuda, e ele sabia que só se tornando um Meyjai isso seria possível.

– E então? – perguntou Cassandra, estalando os dedos para que Erion voltasse a si. – Vamos, que eu preciso verificar minha agenda! – disse, pressionando Erion.

– Eu aceito! – concordou Erion com semblante sério.

– Você tem certeza?

– Nunca tive tanta certeza de algo na vida. Vou me tornar um grande Meyjai e vou transformar meu mundo em um lugar melhor, para os animais e as pessoas! – declarou Erion, determinado.

– Esse ainda é seu sonho? – questionou a diretora com um leve sorriso. – Então pode contar comigo, que farei o que estiver ao meu alcance para te ajudar a realizá-lo! – E apoiou as mãos nos ombros de Erion.

– E como vai ser esse treinamento? – perguntou o rapaz, com sua curiosidade de volta.

– Eu só posso te adiantar que vai ser duro!

– É tão pesado assim?

– Hahahaha, pesado? Espera até você descobrir quem será sua professora de Wushu! – respondeu Cassandra, sarcástica.

– Espera aí, como assim? Você falou em agenda há pouco, entendi que você me treinaria, certo?

– Erion, eu vou me afastar da diretoria da academia temporariamente e serei sua mentora para o básico. Mas acontece que meu Wushu não é tão bom quanto o dela, e vou precisar de ajuda...

– Ah, não! Espera, ela não! – disse Erion, pálido feito um fantasma. – Dá tempo de desistir? Sério? – perguntou, aflito.

– Nada disso, um Meyjai não volta atrás em sua palavra! – declarou Cassandra, caminhando na direção da porta. – Te vejo amanhã, bem cedo! Um conselho: descanse bastante, você vai precisar! – completou, sobre o ombro e deixando a sala.

Do lado de fora, Cassandra ficou surpresa ao ver que Amy ainda estava lá esperando notícias sobre seu novo amigo.

– Pode entrar agora! – falou com um belo sorriso.

– Obrigada, senhora Cassandra! – respondeu Amy, fazendo uma reverência.

Amy entrou no quarto de Erion e o viu radiante, como se toda sua energia tivesse se renovado, bem diferente da forma que ela pensou que ele estaria por conta do tom de voz de Cassandra.

O garoto contou com detalhes tudo que havia acontecido, do templo até a solução de Cassandra para resolver o problema dele.

– Nossa, Erion, como você carrega tanta história estando tão pouco tempo aqui? – perguntou Amy, impressionada. – Isso sem falar nas coincidências de você estar sempre no lugar errado na hora errada.

– Pois é, acho que eu sou muito zicado mesmo! – reconheceu Erion, dando um sorriso bobo.

– O que é zicado? – perguntou Amy, confusa. – Tem coisa que você fala que nem nossa magia é capaz de interpretar, hahahaha! – explicou, rindo muito.

– É uma gíria que usamos em meu país para azarado, sem sorte – disse Erion, incomodado com a zoação de Amy.

– Ah, então por isso que você disse que teus amigos te chamavam de Z? Hahahahaha – perguntou Amy, tirando sarro de Erion.

– Claro que não! – respondeu, enfurecido.

– Um dia acho que vou descobrir um pouco sobre isso. Mas, a essa altura, acho melhor deixar pra lá! – disse Amy. – Uma pena que você tenha que passar por tudo isso. Não é justo, ainda mais depois de tudo que você fez por nós.

– É, na vida nem sempre se tem o que quer, mas o que se precisa! – disse Erion, espirituoso.

– Nossa, essas palavras vindas de você é algo inesperado!

– Talvez eu precise passar por isso por algum motivo. Mas, no fim, tudo tem seu propósito!

– Acho que você está certo e eu te desejo boa sorte. Ainda te vejo nas aulas – despediu-se Amy, caminhando em direção à porta.

– Pode deixar, vou me esforçar! – confirmou Erion, fazendo um sinal de positivo.

Amy saiu do quarto e voltou para a sala de aula, ainda em intervalo. Erion ficou surpreso por receber a visita de alguém além de Cassandra, uma vez que, como era novato, não tinha feito muitos amigos. Ele se deitou na cama e ficou olhando para o teto com seu pensamento longe, tentando decifrar o que estava por vir no futuro. Tudo era turvo em relação ao amanhã. Entretanto, pelo tom de Cassandra, as notícias poderiam ser boas. Antes que a noite chegasse, Erion caiu em um sono profundo.

XLVII. SONHO OU REALIDADE? UM VISITANTE INESPERADO

Após cair em um sono profundo, Erion teve a impressão de ter despertado em um outro lugar dentro de seu próprio sonho, assim como no Templo de Mana durante sua meditação. Era um lindo e bem detalhado dojô[48], com belas estruturas em madeira cobertas com desenhos de dragão dourado nas colunas e um tablado de espuma no piso. No dojô, havia várias outras pessoas trajando quimonos brancos e treinando combate com uma perfeição que Erion só havia visto nos filmes ou observando sua mentora.

– Olá, garoto! – disse uma velha e conhecida voz misteriosa falando por detrás de uma porta de tecido.

– Você? Quem é você? De verdade! – indagou Erion.

– Você fez um grande progresso, mas pelo jeito terá um caminho complicado pela frente – respondeu a voz.

– Sério, cara, vamos cortar esse papo furado de homem misterioso e me fala qual é a sua! – protestou Erion, irritado.

– Esse problema de foco que a Cassie mencionou é realmente grave, e você deve levar o treinamento o mais sério possível e tentar controlar sua força! – disse a voz misteriosa, ignorando a pergunta.

– Se você sabe tanto assim sobre mim e meus problemas, por que não para de graça e aparece de uma vez? – questionou, irritado. – Não sou muito chegado em mistério de seriado, não!

– Nossa, você fala muito, tente considerar ouvir um pouco mais – falou a voz misteriosa. – Questionar muito às vezes nos traz mais perguntas e tira o foco do que precisávamos realmente saber.

48 Do japonês, a palavra dojô significa local do caminho. Trata-se de um espaço de prática de artes marciais.

– Ah, cara, cansei disso! – gritou Erion, correndo na direção da porta de tecido, onde era possível ver a silhueta de um homem que Erion achava que lhe dirigia a palavra.

Erion não poupou pudores e foi logo, como em filmes de artes marciais, dando uma voadora e rasgando a porta. Para sua surpresa, não havia ninguém lá, o que fez o garoto ficar olhando em volta feito bobo, com uma interrogação enorme sobre sua cabeça.

– Hum, impulsividade, isso também não é bom! – continuou a voz.

– Como você comanda meus sonhos desse jeito? – perguntou Erion, afastando-se da sala de costas e se aproximando da porta que quebrou.

– Sonho? Oh, você realmente acredita que está dormindo e que sua mente está criando tudo isso?

– Espera aí, nós não estamos no Templo de Mana e não estou meditando ou coisa assim? Então não entendi – questionou Erion, confuso.

– A imersão mediúnica é a mesma. A Cassie já te falou que os mundos são ligados nos paradigmas quânticos de tempo e espaço, que os espíritos são a nossa essência e que podemos trafegar por outros mundos, mesmo que por poucos segundos, durante os sonhos?

– É verdade, a Cassandra mencionou isso quando estávamos perto do templo. Então nossa sensibilidade mediúnica nos permite deixar o corpo físico por um tempo? – perguntou Erion.

– Exato. Ah, e cuidado com a cachoeira quando sair da sala, sim? – disse a voz misteriosa.

– Cachoeira? Que cachoeira? – indagou o rapaz, confuso, enquanto cruzava a porta. – Mas o quê? Como isso? – E se impressionou.

Erion se viu diante de um precipício onde havia uma gigantesca queda d'água, semelhante à que despencou durante seu treinamento com Cassandra. Ao olhar para trás, não havia mais nenhum vestígio do dojô onde estava. Erion apenas via uma bela e vasta planície verde que se perdia ao horizonte.

– Surpreso? Os planos são infinitos e você se adapta bem às transgressões! – disse a voz misteriosa com ar de surpresa.

– Não tô entendendo nada.

– Quando eu disse cuidado com a cachoeira, eu te lancei uma ideia e você se transportou para um plano onde havia uma! – respondeu a voz misteriosa.

– Nossa, que bagunça! Olha, eu não posso simplesmente dormir e ter meus sonhos pervertidos como uma pessoa normal, não?

– Hahahahahahaha, essa foi boa! – disse a voz misteriosa. – Falando sério agora, garoto, não te chamei aqui a turismo.

– Olha, não sei para que essa ladainha toda, mistério, ensinamentos. Não dá pra ser claro e direto, não? – questionou Erion, incomodado.

– Lembra o que eu te disse sobre ouvir? – perguntou a voz misteriosa.

– Sim... – disse Erion, debochando.

– Então faça-o! – disse a voz misteriosa em tom severo.

– Tá bom, calma aí – replicou Erion, balançando os braços.

– Erion, Zethar pode ser um lindo planeta, mas está repleto de problemas, e, quando digo problemas, são problemas sérios. Resumindo, eu vim te dar um aviso, tome muito cuidado!

– Não entendo, o que isso tudo tem a ver comigo?

– Diretamente não tem muito, mas você estragou dois ataques à academia! O gravius não foi acidente, o Shogun também não, e você estava lá. Tenho certeza de que quem quer que esteja por trás disso não gostou nada de como seus planos foram atrapalhados por você!

– Eita, só faltava essa agora!

– Alguém está tentando atingir a academia e quem é ou seus reais motivos ainda é mistério. Então eu te peço: treine bastante, respeite a Cassie. Você é muito capaz e será de grande ajuda em tudo isso! – disse a voz misteriosa em tom heroico. – Você passará por treinamentos pesados e dolorosos. E, quando chegar a hora certa, vamos nos encontrar!

– Mas quem é você, nenhuma dica? – insistiu Erion.

– Sou um amigo. E reforço, tome cuidado! Até mais!

Pouco tempo após o fim da conversa, Erion notou que a paisagem foi desaparecendo feito papel picado jogado ao vento, até que tudo ficou totalmente branco e silencioso. Ele voltou ao seu sono normal e a seu tradicional ronco estrondoso. Um membro da equipe médica chegou a entrar brevemente no quarto de Erion para conferir se estava tudo bem, pois o incômodo sonoro era audível a metros de distância.

XLVIII. DIA DE TREINAMENTO: ACABOU A MOLEZA

Mal o sol havia raiado e uma jovem da equipe médica, com rosto bem delicado, entrou no quarto de Erion despertando o garoto.

– Como você está hoje?

– Acho que melhor, mas não é muito cedo, não? – perguntou Erion de rosto inchado.

– Deixe-me verificar seus sinais e, estando tudo bem, vou lhe dar alta, está bem? – avisou a jovem, enquanto verificava os dados projetados pela cama.

– Tudo bem! – concordou o garoto, dando um forte bocejo.

Após uma profunda análise dos dados, a jovem médica esboçou um sorriso e disse:

– Muito bem, Erion, está tudo certo com você!

– Sério, posso ir, então? – perguntou, eufórico.

– Pode, sim, você recebeu alta! – respondeu a jovem médica. – Ah, a senhora Cassandra pediu para lhe avisar que, assim que isso acontecesse, você deveria seguir para o centro de treinamento!

– Pode deixar! – disse Erion, levantando-se da cama.

– Se cuide, ou vamos ter de mudar seu alojamento para cá! – debochou a mulher.

– Pode deixar, vou tomar mais cuidado. Muito obrigado por tudo! – agradeceu Erion, caminhando em direção à porta.

Erion saiu de seu quarto no hospital e, mesmo com a ausência da luz natural do dia, ficou maravilhado com o que viu. Tudo era bem iluminado com a luz azulada que emanava das paredes em um tom agradável, transmitindo muita paz e acompanhada de um doloroso silêncio. Pelos corredores, havia alguns poucos membros da equipe médica circulando e visitando pacientes em outros quartos. Erion não podia acreditar o quão diferente era a versão daquele parque hospitalar quando o viu antes de Cassandra abrir seus olhos.

Após seguir placas holográficas indicando a saída, Erion chegou à recepção, onde havia um pequeno jardim com água corrente circulando, na qual havia peixes de espécies que Erion nunca vira, nem em sonho.

Por fim, Erion deixou o parque hospitalar e seguiu por um corredor que dava acesso ao bom e velho elevador que ele já conhecia muito bem. Selecionou o andar do centro de treinamento e logo foi levado ao claustrofóbico corredor, por onde caminhou até chegar à grande porta de entrada. Parcialmente aberta, emanava uma ofuscante luz que dificultava a Erion ver o que o aguardava.

Sem medo, o garoto adentrou o centro de treinamento e se espantou ao ver uma paisagem completamente nova. Diferente do cenário desértico visto da última vez, ele estava diante de uma planície verde, com algumas pequenas colinas banhadas aos pés por um azulado rio, mas não havia nenhum sinal de Cassandra.

– Cassandra? – gritou Erion, procurando por sua mentora. – Cassandra? – insistiu.

Sem resposta, o garoto caminhou sem rumo e com cautela, pois desconfiava de que Cassandra o surpreenderia com algum desafio inesperado. A caminhada deve ter durado ao menos uns vinte minutos, e nem sinal da diretora. O garoto então se deu conta de que já havia perdido a referência da entrada da sala. Algo naquele lugar o incomodava, era como se sentisse uma espécie de calafrio ao passar por algumas pedras e árvores, mas não conseguiu entender o porquê.

– Você precisa mesmo de ajuda! Já falhou no primeiro teste! – disse Cassandra, severa, ecoando pelo centro de treinamento.

– O quê? Mas que teste?

– Eu camuflei a minha presença com um manto especial, e você já passou por mim umas três vezes! – disse Cassandra seriamente. – Você sabe que a mana existe, que te protege, mas não é capaz de senti-la ao seu redor! Lembre-se de que a mana está em tudo.

– Tá, e como eu faço isso?

– Simples, pare de procurar apenas com os olhos e use sua mana para sentir oseu redor!

– Você podia falar se estou quente ou frio, né?

– Frio, muito frio você vai ficar se não levar esse treinamento a sério. Então, para o seu bem, pare de graça e me encontre! – gritou Cassandra em tom enérgico. – Depois do que experimentou até agora, já era para você ter chegado ao treino e a primeira coisa a fazer era me encontrar!

– Eu, hein, que velha mais ranzinza, tá louco! – resmungou Erion.

Erion continuou sua inútil caminhada matutando o que Cassandra havia lhe dito. Mas, assim como seu caminho, seus pensamentos também estavam sem rumo algum. Sem se dar conta, ele se viu sobre o topo de uma pedra no alto de uma colina, onde era possível observar praticamente tudo à sua volta.

Percebeu que não faria progresso por métodos comuns e decidiu apelar para a meditação, permanecendo em silêncio. Aos poucos, o jovem sentiu sua energia circular e sua Hara-Khai se moldou novamente em um catalisador. Também sentiu que algo estava diferente. Notou um leve arrepio, como se algo o rondasse. Assustado, o jovem abriu os olhos, observou à sua volta e viu apenas rochas e árvores, não havia nenhum animal ou alguém por perto.

De volta à sua meditação, Erion tentou elevá-la a outro nível, até que passou a ver rastros de energia por toda parte. Assim como o sonar que os morcegos utilizam para mapear o local, Erion usou sua mana para ecoar, criando forma de objetos na própria mente. Um pouco mais além da colina onde estava, ele avistou um objeto emanando muita energia e, entusiasmado, disse:

– Encontrei!

Rapidamente Erion abriu os olhos e se atirou da pedra em um salto mortal, em seguida mergulhando no profundo rio. Ele saiu da água devagar e caminhou na direção da manifestação de energia. Conforme se aproximava, mesmo sem ver nada, Erion sentia o arrepio ficando cada vez mais forte.

Apesar de não poder ver, como em sua meditação ele sabia que estava no caminho certo e que o objeto permanecia imóvel. O jovem se aproximou o mais sorrateiro possível, mas a desconfiança lhe impediu de prosseguir. Então sentiu a energia se mover em sua direção e, em um reflexo, Erion se defendeu, agarrando um golpe com uma das mãos.

– Muito bem! – disse Cassandra, revelando-se e trajando uma capa verde com capuz.

Cassandra olhava Erion com orgulho e surpresa, crente de que o garoto falharia e seria atingido por seu golpe sorrateiro.

– Você demorou muito! – disse ela, abaixando o punho.

– Hehehe! – riu Erion convencidamente.

– Você conseguiu sentir meu ataque chegando em tão pouco tempo. Você tem bons sentidos, garoto!

– Tenho? Uau, achei que tinha sido sorte! – respondeu o garoto, encabulado. – O que eram aqueles vultos?

– Vultos? Que vultos?

– Não sei explicar. Quando eu parei para meditar, senti um arrepio, como se algo estivesse me rondando, aí fui ver e não tinha nada. Comecei a meditar de novo e a ver uns rastros de energia, que foram formando objetos... Ah, sei lá!! – disse Erion, confuso.

– Uau! – exclamou Cassandra, surpresa.

– O quê? Isso é ruim?

– Não, mas vai ser um assunto para um outro dia. O importante foi você sentir o arrepio. Isso significa que você consegue sentir objetos mágicos. Eu energizei alguns, como pedras e árvores, para que você pudesse sentir a presença deles – respondeu Cassandra. – Ok, o aquecimento acabou!

– Ué, tudo isso já não era a aula?

– Claro que não, só te fiz fazer uma coisa que você já deveria saber fazer! – ponderou Cassandra, cruzando os braços.

– Nossa, calma aí, sou novo nisso! – reclamou Erion, chateado.

– Eu disse que a moleza acabou. Agora, vamos à segunda parte!

Utilizando uma Runah azul de Conjuração, Cassandra fez surgir em sua mão uma pequena sacola marrom da qual emanava uma luz colorida.

– O que tem no saco? – perguntou Erion, curioso.

– Eu conjurei essas esferas feitas de mana – respondeu Cassandra.

– Que legal, posso ver?

– Claro, pega! – retrucou Cassandra, jogando uma das esferas na direção de Erion.

O garoto tentou pegar a esfera com uma das mãos, mas ela, que parecia ser até um pouco pesada, passou através de sua mão como um holograma e caiu no chão.

– Ei, pera aí, qual é o lance dessa esfera? – perguntou Erion, indignado. – Você joga, e ela atravessa as coisas?

– Não, é uma esfera de mana comum – alertou Cassandra, pegando uma outra esfera azul do saco e jogando-a para o alto, como se fosse uma simples bola de tênis.

– Tá bom, agora tô preparado, joga outra! – disse Erion, determinado, fazendo uma estranha pose como se estivesse em um jogo de baseball.

– Tudo bem, aí vai! – disse Cassandra, jogando a bola levemente.

Para a frustração de Erion, o resultado foi o mesmo. A esfera atravessou sua mão e caiu atrás dele. Em seguida, rolou até o lado da primeira esfera, como se fosse atraída por ela.

– Ansiedade. Isso é um problema. Você nem me deixou explicar como funcionava e já foi logo pedindo para eu jogar para você – disse Cassandra, enquanto colocava a última esfera ao lado das demais. – Por um instante cheguei a achar que você tivesse compreendido a esfera. Sei lá, milagres acontecem, não? – falou em tom de deboche.

– Tá bom, qual é a jogada, então?

– Utilizar sua mana. Você já demonstrou que, após o Templo de Mana, você consegue fazer. Conseguiu sentir minha presença e até algumas coisinhas a mais, porém seu treino não é mais limitado a despertar sua força – respondeu Cassandra, enigmática. – Você precisa aprender a controlar seu fluxo de mana de alguma forma, e é disso que esse treinamento se trata. Lembre-se do porquê você precisa dominar isso – completou, severa.

– Nossa, você me assusta toda vez que fala dessas coisas assim!

– Medo é uma fraqueza. Você precisa ter consciência de suas limitações e encontrar uma forma de lidar com elas. Nem tudo vamos poder te ensinar, infelizmente. Só posso te mostrar o caminho. Como você vai percorrê-lo, isso já é com você!

– Acho que você tava falando sério quando disse que a coisa ia ser complicada!

– Um conselho: se esforce. Para o seu bem! – asseverou Cassandra.

– Pode deixar! – concordou Erion, batendo continência. – Errrr, Cassandra? – perguntou, encabulado.

– Sim? – indagou Cassandra, estranhando a aproximação.

– Aqui, entre nós, o que eu faço? – falou em voz baixa.

– Ai! – respondeu Cassandra, batendo na testa. – Estas esferas que estão no chão, você precisa tentar pegá-las! – completou, indignada. – Eu vou colocar o saco aqui e quero que você as devolva. Simples, não é? – indagou, colocando a sacola um pouco afastada das duas esferas. – Como sei que isso vai demorar, vou relaxar aqui!

Cassandra selecionou o aplicativo do centro de treinamento e solicitou uma confortável poltrona flutuante. Instantaneamente, foi materializada uma poltrona branca, ergonômica e feita de um material lustroso. Assim que Cassandra se sentou, o estofado se moldou ao seu corpo, deixando-a em uma posição extremamente confortável, com os pés estendidos. Cassandra abriu um aplicativo cuja descrição dizia "Filmes e Séries" e o projetou na tela holográfica, quase do tamanho de uma tela de cinema.

Cassandra completou a sala de cinema conjurando com a Runah uma bebida bem gelada.

– Divirta-se, Erion, vou aproveitar para colocar minhas séries em dia! – disse Cassandra, navegando com seu celular.

– É sério isso? Você vai ficar de boa, aí? Não vai fazer nada, tipo meditação especial para me incentivar ou coisa assim?

– Que nada, essa parte é você que tem de fazer!

– Alguma dica? – perguntou Erion, olhando as esferas.

– Pode ficar sentado, agachado, como quiser, o treino é livre! Ah, só não faz muito barulho, tá? Gosto de me concentrar nos episódios!

Erion se sentou com as pernas cruzadas diante das esferas. Mais de perto, era possível ver o quanto eram belas, feitas de material brilhoso e estrelado. Elas pareciam ser razoavelmente pesadas e nem sequer se moveram quando Erion se sentou próximo. Algo que pesava ainda mais que as esferas era o pensamento de Erion de como algo aparentemente tão pesado havia passado por suas mãos como se fosse ar.

Cassandra seguia assistindo a suas séries e realmente não parecia se importar muito, enquanto Erion olhava fixamente para as esferas, tentando entender o que fazer. A primeira coisa básica que lhe ocorreu foi tentar tocá-las de maneiras diferentes. Porém, todo o esforço foi inútil; sua mão passava através delas como se não estivessem realmente ali.

Percebendo que o garoto não fazia qualquer progresso, Cassandra resolveu tentar ajudar.

– Lembre-se, Erion, essas esferas são de mana e você precisa tentar controlar seu fluxo de mana.

– Mas minha mana está funcionando, minha Hara-Khai está ligada e tudo mais! – disse Erion, confuso.

– Eu já te falei que esse exercício não tem a ver só com o despertar de mana, mas sim com o controle que você tem sobre ela! Essas esferas são sensíveis à mana, e cada uma responderá de acordo com a intensidade que você aplicar. Pode começar por qual quiser!

– E como eu vou saber qual é qual?

– Essa é a essência do exercício – respondeu Cassandra, sorrindo.

– Mas que exercício inútil! De que vai me adiantar pegar essas bolinhas? – questionou Erion, irritado.

– Ai, Erion, sério! Preste atenção! Lembra do que eu te falei lá atrás? – perguntou, incomodada.

Erion tentou lembrar um pouco do que ele fez no topo da cachoeira e de como cumpriu a primeira bateria de testes impostos por Cassandra. Ele se colocou de joelhos, assim como um samurai, e respirou fundo, fazendo sua aura de mana surgir ao redor do corpo. O garoto abriu os olhos e tentou tocar cada uma das esferas. Diferente da vez anterior, assim que sua mão passou por elas, elas mudaram de azul para vermelho e depois voltaram para azul. Erion entendeu que, ao usar sua mana para tocá-las, elas começaram a reagir e que vermelho não era um bom sinal.

XLIX. MAIS DIFÍCIL DO QUE PARECE

Enquanto Cassandra assistia tranquilamente a seus programas, Erion continuava tentando entender como as esferas funcionavam. O garoto entendeu que teria de usar sua mana para resolver o enigma, mas não sabia como fazer, e continuou tentando – e chegando ao mesmo resultado.

Ah, cara, como ela consegue carregar a esfera tão facilmente?, perguntou-se Erion.

Erion estava a ponto de desistir, quando a palavra "fluxo" de repente começou a fazer sentido e logo veio uma memória de sua experiência no Templo de Mana. A princípio, foi de forma tranquila, mas virou um caos completo; e, depois que Cassandra o ajudou, tudo ficou bem. Era igual a um rio em um dia ensolarado, que muda de forma brusca durante uma tempestade, mas, em seguida, mesmo com o volume de água, permanece sob controle.

– Tranquilidade, caos e equilíbrio – murmurou Erion. – Foi isso que me aconteceu no Templo de Mana, eu já andei por esses três caminhos antes! Três caminhos... Três esferas... Já sei o que fazer!

Como Erion já havia sentido a diferença do seu estado de mana antes, sabia exatamente o que era cada um, o que faltava era apenas chegar até eles. Então fechou os olhos e sentiu sua energia, que fluía instável como um rio sem curso.

– Como eu simbolizo a tranquilidade? – perguntou-se Erion. – Isso! Minha família e um cãozinho são minhas referências de tranquilidade!

Erion se acalmou, até surgir em sua mente a imagem de um rio calmo, quase de águas paradas, e sua família à margem em um piquenique. Aos poucos, ele foi sentindo o fluxo de sua energia diminuindo. Aproveitando a situação, passou a mão sobre as esferas novamente e duas delas ficaram com cor vermelha, mas uma reagiu ao seu toque. Não foi o suficiente para pegá-la, mas o suficiente para fazê-la se mexer.

– Ah, cara, não é que deu certo? Preciso tentar controlar mais – disse Erion, eufórico.

Com muito esforço para se manter no mesmo estado, o rapaz insistiu e finalmente conseguiu tocar a esfera. Aos poucos e todo desajeitado, o garoto a colocou sobre a palma da mão e a conduziu até a sacola, como se equilibrasse uma pilha de copos.

– Uhuuuul! Consegui uma! Aeee!!! – gritou ele, animado.

Os gritos do garoto despertaram a atenção de Cassandra, que assistia a um seriado.

– Nossa, não acredito que a Jeniffer era uma trevoriana! O quê? Erion? Você disse que conseguiu uma esfera? – perguntou, surpresa, pausando o episódio.

– Sim! Olha! – gritou Erion, pulando feito uma criança.

– Muito bem, agora só faltam duas! Se esforce!

– Sim! – disse o rapaz, voltando à sua concentração.

Cassandra voltou a seus programas enquanto Erion pensava no próximo passo. O garoto percebeu que a chave era seu pensamento. Assim como Cassandra já havia lhe dito, a magia consiste em converter o pensamento em realidade. Ele se lembrou do combate contra o gravius e de como os alunos usavam elementos, criando icebergs, cortinas de fogo e até correntes mágicas. Além disso, também percebeu que o estado de sua mana estava atrelado ao seu pensamento. Esse conjunto de ideias deixou Erion mais animado com o que estava fazendo e o fez tentar se concentrar ainda mais e passar essa fase.

Agora era a vez da segunda esfera. Erion se concentrou por um momento e pensou: *o que seria o Caos?*

– Isso! Caos é o combate, o distúrbio de uma guerra! – disse Erion em voz baixa.

Ao focar seu pensamento em um combate, logo veio a imagem do conflito contra o gravius. Isso deixou sua mana agitada, e uma aura mais incandescente cobriu seu corpo. Continuando a ideia de fluxo, Erion imaginou uma corredeira bem agitada, e a soma das duas imagens fez sua mana assumir uma forma mais agressiva e um tremor começou a sacudir o centro de treinamento. Preocupada, Cassandra parou tudo que estava fazendo e logo desceu de sua confortável poltrona flutuante para observar Erion.

– Nossa, é difícil controlá-la assim, não para de aumentar! Eu vejo o inimigo em minha frente, mas por que estou combatendo? – questionou-se Erion. – Isso! Para proteger as pessoas! – refletiu.

Com essa reflexão, o tremor cessou e a energia de Erion parou de expandir, permanecendo acesa. Ele ficou mais aliviado com o resultado, que foi bem diferente da experiência que teve ao sair do Templo de Mana, quando quase acabou se explodindo pela expansão.

– Nossa, e não é que ele está conseguindo? – murmurou Cassandra, orgulhosa, voltando aos seus seriados.

Assim como da vez anterior, aproveitando seu estado atual, Erion tentou pegar a outra esfera, que reagiu bem mais rapidamente que a primeira, pela quantidade de energia que o garoto emanava. Erion pegou na mão a esfera, a qual ficou quicando ao invés de ficar estática como a anterior. Da mesma forma desajeitada, colocou a esfera dentro da sacola e, sem comemorar como da última vez, retornou para a última esfera.

Acalmando seus pensamentos, Erion conseguiu fazer com que sua mana voltasse ao estado anterior.

– Nossa, e agora? – perguntou-se, olhando a esfera. – Se as duas anteriores foram os extremos, essa só pode ser o que está entre as duas. Nossa, isso tá óbvio até para mim! Ah, cara, pensar nos extremos já foi difícil para caramba, mas como é o equilíbrio?

Intrigada com a forma que Erion usaria para concluir a última esfera, Cassandra fechou a tela de seu celular e se sentou com as pernas cruzadas sobre a poltrona, que se moldou em uma confortável almofada de meditação. Mesmo diante das dificuldades, o garoto superou suas expectativas quanto ao controle de mana, mas, mesmo assim, algo ainda a incomodava.

– Vamos lá, Erion, agora só falta uma! – disse a diretora, encorajando o garoto.

– Como eu faço agora? Eu não sei o que pensar para equilibrar a energia – questionou Erion.

– Nossa, ele entendeu realmente a essência do exercício, que não era apenas o fluxo, mas o estado da mana. Esse garoto é surpreendente! – sussurrou Cassandra.

– Cassandra? – gritou Erion, chamando a atenção de sua mentora.

– Desculpa, Erion, eu estava distraída! – envergonhou-se. – Bom, você conseguiu os dois lados sozinho, por que eu deveria te ajudar agora?

– Para criar uma ideia de alto e baixo, eu consegui pensar em alguma coisa, mas não conheço nada que simbolize o meio-termo – desanimou-se Erion.

Então foi assim que ele chegou à conclusão? Nossa, totalmente diferente do que eu imaginava, pensou Cassandra. *Que garoto interessante. Por associação ele conseguiu encontrar os dois pontos da maneira mais inusitada possível!*

– É sério, não faço ideia do que fazer – disse Erion, ainda mais desanimado.

– Eu disse que não ia te ajudar, mas... que tal juntar as duas imagens? Você criou dois cenários em sua mente, certo?

– Isso mesmo. Ué, como você sabe? Você não tá lendo minha mente, não, né?

– Não, é que seu método é bem complexo de ser usado, e não o usamos mais!

– Nossa, eu achei que fosse o mais simples! – declarou o rapaz, surpreso. – Tudo bem, vamos lá!

Erion se concentrou novamente e achou melhor começar pela forma mais tranquila, então colocou em sua mente a bela imagem familiar à beira do rio. Em seguida, diante de sua família, surgiu a ameaçadora imagem do gravius. Em sinal de defesa, sua mana se agitou fortemente para combater o gravius. Porém Erion olhou para sua família, o que o deixou calmo novamente.

– Esses são os extremos – disse Erion seriamente. – Não posso deixar o gravius atacar minha família, mas, se eu atacar com tudo, eles vão se machucar. Então, como resolver?

Na imagem criada, o gravius se posicionou para atacar sua família. Porém, ao invés de atacar o gravius, Erion se imaginou diante da família e deteve o ataque.

– É isso, eu sou o equilíbrio – disse Erion, com aquela feição que sempre deixava Cassandra intrigada.

A energia do garoto finalmente chegou ao ponto certo, trazendo uma harmonia que ele jamais havia sentido. Sua força era serena e ao mesmo tempo imponente, dando-lhe uma forte sensação de poder inimaginável. Agora só restava uma coisa a fazer. Erion pegou a última esfera, desta vez firmemente, e a colocou na sacola.

– Bravo! – gritou Cassandra, aplaudindo. – Bom, parece que você concluiu a primeira fase! – completou, orgulhosa.

– Legal, podemos ir para a fase 2? – perguntou Erion, entusiasmado.

Um pesado silêncio tomou conta do lugar enquanto Erion encarava Cassandra como uma criança esperando para começar a brincadeira. A mulher respirou fundo e tomou sua decisão rapidamente, dizendo:

– Sim, Erion, podemos continuar, mas não hoje. Você já se esforçou bastante para um dia!

Antes que o garoto pudesse reclamar, Cassandra completou logo em seguida:

– Desativar! – E a sala de treinamento voltou a ser a claustrofóbica sala quadriculada.

– Muito obrigado, Cassandra, por tudo! – agradeceu Erion.

– Por nada. O mérito é seu, meu jovem, mas tudo tem limite. Vá descansar! – indicou a mentora com um sorriso delicado.

– Você vem junto?

– Pode ir na frente, vou usar o V.I., que você adora. A não ser que queira uma carona – disse Cassandra, irônica.

– Mas não mesmo, fui! – cumprimentou Erion, correndo para fora do centro de treinamento.

De volta ao elevador, Erion selecionou o andar do dormitório e seguiu para tomar um merecido banho. Assim que saiu do elevador, ele se deparou com Gabriel, que amigavelmente disse:

– Fala, Erion, beleza?

– Opa, Gabriel, tudo certo, só meio passado! – respondeu com feição cansada.

– Nossa, cara, você está sendo treinado pela Cassandra, isso é um sonho para qualquer um! – disse Gabriel, eufórico. – Como foi o treinamento? Você aprendeu algo incomum? Algo do tipo, sei lá, uma magia que ninguém tentou antes? – continuou, similar a Erion com suas intermináveis perguntas.

– Nossa, foi demais! Ela me ensinou um lance de esferas azuis, esqueci o nome delas, mas cada uma tinha uma forma diferente de pegar! – respondeu, eufórico.

– Espera um pouco... Você fez o treinamento com as esferas de mana? – perguntou Gabriel, perplexo.

– É, isso mesmo, não é incrível?

– Só isso? Nada especial?

– Ué, isso já não é demais!? – confundiu-se Erion. – Consegui carregá-las até a sacola, mas no começo foi difícil para caramba!

– HAHAHAHAHAHAHA!!! – gargalhou Gabriel. – Desculpa, cara, mas... não pude evitar!

– Qual é a graça, ô, xarope? – questionou, irritado. – Você já fez esse treinamento alguma vez, por um acaso?

– Claro que fiz. Quando tinha cinco anos! – respondeu Gabriel, continuando a rir.

– Ah, cara, e eu achando que estava bombando! – declarou, decepcionado.

– Você é bem o que dizem, uma figura! Não fique triste, deve ter um bom motivo para ela ter escolhido esse treinamento! – ponderou Gabriel, tentando animar Erion. – Vamos lá, eu te pago um café!

– Beleza, tô cheio de fome! – animou-se Erion, por ter comida envolvida.

Os dois entraram no elevador e seguiram até o refeitório, que estava vazio ainda. Segundo a grade de horário, o jantar era liberado após as sete horas, para que os alunos pudessem descansar de um longo dia de aulas. Nesse meio-tempo, era apenas possível selecionar alguns poucos itens para um café da tarde. Erion, sem cerimônias, pediu uma pilha de comida e comeu feito um animal selvagem, fazendo com que Gabriel começasse a se arrepender por ter lhe oferecido um café.

Como fazia um tempo que não se viam, desde o parque hospitalar, Erion contou a Gabriel tudo que lhe havia acontecido até então. Depois da explicação, para Gabriel fez todo sentido Cassandra escolher aquele método de treinamento para Erion. A conversa se estendeu bastante, até que alguns poucos alunos começaram a chegar e foram se sentando às mesas. Amy e outros jovens se uniram aos dois e ficaram espantados com tudo que Erion já havia comido no café da tarde. O garoto foi se entrosando cada vez mais e se sentindo menos um intruso naquele novo mundo, mas não escapou das piadas por conta de seu treinamento.

A conversa estava indo bem, porém o cansaço começou a tomar conta de Erion, que já estava quase dormindo sobre a mesa. Lentamente, ele se levantou e se despediu dos amigos. O garoto seguiu para o elevador, mas, como nem tudo são flores, cruzou com Albert e seus amigos no caminho.

– Olha só, se não é a nova estrelinha da Cassandra! – disse Albert, barrando o acesso ao elevador junto de seus amigos. – Você acha que é especial? – indagou, peitando Erion. – Cadê sua ruivinha de guarda?

Erion estava tão cansado após o treinamento, que ignorou as ofensas de Albert e, dando-lhe um tapinha no ombro, disse:

– Bom te ver também, Albert!

Todos olharam pasmos para a cena e pararam tudo que estavam fazendo, enquanto sem cerimônias Erion simplesmente deu meia-volta e seguiu na direção do outro elevador. Albert ficou louco de raiva e, aproveitando-se de que Erion caminhava a passos lentos, correu para atacá-lo. O que nem Albert nem Erion contavam era com o reflexo inconsciente do garoto, que utilizou a técnica da Miragem, evitando o ataque. Isso fez Albert se arrebentar nas mesas nas quais os alunos ainda comiam, derrubando tudo quanto era resto de comida sobre ele.

Erion continuou a lenta caminhada até o elevador sem se dar conta do perigo que havia passado. Enquanto isso, puxando a gargalhada coletiva, Amy riu escandalosamente, e logo todos os jovens no refeitório a acompanharam. Humilhado, Albert se levantou melecado de tudo quanto era sobra de comida das mesas e, furioso, se retirou da cantina para se limpar.

Assim que Erion chegou a seu quarto, com muito custo subiu as escadas do mezanino e, em seguida, ainda com a roupa do corpo, caiu em um profundo sono em sua confortável cama. Ele sabia que no dia seguinte a coisa seria bem mais complexa.

LI. FASE DOIS

No dia seguinte, após acordar, Erion percebeu que havia dormido com a roupa suja e que estava imundo. A primeira coisa a fazer foi correr para o chuveiro. Durante seu relaxante banho, o que Gabriel havia lhe dito sobre seu treinamento ser direcionado para crianças que ingressavam na academia o deixou bastante incomodado.

Mesmo sendo muito cedo, Erion se arrumou e correu para o centro de treinamento. Chegando lá, o corredor estava vazio, e não havia sinal algum de Cassandra. Ele até tentou abrir a porta, mas sem sucesso: a diretora nem lhe deu atenção. Poucos instantes depois a porta se abriu levemente e dela surgiu Cassandra, que ficou espantada e disse:

– Olhe só, aprendeu a acordar cedo? Está tão empolgado assim? Eu soube sobre a briga entre você e Albert. Ele vai ficar um bom tempo na detenção por causa disso!

– Briga? – perguntou Erion, confuso.

– Você não se lembra?

– Eu só lembro de tê-lo cumprimentado, apesar de ele ficar me enchendo o saco! Não gosto de briga!

– Erion, você se esquivou de um ataque direto usando a Miragem e não se lembra? – questionou Cassandra.

– Olha, pra ser sincero, não! Eu tava com tanto sono, que nem aguentei ficar conversando com o pessoal e fui me deitar. Aliás, mal me lembro como cheguei até o quarto!

– Hunf! Falamos sobre isso depois – resmungou Cassandra, desconfiada. – Hoje será sua primeira aula de manipulação de elementos!

Os dois entraram na sala, que ainda estava no estado-base, com suas paredes quadriculadas. Cassandra acessou um terminal holográfico na parede e selecionou entre vários tipos de paisagem. A escolhida foi uma desértica, semelhante à que Erion viu pela primeira vez quando lutou contra o samurai. Rapidamente a sala se expandiu, dando lugar à paisagem correspondente à imagem da descrição do terminal. Erion ainda olhava como uma criança, encantado com a forma como as coisas se transformavam diante de seus olhos.

– Vamos? – perguntou Cassandra, tomando a dianteira.

Os dois caminharam um pouco sobre as belas formações rochosas gigantes, do tamanho de montanhas. Não havia muita flora, apenas alguns cactos e uma vegetação ressecada e rasteira, acompanhados por uma terra avermelhada. Conforme foram avançando na caminhada, Erion logo percebeu que a temperatura estava subindo rapidamente, até que Cassandra parou de súbito e disse:

– Aqui está bom!

– Nossa, tá quente aqui! – queixou-se Erion, abanando-se.

– Sim, e a simulação vai piorar um pouco o cenário. A temperatura atual está em 37 graus!

– Nossa, e tem como piorar isso? – perguntou Erion com os olhos arregalados.

– Sim, esse ponto do mapa atinge o pico de 50 graus! – respondeu Cassandra, sorrindo.

– E o que isso tem a ver com o treinamento? – questionou, incomodado. – Aliás, obrigado por me avisar que o treino com as esferas era para crianças de cinco anos! – disse, irritado.

– Hahahaha, se eu tivesse lhe dito, você ia fazer essa cara feia aí e não levaria a sério! – respondeu Cassandra, rindo. – Já chegamos aos 42 graus!

– Olha, eu morava no Brasil, só que em São Paulo, e não no Rio de Janeiro. Tá louco, que calor é esse??

O calor modificava a paisagem de tal forma, que tudo ao horizonte tremia, transformando o lugar em um verdadeiro inferno.

– Que bom que o calor está te incomodando, essa é a ideia! – ironizou Cassandra.

– O quê? Te dá tanto prazer assim me fazer sofrer??

– Pare de drama, garoto. Se o calor está tão insuportável, por que não faz diminuir?

– Tá, e eu faço isso como mesmo? – perguntou Erion, sarcástico.

– Eu achei que você fosse se lembrar da vez que te pedi para esfriar aquela garrafa de água. O conceito é o mesmo, só fazer aquilo! Vou demonstrar com um feitiço! – explicou Cassandra, ajeitando seu catalisador. – Manto de Gelo – disse, usando sua Runah Elemental.

Um manto repleto de pequenos cristais de gelo cobriu o corpo de Cassandra, rapidamente a deixando muito mais confortável.

– Nossa, bem melhor, por que não tenta? – questionou. – Lembre-se de tudo que aprendeu até aqui.

Após um tempo se concentrando, Erion conseguiu fazer com que sua pedra mudasse para a cor vermelha.

– Isso mesmo, essa é a cor para o uso de elementos – concordou Cassandra. – Vamos aos poucos, primeiro pense em gelo, depois imagine como você pode modificar o gelo na forma de um manto, como eu criei. Pronto? Vai!

Erion se concentrou e pensou em um floco de gelo como a neve e tentou imaginar como ela cobriria seu corpo como um manto.

– Conseguiu criar a imagem? – perguntou Cassandra.

– Sim, o bom é que vi como o seu ficou e me deu ideias!

– Agora que você tem a estrutura da magia, tente evoluir a imagem ao ponto que o desenho se torne semelhante ao manto que estou usando! – recomendou Cassandra.

– Mas não era mais fácil você mandar eu copiar o seu?

– Isso é uma aula sobre elementos, e não modificação! Lembre-se, um feitiço é algo bem complexo, mesmo os mais básicos. Você deve compreender toda a sua essência até aperfeiçoá-lo. Por isso o treinamento e a dedicação são necessários!

– Ah, tá, entendi!

– Agora vem a quantidade de mana. O Manto de Gelo é uma magia de Classe 1, mas é um pouco custosa de fazer, então tente manter sua quantidade de mana entre fraca e média!

– E como vou saber que estou no ponto certo?

– Lembre-se do treino de ontem, você já sabe quais são os três estados da mana. Quando achar que está no ponto certo, você deve usar o selo!

– E se eu errar?

– Se for fraco demais, não vai sair nada, se for forte demais... Tome cuidado com a segunda opção, sim!?

– Tá bom. Manto de Gelo – falou Erion, estendendo a mão à frente.

A Hara-Khai de Erion respondeu com um brilho leve, mas nada aconteceu, nem um floquinho de neve sequer.

– Manto de Gelo – insistiu, mas o resultado foi o mesmo.

Erion tentou mais umas algumas vezes, sem conseguir resultado algum.

– Você está usando pouca mana, tente aumentar!

– Você falou para eu tomar cuidado e não usar demais, agora fiquei com receio!

– Vai aumentando aos poucos...

Erion continuou sua tentativa e, conforme ia aumentando o uso de mana, flocos de gelo começaram a circular à sua volta, indicando que ele estava tendo progresso.

– Mas que droga, tô cansando de tanto falar Manto de Gelo e só saírem esses floquinhos! – disse Erion, aborrecido. – Ah, quer saber? Vou chutar o balde e usar tudo de uma vez e depois eu vou reduzindo, que é melhor! – completou em voz baixa.

Erion aumentou a intensidade de sua energia de forma abrupta, e Cassandra logo percebeu que algo estava errado. A Hara-Khai começou a oscilar entre as cores, como um semáforo quebrado. E, antes que a diretora pudesse dizer qualquer coisa, Erion tentou o feitiço mais uma vez. Uma enorme esfera azul feita de cristais de gelo circulou o corpo do garoto e se expandiu a uma velocidade incrível, pegando Erion e Cassandra de surpresa. A explosão foi imensa e acabou congelando toda a paisagem, soterrando os dois.

– Mas o que foi isso? – questionou Erion, assustado, surgindo do meio da neve. – Cassandra! – gritou.

– Estou aqui, Erion! – anunciou Cassandra, saindo da neve levitando. – O que foi isto, você pergunta? Isto é o tipo de coisa que acontece quando você não ouve meus conselhos! – declarou, enfurecida. – Olha o tamanho do estrago que você fez!

Erion ouviu o sermão calado, pois sabia que o que fez havia sido um total desastre. Aos poucos, o gelo derreteu e a paisagem árida foi novamente revelada. Ele permaneceu cabisbaixo e extremamente envergonhado pelo estrago que causou.

Preocupada, Cassandra se lembrou das palavras de Cedric e sentiu que estava perdendo o controle da situação. Por um momento, ela cogitou, em pensamento, estar errada na decisão de acolher Erion em Zethar. Tais pensamentos fervilhavam na cabeça dela, até que lhe ocorreu que havia mais uma carta na manga.

LII. UM OUTRO JEITO

Cassandra se lembrou de um artefato que talvez pudesse auxiliar o garoto. Usando uma Runah azul em seu catalisador, disse calmamente:

– Corrente de Habarys.

Subitamente, uma pequena corrente dourada com três pedras verdes surgiu nas mãos de Cassandra. Erion olhava curioso e tentava entender o que sua mentora tinha em mente para resolver a situação. A diretora se aproximou de Erion e colocou a corrente no outro pulso dela. Imediatamente, uma enorme pressão gravitacional cobriu o rapaz, e sua energia foi suprimida, desativando sua Hara-Khai e deixando-o perplexo.

– O que aconteceu? – perguntou Erion, preocupado.

– Isso que eu te dei se chama Corrente de Habarys, e sua função é suprimir a magia!

– E como esse treco funciona?

– É muito simples. Está vendo as três pedras? Toda vez que sua magia ultrapassar o limite delas, elas se quebram uma a uma e sua energia se desarma, deixando você como ficou agora. Muito cuidado, você só tem três pedras. Portanto, se esforce para se controlar!

– Tá bom! – concordou Erion, determinado.

– Agora vamos lá, tente outra vez!

Erion resolveu ir com mais calma e tentou aumentar sua força gradativamente. Mesmo aos poucos e se segurando como podia, sua energia ainda era instável e sua Hara-Khai piscava feito uma árvore de Natal. Uma das três pedras começou a rachar, mas mesmo assim, seguro de que a pedra o salvaria, Erion usou o feitiço de novo.

Finalmente um lindo manto semelhante ao de Cassandra se formou ao redor de Erion, deixando-o refrescado e protegido contra o calor.

– Uhuuul!!! – gritou, eufórico, pulando como uma criança.

Cassandra esboçou um sorriso de satisfação, mas logo mudou para uma feição mais séria e disse:

– Só não se empolgue muito. Você fez muito esforço para fazer uma coisa relativamente simples e precisa de muito treino ainda!

– Nossa, ainda bem que você não faz palestra de motivação. O que tá errado agora? – questionou Erion, irritado.

– Não está totalmente errado, mas seu feitiço precisa de polimento. Observe os cristais do meu manto e os seus!

– Ih, é verdade, os meus não têm formato definido. Já os seus são perfeitos! – disse Erion, desapontado. – Ah, mas quem liga para o formato do cristal? Por acaso, na hora de um combate, a pessoa vai ficar olhando se o fogo do outro saiu pelas ventas ou saiu da ponta do dedo delicadamente?

– Erion, não é isso. Tudo na vida requer polimento, inclusive o conhecimento! Não é para ficar bonito, mas sim para indicar o quão preciso é o feitiço. Se você faz um feitiço de qualquer jeito, não terá os resultados esperados. O caminho de um mago é um caminho difícil e pesado, requer muito treino!

– Acho que entendi... Seria igual a... criar um Fay-Jet que não voa? – perguntou Erion.

– Olha só, que surpresa, parece que sua compreensão não é tão leviana quanto você deixa transparecer! – disse Cassandra, orgulhosa. – Mas chega de papo, vamos, tenho muito que lhe ensinar! – E acionou a tela de seu celular.

Cassandra acessou o aplicativo de controle do centro de treinamento novamente e inverteu os parâmetros de temperatura, fazendo com que a temperatura caísse gradativamente. A paisagem se modificou de um lugar árido para uma tundra, com pequenas árvores ressecadas. Em pouco tempo, a temperatura já estava na casa do zero grau, e a paisagem ficou coberta de neve. Erion se abraçava e tremia de frio.

– Não trema de frio, você sabe o que tem de fazer! Manto Ardente – disse Cassandra, usando sua Runah Elemental.

Um suave manto alaranjado como carvão em brasas cobriu o corpo de Cassandra, enquanto pequenas fagulhas de fogo queimavam ao redor, extinguindo-se em cinzas. No termômetro do celular, a temperatura marcava -2 graus, e a neve começou a cair com mais intensidade. Erion se esforçava bastante para tentar copiar sua mentora, até que, após muitas tentativas e erros, disse serenamente:

– Manto Ardente.

Diferente do manto de Cassandra, Erion estava apenas coberto por um manto alaranjado. Apesar da assimetria por sua falta de treino, o manto parecia cumprir seu papel, deixando o garoto aquecido. A lenta queda de neve de repente se transformou em uma forte nevasca, dando a toda a área uma visibilidade péssima. Com a força do vento, Erion foi levemente carregado para longe de Cassandra, até que a gentil mentora o perdeu de vista.

No celular de Cassandra a temperatura havia atingido -50 graus. A diretora estava prestes a desativar a simulação, quando em meio à nevasca lá estava um brilho alaranjado, que foi se intensificando e indicando onde Erion estava. A neve ao redor do garoto começou a derreter ao mesmo tempo que seu manto se transformava em um belo manto semelhante ao de Cassandra. O garoto finalmente havia dominado o feitiço do Manto Ardente.

A feição do garoto era a de um guerreiro recém-forjado no calor de uma batalha. Era sereno e denotava que tinha total controle da situação. Mas de repente...

– Atchim! – espirrou Erion escandalosamente, fazendo-o perder a concentração e gerando uma gigante aura de fogo e atingindo Cassandra, que teve poucos segundos para se defender.

Com isso, duas das pedras da corrente se quebraram, interrompendo o fluxo de magia de Erion mais uma vez e apagando o manto instantaneamente.

Apesar do progresso turbulento, Cassandra olhava animada que seu método havia funcionado.

– Bom, acho que por hoje chega! Muito bem, Erion...

– Mas já?

– Não, Erion, você só tem uma pedra sobrando. Lembre-se de que não fiz a corrente para ser quebrada. Ainda precisamos trabalhar em seu controle.

– Com a corrente, o risco do coma é menor, certo?

– É, teoricamente, sim, mas o protocolo é parar o treinamento antes da última pedra se romper – respondeu Cassandra.

– Eu sei que consigo e eu não tenho medo. Muitos precisam que meu treinamento se complete. Não só os animais abandonados, mas tem muita gente que mora na rua, que não teve sorte e que é praticamente invisível para a maioria. Eles precisam de uma oportunidade. Por várias vezes vi muitos desses moradores de rua cuidando de animais, dando para os animais o pouco de doação que recebiam, e os bichinhos retribuem usando a própria vida para guardar os donos! – disse Erion, sereno. – Achei linda a vez que vi um homem dando água e comida a um morador de rua, que usou o pouco recebido para limpar o olho de um dos cachorros que o acompanhava! Eu quero dar oportunidade para essas pessoas, por isso não me importo se vai me custar a vida. Vou me esforçar.

Cassandra, ouvindo o relato de Erion, se pôs a chorar, comovida com a história. Para ela era bem difícil acreditar que alguém tão jovem poderia ter esse tipo de pensamento, capaz de se sacrificar para ajudar o próximo. Ela se lembrou de ter oferecido a ele uma oportunidade de fazer tudo que quisesse. Naquele momento, ficou claro por que Erion havia aceitado a oferta de seguir pelos Caminhos da Magia. Não apenas por ele, mas sim por aqueles que ele poderia ajudar. E, então, Cassandra surpreendentemente disse:

– Corrente de Habarys!

LIII. FASE DOIS CONCLUÍDA: INICIA-SE A TEMIDA AULA DE WUSHU

Assim que Cassandra deu a Erion uma nova corrente, os dois continuaram o treinamento, o qual não deixou de ser duro por conta do tempo que Erion já estava treinando ou do impacto emocional causado à Cassandra.

A diretora normalizou a temperatura da sala e ensinou a Erion outras formas simples de utilização dos elementos. Ele teve que utilizar fogo e gelo para bloquear bolas de fogo arremessadas por Cassandra ou para derreter gigantes esquifes de gelo que ela lançava sem piedade, em sua direção.

Com o tempo os dois já estavam em um treinamento mais dinâmico, como se estivessem duelando. Cassandra aproveitou para estimular Erion a evitar se mover usando apenas os músculos e fazer o movimento através de sua mana de maneira eficiente, para desviar dos ataques. Isso deixou o combate ainda mais dinâmico e destrutivo. O resultado foi uma paisagem coberta de rastros de fogo e gelo por toda parte.

Aproveitando que Erion estava empolgado, Cassandra decidiu dificultar ainda mais e se utilizou do fato de que ele havia dominado todo o treinamento imposto até o momento, para incluir Wushu. Sem aviso prévio, desviando de um ataque de gelo feito por Erion, a mulher se aproveitou da névoa que o gelo levantou e partiu para cima dele, atacando com um soco.

Para a surpresa de sua mentora, Erion defendeu o ataque com uma das mãos. Aproveitando-se da resposta do pupilo, ela continuou com uma sequência de golpes, todos facilmente defendidos pelo garoto. Apesar da dificuldade, o rapaz não se deixou atingir pela investida de Cassandra.

Os dois acabaram por deixar a luta elemental de lado e seguiram lutando como em um filme de artes marciais, com movimentos precisos e rápidos. O treinamento ia bem, Erion aproveitou a breve experiência que teve no Templo de Mana e no centro de treinamento, mas de repente:

– Sopro de Fogo – disse Cassandra, fazendo com que de sua boca saísse uma incandescente chama, igual a um maçarico industrial, que tomou conta do corpo de Erion.

Desesperado, o garoto saiu correndo feito bobo de um lado para o outro gritando:

– Ai, ai, ai, tá queimando! Tá maluca?

Cassandra ficou em silêncio e de braços cruzados, assistindo a Erion queimar. Apesar da gravidade que a cena parecia ter, a instrutora sabia que Erion não corria perigo, pois ela já havia explicado que a mana age como um manto natural, que instintivamente protege até um certo ponto o indivíduo atacado com magia.

– Pare de drama, garoto! Olhe só, a chama já está se apagando – asseverou Cassandra. – Já se esqueceu do que eu disse?

– É verdade, minha mana vai me proteger contra os ataques, tinha me esquecido disso! – respondeu Erion, envergonhado.

– Isso que você acabou de acontecer foi um combate real entre dois magos – falou Cassandra.

– Ah, mas você trapaceou e usou feitiço. Achei que fôssemos usar Wushu apenas! – exclamou Erion, irritado.

– E quando eu disse como seria o combate? – questionou Cassandra. – Lembre-se de que seu inimigo não vai dizer o que vai fazer. Você deve estudar o oponente e encontrar a melhor forma de agir. O combate deve fluir de acordo com a necessidade, e isso envolve ataques mágicos, movimento e Wushu.

– Mas como eu vou saber a melhor forma de atacar e me defender? – perguntou Erion, confuso.

– Isso é intuitivo, você não vai correr para bater em alguém que está jogando um iceberg na sua cabeça, não é? – respondeu Cassandra, irônica.

– Ah, tá, entendi, eu acho – falou o garoto, ainda aturdido.

– Geralmente combates se iniciam com Wushu, pois não há melhor forma de conhecer alguém, senão lutando com ele em luta justa!

– Ba-ca-na – disse Erion, sentindo tontura.

– Erion? Tudo bem? – perguntou Cassandra, preocupada.

Antes de responder a qualquer coisa, Erion caiu sobre os joelhos e, em seguida, de cara contra o chão. Cassandra rapidamente acessou seu aplicativo de diagnóstico para ver o estado de Erion. Para seu alívio, tudo parecia normal, porém o corpo dele não aguentou a pressão e chegou à exaustão. Mesmo que utilize a energia da mana para se mover, o corpo dele ainda sofre desgaste pelos ataques recebidos e a cada ataque lançado.

– Desativar – disse Cassandra, desligando a simulação e fazendo com que a sala voltasse a ser apenas a minúscula sala inicial de treinamento.

A mulher olhava orgulhosa pelo progresso que o garoto fez em tão pouco tempo e sabia que a determinação do jovem seria crucial para o sucesso de tudo até o fim. Nada mais restava para ensinar de básico, porém faltava mais uma etapa para que o garoto pudesse entrar para a academia e começasse o treinamento real.

Acessando o celular, Cassandra selecionou seus contatos da equipe médica e ligou prontamente.

– Oi, boa noite, você pode mandar alguém para o centro de treinamento? – perguntou Cassandra a uma jovem da equipe médica na tela.

– Sim, senhora, imediatamente! – respondeu a jovem.

Em poucos segundos duas pessoas de branco surgiram dentro da sala do centro de treinamento utilizando o terminal V.I., e iniciaram o procedimento de remoção de Erion. Na mesma velocidade com que vieram, desapareceram, levando o garoto. Cassandra também utilizou o terminal e retornou à sua sala para colocar o trabalho em ordem, por conta da ausência temporária.

De volta ao parque hospitalar, Erion ficou alojado em um quarto e, após uma bateria de testes feitos pelos membros da equipe médica, todos concordaram que ele precisava apenas de um bom descanso.

No dia seguinte, assim que o primeiro alerta de café da manhã soou, uma jovem de pele morena e olhos cor de mel, trajando uma roupa branca, entrou no quarto de Erion. Ainda cansado, o garoto acordou lentamente e se sentou na beira da cama.

– Bom dia, Erion! – disse a médica.

– Bom... di...a! – respondeu Erion, enquanto bocejava.

– Você está de alta, já pode ir!

– Muito obrigado! – E ele se levantou, preguiçoso.

O garoto deixou o quarto e logo um forte ronco do estômago, como o de um caminhão, ecoou pelos corredores do parque hospitalar. Isso levou alguns membros da equipe médica, que atendiam pacientes em outros quartos, a saírem para averiguar a origem do barulho. Constrangido, Erion apertou o passo e seguiu direto para o elevador, rumo ao refeitório.

Ainda era bem cedo e nenhum aluno havia chegado. Erion escolheu uma mesa e se sentou. O garoto fez alongamento das mãos e dos braços e se preparava para levar prejuízo. Ele pediu quase o cardápio inteiro e comeu vigorosamente, gerando uma enorme pilha de potes e outros recipientes sob a lamparina em que a comida era entregue. A quantidade de sujeira era tanta, que o sistema de autolimpeza da mesa chegou a travar enquanto se esforçava para limpar tudo.

De barriga estufada, Erion se reclinou, bateu com as mãos na barriga e suspirou, dizendo:

– Ah, agora sim eu comi!

Enquanto descansava um pouco da comilança, recebeu a notificação de uma mensagem enviada por Cassandra, e nela dizia:

Erion, você fez um ótimo progresso ontem, estou muito orgulhosa. Assim que puder, retorne ao centro de treinamento!

Satisfeito, Erion se levantou. Estava pesado pelo tanto que havia comido, e seguiu até o elevador, em direção ao centro de treinamento. Diante da porta de entrada do centro, ele começou a tremer e sentir um forte frio na barriga. Mas sabia que, para completar seu treinamento básico e ascender ao grupo de magia da academia, ele precisava passar por essa etapa.

A porta do centro se abriu lentamente, revelando uma visão que, para Erion, era de cair o queixo. O centro já estava ativado e, no lugar da paisagem vasta da última vez, estava diante de um imponente e extremamente detalhado dojô, igual ao dos filmes a que ele costumava assistir. Cada detalhe era preciso, desde os tatames até as colunas de madeira com detalhes entalhados em dourado que sustentavam o lugar. Em volta dos tatames, havia uma grande arquibancada branca, com capacidade para cem pessoas ou mais. O lugar estava deserto, e o silêncio devorava o garoto, que esperava ser atacado a qualquer momento.

Erion ficou um tempo circulando de um lado para o outro, admirando o local, e tocava tudo que via para ver se era de verdade. As texturas de cada material eram perfeitas, como se o local tivesse mesmo sido construído à mão usando madeira nobre. Ao fundo do dojô, o garoto viu um rack com várias armas brancas de diversos tamanhos e modelos. Tudo ali era feito para combates épicos, dignos de filme de Hollywood.

Porém, a magia do turismo foi quebrada assim que Erion passou a ouvir alguns passos duros no chão, como se fosse alguém andando de salto alto. Isso destruiu toda a atmosfera silenciosa do local e o deixou ainda mais nervoso, com um frio enorme na espinha. O pânico era tanto, que ele não conseguiu identificar de onde vinha o barulho, até que uma linda e doce voz feminina disse:

– Gostou do lugar? Ouvi falar que você gosta de artes marciais!

Erion percebeu que a voz estava vindo de suas costas, mas ele não teve coragem de se virar. Para piorar a situação, a mulher continuou:

– Me mostre!

O garoto estava paralisado de medo e, apesar de a voz ser doce, ele sabia exatamente a quem pertencia. Sabendo disso, Erion foi aos poucos tomando coragem e se virando calmamente até avistá-la. Era Elyse, trajando um lindo vestido vermelho com estilo chinês e um belo salto alto. Sua beleza, ao mesmo tempo que delicada, escondia uma selvageria assustadora, que o garoto teve o desprazer de conhecer na cantina.

Erion se esforçava para não lhe dirigir o olhar de forma que a incomodasse, pois desta vez ele estava sozinho com ela e temia fortemente o que ela seria capaz de fazer.

– Nossa, pensei que você não fosse se virar! – disse Elyse com a mão na cintura. – Eu acho que nosso segundo encontro não foi muito bom. Me desculpe se te assustei, é que tenho um problema com minha aparência. – continuou em tom tímido. – Não gosto muito que me chamem desses nomes...

– Eu é que me desculpo. Eu não fazia ideia! – disse Erion, envergonhado. – Ah, não tive a chance de te agradecer por você me ajudar quando cheguei aqui. Se não fosse você, eu teria ficado perdido naquela galeria – agradeceu, amigável.

– Você se lembra? – perguntou Elyse com um belo sorriso.

– Só que você era... – começou Erion sem jeito.

– Diferente? Hihihihihi! Você é um fofo, nossa raça tem uma visão residual bem peculiar, eu acho. Mas chega de papo, não vim aqui para conversarmos. Hoje eu tenho certeza de que você vai se tornar um mestre em Wushu! – encorajou-o Elyse.

– Sério? – entusiasmou-se Erion.

– Para seu próprio bem, é bom se tornar, senão... – disse, deixando um breve silêncio no ar – vou te destruir – concluiu, mudando de uma feição delicada para uma extremamente ameaçadora. – É bom que Cassandra não esteja aqui, pois posso fazer as coisas do meu jeito. Você é diferente e isso despertou algo em mim, uma vontade louca de lutar até o fim! – falou, em um tom intimidador e estranhamente sensual.

– Epa, pera aí! Eu não sei lutar. E por que você quer tanto lutar comigo? – questionou Erion, preocupado.

– Você sobreviveu ao meu ataque na cantina. Quando ataquei você, eu senti que tinha algo diferente, não sei explicar. Só sabia que você aguentaria. Sinceramente, acho que até a Cassandra morreria com um ataque daqueles de surpresa.

– Olha... Você está me assustando – disse Erion, ficando apavorado.

O rapaz estranhou a mudança repentina no comportamento de Elyse, que havia iniciado a conversa com um jeito amigável e doce e agora a concluía em um tom melancólico e assustador. De repente, os tons de sua maquiagem começaram a mudar, transformando-a de uma delicada modelo em uma guerreira. Sua roupa também mudou para uma armadura de combate semelhante à que Amy utilizou na luta contra o Shogun, mas com partes aparentemente mais reforçadas.

– Nossa raça é guerreira por natureza e, quando encontramos um oponente digno, ficamos assim ansiosos, e só o combate nos anestesia! – declarou Elyse, assustadora.

– Ai, caramba, é só que faltava! Vou ter aula de combate com uma assassina maluca! – protestou Erion com a voz trêmula.

– Ah, desse nome aí eu já gosto! Hahahahahahaha – falou Elyse com uma risada sinistra, de congelar a espinha.

Erion não acreditava no que havia se metido. E, apesar de tudo parecer apenas um ato, de alguma forma sentia que talvez ela não estivesse brincando.

– Ok, entendi o recado, então vamos lá! – disse Erion, colocando-se em posição.

– É assim que eu gosto! – admirou Elyse, colocando-se também em posição de luta.

Em um outro lado da academia, Cassandra e Cedric tomavam café na cantina e discutiam um pouco sobre o futuro do garoto, até que, para o espanto de Cedric, Cassandra tocou em um assunto delicado.

– Você deixou Erion sozinho com a Elyse? Você enlouqueceu? – questionou, furioso.

– Ela não é perigosa, eu tenho certeza de que Erion se sairá bem – disse Cassandra, convicta.

– Você superestima demais esse garoto, e isso pode ser perigoso!

– Como eu te disse, infelizmente cheguei ao consenso de que o Erion só funciona assim. Ele não compreende as coisas como as outras pessoas, e, assim como sua mana, sua linha de pensamento não é das melhores – desabafou Cassandra.

– Elyse é uma pessoa fantástica, mas os trevorianos podem ser perigosos... – disse o homem, preocupado.

– Enquanto Erion não atingir a Elyse, vai ficar tudo bem! – comunicou Cassandra, sorrindo.

– Mas e se atingir, Cassie? – indagou Cedric.

– Então aí ele vai aprender a lutar. O garoto é atrapalhado, mas seu instinto é muito afiado. Eu acho que o último encontro dele com a Elyse já deixou bem claro o que vai acontecer se ele não levar isso a sério – respondeu Cassandra.

– Como assim?

– Ah, você ainda não viu o tamanho do estrago que ela fez atingindo-o em cheio quando ele fez um comentário pervertido!? Dê uma olhada nessa imagem da câmera da cantina! – orientou Cassie, abrindo o vídeo em sua tela holográfica.

– Minha nossa, Cassie, você tem certeza disso? – questionou Cedric, perplexo.

– Ele não estaria lá se eu não tivesse! – respondeu Cassandra, confiante. – De qualquer maneira, daqui a pouco eu vou até lá para avaliar o desempenho dele. Me acompanha?

– Tenho algumas coisas a fazer, mas podemos ir, sim. Quero ver isso de perto! – respondeu Cedric seriamente.

– Só antes preciso passar em minha sala e de lá podemos ir para o centro de treinamento, utilizando meu terminal V.I. – disse Cassandra, levantando-se.

Sem que percebessem, havia um aluno matando aula na cantina. O garoto permaneceu escondido e ouviu a conversa toda de Cassandra e Cedric, até que os dois mestres seguissem calmamente para o elevador e deixassem a cantina. Com a barra limpa, o jovem rapidamente enviou uma mensagem para a rede social dos alunos dizendo:

Pessoal, vocês não vão acreditar, a Mestre Elyse está lutando com o garoto novo no centro de treinamento!

A mensagem se espalhou rapidamente, e em todas as salas de aula os celulares vibravam conforme era recebida. O recado chamou a atenção dos jovens. Na sala onde estudavam Gabriel e Amy, estranhando a súbita comoção entre os jovens, um professor de delicado semblante, pele bem clara, longos cabelos brancos e olhar penetrante, perguntou severamente:

– O que está acontecendo?

– Desculpe, Mestre Johnah! É que estamos curiosos para saber o que é essa mensagem que chegou para todo mundo ao mesmo tempo. Ninguém envia mensagens a essa hora da manhã! – respondeu uma bela jovem negra, de olhos cor de mel, no fundo da sala.

– O uso de celular durante as aulas é estritamente proibido, senhorita Giulia! – respondeu Johnah, autoritário.

Mais mensagens chegavam, fazendo o celular de todos vibrarem, e isso começou a despertar a curiosidade de Johnah. Por fim, ele permitiu que verificassem a tal mensagem.

Todos leram atentamente o que o garoto enviou da cantina e viram que muitos alunos haviam respondido abaixo coisas do tipo:

Nossa, coitado, não vai sobrar nada dele!

Amy se levantou de sua bancada, se dirigiu até o mestre Johnah e perguntou:

– Vocês têm acesso às câmeras do centro de treinamento, certo? O senhor não poderia abrir um link visual para vermos o que está acontecendo lá?

Johnah ficou em silêncio e se lembrou do que havia ocorrido no parque de estudos. Tomado pela curiosidade, respondeu:

– Tudo bem!

E rapidamente acessou um aplicativo de vigilância em seu celular, selecionando nele as câmeras do centro de treinamento. Para que todos os alunos curiosos pudessem ver, Johnah compartilhou sua tela e a expandiu quase do tamanho da tela holográfica onde estava a matéria do dia, sobre artes elementares.

No vídeo em perfeita definição, todos viram Erion em pose de luta e diante de Elyse, no lindo cenário de dojô. Muitos se levantaram de suas bancadas e ficaram ao redor de Amy para ver melhor a tela, inclusive Gabriel, que, ao se aproximar da menina, disse:

– Será que ele vai vencer a Elyse?

A opinião entre os jovens era dividida. Alguns apostavam na vitória, outros diziam:

– Ah, que nada, todo mundo apanha feio da Elyse no primeiro treino!

Uma outra minoria intolerante, incluindo Albert e seus amigos, que não achavam Erion digno do privilégio de treinar diretamente com Elyse ou de fazer parte da academia, torcia pela derrota dele.

LIV. ELYSE: BELA, PORÉM TERRÍVEL

De volta ao centro de treinamento, sem saber que estavam sob o olhar de milhares de pessoas na academia, Erion e Elyse se encaravam e se preparavam para iniciar o treinamento de Wushu.

– Pronto? – perguntou Elyse.

– Tudo bem, então vamos iniciar co... – começou Erion, sendo em seguida interrompido por um forte golpe na barriga.

Com a força gerada pelo golpe, vários objetos atrás de Erion foram totalmente destruídos. Pedaços de madeira voavam como se uma bola de construção atingisse o dojô. Erion estava sendo segurado apenas pelo punho de Elyse, suas pernas não tinham mais forças para mantê-lo em pé.

Dando um passo para trás, Elyse soltou o garoto, que imediatamente caiu de joelhos e colocou a mão na barriga por conta da dor. Nas salas de aula, os alunos gritavam como se estivessem assistindo a uma luta na TV. Muitos se assustaram com a tamanha força de Elyse ao bater em Erion subitamente.

O garoto permaneceu em choque enquanto Elyse o encarava. Em tom de deboche, ela disse:

– O que foi, querido? Machucou?

Com o corpo trêmulo e um pouco de sangue escorrendo pelo canto direito da boca, Erion se levantou lentamente, até se recompor, e gritou, furioso:

– O que foi isso, sua maluca? Tá querendo me matar? Não era para aprender fundamentos de Wushu? Você vem e me ataca com tudo? – reclamou o garoto, respirando com dificuldade.

– Ué!? Eu perguntei "Pronto?" e você respondeu que sim, então te ataquei! – respondeu Elyse ironicamente. – Wushu é isso, combate! Não se aprende a lutar com fundamentos. Tudo tem de ser natural. Deixe sua mana fluir e me ataque com tudo que pode! – disse, abrindo os braços. – Vamos!

Elyse partiu para mais um ataque contra Erion, que dessa vez tentou se preparar, mas ela era muito rápida. O rapaz mal conseguia acompanhar os movimentos da trevoriana, que mais uma vez atingiu o garoto com um golpe na barriga e finalizou com um chute giratório que o arremessou longe, destruindo uma grande coluna do dojô. A diferença de força entre os dois era descomunal. Erion nada podia fazer contra Elyse além de olhar seu rosto e indagar como uma pessoa tão delicada até então se tornara tão ameaçadora. Como era tão bela e tão terrível ao mesmo tempo. Essas dúvidas pairavam sobre cabeça de Erion, que tentava compreendê-la como adversária para uma investida que o fizesse parar de apanhar tanto.

Nas salas de aula o clima, antes de euforia, logo se transformou em terror. Nervosa, Amy se ausentou da sala e imediatamente ligou para Cassandra, que prontamente atendeu e perguntou:

– O que foi, querida? Algum problema?

– É o Erion, a Elyse o está matando! – disse Amy em tom de aflição.

– Como você sabe do treinamento dos dois? – perguntou Cassandra, desconfiada.

– Um garoto mandou uma mensagem avisando do treinamento e todos estão assistindo – respondeu Amy.

– Hum, parece que tínhamos um espião, então – murmurou Cassandra. – Volte para sua sala e fique tranquila. Eu já estava indo para lá junto de Cedric para assistir ao treinamento! Até mais! – disse, desligando o telefone em seguida.

Curiosa, Amy aproveitou que estava fora da sala e decidiu seguir para o centro de treinamento. Logo em seguida, Gabriel também deixou a sala, viu Amy caminhando no sentido do elevador e gritou:

– Amy, espera aí! Tá indo para onde?

– Eu liguei para a senhora Cassandra, que me disse que estava tudo bem e que ela já estava indo para lá acompanhar o treinamento!

– Tá maluca? Você sabe que ela tá indo para lá e vai arriscar ser pega no centro de treinamento sem autorização? E mais, se ela disse que tá tudo bem e está a caminho, para que você vai também? – indagou Gabriel.

– Ela disse que está levando o Cedric junto com ela! – respondeu Amy, preocupada.

– Cedric? – questionou Gabriel, espantado.

– Isso mesmo, deve ter mais coisa. Não estou me aguentando de curiosidade! – declarou Amy. – E se eles derrubarem a transmissão?

– É, não tinha pensado nisso – falou Gabriel.

– Eu tô indo, não precisa vir se não quiser! – disse Amy, caminhando novamente em direção ao elevador.

Gabriel acabou seguindo Amy e, ao desembarcarem do elevador no andar do centro de treinamento, já era possível ouvir os assustadores estrondos dos golpes. Conforme se aproximavam da porta de entrada do centro de treinamento, os tremores ficavam mais fortes e isso os deixou incomodados e preocupados com o que estava acontecendo lá dentro.

No centro de treinamento, Erion já estava todo arrebentado e com sua roupa de combate praticamente rasgada. Os golpes que ele levou do Shogun na vez anterior não chegavam a um terço da força de Elyse. Ele tentava manter o fluxo de sua mana, mas não era o bastante. A mulher era implacável, e isso deixava a mana de Erion retraída, o que o fazia receber danos muito maiores, sem ela para o defender direito. A garota sorria como se estivesse se divertindo com a situação e, às vezes, soltava uma risada psicótica, que embalava o terror que Erion jamais havia sentido na vida.

Sem mais forças para lutar, o rapaz começou a cair lentamente, mas foi segurado por Elyse, que o apoiou colocando a palma da mão no queixo dele. A situação era humilhante e, para piorar, ela disse em tom de deboche:

– Deve ser horrível apanhar sem poder fazer nada, que decepção!

Enquanto isso, Amy e Gabriel tomaram coragem e entraram sorrateiramente no centro e se esconderam debaixo da arquibancada de madeira para não serem descobertos por Elyse. Os estudantes, ao verem a cena, ficaram chocados e se olharam com preocupação, até que Gabriel notou que Amy havia percebido alguma coisa e perguntou:

– O que foi, Amy? Você está pálida. Ele está bem, a Elyse não vai matá-lo ou coisa assim. – Tentou tranquilizar a amiga.

– Não é isso, olhe o Erion... – disse Amy, apontando para o jovem naquela pose constrangedora.

Gabriel olhou para o garoto e na hora entendeu a preocupação de Amy sobre a situação. Erion tinha ódio nos olhos e, percebendo isso, Elyse decidiu provocá-lo ainda mais.

– Olha só, ficou nervosinho! Vamos lá, me ataque agora! Vamos ver se você ataca melhor do que se defende!

Erion rangia os dentes e tremia de raiva enquanto a fúria ia tomando conta de seu corpo pouco a pouco, até que resolveu se erguer e partir para o ataque. Ele iniciou com uma sequência fulminante de golpes, mas, por conta da raiva, não tinham precisão nenhuma, semelhante às vezes que fracassou contra o Shogun e Cassandra.

Elyse ria a cada tentativa frustrada do garoto em atingi-la e nem sequer se esforçava para se defender. Era uma situação humilhante para Erion. Seu estilo de luta perto do de Elyse era patético, o que de certa forma deixou Amy e Gabriel aliviados, pois, da forma que o combate seguia, era quase certo que Erion não atingiria Elyse.

Erion cessou seu ataque de repente e pulou para trás, afastando-se de Elyse. O garoto percebeu que o que estava fazendo estava errado, era amador demais, muito longe do que Cassandra se empenhou tanto para ensiná-lo. Ele respirou fundo e se colocou em guarda de novo. Em um instante, atacou Elyse diretamente com um soco, mas com facilidade foi bloqueado por ela. Apesar de não ter surtido efeito,

Erion persistiu, tentando afinar mais seu combate, que foi aos poucos tomando forma igual ao seu treinamento anterior com Cassandra.

Surpresa com a súbita melhora do garoto, Elyse deixou de debochar tanto dele, pois percebeu que ele estava realmente se esforçando o máximo que podia. Porém, contrariando a harmonia do treinamento, Erion involuntariamente desferiu um poderoso soco na direção do rosto de Elyse, que no último instante desviou. A força que o golpe gerou, misturada a um grande deslocamento de ar e energia cinética, fez com que Elyse escorregasse para trás, até bater com as costas em uma grande pilastra de madeira, enquanto vários estilhaços de madeira voavam por toda a parte. Amy e Gabriel ficaram quase transparentes e imóveis ao ver o que havia acontecido.

Elyse se recompôs rapidamente, ficando estática e silenciosa, com os seus longos cabelos caídos sobre o rosto. Erion não sabia o que fazer ou o que dizer. O silêncio de sua instrutora era matador; seu semblante, apesar do pouco que era possível ver por entre o cabelo que o cobria, era frio e sinistro, muito diferente do que Erion estava acostumado. E, então, congelando o sangue de Erion completamente, estava uma aterrorizante visão. Ele notou um singelo corte no rosto de Elyse por onde uma pequena gota de sangue escorria até pingar no chão. Elyse levou a mão ao rosto lentamente e tocou com a ponta dos dedos onde havia sido ferida. Ao ver que era seu sangue, ela rosnou de raiva e rangeu os dentes, deixando Erion ainda mais desesperado.

– Me desculpe... Sério mesmo... Não quis te acertar! – disse Erion com os lábios trêmulos.

Os apelos foram inúteis. Os olhos de Elyse, de lindos e na cor de mel, mudaram para um tom preto e ameaçador, como olhos de tubarão. Seu cabelo foi tomando um tom avermelhado e intenso, como se estivesse em chamas. Sua roupa piscava uma luz branca que ofuscava a vista de todos, até que todo o corpo dela foi completamente tomado por uma forte luz. Naquele exato momento, Cassandra e Cedric chegaram ao centro de treinamento utilizando o terminal V.I. Cassandra em um segundo analisou a situação toda e então, aflita, disse:

– Erion, o que você fez?

LV. FECHOU O TEMPO: A OUTRA FACE DE ELYSE

O brilho no corpo de Elyse foi diminuindo e seu corpo se revelando. A diferença era gritante. De uma pessoa delicada e doce, ela havia se transformado em uma pessoa com o olhar cheio de ódio. Sua maquiagem mudou para um estilo gótico em uma mistura de roxo e preto. Seu cabelo mudou para ruivo ardente e estava amarrado para cima em um coque. Sua armadura de combate foi substituída por um traje ninja, com duas Katanas presas às costas. De todos esses detalhes, o mais preocupante foi o corte em seu rosto causado pelo golpe acidental de Erion.

Elyse encarava o garoto friamente, enquanto, desesperado, ele se movia de um lado para o outro e era perseguido pelo olhar sanguinário da adversária.

Já sei, vou me fingir de morto, quem sabe ela não vai embora, pensou Erion, preparando-se para deitar no chão.

– Isso, vai em frente, seu burro, e não vai precisar fingir! – gritou Amy, debaixo da arquibancada.

– O que vocês fazem aqui? Deveriam estar na sala de aula! – repreendeu Cassandra, olhando embaixo da arquibancada e revelando Gabriel e Amy. – Ok, vocês podem sair daí e assistir! – disse em um tom mais amigável enquanto se sentava com Cedric na arquibancada.

Os dois jovens lentamente passaram pelas frestas da arquibancada, se sentaram à direita de Cassandra e permaneceram em silêncio.

– Erion, não baixe a guarda em hipótese alguma, a Elyse não é mais a mesma! – gritou Cassandra.

– É, isso deu pra notar. Mas a roupa é legal! – declarou Erion.

– Você não entendeu, não foi só a aparência dela que mudou. Isso é o modo assassino! – explicou Cassandra seriamente. – Trevorianos são assim, eles mudam o padrão de combate de acordo com a necessidade e, sim, ela tem uma necessidade grande de te matar! – concluiu.

– O quê? – perguntou Erion com os olhos arregalados.

Antes de tentar estender o diálogo, Erion olhou para Elyse, que permanecia imóvel, porém o garoto estranhou que sua imagem estava um pouco falha, como uma TV mal sintonizada. Antes que pudesse processar o que estava acontecendo, Erion se viu no chão, todo arrebentado e coberto de sangue, e nem sequer conseguia imaginar de onde veio o golpe.

– Minha nossa, ela é rápida! – exclamou Cedric. – Cassandra! – continuou, preocupado.

– Deixa, é agora que a coisa vai começar a andar! – respondeu Cassandra, confiante.

– Olha, eu não sabia que você tinha uma empresa funerária, Cassie... – debochou Cedric.

Ai! O que aconteceu?, perguntou-se Erion, olhando para Elyse parada no mesmo lugar. *É aquela técnica da Miragem?*, continuou, perdido em seus pensamentos.

Elyse permanecia em silêncio, apenas encarando Erion mortalmente. O garoto não sabia o que fazer.

– Como atacar algo que não se pode ver? – perguntou-se o garoto.

Com muito esforço e as pernas trêmulas, Erion se colocou de pé. Estava claro o quanto estava ferido, com vários hematomas pelo corpo e perdendo sangue. Apática, Elyse não parecia se importar, e permaneceu imóvel, aguardando uma reação. Erion se colocou em guarda mais uma vez, com um pouco de dificuldade por conta da dor, enquanto a imagem da adversária se tornava transparente novamente, indicando um novo ataque.

Sabendo do que se tratava, Erion se esforçou para tentar prever de onde viria a investida, mas tudo foi em vão. O ataque furioso de Elyse era tão rápido, que ela disparava várias sequências de golpes pela frente e depois pelas costas de Erion.

O aprendiz estava sendo surrado violentamente e nada podia fazer contra a torrente de golpes desferidos por Elyse, que, por fim, lhe deu um chute extremamente forte no queixo, arremessando-o ao alto e destruindo o telhado do dojô por completo, revelando um cintilante céu azul. Pela força do golpe, Erion ficou desacordado e simplesmente subia como um foguete. Por fim, Elyse surgiu acima dele e, com os dois punhos juntos, bateu no rapaz, arremessando-o contra o solo com a mesma força que o fez subir. O choque do corpo de Erion contra o chão foi forte o bastante para destruir tudo, como se uma bomba tivesse caído de um avião. O estrago foi tamanho, que o dojô se desintegrou quase por completo, revelando que em volta havia uma linda paisagem, semelhante àquela em que Cassandra e Erion treinaram anteriormente, com várias montanhas formando um vale e um belo rio com uma ponte de pedra por cima conectando as margens. Cassandra, Cedric, Amy e Gabriel também foram pegos pelo impacto do corpo de Erion contra o chão e arremessados para longe.

– Eriooooooon!! – gritou Amy após se recompor.

– Eu vou lá, ela vai matá-lo! – disse Gabriel, preocupado com o amigo.

– Não se meta! – repreendeu Cassandra.

– Mas, senhora Cassandra, como pode aceitar isso? – questionou Gabriel, irritado.

– Com todo respeito, senhora, por favor, pare o combate! – pediu Amy aos prantos.

– Cassie! – repreendeu Cedric. – Isso já foi longe demais, não sabemos do que a Elyse é capaz nesse estado. Se você não parar isso, eu paro! – asseverou.

– Hum – murmurou Cassandra, enigmática.

Erion estava imóvel e destruído no fundo da cratera, como se estivesse morto. Nas salas de aula, o olhar de todos era de desespero. Nenhum aluno jamais vira uma pessoa ser atacada daquela maneira. O silêncio por toda a academia era geral, ao ponto de doer os ouvidos. Alguns alunos salvos por Erion no evento contra o gravius choravam em silêncio ao ver seu salvador sendo espancado daquela forma.

– Wurtzita – disse Elyse friamente, diante da cratera. – Feitiço interessante. Se não fosse isso, você estaria morto – concluiu.

– Elyse, já chega! – gritou Cassandra.

– Você me prometeu um combate digno e olha como terminou – protestou Elyse, irritada.

– Posso não ser especialista em Wushu, mas você me deve respeito! – repreendeu Cassandra.

– Pft! – debochou Elyse, olhando para Cassandra.

– Volte ao normal agora! – disse Cassandra, severa.

– Me desculpe, minha amiga, mas a resposta é não. Isso está longe de terminar! – respondeu Elyse, colérica.

Enquanto discutiam, uma rotina do centro de treinamento reparou o piso do dojô, suspendendo Erion ao mesmo nível de Elyse. Amy ficou chocada quando notou o quanto o garoto estava de fato ferido. Gabriel perdeu a calma ao ver o amigo gravemente ferido e tentou mais uma vez ajudá-lo, mas Amy o impediu, segurando-o pelo braço e balançando a cabeça em negativa.

Erion permanecia inconsciente, deixando Cassandra preocupada com o rumo que as coisas tinham tomado.

– Elyse, por favor, não me obrigue a lutar contra você! – disse Cassandra, aproximando-se do tatame.

– Você? Lutar comigo? Então venha... – desafiou Elyse, sinalizando que Cassandra tomasse o lugar de Erion. – Você não faz ideia do quão desapontada eu estou. Eu realmente achava que esse garoto tinha algo especial, mas não passa de um infeliz que deu sorte até agora! – disse em tom debochado. – Você me prometeu um adversário digno, por isso usei força bruta contra ele, e olha no que deu, quase o matei a troco de nada!

– Eu não disse que era para você acabar com a raça dele, mas pegar pesado. Pelo jeito, você confundiu as coisas. Eu serei sua oponente! – declarou Cassandra, serena.

– E-Espera... – disse Erion, esforçando-se para se levantar.

– Erion, já chega, me desculpe te fazer passar por isso, mas acho que as coisas tomaram um rumo diferente do planejado – anunciou Cassandra, preocupada.

– Você está errada em desconfiar de suas escolhas. Se você as fez, era porque tinha fé em algo. Nunca desconfie da sua fé! – ponderou Erion com voz séria e um pouco dificultada pela dor.

– Erion... – desabafou Cassandra com lágrimas nos olhos.

– Vou enfrentar Elyse. Vou honrar a fé que você depositou em mim. Eu sei o que você está tentando fazer e te agradeço muito por isso! – disse Erion, quase sussurrando. – Tem muita gente no meu mundo esperando por mim, muitos animais precisam de ajuda, e não vai ser uma professora maluca que vai me impedir de alcançar meu sonho – completou com semblante sério e terminando de se colocar de pé.

– Hahahaha, olha esse garoto! Você gosta mesmo de apanhar, não é? – disse Elyse, debochando de Erion. – Quer saber? Você não tem chance, até perdi a vontade de te matar, o resultado vai ser o mesmo.

– Isso é o que vamos ver, eu te desafio – declarou Erion seriamente.

– Como é que é? Você disse isso mesmo? Eu te desafio? – questionou Elyse, enfurecida.

– Erion, pare de provocá-la! – disse Gabriel, preocupado.

– Já chega! – gritou Erion, colocando os punhos na altura da cintura.

LVI. ESTILO SHIRYOKU

Assim que Erion posicionou as mãos na altura da cintura, a mana fluiu por seu corpo, fazendo o ar formar um círculo ao redor de seus pés e girar como um rodamoinho. Elyse parecia não se importar, até que Erion resolveu tomar uma atitude inusitada.

– Se eu for atacado mais uma vez daquela forma, eu vou morrer com certeza! – disse Erion, pensando alto. – Só me resta uma alternativa. Vi isso em um filme uma vez, parecia absurdo, mas, perto de tudo que já fiz ou vi até agora, parece até normal! Vale a pena tentar. – E rasgou uma parte de sua roupa, já destruída, do tamanho de uma faixa.

– Não se atreva... – disse Elyse, enfurecendo-se.

– O que ele vai fazer? – perguntou Cedric.

– Tá aí uma coisa inesperada. A pergunta é... Vai funcionar? – perguntou-se Cassandra, olhando para Cedric.

– Ele não pretende usar o... – começou Cedric, surpreso.

– Sim, ele vai usar o estilo Shiryoku – completou Cassandra, confiante.

– Mas como? – perguntou Cedric.

– Eu não sei, mas, se ele está fazendo isso, é porque ou resolveu se matar ou sabe realmente o que está fazendo! O jeito é esperar – falou Cassandra, cruzando os braços.

Erion pegou a faixa que rasgou da roupa, levou até os olhos e a amarrou, fazendo uma venda. Ele fechou os olhos calmamente, respirou fundo e foi sentindo toda a energia ao seu redor. Olhou na direção de Cassandra e dos outros, e viu uma enorme manifestação de energia vindo de seus corpos, especialmente da diretora. As estruturas agora tinham um aspecto opaco, apenas indicando o que era pilastra, o que era parede e o que era chão. Quando Erion mudou o foco para Elyse, se espantou com o tamanho da manifestação energética vindo de seu corpo. Os alunos se ouriçavam em frente aos telões nas salas de aula. Eles jamais presenciaram um combate tão intenso assim. Parecia um filme de artes marciais de alta qualidade.

Elyse se enfureceu ainda mais, o que intensificou sua energia agressiva. Aos olhos de Erion, a energia dela jorrava por todos os lados como um vulcão enfurecido. Enquanto ela movimentava os braços, o garoto podia ver o deslocamento da energia dela.

– Agora você está morto! – gritou Elyse.

Erion permaneceu sereno e tinha confiança no que estava fazendo. O garoto então posicionou a mão direita com o punho fechado atrás das costas e a mão esquerda aberta à frente e fez um sinal com a mão chamando Elyse para o combate.

A garota gritou feito uma louca e se moveu. Erion pôde ver perfeitamente seu deslocamento em sua direção e se preparou para o ataque serenamente. E o improvável aconteceu: ele conseguiu se defendeu, com o braço, do ataque furioso de Elyse. Com o choque, os dois se repeliram, e Erion sentiu uma forte dor no braço esquerdo.

– Caramba, ela destruiu meu braço! – reconheceu, olhando seu braço por debaixo da venda, já imóvel e com muito sangue.

Todos ficaram de olhos arregalados ao ver a forma como Erion manteve o combate, mas ficaram ainda mais surpresos pelo estrago que Elyse havia causado ao braço dele.

Eu calculei mal a força dela, acho que na próxima eu conseguiria manter o combate. Vou ter de confiar no meu braço direito, pensou Erion, tentando ignorar a dor.

– Olha só! O que foi isso? Conseguiu me acompanhar? – perguntou Elyse, surpresa. – Vou te dar um desconto se me prometer lutar dessa forma de novo – disse, empolgada. – Vai lá, cura esse braço aí! – E cruzou os braços.

– Hum? É sério? – indagou Erion, estranhando a súbita caridade.

– Vai lá! – reafirmou Elyse.

– Espere! – gritou Cedric, surgindo subitamente diante de Erion. – Eu faço! Você vai precisar de toda a energia disponível para sobreviver a isso! Tem certeza de que quer continuar com a luta? – perguntou, preocupado.

– Sim, eu preciso... – respondeu Erion com muita dor.

– Tudo bem, então... – disse Cedric, revelando seu catalisador sobre o braço esquerdo. – Curar – conjurou, usando sua Runah Médica e instantaneamente curando o braço de Erion.

– Valeu, doutor! – agradeceu Erion, mexendo o braço normalmente.

– Boa sorte, garoto! – desejou Cedric, desaparecendo e ressurgindo ao lado de Cassandra.

Erion se colocou na mesma posição e provocou Elyse novamente, chamando-a para a briga.

– Desta vez vou com toda a força. É bom se preparar ou não vai ser só o braço que eu vou destruir – ameaçou Elyse, de novo com um tom sádico.

Ela iniciou um novo ataque, se movendo rapidamente. Amy e Gabriel tentaram e com muito custo conseguiram de alguma forma acompanhar o movimento de dela. Sob a venda, Erion via um escândalo energético ainda maior enquanto acompanhava o deslocamento da silhueta de Elyse.

Todos estavam aflitos com o que poderia acontecer, mas, para surpresa de todos, Erion defendeu o poderoso ataque de Elyse apenas com a mão que levava à frente, empurrando o braço dela para o lado. Surpresa, a garota interrompeu o ataque e ficou imóvel encarando Erion, que permanecia inerte. De repente, com um tom sério e estranho, Erion disse:

– Sua mana faz muito barulho quando você se move.

Espantada com a mudança súbita da personalidade de Erion, Elyse deu um salto para trás e se colocou em guarda.

O que foi isso? Que personalidade estranha foi essa?, perguntou-se ela.

– Aí está! Viu, Cedric? É disso que eu estava falando. Ele mudou completamente e a Elyse percebeu alguma coisa! – assegurou Cassandra.

– Realmente, o padrão de magia dele está afiado, parece até que saiu do Templo de Mana agora – concordou Cedric, surpreso ao olhar os gráficos em seu aplicativo de celular.

Amy e Gabriel olhavam estáticos e de boca aberta para o que acabaram de presenciar. O sentimento era o mesmo com os alunos que assistiam à luta pelo telão.

Elyse repetiu o gesto de Erion, levando os braços à cintura, canalizando sua mana e gerando um círculo de vento ao redor de seus pés.

– Eu sugiro usar os dois braços desta vez –aconselhou Elyse em tom arrogante.

– Pode deixar! – respondeu Erion, colocando-se em guarda. – Damas primeiro! – desafiou, acenando com a mão.

– Grrrr... – rosnou Elyse.

– Ele tem o dom para tirar a Elyse do sério, não é? – perguntou Cedric.

– Você não tem ideia – disse Cassandra, levando a mão à testa.

Então a luta começou. Elyse e Erion se engajaram em um fulminante combate. Para todos, era até um pouco difícil acompanhar e demandava muita concentração. Os golpes eram precisos. Não era só Kung Fu ou Wushu, era a união de todas as artes marciais. Os dois se alternavam entre movimentos conhecidos de Karatê, Taekwondo e até Muay Thai. Conforme iam avançando, o pouco que sobrou em pé do dojô se desintegrava. Havia momentos em que o combate chegava a uma velocidade na qual os dois desapareciam, deixando apenas uma miragem para quem assistia. O estrondo da colisão dos dois era ouvido em diferentes pontos do local. A venda de Erion se rasgou durante a luta, mas ele aprendeu o padrão de ataque de Elyse e continuou no mesmo ritmo com os olhos fechados. O garoto aplicou o mesmo procedimento que havia usado para sentir o golpe sorrateiro de Cassandra se aproximando dele durante o treinamento anterior. O estilo Shiryoku ajudou muito Erion a compreender a forma como Elyse se movia, que era totalmente fora do normal, diferente de Cassandra. Ele enxergava a adversária pela mana que a representava. Não há como apagar os rastros de magia quando é utilizada. Erion compreendeu isso e conseguiu achar o ponto exato para se defender.

– Quem diria que ele usaria o Shiryoku a seu favor! – disse Cedric, impressionado.

– Sabe o que eu acho mais engraçado? Ele não faz a menor ideia de que usou esse estilo! – falou Cassandra.

– Parece que sua fé estava no lugar certo, temos muito o que aprender com você, Cassie! – admitiu Cedric, admirado.

Os outros dois interromperam o combate por um momento, ligeiramente afastados, e ficaram se encarando, até que Elyse quebrou o silêncio.

– Este local está me incomodando, vamos para outro lugar? – perguntou, relaxando os braços.

– Que tal aquela ponte? Parece resistente – respondeu Erion, apontando ao horizonte.

– Parece que é mesmo. Vamos? – convidou Elyse.

– Sim – concordou Erion, com um sorriso confiante.

LVII. O RESULTADO

Após concordarem, Erion e Elyse deixaram o dojô, caminhando lentamente através da abertura na parede. Logo em seguida, ouviu-se um estrondo na região da ponte que ficava a quilômetros de distância. Cassandra e os outros correram para lá para acompanhar o desfecho do combate frenético.

Todos se posicionaram a uma distância segura da ponte, de onde era possível ver claramente o combate. Era impressionante que nenhum dos dois se atingia. Seus ataques e suas defesas eram quase perfeitos. Apesar do esforço de Erion e da beleza da luta, com o passar do tempo, a diferença entre os dois começou a aparecer. Elyse ainda era misteriosamente e escandalosamente mais forte e habilidosa.

Erion foi tentando pressionar mais e mais, e Elyse sempre o segurava, defendendo com certa facilidade, enquanto Erion se esforçava para se defender do contra-ataque. O garoto aprendeu o padrão de ataque, mas sua mana foi aos poucos perdendo foco, o que deixou Cassandra preocupada. Ela temia pela segurança do garoto, pois o olhar sanguinário de Elyse não havia mudado, e o combate se manteve na mesma intensidade. Além disso, a forma como Elyse a tratou a deixou incomodada, pois, ao que tudo indicava, as duas eram grandes amigas.

Os dois seguiram lutando na ponte até que o sol começou a se pôr no horizonte, deixando o céu com um belo tom rosado e à vista apenas a silhueta de seus corpos sombreados. Apesar da tensão da situação, Erion ainda teve tempo para se surpreender com o quanto a simulação era perfeita, e não deixou de soltar uma pérola:

– Nossa, que clichê, cara! Lutando Kung Fu ao pôr do sol.

De repente, Elyse mudou um pouco o padrão de ataque, dificultando as coisas.

– Será mesmo que ele pode vencer? – perguntou Cedric à Cassandra.

– Tudo é possível, meu amigo, mas não sou do tipo que acredita tanto em milagres! – respondeu Cassandra, desapontada com algo.

– Pelo seu tom, eu acho que você esperava que ele a vencesse! – disse Cedric, cruzando os braços.

– Uma garota pode sonhar, não é? – indagou Cassandra.

– Sua posição não lhe permite sonhar, Cassie. Há vidas em jogo! – repreendeu Cedric.

– Eu sei disso, Cedric, não sou tão amadora como pensa! – disse Cassandra, áspera.

– Me desculpe, não quis ofendê-la, minha amiga! – falou ele, encabulado. – É que você coloca muita fé nesse garoto. Não quero que tome uma decisão que faça você se arrepender, lembre-se da Natalie! – acrescentou seriamente. – Eu morreria se tivesse de que te ver daquela forma de novo!

– Eu sei... – disse Cassandra enquanto escorria uma lágrima em seu rosto. – Mas esse garoto... Tem algo de diferente nele que não consigo descrever!

– Não há dúvidas de que ele não é totalmente igual aos outros. Nunca vi um aluno aguentar uma luta contra a Elyse em seu modo normal, quanto mais no modo assassino! – declarou Cedric, surpreso. – Mas não deixe isso obscurecer seu julgamento. Ela nesse modo pode matá-lo sem dó nem piedade, você sabe disso. Ela está claramente fora de controle e já estou preparado para intervir... – asseverou.

– Não fui só eu que reparou algo diferente nele, observe! – disse Cassandra, cruzando os braços e voltando a atenção à luta.

Erion percebeu que algo não ia muito bem, pois estava ficando cada vez mais difícil deter Elyse. Alguns golpes dela passaram sua defesa e o atingiram, causando vários ferimentos. Aproveitando uma pequena distração do adversário, Elyse o atacou mais violentamente, o que fez com que os dois se separassem. Devido à poeira que se levantou, distraindo Erion, Elyse simplesmente desapareceu. O garoto tentou rapidamente usar seus sentidos de novo para tentar encontrar a mulher, mas não conseguia mais se concentrar o suficiente para encontrá-la. Seu novo truque não estava mais funcionando e o pavor lhe foi tomando o corpo, pois o golpe poderia vir de qualquer lugar e ele sabia que, desta vez, seria seu fim. Com isso, o rapaz decidiu voltar a usar os olhos, mas nada de encontrá-la.

Amy e Gabriel assistiam à luta preocupados com o novo amigo. Amy olhava e queria fazer alguma coisa, até que Gabriel chamou sua atenção pedindo para que olhasse novamente.

– Ai, não, ela vai... – começou Amy, preocupada. – Olhe para cima, por favor, Olhe para cima... – murmurou.

– Se ele receber esse ataque diretamente, ele já era! – disse Gabriel. – E se a gente gritasse para avisá-lo?

– Não adianta, Erion está em pânico! Ele está olhando para todos os lados procurando-a, menos para onde deveria olhar! – alertou Amy, preocupada.

– Cassie, eu vou parar o combate agora, isso já foi longe demais! – declarou Cedric, revelando seu catalisador e fazendo uma Runah Elemental brilhar.

– Espere... – disse Cassandra, com o braço impedindo Cedric.

Erion então instintivamente olhou para cima e viu Elyse flutuando a uma altura razoável. Ele ficou tão impressionado, que não pôde deixar de comentar:

– Caramba, você voa!

A sensação de ter feito contato visual com Elyse deixou Erion um pouco mais calmo. No ar, Elyse estava estática e com os braços cruzados encarando o adversário, como se pensasse na melhor forma de atacar. Erion estava exausto e seu foco melhorou pouca coisa por conta da adrenalina da situação. A mulher então juntou as mãos formando um triângulo e concentrou uma quantidade de energia grande de cor alaranjada. Então o garoto se colocou em guarda e tentou encontrar uma forma de contra-atacar.

Como alcançar Elyse naquela altura?, perguntou-se.

Mas não havia mais tempo. Elyse gritou algo estranho:

– Tora Ken!!

Erion teve pouco tempo para reagir e só pensou em uma coisa: usar o ataque direto. Ele se abaixou um pouco, criou uma forte distorção sísmica em volta de seus pés e deu um forte salto. Era como se tivesse sido arremessado por uma catapulta na direção da adversária. O ataque de Elyse foi tomando forma de um lindo tigre no ar. O som do tigre ecoava pelo centro de treinamento enquanto a enorme concentração de energia avançava em direção a Erion.

Cedric ao mesmo tempo se preparou para tentar proteger Erion, mas Cassandra o impediu balançando a cabeça negativamente. De alguma forma, o garoto conseguiu ver a massa de energia gerada por Elyse e fez o inesperado: conseguiu tocar na enorme cabeça do tigre e usou da própria energia do ataque para chegar mais perto de Elyse. Sem tempo a perder, Erion iniciou uma sequência de golpes facilmente defendidos pela garota, que, por fim, o segurou pelos braços e o arremessou contra o solo. O rapaz caiu de pé e derrapou vários metros para trás, por conta da força.

O desespero tomou conta do garoto novamente, pois, ao olhar para cima, a massa de energia havia desaparecido. A exaustão também dominava Erion, que mal se mantinha acordado. Até que todos foram surpreendidos pelo som de um forte estalo que ensurdeceu a todos no local. Ao se recomporem, viram Erion caindo lentamente, já desacordado e com sua Hara-Khai se tornando uma pulseira comum. Os espectadores olharam pasmos ao ver que Elyse estava atrás dele com os dedos esticados, indicando que o havia atingindo na nuca.

– Bom trabalho, garoto! – disse Elyse, voltando à sua forma original e observando o garoto caído e desacordado no chão.

Cassandra e Cedric se aproximaram dos dois e se espantaram com a cena, porém Elyse tinha tudo sob controle. Erion estava vivo, apenas desacordado.

– Por um momento você me assustou! – disse Cassandra, sorrindo para Elyse.

– E alguma vez te desapontei? – replicou Elyse, retribuindo o sorriso.

– Espere um pouco, você sabia? – perguntou Cedric à Cassandra.

– Elyse tinha tudo sob controle, apesar de que seu lado sombrio é bem mais sombrio do que eu imaginava. Fazia tempo que não a via lutar assim! – disse Cassandra.

– Para mim foi um aprendizado, porque controlar esse lado não é fácil – admitiu Elyse.

– Cassie? Você deixou Elyse mudar de forma sem saber se ela iria se controlar? – questionou Cedric, severo.

– Eu tenho fé no coração dela, sei que jamais machucaria uma pessoa! – confessou Cassandra com um sorriso.

– Obrigada pelo voto de confiança, minha amiga! – agradeceu Elyse, segurando as mãos de Cassandra.

– É, parece que o garoto vai dormir um bom tempo, vou levá-lo para o hospital – disse o homem, pegando Erion do chão e o colocando em seu ombro.

De cara amarrada, Cedric usou uma Runah de Modificação e gerou uma névoa esverdeada. Logo os dois desapareceram.

– Cedric não parece ter ficado muito contente com o resultado! – disse Elyse, preocupada.

– Não esquenta, ele vai sobreviver! – afirmou Cassandra, referindo-se a Cedric. – Obrigada por tudo, minha querida amiga, o que seria de nós sem suas habilidades?

– Imagina, para mim foi um prazer, e sim... – começou Elyse, misteriosa.

– Sim? – questionou Cassandra, confusa.

– Tem realmente algo surpreendente nele, e vai dar muito trabalho no futuro. Porém, acho que encontrei uma saída – disse Elyse, confiante.

– Enquanto ele está apagado, vou analisar o combate. Vai ser uma semana bem trabalhosa! – reclamou Cassandra, preocupada.

– Cassie? Desculpe me intrometer, minha amiga, mas o que pretende com esse garoto? Você insiste tanto – questionou Elyse.

– Esse é o problema: eu ainda não sei direito, só sinto uma vontade forte de ajudá-lo – respondeu Cassandra.

– Estranhamente, acho que me sinto da mesma maneira. Lutar com ele foi estranho – disse Elyse, pensativa.

– Vamos tomar um café e você me conta, pode ser? – convidou Cassandra.

– Acho que vamos ter de pedir pão também, pois a conversa será longa, minha amiga – concluiu Elyse.

LVIII. UM OUTRO LADO DE ELYSE

Tudo voltou ao normal na academia. Os alunos voltaram a suas atividades e os comentários sobre o incrível combate ainda fervilhavam pelos corredores. Para alguns, Erion teve a famosa sorte de principiante, enquanto outros o reconheciam por seus feitos.

De novo em uma cama de hospital, Erion foi despertando lentamente, com a luz do sol da manhã brilhando forte e iluminando todo o quarto. Ao se sentar na cama, o garoto se surpreendeu por perceber que, ao lado de sua cama, em uma confortável poltrona flutuante, estava Elyse dormindo profundamente. Erion ficou observando-a por um momento, tentando entender, até que um membro da equipe médica entrou silenciosamente pela porta e disse:

– Nossa, ela ainda está aqui?

– Faz muito tempo que ela está aqui? – perguntou Erion, ainda um pouco zonzo pelo recente despertar.

– Você ficou apagado por três dias após o combate. Erion, como se sente? – perguntou a gentil médica.

– Caramba, três dias? Eu acho que estou bem, só um pouco zonzo! – respondeu, levando a mão à cabeça.

– Ela está aqui desde o primeiro dia e disse que ficaria até você acordar – disse a médica.

– Elyse... – murmurou Erion, surpreso.

Enquanto a médica examinava Erion usando o diagnóstico da cama, Elyse acordou por conta da comoção no quarto.

– Não há nenhuma lesão grave, nem nada. Você está pronto para outra! – disse a médica.

– Eu ouvi isso, hein? – murmurou Elyse, sorrindo.

Erion ficou branco, rosa, roxo, vermelho, azul, quase um arco-íris completo.

– Vou deixar vocês dois à vontade. Se precisarem, é só chamar! – disse a jovem médica. – Você está liberado. Lembre-se de que, apesar de estar recuperado dos ferimentos, você ainda deve descansar para que seu corpo funcione bem. Vou enviar um atestado para a senhora Cassandra, recomendando que você tire o resto do dia de folga.

– Muito obrigado por tudo, mas pode ficar um pouquinho mais se quiser! – declarou Erion, aflito por ficar a sós com a Elyse.

– Sinto muito, tenho outros pacientes para visitar hoje. Além do mais, você está muito bem acompanhado – falou a médica, sorrindo.

A médica então saiu do quarto, deixando Erion e Elyse sozinhos. O garoto nem se mexia de tanto medo e evitava fazer contato visual com Elyse a qualquer custo.

– Você sabe que é indelicado falar com as pessoas desviando o olhar? – indagou Elyse.

Erion dirigiu o olhar lentamente para ela, que o encarou com um olhar de ternura, igual ao de quando se conheceram.

– Viu, não foi tão ruim assim... hihi – reconheceu Elyse com um delicado sorriso. – Me desculpe se te assustei no outro dia, mas a Cassie disse que você só funcionava sob pressão!

– Ah, tá, sem problemas, hehe! – exclamou Erion, encabulado. – Mas você ainda não disse por que está aqui!

– Vim te agradecer pelo belo combate e queria ter certeza de que realmente você estava bem. Não tenho muito controle sobre aquele lado que você viu – explicou Elyse, circulando pelo quarto e, por fim, olhando profundamente pela janela. – A coisa estava sob controle, mas nenhuma de nós esperava que você fosse me atingir no rosto! Eu confesso que tive muito medo de te machucar de verdade! Por isso, me desculpe! – afligiu-se, retornando o olhar para a paisagem.

– Você, com medo? Imagine eu, que nem sabia lutar direito e tive de me virar para sobreviver. Eu achei que fosse morrer de verdade!

– De verdade, garoto, me desculpe – disse Elyse, lançando um olhar de profunda vergonha e tristeza.

– Tá brincando?? – falou Erion com um tremendo sorriso no rosto.

– Oi? – perguntou Elyse, sem entender a súbita reação do garoto.

– Foi a melhor experiência da minha vida. Apesar de quase ter morrido, sempre sonhei em lutar assim. Sou fã de carteirinha de filmes de artes marciais, e lutar com você daquela forma, sei lá, fez eu me sentir vivo – respondeu Erion com um sorriso de ponta a ponta.

Elyse ficou sem palavras e só ficou encarando Erion com os olhos marejados e sem saber o que fazer ou dizer.

– Muito obrigado, minha mestra. Espero um dia ser tão forte quanto você. Vou me esforçar! – prometeu Erion, fazendo uma reverência a Elyse.

A resposta repentina de Erion surpreendeu a mulher e fez escorrer uma lágrima tímida pelo rosto dela.

– Você... me reconhece como sua mestra? – questionou Elyse, surpresa. – Mas e o medo todo de agora há pouco?

– Ah, é! Fiquei com medo de te olhar de alguma maneira que você não gostasse e, diferente do que a doutora falou aí, estou longe de estar pronto para outra! – disse Erion, rindo.

– Eu não sou tão ruim assim, mas tenho tolerância zero para moleque pervertido! – avisou Elyse, enxugando a lágrima.

– Só não entendi o porquê da surpresa de eu te chamar de mestra – perguntou Erion, confuso. – Você é superpoderosa e tal. Olha que já assisti muito anime, e as coisas que eu vi você fazer não chegam nem perto disso! Deve ter uma legião de fãs e fila de alunos, não?

Elyse se sentou por um momento e, após uma respirada profunda, continuou:

– Você não sabe muito sobre nosso mundo ainda, mas acho que talvez tenha ouvido que sou uma trevoriana.

– Eu ouvi a Cassandra dizer, mas não entendi o que é um trevoriano – respondeu Erion, confuso.

– Você deve estar cansado, então vou te dar a versão curta. Somos conhecidos por sermos uma raça guerreira, que todos nós adoramos lutar e somos muito bons nisso. E, por isso, somos vistos como uma tribo agressiva e violenta por muitos. Isso inspira medo e não somos muito bem-vistos pela sociedade. Com exceção da Cassie, que sempre me tratou como uma irmã desde que cheguei aqui – explicou Elyse em tom triste.

– Nossa, eu não fazia ideia. Mas você falou em tribo, quer dizer que você não é desta região?

– Somos de uma pequena ilha ao norte deste lugar. Eu sou a única que mora aqui. Meu irmão aparece de vez em quando para ver como eu estou indo ou me ajudar a treinar os alunos!

– E todo mundo é guerreiro assim como você? – perguntou, curioso.

– Em nossa tribo temos nossas diferenças. Nem todos são nascidos para lutar como todo mundo pensa. Eu infelizmente sou um exemplo.

– Não entendi...

– Sério mesmo que você espera que alguém com a minha aparência seja uma guerreira furiosa que sai destruindo tudo? – perguntou Elyse, sarcástica. – As fêmeas da minha tribo que nascem um pouco mais delicadas são colocadas para trabalho de inteligência e reconhecimento. Mas eu nunca fui muito boa nisso e quis seguir os passos do meu irmão, me tornando uma guerreira.

– Eu lembro que você ficou preocupada que seu irmão me visse quando cheguei aqui pela primeira vez! – disse Erion.

– Meu irmão é o orgulho de nossa tribo e meu ídolo, por isso segui seus passos.

– E pelo jeito muita gente não gostou disso, certo? – perguntou Erion.

– Sim, isso gerou muitos problemas em minha tribo e, por fim, acabei deixando a ilha e vim parar aqui. Ai, prometi contar uma versão curta, e olha onde estamos! – declarou Elyse, rindo, constrangida.

– Que isso! Adorei sua história, só não entendo por que você me contou tudo isso – falou, surpreso.

– Eu não sei, você me faz sentir confortável quando está por perto e não me olha como as outras pessoas. E, quando me reconheceu como sua mestra, isso fez eu me sentir importante e achar que estou me aproximando de meu irmão. Muito obrigada! – agradeceu Elyse com um sorriso.

– Tá brincando, a honra é toda minha, Mestra Elyse!

– Mas chega de papo, vou te levar a um lugar bem legal para você descansar! – disse Elyse, levantando-se e dirigindo-se à porta.

Erion e Elyse seguiram pelos halls do hospital, que estavam bem agitados por conta do horário de visita, e seguiram até o elevador que levava de volta à academia. Assim que entraram no elevador, Elyse confirmou as suspeitas de Erion. Realmente, entre as várias opções do elevador, existia um com o nome de "Praia". Para ele, isso não fazia o menor sentido, uma vez que estavam em um prédio fechado. Porém, após cair a ficha do que viu no centro de treinamento, tudo parecia possível para ele.

Como de praxe, a viagem durou alguns poucos segundos e, assim que o elevador parou, estranhamente já era possível sentir o cheiro do mar e a brisa quente do litoral. Erion ficou paralisado logo após o elevador abrir a porta. Já adiante, ele notou que o chão era coberto por uma areia branca e fina. Elyse tomou a dianteira e chamou Erion para que a seguisse e, em pouco tempo andando na fofa areia branca, chegaram ao que parecia impossível: uma linda praia de águas cristalinas. Era um paraíso, assim como as praias das Bahamas, com várias palmeiras altas e um belo deck feito de madeira.

– Impossível! – exclamou Erion, boquiaberto.

– Só é impossível o que não se deseja alcançar, meu jovem aprendiz. Gostei disso! – reconheceu Elyse sorrindo.

– Mas isso é real? Como? Tem um oceano aqui! – gritou Erion, apontando para a grande praia.

– Na verdade, não, isso é feito com pura tecnologia, e qual é o problema? – perguntou Elyse, surpresa. – Você nunca foi a uma piscina com ondas, não? Sei que no seu mundo já existe esse tipo de tecnologia simples.

– Mas isso é exatamente igual a uma praia: a textura da areia, a água, o tamanho, tudo... – disse Erion, tocando a areia e deixando-a cair por entre os dedos.

– Não pareciam real as coisas que vivenciou no centro de treinamento? Por que não usar isso para se divertir? – respondeu Elyse, piscando.

– Muita gente vem aqui?

– Nos fins de semana isso aqui fica lotado! Muitos alunos às vezes não voltam para seus mundos ou para suas casas e preferem ficar aqui relaxando. Olha, na loja de aplicativos tem tudo que você precisa: kit de praia, roupa de banho, tudo é grátis para todos os alunos e professores. Então, aproveite o dia e o privilégio. Tem aluno que mataria só para ficar aqui no meio do horário de aulas – disse Elyse, sarcástica.

– Você não vai ficar aqui?

– Eu tenho muita coisa para resolver, mas divirta-se! Ah, se possível, relaxe bem. Amanhã você vai precisar! – disse Elyse, mudando o tom.

– Êpa, espera aí, como assim amanhã? O treinamento não tinha acabado? – perguntou Erion, surpreso.

– A Cassie não te falou? Amanhã você oficialmente se torna aluno da academia. Então se prepare bem!

– Eu acho que pior do que esses treinamentos não rola, né? – indagou, esperançoso.

– Vou ser sincera com você: nosso treinamento e tudo que você viu até aqui... considere... apenas um aquecimento... – falou Elyse, fazendo uma cara assustadora. – Até mais! – cumprimentou com um delicado sorriso, seguindo em direção ao elevador.

A forma como Elyse disse as últimas palavras deixou Erion um pouco incomodado, mas quem se importava, o garoto estava à vontade, em uma praia paradisíaca.

LIX. UM BREVE E NECESSÁRIO DESCANSO

Erion resolveu deixar o medo da véspera de lado e se esbaldar. A primeira coisa a fazer foi correr até um belo e bem-caracterizado quiosque com telhado de palha e tudo mais e pedir algo para comer. E com algo para comer, quis dizer muita, mas muita comida. O cardápio era variado e tinha tudo que o garoto gostava: peixe frito, batata frita, água de coco, calabresa frita e tudo quanto é quitute de praia. Como a cantina, a sorte era que havia também uma rotina de limpeza, senão o único mar que se veria no local seria um mar de restos de comida.

De estômago mais do que cheio, Erion seguiu a recomendação de Elyse e acessou um aplicativo com a descrição "Praia". Nele, Erion pôde escolher entre uma infinidade de acessórios de praia, como cadeiras, pranchas de surfe, espreguiçadeira e até veículos aquáticos. Também havia, como Elyse disse, trajes de banho de vários modelos. A lista era imensa.

Ainda com um pouco de dificuldade com seu moderno celular, o garoto navegou pelas várias opções e selecionou uma espreguiçadeira de madeira e um belo guarda-sol. Para roupa, um shorts foi o suficiente, além de um descolado óculos de sol. Sua roupa formal logo se tornou uma confortável roupa de praia e seu kit de praia surgiu à sua frente.

Ele pulou na espreguiçadeira e ficou deitado, todo relaxado, admirando a paisagem virtual. Muito tempo depois, Erion resolveu testar as outras opções do aplicativo. Por segurança, achou melhor usar apenas uma prancha de surfe, já que suas últimas experiências com veículos não tinham sido as melhores. Sendo assim, ele aguardou a prancha surgir e correu para a água feito uma criança. Lá, ficou admirado com o quanto era quente, e até na densidade da água salgada parecia que ele estava de fato no mar, isso sem falar na simulação das ondas. Em sua mente, quem quer que tivesse projetado aquele lugar não havia poupado os mínimos detalhes.

Depois de uma insolação forte e vários ferimentos de tanto cair da prancha de inúmeras formas, Erion decidiu que era hora de voltar para seu quarto. Naquele momento, tudo o que havia sentido, feito e sofrido passou como um filme em sua cabeça enquanto caminhava em direção ao elevador. Um jato forte de água encheu o elevador até o pescoço do garoto. Ele ficou em pânico e começou a pedir ajuda, até que subitamente a água foi escoando pelo chão. Pensando que estava a salvo, e já aliviado, Erion foi surpreendido mais uma vez por uma forte corrente de ar, que fazia com que sua pele se deformasse com a força do vento. Após alguns minutos, ele estava completamente seco, sua roupa de banho voltou a se tornar o uniforme e o elevador retornou à tela para que o garoto selecionasse o andar.

De volta ao quarto, Erion achou melhor tomar um banho novamente e trocar a roupa após a estranha experiência de limpeza no elevador. Uma coisa que o rapaz nunca havia feito desde que chegara foi tentar mexer no painel principal de seu quarto, o qual, segundo Amy, customizava a disposição do lugar. Dentro da ferramenta, havia várias outras opções de configuração além dessa, incluindo a personalização dos objetos e das cores. Ele transformou seu quarto ali em uma quase réplica de seu quarto na Terra, claro que sem a bagunça que estava acostumado a se esconder, deixando o lugar mais amigável para ele.

Depois de alguns cliques, o design estava pronto. Na tela havia um botão de confirmar, e Erion pensou umas cem vezes antes de pressionar, mas, depois de um tempo, criou a coragem necessária e clicou. Esperando algo mirabolante acontecer igual ao episódio do elevador, o garoto ficou na defensiva, mas tudo que ocorreu foram as luzes se apagarem.

Ficou um estranho silêncio por um momento, até que, vindo do terminal no qual Erion fez a seleção das coisas, surgiu uma voz semelhante à da cafeteria, dizendo:

– Customização completa!

Aos poucos a luz foi acendendo e revelando um quarto um pouco menor e exatamente igual ao que Erion tinha na Terra. Até os pôsteres bizarros de suas bandas favoritas estavam no lugar. Erion agora tinha o quarto da maneira que sempre desejou. De repente, lhe veio à cabeça uma estranha curiosidade de como os quartos das outras pessoas seriam.

Erion então decidiu assistir a um pouco de televisão. Com ela melhor posicionada, ele ficou surpreso como era apenas uma fina película de vidro e, ao ligá-la, revelou-se projetar uma imagem de uma qualidade que jamais havia visto. Ele ficou alternando entre os canais para ver como eram. Havia canais mostrando a natureza selvagem do planeta, outros com programas de entretenimento até interessantes, mas o que mais chamou a atenção foi o canal de noticiário. Assim como na Terra, Erion ficou chocado com quantos problemas aquele novo lugar tinha, problemas até corriqueiros, principalmente no Brasil, no que diz respeito à violência. Do pouco das coisas que o garoto conseguiu entender, os formatos eram muito diferentes, usavam uma maneira diferente de dispor, não havia censura, tudo era relatado como acontecia. Nisso, os zetharianos também eram mais amadurecidos em relação aos humanos.

Antes de desligar a TV por conta do sono, Erion viu algo que o deixou paralisado. Era um flash de uma notícia que já havia sido reportada, informando que mais uma manifestação maligna havia sido contida hoje por um grupo de Meyjais. Para Erion, tudo era muito confuso e ele não conseguiu se concentrar muito bem. Até onde pôde entender, houve uma tentativa de ataque nas proximidades da Cidade do Norte e os Meyjais tiveram de ser acionados para conter a situação. Sem compreender muita coisa, ele deixou isso no canto de sua mente e pensou em perguntar para Cassandra sobre isso no dia seguinte.

LX. O OUTRO LADO DE ZETHAR: WRAITH

A visão perturbadora do dia anterior no noticiário também se infiltrou nos sonhos do garoto, que teve visões de como teria sido o combate. Como seria o estilo dos Meyjais? Simulações e mais simulações criavam situações possíveis de combate contra vultos de olhos vermelhos. Agitado, o garoto se revirava em sua confortável cama, tudo de acordo com o que sonhava. Em um momento mais agitado de seu sonho, o garoto acordou assustado e se sentou na cama, ofegante. Seu sonho foi tão profundo, que era como se tivesse lutado de verdade. Erion perambulou pelo quarto, não apenas por conta do sonho agitado que teve, mas também pela ansiedade que sentiu ao se lembrar do que Elyse havia dito na praia.

Seu celular de repente tocou, lhe dando um baita susto. Era Cassandra. Erion atendeu prontamente, iniciando a chamada por vídeo.

– Imaginei que você estivesse acordado! – disse Cassandra.

– Por quê? Tem câmeras aqui? Você está me espionando? – perguntou Erion, preocupado.

– Não, câmeras, não. Mas sim para a parte da espionagem! – ponderou Cassandra com um semblante sério. – Venha à minha sala, nós precisamos conversar! – completou, acalmando o tom.

– Tudo bem, me dê um minuto! – disse, desligando em seguida.

Erion prometeu um minuto, mas tomou um longo banho e, enquanto a água caía, ele tentava prever o que estava por vir a seguir e estava muito nervoso com tudo, principalmente por seu problema de controlar magia. Erion ficou um bom tempo examinando a corrente mágica, que ainda estava intacta, apesar de seu intenso combate contra Elyse.

Após trocar de roupa, Erion respirou fundo diante da porta e se apressou em direção à sala de Cassandra. Assim que desceu do elevador, após cruzar o corredor, ele se surpreendeu por encontrar, diante da sala, uma Cassandra de braços cruzados e com cara de poucos amigos.

– Pode ser seu mundo, ou nosso mundo, mas ainda é indelicado deixar uma dama esperando, você sabia? – indagou Cassandra.

– Me desculpe, mas... – começou Erion, tentando se explicar.

– Vamos lá, entre, vamos conversar um pouco! – convidou Cassandra, acalmando o semblante.

Erion caminhou lentamente, seguindo a diretora, e sentou-se.

– Erion, hoje é seu primeiro dia como aluno da Academia de Versynia! Pela sua cara, você deve ter assistido à TV ontem, estou certa?

– Sim, mas como...

– Aquilo são o que chamamos de wraiths! – disse Cassandra.

– Wraiths? – perguntou Erion, confuso.

– Muito tempo atrás, nosso mundo passou por uma grande guerra. Nosso planeta era dividido em várias cidades, e as capitais eram bem menores. Após a guerra, o planeta ficou devastado, e as poucas cidades que sobraram se uniram e se tornaram o que hoje chamamos de capitais. E, para protegê-las e evitar ataques, nós as cercamos com domos. Por isso nossa academia se chama Academia de Versynia. Esse era o antigo nome de nossa cidade, até que se tornou a grande Capital do Norte! – disse Cassandra com um grande pesar no coração.

– Mas essas Wraiti, Writin...

– Wraiths, Erion – corrigiu Cassandra. – Depois que a guerra acabou, mesmo que as feridas do planeta tenham cicatrizado, houve uma outra profunda ferida causada na mana do planeta – continuou, levantando-se e caminhando até a janela, por onde entrava uma cintilante luz do sol.

– Espera aí, como assim? Não entendi, como o planeta pode ter mana? – perguntou Erion, surpreso.

– Mana é a energia que compõe a vida de todos os seres. Se há vida, há mana! – respondeu Cassandra, olhando pela janela. – O planeta não é diferente, ele está vivo, não é apenas uma rocha perdida no espaço. Então, sim, o planeta é cheio de mana. Ela está presente em tudo e em todos, mesmo naqueles que não são usuários de magia. Em outros mundos é chamada por outros nomes, como energia espiritual e Ki. Há inúmeros nomes para ela, mas o conceito é o mesmo – concluiu Cassandra, voltando à sua mesa.

– Nossa, agora faz mais sentido, mas ainda não entendi onde aquelas coisas entram! – disse Erion, confuso.

– Durante a guerra, houve um choque incrível de sentimentos, medo, ódio, raiva. Essa explosão contaminou a mana de nosso planeta e essa contaminação nós chamamos de Mana Negra. E é aí que as wraiths entram! – respondeu Cassandra. – Assim como um vulcão que tem sua lava perturbada por uma rachadura das placas tectônicas, a Mana Negra também entra em erupção em alguns pontos aleatórios no planeta. E sua erupção traz as wraiths para o nosso plano! Elas podem assumir qualquer forma, baseadas no sentimento que as forjou. Por isso, além das wraiths, a Mana Negra também é extremamente perigosa. Nossa academia é responsável pelo monitoramento e pela purificação dessas áreas. É um trabalho árduo, e vai levar muito tempo para nosso mundo se livrar dos escudos!

Cassandra então se levantou e fez um gesto na direção da parede, revelando uma tela holográfica com vários dados que não faziam o menor sentido para Erion.

– Como você pode ver nesta tela, temos gráficos, estatísticas e monitoramento vinte e quatro horas de toda a atividade das wraiths no planeta. Porém, o que nos cabe são as manifestações do Norte! Cada manifestação é analisada de acordo com o nível de concentração de Mana Negra. A manifestação recebe um nível em uma escala de um a dez. Quanto maior o nível, mais perigosa e evoluída a wraith será!

– Qual foi o nível da que apareceu ontem no noticiário? – perguntou Erion.

– O nível de ontem foi cinco – respondeu Cassandra com um olhar um pouco mais tristonho enquanto alterava a imagem dos gráficos para a da criatura.

Era uma criatura gigantesca, no formato de uma centopeia gigante, com o corpo feito todo de ossos e garras enormes. Erion ficou paralisado com a imagem detalhada do monstro. Ele havia visto um resumo da notícia anterior, que mostrava apenas a destruição causada, e não a criatura em si. E isso já o havia deixado em frangalhos. Ver qual era o tipo daquela criatura deixou o garoto ainda mais apreensivo.

– Só não entendi por que os Meyjais foram chamados. Wraiths não são responsabilidade nossa? – questionou Erion, quebrando sua melancolia.

– Era... Nós não atendemos mais chamados de nível cinco. Essa tarefa foi passada aos Meyjais – respondeu Cassandra com peso na voz.

– Pelo seu semblante, sei que foi por um motivo bem triste e prefiro não perguntar – ponderou Erion, empático.

– Obrigada, Erion! – disse Cassandra, deixando uma lágrima escorrer. – Você já deu largos passos nos caminhos da magia e aprendeu como utilizar essa energia a seu favor, e a partir de agora será sua responsabilidade proteger nosso mundo! – disse Cassandra em um tom mais alegre. – Você está pronto?

– Se eu disser que não, sair andando pela porta e voltar para a praia, vai adiantar?

– Posso te assegurar que não! – afirmou Cassandra, cruzando os braços.

LXI. ANTES DE PARTIRMOS, VAMOS RECAPITULAR

Cassandra fechou o aplicativo de monitoração das wraiths, abriu um outro de diagnósticos e continuou:

– Só tem mais uma coisa que eu gostaria de te mostrar antes de começarmos...

– Ah, não, vai me dizer que tem espaço para piorar – falou Erion, preocupado.

– Não sabia desse seu lado vidente, Erion, você me surpreende a cada dia! – respondeu Cassandra, sarcástica.

– É porque era óbvio demais... – desabafou o garoto, abaixando a cabeça.

– Ok, vamos lá. O problema é o seguinte. Lembra todo o treinamento que você fez desde o Templo de Mana até aqui? – perguntou Cassandra.

– Sim, a Elyse me disse que era apenas um aquecimento, e pelo jeito ela estava certa! – continuou Erion, de cabeça baixa.

– Na verdade, isso responde à sua pergunta quanto à espionagem. E, sim, estamos monitorando seu comportamento nos campos da magia. Foi dessa forma que obtivemos esses dados – disse Cassandra, mostrando um gráfico de performance na tela. – Sei que parece confuso, mas vou tentar simplificar. Esse gráfico mostra o que mais me preocupava desde que você aceitou fazer parte da academia: sua oscilação de mana.

– Sim, mas isso você já havia me dito! Não é por isso que estou usando essa pulseira?

– Seu problema está no que chamamos de Foco de Mana. O Foco de Mana é o sincronismo entre a mana e a mente. Você se lembra de que no começo eu te falei dos quatro passos? Qual era o primeiro deles?

– Deixe-me ver... Era... ah, mentalizar! – hesitou Erion.

– Nossa, sério que demorou tanto tempo para se lembrar disso? É pior do que eu pensava... Você nunca foi muito bem na escola, não é, Erion? – disse Cassandra, debochando. – Enfim, seu problema maior é em completar os feitiços. Portanto, você não consegue manter a concentração necessária, e isso, somado ao seu total descontrole por ter mana de mais, termina em desastre. Mas Elyse encontrou um lado bom. Olhe o gráfico que mostra seu comportamento enquanto usa Wushu – indicou, alternando entre os gráficos.

"Aí estão tanto o nosso treinamento no templo quanto no centro de treinamento, na luta contra o Shogun e, por fim, no treinamento de Elyse. Com um pouquinho de pressão, seu foco ficou estável por muito mais tempo de que quando treinamos o uso de elementos outro dia. Acredito que sua fissura por artes marciais seja tão grande que seu Wushu sobressaiu, lhe dando muita vantagem!"

– Nossa, incrível! – gritou Erion, eufórico.

– Fiquei sabendo que você reconheceu Elyse como sua mestra, e isso foi uma surpresa muito boa. Portanto, ela vai ser sua mentora de Wushu no futuro. Ela sabe lidar com suas dificuldades e extrair sua real essência de poder.

– Legal!

– Algo que ainda não está claro são suas alterações de personalidade. Quando seu foco está ativo, você muda completamente para um semblante sério e faz coisas incríveis. Porém, quando falha... – confessou Cassandra, preocupada.

– O que acontece? – perguntou Erion, curioso.

– Você vira você agora, sem-noção, não entende o que a gente fala! – disse Cassandra com uma risada sarcástica.

– Tá me chamando de burro, é? – perguntou, irritado.

– Eu prefiro chamar de portador de dificuldade de aprendizado crônica – declara Cassandra. – Com o tempo você vai aprender feitiços, uns fracos e outros fortes, mas vai demorar mais do que as outras pessoas. A corrente vai te ajudar a cortar os extremos até você achar uma forma de encontrar o foco. Aparentemente você usa o foco correto quando está em perigo. E infelizmente não temos um outro jeito a não ser o mais difícil, sinto muito, Erion. Com uma mente igual à sua, fica difícil criar feitiços, porque você pensa demais. Devido a isso, seu treinamento será diferente, e teremos que começar bem do início!

– Então eu não sou burro? – perguntou Erion, esperançoso.

– Não, longe disso, sua mente tem vantagens também. Graças a isso, sua linha de pensamento é diferente e sua criatividade lhe permitirá criar feitiços inimagináveis! – respondeu Cassandra.

– Sério?

– Sério! E com a ajuda certa você vai chegar longe, mas vai demandar um pouquinho de paciência. Vai demorar um pouquinho mais que os outros – respondeu Cassandra sorrindo. – Por isso que te falo, wraiths não são professores enérgicos, não são a Elyse. São criaturas vazias formadas por sentimentos ruins, com intuito único e solene de destruir. Algumas têm até níveis altos de inteligência. Assim, eu te peço, tome muito cuidado, porque, se eu não puder te proteger, você será morto com certeza!

– Opa, mas espera aí, eu vou enfrentar aquelas coisas agora? – perguntou Erion, preocupado.

– Oh, você estragou a surpresa! – respondeu Cassandra, frustrada. – Temos um chamado nas ruínas da cidade de Judinya. É um chamado de nível 1!

– Eu não sei se consigo... – confessou o garoto, apreensivo.

– Fique tranquilo, você não vai pra lá sozinho. Todo atendimento é feito em grupos acompanhados por um instrutor. Como esse chamado surgiu de repente, eu resolvi atender para você se familiarizar com eles – explicou Cassandra, determinada.

– Eu achei que fosse começar nas aulas junto com os outros alunos – desapontou-se Erion.

– Aprender sobre wraiths na prática será mais vantajoso do que te colocar em uma aula de feitiços agora.

– E quem serão meus companheiros? – demandou ele, curioso.

– Fique tranquilo, você já conhece bem esses dois! – confortou-o Cassandra, andando até a porta. – Vamos!? – chamou, um pouco eufórica.

Erion seguiu Cassandra lentamente e com um enorme embrulho no estômago pela ansiedade quando cruzou a porta. Do lado de fora, estavam duas figuras mais do que conhecidas sentadas em um sofá bem confortável: Amy e Gabriel. Erion ficou feliz e surpreso ao mesmo tempo ao ver seus amigos tranquilos e tendo uma conversa comum. O que surpreendeu foi o motivo pelo qual estavam ali, sendo que, em sua cabeça, os dois já tinham conhecimentos anos-luz à frente.

– Ai, essa cara de interrogação. O que foi agora, Erion? – perguntou Cassandra em tom de incômodo.

– Você tá lendo minha mente agora!? – questionou, incomodado.

– Nem preciso gastar mana com isso, Erion, não existe nada no mundo mais previsível que você! – respondeu Cassandra.

– É, parece que sim! – replicou Erion, encabulado.

Todos, subitamente, inclusive o garoto, caíram no riso, mesmo sendo o alvo da piada.

– Respondendo a sua provável pergunta, Amy e Gabriel desobedeceram às regras de não deixar a sala de aula sem permissão e também por entrarem desacompanhados no centro de treinamento para assistirem à sua luta contra Elyse. Por isso, eles estão aqui – explicou Cassandra em tom severo.

– Me desculpe, senhora Cassandra! – disseram os dois, encabulados.

– Os dois já tiveram bastante experiência de campo e vão te ajudar. Amy já atendeu chamados de nível 2, até! – orgulhou-se Cassandra. – Mesmo com experiência, nada impede de surgir uma wraith de nível mais alto. Por isso um mestre sempre deve acompanhar os alunos em missões.

– Senhor, faça com que apareça só nível 1! – clamou Erion, juntando as mãos e rezando.

– O que é isso, garoto!? Pare de ser medroso, lutou contra a Elyse e ainda está vivo. Nada no mundo é mais perigoso do que a Elyse com raiva! – repreendeu-o Amy.

– É, cara, a coisa é bem por aí mesmo. Fique frio, você vai se sair bem! – declarou Gabriel, tentando acalmar Erion.

– Todos prontos? Então vamos para o hangar – chamou Cassandra, tomando a dianteira.

LXII. A PARTIDA

Os jovens seguiram Cassandra até o elevador que os levou ao andar do hangar. Erion ficou encantado com o lugar repleto de jatos modernos e grandes, todos com as mesmas insígnias da academia. O que mais lhe chamou a atenção foi que todos tinham apenas pequenas asas, o que fez o garoto tentar entender como voavam ou se mantinham no ar.

Por onde passava, Cassandra era saudada pelos pilotos e outros funcionários do hangar, e sempre respondia aos gestos com ternura, como se fossem membros de sua família. Isso mostrava o quanto ela era respeitada e amada por todos na academia.

O hangar era bem agitado, com muitas pessoas transitando em trajes militares semelhantes aos uniformes que os jovens vestiam.. Havia muitos robôs e drones trabalhando na manutenção dos jatos, monitorados por pessoas utilizando seus celulares.

Cassandra seguiu até um guichê onde havia uma moça de pele dourada com pequenos quadrados como escamas e olhos verdes como esmeralda. Apesar de algumas diferenças, sua aparência era um pouco mais semelhante à de um humanoide. Ao se aproximar, a diretora foi recebida com uma bela reverência.

– Senhora Cassandra, a que devo a honra? – perguntou a jovem.

– Pare com isso, Danukah, já disse que somos iguais! – repreendeu Cassandra. – Queria saber quem vai nos levar a Judinya?

– Só um minuto, vou verificar no sistema – disse Danukah, verificando sua tela holográfica. – Sua piloto é Alexandra Gilmore, Hangar 32, jato TX-42 – informou.

– Nossa, por que uma coisa tão rápida para uma distância tão pequena? – Cassandra pensou alto. – Tudo bem, vou para lá, muito obrigada! – agradeceu, educadamente.

– Boa missão, senhora... Errr, Cassandra! – hesitou Danukah.

– Obrigada! – falou a diretora, acenando.

Erion ficou sem entender nada do que se falava, enquanto Cassandra acenava para que os jovens a seguissem. Os três foram lentamente a acompanhando. Assim como Erion, Gabriel parecia encantado com as aeronaves.

– Ah, cara, não acredito que a gente vai voar em um TX-42! – disse, eufórico.

– Se comporta, garoto, qual é a diferença? – perguntou Amy, incomodada.

– Qual é a diferença!? É só a maior maravilha tecnológica já inventada! – exclamou Gabriel, indignado com a pergunta.

– É tão fantástico assim? – indagou Erion.

– Erion, não! – gritou Amy, desesperada. – Maravilha, agora vamos ter de aguentar uma palestra sobre essa coisa, vai vendo!

– Para de ser chata, srta. Hawkins! – disse Gabriel com um semblante sério, limpando o pigarro da garganta. – O TX-42 é um jato de alta performance com duas turbinas de alta capacidade de fusão a frio. Utilizando cristais de Neoginium como fonte de energia, ele atinge velocidade de Mach 6 em 0,5 segundos e tudo isso a frio. Ele vem equipado com dois canhões laser que disparam mil flashes por segundo. Ele é considerado um dos mais eficazes em combate, mesmo que seja apenas um jato de transporte de tropas – completou, empolgado.

Gabriel continuou falando do tal jato enquanto caminhavam. Após um longo discurso técnico, os três finalmente chegaram ao hangar 32 e lá estava ele, o tal TX-42. O jato era lindo e bem grande, com curvas imponentes e um design mais agressivo que os demais, além de uma bela pintura metálica branca. Erion só não encontrou as tais turbinas a que Gabriel se referia. Na frente do jato estava Alex operando uma tela holográfica, fazendo os preparativos para a partida.

– Bom dia, Alex! –cumprimentou Cassandra calorosamente.

– Como é bom te ver, Cassie! – disse Alex, abraçando a diretora calorosamente.

– Muito melhor que senhora Cassandra, me sinto menos idosa assim! –brincou Cassandra, rindo. – Alex, desculpa a pergunta, mas para que um jato tão rápido? Qual é o problema com o TQX-22?

– Você sabe que gosto de emoção, e para mim foi uma alegria terem liberado o TX-42. Foi com o que eu mais me adaptei e, para esse tipo de missão, é sempre bom ter algo rápido, caso um resgate seja necessário. Acho também que os TQX-22 saíram de linha!

– Você sempre me surpreendendo, não é? – perguntou Cassandra.

– Eu tento! – disse Alex, encabulada. – Está tudo pronto para partirmos, vamos? – Alex, abrindo a porta frontal abaixo do bico da aeronave e revelando seu interior.

– Garotos, coragem! – empolgou-os Cassandra com feição determinada.

Os três, seguidos de Alex, entraram no jato que parecia muito maior por dentro do que por fora, com várias poltronas estofadas, em um belo e macio tecido azul, e pequenas janelas retangulares. Alex passou por uma porta automática e entrou na cabine. Erion ficou preocupado ao ver que as poltronas não tinham cinto de segurança e olhou para todos os lados, tentando encontrá-los. Assim que sentiu que o quase silencioso motor havia sido ligado, levou um baita susto, pois por baixo de seus braços surgiu o cinto de segurança, que se ajustou anatomicamente.

Erion se surpreendeu ao ver pela janela que a parede por detrás da aeronave subitamente desapareceu, revelando uma queda d'água e muitas montanhas. O jato então começou a levitar e girou na direção da paisagem. Dentro da cabine, Alex controlava tudo por botões holográficos projetados na janela frontal do jato. O jato deu uma leve inclinada para frente e, assim como Gabriel havia dito, atingiu uma velocidade impressionante em um curto espaço de tempo.

– Tá vendo? Eu falei que eram 0,5 segundos, incrível! – disse Gabriel, olhando um aplicativo de seu celular, admirado.

– E como você sabe? – perguntou Erion, curioso.

– Tenho um aplicativo de GPS que calcula a velocidade de deslocamento. É bem simples, mas deu pra ver que estamos voando em Mach 6! – disse, eufórico.

– Cara, não me leve a mal, não, mas não tô entendendo nada do que você tá falando!

– Ah, cara, até você? Sério mesmo? – questionou Gabriel, desapontado.

– É que não entendo nada dessas coisas, ainda estou apanhando para mexer nessa porcaria de celular... – protestou Erion em seu eterno tom bobo.

Ao dizer isso, Cassandra olhou imediatamente para Erion com cara de "cala a boca". Como o garoto não entendeu o recado, continuou a dizer besteiras sobre o celular. De repente, Alex saiu da cabine e ficou encarando o garoto e balançando a cabeça negativamente, até que ele finalmente se ligou e olhou para Amy. A ruiva estava com os lábios tremendo e uma veia saltada na testa. Alex voltou rapidamente para a cabine e fechou a porta, enquanto Cassandra e Gabriel soltaram os cintos e saltaram para trás dos bancos, tapando os ouvidos. Erion ficou sem entender o porquê de tanto alarde, mas então Amy respirou fundo e sua pele assumiu uma coloração um pouco esverdeada e as veias que lhe saltavam se tornaram pequenos galhos.

Depois do evento, todos retornaram aos seus assentos. Erion até tentou ver alguma coisa pela janela, mas era impossível, a velocidade era de mais, tudo que se via era apenas um borrão de cores se movendo. Pouco tempo de viagem depois, soou no interior do jato a voz de Alex, dizendo:

– Estamos nos aproximando das ruínas de Judinya. Tempo estimado para pouso é de dez segundos.

– Hein? O que tá acontecendo? Senti uma vibração de som, alguém disse alguma coisa? – perguntou Erion, levando as mãos às orelhas, tentando massageá-las e indicando estar completamente surdo.

– Nós chegamos! – gritou Gabriel em seu ouvido.

– O quê? – gritou Erion de volta.

Gabriel bateu na cabeça de Erion com as duas mãos, fazendo com que o garoto escutasse um forte zumbido nos ouvidos, o que o fez voltar a escutar, podendo ouvir o leve som do jato pousando verticalmente.

– Caramba, achei que tivesse ficado surdo de verdade! – disse Erion, olhando para Amy, que virou a cara contra ele em protesto.

Assim que tocou o solo, a porta frontal da aeronave se abriu e Alex deixou a cabine.

– Vou ficar em um posto avançado próximo daqui. Se precisarem de mim, é só chamar, que chego rápido! – anunciou Alex.

Cassandra desceu primeiro para garantir que o lugar era seguro e fez uma leitura da área utilizando um aplicativo de monitoração. Na tela surgiu um mapa da região, revelando que a manifestação, que era marcada por um grande ponto em vermelho, estava no centro da cidade e que eles estavam próximos. Os três jovens desceram lentamente pela rampa do jato. Erion olhava e custava a acreditar em seus olhos. A cidade era imensa, com prédios a perder de vista, porém a maior parte deles destruídos ou cobertos por vegetação; era uma enorme cidade-fantasma. O vento soprava um ar gelado que doía nos ouvidos e cortava a pele. O silêncio era mortal, junto à tristeza de ver uma cidade semelhante à Capital do Norte toda destruída. Cassandra se virou para eles com um olhar firme, mas que escondia uma profunda tristeza ao ver aquele lugar daquele jeito, e disse:

– Acomodem a tela de seus celulares de maneira que fique fácil para vocês utilizarem.

Amy e Gabriel pegaram a tela holográfica que estava à frente deles e, como se fosse um material de verdade, a colocaram sobre o antebraço esquerdo, ficando em um tamanho menor e mais prático de utilizar. Erion, com um pouco de dificuldade, deixou a tela escapar várias vezes, até finalmente conseguir copiar seus amigos.

– Não entendi para que precisamos mudar a tela de lugar – questionou Erion.

– Comunicação é só uma das funções de seu celular, esqueceu? Ou você quer que eu peça para Amy para te explicar novamente? – perguntou Cassandra, sarcástica.

– Não, não, não, já entendi! – respondeu Erion, apavorado.

– Estamos prontos! – proclamaram os três em sequência.

– Verifiquem na tela principal de seus aparelhos um aplicativo chamado... Arsenal – instruiu Cassandra.

LXIII. ARSENAL

Os três acessaram o aplicativo "Arsenal", que, diferente dos outros, demorou um pouco mais para iniciar, ficando em uma tela que dizia "Conectando-se ao Arsenal". Para Erion, nada fazia sentido, mas também abriu o aplicativo que tinha um ícone com um símbolo que ele não havia visto ainda.

– Para você, Erion, que está com essa cara de quem não está entendendo absolutamente nada, nós temos esse aplicativo chamado "Arsenal" – revelou Cassandra, demonstrando um pouco o aplicativo em sua tela holográfica. – Você se lembra do aplicativo de roupas, que você escolhe entre os modelos e sua roupa muda? Então, o conceito do Arsenal é o mesmo.

– Que legal! – alegrou-se Erion.

– Antes de você se animar muito, esse aplicativo é restrito e só é liberado durante missões. Não queremos alunos brincando com isso durante as aulas. Com esse aplicativo é possível conjurar qualquer tipo de equipamento, seja um aparato tecnológico, uma armadura e até armas – disse a diretora, seriamente.

Cassandra continuou dando explicações mais aprofundadas para Erion, que em pouco tempo se distraiu, olhando a paisagem destruída. Em uma atitude possessa, Cassandra bradou:

– Erion!? Você prestou atenção em alguma coisa que eu falei até agora?

– Você poderia resumir tudo isso dizendo que o aplicativo funciona como um inventário virtual, conectado a um arsenal militar do planeta, e dentro dele tenho tudo ao meu dispor para me proteger, escolhendo entre armaduras, armas e tudo mais. Ufa, esqueci de respirar! – disse Erion, recuperando o fôlego.

Todos ficaram um bom tempo encarando Erion de boca aberta ao forte som do vento batendo nas estruturas enquanto uma bola de detritos passava quicando por trás deles.

– Olha, se essa é uma forma que fica mais fácil para você entender, é isso, sim! – falou Cassandra, abismada. – Bom, vocês dois já estão cansados de usar esse aplicativo e sabem bem como funciona – referiu-se a Amy e Gabriel. – Então, aprontem-se e vamos antes que as wraiths comecem a avançar e fique mais difícil destruí-las.

Erion abriu a aba do inventário e dentro dela surgiu a figura com indicações correspondentes às partes do corpo de uma pessoa. Ele começou clicando na parte correspondente ao tronco e sobre ela apareceu uma indicação de "Armadura". O sistema revelou uma lista considerável de armaduras e roupas estilosas, cada uma com um design mais lindo que o outro. Conforme Erion clicava sobre a armadura, uma amostra surgia na tela sobre uma silhueta para demonstrar como seria se escolhida, além de seus atributos. Muitas estavam um pouco escurecidas na lista e carregavam um aviso de "Usuário não compatível".

– Algum problema com o aplicativo, Erion? Compartilhe sua tela, por favor! – solicitou Cassandra, notando a frustração do garoto. – Já entendi o problema. Como você foi recentemente cadastrado como aluno, o aplicativo não veio com os filtros aplicados! – revelou, interagindo com o aplicativo de Erion. – Pronto, verifique agora! – concluiu, fechando o compartilhamento.

– Ah, cara, só isso!? – questionou Erion, desapontado enquanto mexia em uma pequena e otimizada lista de equipamentos disponíveis.

– O que foi? – perguntou Cassandra, estranhando.

– São horríveis! – gritou Erion, furioso.

– Pare de reclamar, você não vai reclamar delas quando uma wraith te acertar em cheio e isso salvar sua vida! – repreendeu Cassandra.

Erion então selecionou um modelo de armadura masculina de um tom cinza opaco, quase como um carro sem pintura. A armadura parecia ser um modelo um pouco mais reforçado que a roupa de combate usada anteriormente. Prosseguindo com a exploração do aplicativo, como Erion era destro, selecionou a mão direita da figura do aplicativo e surgiu uma tela que dizia "Arma Principal". Da mesma forma ocorrida com a armadura, havia poucas opções entre armas de menor porte, como alguns rifles modernos. O que de cara conquistou seu coração foi uma bela Katana preta e moderna, um pouco mais larga e com a parte da lâmina feita em um azul neon.

Satisfeito, assim como seus amigos, Erion clicou no botão "Confirmar Seleção". O efeito foi imediato, suas roupas emitiram uma ofuscante luz branca que, ao se apagar, revelou que as armaduras não eram tão feias como Erion pensava. Todas as três eram praticante uma melhoria da roupa de combate, porém, o design era mais futurista, quase robótico e ao mesmo tempo anatômico, com um forte reforço nos pontos vitais. Diferente da roupa de combate que usavam no centro de treinamento, que se moldava de acordo com a necessidade, a armadura tinha uma aparência mais reforçada e fixa. A de Amy seguia a anatomia feminina, um pouco mais justa ao corpo, enquanto as de Erion e Gabriel eram de uma estrutura mais bruta. Erion ficou surpreso como algo de aparência tão robusta era ao mesmo tempo leve e se ajustava perfeitamente ao corpo. Finalmente um senso comum entre os três: a escolha das armas. Eles levavam nas costas uma espada embainhada.

– Ah, cara, a gente tá praticamente igual! Que falta de identidade! – reclamou Erion, desapontado.

– Não gostou? Estude conjuração e crie a armadura que quiser! – repreendeu Cassandra.

– Errrr... senhora Cassandra? – disse Amy, chamando a diretora, um pouco encabulada.

– O que foi, querida? – perguntou Cassandra.

– A senhora não me leve a mal, mas realmente essa armadura é bem feia... – respondeu Amy.

– Até você, Amélia Hawkins? – disse, cruzando os braços, desapontada. – Está vendo só, Erion? Você é uma má influência para o time – completou, irritada. – Vamos, temos de deter as wraiths! – concluiu, tomando a dianteira.

LXIV. MISSÃO 1

Os três seguiram Cassandra, que acompanhava a localização em um minimapa holográfico na tela de seu celular, posicionado sobre o antebraço. Ele mostrava o quanto já haviam percorrido e o quão próximos estavam de onde houve o relatório das wraiths. O caminho era repleto de estruturas bastante danificadas, não se sabe ao certo se apenas pela guerra ou pelo castigo do tempo. Enquanto percorriam as grandes ruas cheias de prédios despedaçados, era possível ver o que restava do que um dia foi uma estação de trem e um lugar onde as pessoas possivelmente faziam refeições. O silêncio era doloroso, doía mais que mil buzinas; era como se fosse possível sentir a agonia do que aconteceu tempos atrás.

Enquanto caminhavam, Erion se aproximou de Gabriel, falando sobre coisas inúteis sobre a Terra. Incomodada com a conversa paralela, Amy os ignorava e caminhava mais próxima à Cassandra. Os dois jovens aos poucos foram descobrindo várias coisas em comum e tornaram-se verdadeiros *brothers*.

– Só não entendi uma coisa... – disse Erion, subitamente. – Se a gente se mata tanto pra aprender Wushu, para que a espada?

– Logo você, o tão fanático por artes marciais, não sabe que elas também fazem parte? – perguntou Cassandra. – Nem sempre dá para lutar só com as mãos, tudo depende da wraith que você está enfrentando. Ah, e não preciso lembrá-lo de não usar a espada apenas com as mãos. Lembre-se do que aprendeu em Wushu, de usar sempre a sua mana!

– Armas são para emergências apenas, nem toda criatura é fraca contra feitiços, o que requer uso de Wushu. E criaturas podem ter armaduras, o que dificulta um pouco se seu Wushu não for bom e você depender só dos punhos! – disse Gabriel, fazendo bico na direção de Amy, que, por sorte, estava de costas.

Amy surpreendentemente entendeu a indireta, parou, olhou sobre o ombro e disse em tom assustador:

– Faz o beicinho de novo, e vou te usar para alimentar minhas havérias!

– Calma, quem disse que eu estava falando de você!? – protestou Gabriel, assustado.

– O que é uma havéria? – perguntou Erion, curioso.

– É melhor não saber. Olhe, um mercadinho! – observou Gabriel, empurrando Erion para longe de Amy.

– Chegamos! – anunciou Cassandra, interrompendo a caminhada.

Os quatro pararam no que parecia ser um grande centro comercial, com várias ruínas de lojas e mais prédios destruídos. Era possível ver que haviam sido lojas, porque algumas das estruturas ainda tinham um pouco de energia e havia anúncios eletrônicos de preços e promoções de produtos. No centro da estrutura comercial, estava o que restava de uma linda praça redonda com estruturas de pedra e vestígios de cores que a compunham. Erion podia até imaginar o quanto era movimentado aquele lugar, cheio de gente passando para lá e para cá. Era triste ver terminar assim algo que podia ter sido uma bela cidade. Cassandra olhava tudo em volta e, após respirar profundamente, com pesar, disse:

– Ah, a praça de Judinya, como eu adorava esse lugar. Era tão movimentada e cheia de vida, mas agora...

– Devia ser um lugar lindo mesmo! – disse Erion, tentando imaginar.

– Sim, meus pais me traziam muito aqui quando eu era pequena – contou Cassandra. – Uma pena que essa praça que um dia trouxe tanta alegria agora seja uma fonte de wraiths. Se preparem!

Assim que Cassandra terminou, um manto escuro cobriu o pouco do que restava da praça e começou a borbulhar, como se fosse uma lava escura e pegajosa, com alguns tons de roxo. A simples presença dessa manifestação fez com que Erion se sentisse muito mal, até que foi amparado por Gabriel.

– Opa, calma aí, cara!

– Que sensação estranha é essa? Sinto um medo e um desgosto muito forte! – observou Erion.

– Isso é Mana Negra, só serve para isso mesmo, causar destruição e tudo de pior que se possa imaginar! – explicou Gabriel, irritado.

– Tente se concentrar um pouco em sua própria mana, que vai passar! – disse Amy, amigavelmente.

– Elas devem aparecer em breve, preparem-se! – alertou Cassandra.

Aos poucos o manto líquido foi terminando de vazar sobre o chão e dele foram surgindo figuras escuras envoltas pela gosma. O líquido desapareceu, deixando apenas cinco das tais figuras, que ganharam forma e, de um monte de gosma, transformaram-se em pessoas cobertas por um tecido preto rasgado e bem sujo e um capuz cobrindo-lhes o rosto, deixando apenas um escuro vazio. Elas muito se assemelhavam à velha e conhecida figura da própria morte, conforme retratada em muitas religiões.

Erion ficou apavorado com a visão. Por debaixo dos capuzes, era possível ver o que seriam seus olhos, que brilhavam em um tom vermelho, quase sangrento. Subitamente, uma delas soltou um grito rouco e ensurdecedor, o que deixou Erion com ainda mais medo.

– Todos fiquem juntos, essas são fracas contra elementos! – gritou Cassandra.

– Eu... Eu... vou dar o fora daqui, não quero lutar contra essa coisa, não! – disse Erion, correndo em pânico.

– Erion, não corra!! – gritou Amy, na tentativa de impedir seu amigo.

Era tarde demais, uma das wraiths deslocou-se rapidamente, alcançou Erion e apareceu diante dele. Ele se assustou e tentou se afastar da wraith, que caminhava lentamente em sua direção. O garoto estava com tanto medo, que, ao tentar se afastar dela, acabou caindo sentado no chão. A criatura foi se aproximando devagar e revelou que o manto era uma capa que cobria uma armadura negra com sinais de ferrugem. De sua mão, também coberta por uma armadura, emanou uma névoa preta arenosa, que se transformou em um enorme e pesado machado com manchas de sangue. Erion estava paralisado pelo medo e com muito esforço tentava se afastar da criatura que se posicionava para desferir um certeiro golpe. Sem qualquer sinal de piedade e com uma grande força, a wraith atacou Erion com seu enorme machado. O garoto, em um esforço inútil porém instintivo, tentou cobrir o rosto na esperança de se defender do iminente ataque da wraith. No último instante, Cassandra surgiu entre Erion e a wraith, defendendo o golpe com uma espada branca e dourada.

– Você está bem? – perguntou Cassandra, preocupada.

– E-Eu estou! – respondeu Erion com a voz trêmula.

Assim como descrito, a criatura parecia apenas ser uma concha vazia e sem sentimentos; simplesmente existia para destruir. Se Cassandra não a tivesse impedido, Erion não teria a menor chance. E então, com uma das mãos estendidas, a diretora, fazendo brilhar sua Runah Elemental, disse:

– Serpente de Lava.

O feitiço criou uma enorme serpente coberta por uma incandescente lava, que respingava no chão. Ela se enrolou no corpo da criatura. Com uma simples torção, dissolveu a criatura em poucos segundos.

– Agora está mais justo, quatro contra quatro! – disse Cassandra, dissipando o feitiço da serpente. – Você consegue se levantar? – indagou, estendendo a mão.

As mãos de Erion tremiam sem parar e sua respiração estava ofegante. Algo preocupante, que chamou a atenção da diretora, foi a corrente de Erion, pois uma das pedras já havia se quebrado pelo estresse da situação. Cassandra o colocou de pé, puxando-o pela mão, mas Erion estava quebrado. Além do medo, a situação lhe fez sentir vergonha diante de seus amigos. Ele mal podia olhar diretamente para os dois. Gabriel e Amy permaneceram em silêncio, e seus olhares de preocupação transformaram-se em profunda tristeza ao ver o garoto daquela maneira. Eles sabiam o quanto havia sido vergonhoso o que ele fez e isso ficou estampado em seu rosto. Cassandra, como uma boa mentora, olhou profundamente para Erion, que desviava o olhar dela, e disse:

– Erion, olhe para mim! Você não pode ficar brincando com a sorte dessa maneira. Se eu não tivesse intervindo, você estaria morto a uma hora dessas! Vamos lá, recomponha-se! Você é melhor do que isso! – concluiu, virando-se na direção das wraiths e embainhando sua linda espada.

LXV. UM PERIGOSO DESCUIDO

As palavras de Cassandra, apesar de duras, inspiraram Erion a lutar e isso deixou o garoto empolgado. Gabriel e Amy se colocaram ao lado dos dois e se prepararam para o combate em guarda. As wraiths se alinharam uma ao lado da outra, cada uma materializando uma arma diferente. Uma com par de adagas, outra com uma enorme lança, outra com uma corrente de espinhos sujos de sangue e a última com uma enorme espada de lâmina serrada.

Não contendo a empolgação, de repente, Erion desembainhou sua espada.

– Tá certo, vamos lá! Aaaaahhhh! – gritou Erion, correndo na direção da wraith, que estava armada com as adagas.

– Caramba, ele foi mesmo! – espantou-se Gabriel.

– Erion, pare! – gritou Cassandra, tentando conter o garoto.

Sem dar ouvidos à mentora, Erion continuou a correr para o ataque. Ele achava que o fato de as adagas serem armas menores faria com que a wraith fosse menos ameaçadora do que a que o havia atacado antes. A wraith, notando a investida, correu em sua direção se distanciando das outras, que permaneceram estáticas. De frente para a adversária, Erion desferiu um ataque com a própria espada, mas a wraith em uma fração de segundo se transformou em uma névoa preta e arenosa. Erion demorou um microssegundo para perceber que não a havia atingido e, quando se deu conta de que ela tinha dissipado diante de seus olhos, o monstro se materializou acima do garoto e, em um golpe aéreo, cravou as duas adagas no trapézio de Erion, uma em cada lado, fazendo-o cair no chão gritando de dor. Todos ficaram sem ação ao ver o que havia acontecido. Foi tudo muito rápido, e logo lá estava Erion deitado no chão, agonizando com as adagas cravadas em seus ombros.

A wraith se transformou em névoa novamente, retornou rapidamente para o lado das outras e permaneceu imóvel. Cassandra se sentiu um pouco culpada por não prever a ação desastrosa do garoto. Seu instinto foi correr para auxiliar Erion, mas, ao esboçar a intenção de ajudá-lo, como se esperassem por isso, uma das wraiths bateu a corrente de espinhos como um chicote ao lado de Erion, destruindo o chão, indicando que Cassandra teria de derrotá-la primeiro.

De repente, o celular de Cassandra passou a tocar insistentemente. Na tela holográfica via-se uma ligação da central de monitoramento das wraiths. Cassandra então atendeu.

– Central, não posso falar agora! Estamos em uma situação grave aqui, estou com um aluno ferido! Tem alguma coisa errada com essas wraiths! – preocupou-se Cassandra.

– Nós ligamos por isso, senhora Cassandra. Há uma manifestação anormal das wraiths dessa região, e queríamos saber o que há de errado! – respondeu a jovem atendente.

– Eu é que pergunto, a missão dizia claramente que enfrentaríamos wraiths de nível 1, e não wraiths de nível 3! – disse a mentora, séria.

Naquele momento, Gabriel e Amy lançaram um olhar de pavor para Cassandra enquanto ela desligava a ligação.

– Pela cara de vocês, creio que ouviram o que acabei de dizer, certo? Temos uma situação. Não sei o que deu errado, mas houve um erro no sistema e recebemos um chamado de nível 1, quando na verdade deveria ser um chamado de nível 3 – falou Cassandra em tom preocupado. – Estamos em apenas três. Vai ser uma batalha difícil para vocês, mas vou ajudá-los o máximo que puder. Tomem muito cuidado, essas wraiths não são comuns!

– Vamos nos esforçar, mas e Erion? – perguntou Amy, preocupada.

– Seus sinais vitais estão ok, não foi uma ferida profunda. Ela estava brincando com ele para chamar nossa atenção, é uma distração. Se tentarmos ajudá-lo, elas nos atacarão de uma vez, com certeza! Vamos lá, coragem! – bradou Cassandra, preparando-se.

Liderando o grupo, a diretora correu a uma velocidade incrível para uma direção diferente, afastando-se de Erion o máximo que podia, enquanto Amy e Gabriel se esforçavam para acompanhá-la. As wraiths, por sua vez, se transformaram em névoa e logo se materializaram diante dos três, impedindo que fossem adiante. Cassandra já esperava por isso. De alguma forma, as wraiths entenderam seu plano de se afastar de Erion para evitar que a colisão de poderes atingisse o garoto e o ferisse ainda mais. Isso deixou Cassandra ainda mais desconfiada da situação. *Nunca vi wraiths agirem assim!*

E então o combate começou. As quatro wraiths soltaram novamente o mesmo grito agudo e ensurdecedor e sacaram as armas mais uma vez. Cassandra, Amy e Gabriel olharam uns para os outros e acenaram positivamente com a cabeça, sacando as próprias armas também. O combate seria intenso. Diferente da wraith destruída por Cassandra, estas estavam preparadas para o ataque, então uma súbita investida usando feitiços não seria mais possível. Assim como mostrado por Cassandra durante o treinamento com Erion, o combate requereria não somente habilidade com feitiços, mas também Wushu e tudo que os jovens já haviam aprendido em suas respectivas aulas. Cassandra, Amy e Gabriel partiram para um frenético combate utilizando suas espadas, que zumbiam com o movimento. Em resposta, diferente de como foi com Erion, as wraiths não aplicaram a técnica de névoa, e se engajaram em combate direto. A colisão de cada ataque estremecia todo o ambiente, fazendo com que algumas ruínas mais condenadas da cidade caíssem, levantando muita poeira.

Cassandra ficou a cargo de duas wraiths, a com a lança e a outra com a grande espada serrada, enquanto Amy e Gabriel ficaram com as demais. Os ataques pareciam coreografados, em ataque e defesa. As wraiths eram extremamente habilidosas com as armas, como se toda experiência de um guerreiro antigo estivesse ali naquele monte de energia negativa.

Enquanto isso, mais afastado dali, Erion seguia gemendo de dor, porém consciente. Assim que as wraiths se afastaram, junto se foram as adagas que lhe perfuravam os ombros. Por conta do medo e da dor que ainda estava sentindo, Erion permaneceu imóvel, mergulhado em seus pensamentos. Até que, subitamente, quebrando a torrente de pensamentos do garoto, surgiu novamente a voz que o acompanhou desde o início.

– O que aconteceu, Erion? – perguntou a voz em tom severo. – É para isso que você está aqui? Ficar jogado ao chão feito capacho?

– Eu... eu... não consigo... – disse Erion com dificuldade.

– Como não consegue? – questionou a voz.

LXVI. LEVANTE DAÍ E LUTE!

Erion seguia imóvel. A voz misteriosa não mudava seu tom severo e continuava a questioná-lo:

– Você enfrentou um gravius, um robô Shogun e até a Elyse. O que mudou?

Erion permaneceu em silêncio e não encontrava uma resposta para seu severo e misterioso mentor.

– Essas coisas são fortes demais, não posso vencê-las! – respondeu Erion.

– Não são mais fortes que uma trevoriana em modo assassino, posso te garantir! – rebateu a voz misteriosa. – Onde está sua coragem? Por que você luta, Erion?

– Eu sinto que não faço parte disso, sou diferente, tenho dificuldade para tudo! – respondeu Erion, triste.

– Eu sei disso, e é por isso que você terá sucesso!

– Como? Não faz sentido! Como posso ser bom sendo ruim?

– Não existe bom e ruim, só uma forma de interpretar as coisas. Todos estamos cercados por padrões e protocolos, receitas, mas quem diz o que está certo ou errado? Você não consegue ser igual ao padrão dos demais, isso não quer dizer que você seja incapaz, mas sim que não há limites para o que você pode fazer – explicou a voz misteriosa.

– Eu não tinha pensado por esse lado – disse Erion, surpreso.

– Eu tenho certeza de que você pode acabar com essas quatro wraiths sozinho, vamos lá – disse a voz em tom encorajador. – Levante daí e lute!

Erion, com dificuldade, foi se levantando, até que ficou de pé, um pouco cambaleante.

– É isso aí, vamos lá, tente encontrar o foco e lute com tudo que pode. Não se limite ao conseguir ou não conseguir. Simplesmente faça sem medo! – instigou a voz misteriosa. – Só mais uma coisa que eu quero te pedir...

– Pode falar! – disse Erion, motivado.

– Antes de destruir as wraiths, remova suas capas e peça para que Cassie dê uma boa olhada nelas – pediu a voz misteriosa.

– Mas como eu faço isso? Elas são rápidas demais! – rebateu Erion.

– Garoto, o Tora Ken da Elyse está entre as técnicas mais rápidas que existem e você desviou dele.

– Mas aquele ataque era muito lento, essas coisas são muito mais rápidas!

– Realmente você não entendeu nada mesmo, não é? O ataque era para ter te derrubado se te acertasse em cheio, mas, no último instante, quando decidiu pular, você se igualou à velocidade e conseguiu desviar. Elyse estava contando com isso, pode ter certeza! – respondeu a voz misteriosa.

– Eu não fazia ideia!

– Não temos mais tempo, vá e lute. Seja rápido, Cassie está lutando contra duas wraiths estranhas, para evitar que seus amigos sejam atingidos! – avisou a voz em tom de preocupação.

– Mas Cassandra é muito poderosa! – disse Erion, cruzando os braços.

– Sim, ela sem dúvidas é, mas não sabe com o que está lidando. Por isso, não se esqueça dos mantos!

– Ei, espera aí, como eu faço pra derrotar as wraiths? Só desviar não vai destruí-las.

– Use a imaginação e leia o manual – respondeu a voz misteriosa em tom amigável.

A voz subitamente ficou em silêncio, e Erion deixou de sentir sua presença. Ele sabia que não tinha muito tempo e se apressou até o local do combate. Após as palavras de seu misterioso mentor, Erion passou a confiar mais em si mesmo e o resultado foi imediato. O garoto corria a uma incrível velocidade, até que, subitamente, como se algo lhe atingisse, parou por um momento. O rapaz se lembrou do que seu misterioso mentor havia lhe dito sobre o manual e resolveu procurar no celular por algo que de alguma forma o ajudasse.

O combate continuava frenético, Cassandra não tinha muita dificuldade em deter os ataques das duas wraiths, porém não conseguia afastá-las o suficiente para utilizar seus feitiços sem ao mesmo tempo baixar a guarda e ser atingida de surpresa. Alguma coisa nessas wraiths a incomodava, como se suspeitasse de que houvesse algo de errado.

Os sinais de wraiths de nível 1 e nível 3 são completamente diferentes. Não faz sentido pular para nível 3 sem que antes surgisse uma de nível 2. E pior, o sistema ter registrado isso errado...

Amy e Gabriel, por sua vez, lutavam com bastante dificuldade. Estranhamente, aos poucos as wraiths pareciam estar se adaptando à forma de eles lutarem, como se fossem conscientes, dificultando ainda mais o combate.

As wraiths começaram a pressionar os três, que foram se agrupando enquanto lutavam. Cassandra tentava entender o que havia de errado naquele combate. Amy e Gabriel estranhavam o porquê de sua diretora não ter destruído as wraiths até aquele momento. Era como se ela estivesse dispersa, tentando compreender algo além do que eles podiam enxergar. Essa falta de pressão por parte de Cassandra começou a deixar o combate ainda mais difícil. Então uma das wraiths escapou do cerco de Cassandra e, transformando-se em névoa, reapareceu atrás de Amy, assim como havia acontecido com Erion. A diretora afastou a wraith com quem ainda estava lutando, para tentar defender Amy, mas não havia tempo. A aluna seria atacada pelas duas wraiths ao mesmo tempo. Porém, quebrando o clima da batalha e fazendo as wraiths cessarem o ataque, ecoou pelas ruínas uma conhecida voz:

– Aí, ô da fumaça!? – chamou Erion em um tom tosco.

– Erion!? – disseram todos, surpresos.

LXVII. EU CUIDO DISSO!

A aparição nada sutil do garoto chamou muita atenção e, com a breve distração, Cassandra aproveitou para atacar a wraith que tentava atingir Amy pelas costas e jogou-a contra a outra com quem ela estava lutando, afastando-as para longe. Todas as wraiths aproveitaram o momento, se reagruparam lado a lado e permaneceram imóveis, observando os quatro enquanto Erion dizia em tom de deboche:

– Vocês acham que são bem rápidas, não é?

As wraiths, por sua vez, responderam com um frio e agudo grito na tentativa de intimidar Erion. Amy e Gabriel se posicionaram ao lado de Cassandra. Erion passou por eles em silêncio e com um semblante sério, em direção das wraiths.

Subitamente, o rapaz correu para a wraith que o havia atacado antes. Todos olhavam perplexos quando perceberam que, mesmo com a entrada triunfal, o garoto seria mais uma vez vítima de sua imprudência. Ao olhar de todos, parecia ser um ato impensado atacar um inimigo tão forte de frente e pela segunda vez.

– Erion, tá tentando se matar, seu maluco? – gritou Gabriel, preocupado.

– Vamos ajudá-lo, senhora! – disse Amy, preparando-se.

Cassandra, sem dizer uma palavra, barrou os dois estendendo seu braço e fazendo um gesto negativo com a cabeça. Erion correu sem arma nem nada, enquanto a wraith colocou-se em posição defensiva com suas adagas. Assim que se aproximou, a wraith transformou-se em névoa e dissipou-se novamente diante de Erion, que olhou para Cassandra, Amy e Gabriel com um maroto sorriso enquanto sua imagem ficava distorcida. A wraith fez mais uma vez um ataque aéreo, com muito mais força sobre Erion, mas atingiu apenas o chão. Com tamanha força, abriu um grande buraco no chão. Amy e Gabriel olhavam e não entendiam o que havia acontecido, enquanto Cassandra abriu um leve sorriso, indicando que gostara do que vira. Em um instante Erion surgiu atrás da wraith, que ficou totalmente sem defesa, e disse no mesmo tom sinistro:

– Muito lenta...

No intuito de proteger a wraith totalmente indefesa, as outras avançaram, transformando-se em névoa e atacando Erion por todos os lados, uma de cada vez. A cada ataque que recebia, Erion fazia uma pose mais boba que a outra, debochando da situação enquanto desviava facilmente das wraiths. As armas das adversárias passavam por ele assim como diz a técnica: como se atingissem uma miragem. Sem defesa protegendo-as, Erion bateu em uma por uma, fazendo com que fossem jogadas longe. Mas, como Cassandra havia dito, as wraiths eram fracas contra elementos, e o impacto dos golpes de Erion não fizeram muito efeito. Percebendo isso, o garoto decidiu colocar seu plano em prática.

Então, das costas Erion sacou a espada com a mão direita e ficou aguardando as wraiths se recomporem, para reiniciar o combate. Depois de reagrupadas, ele fez um gesto provocativo com a mão esquerda, assim como quando lutou contra Elyse, e chamou as wraiths para a luta. Em um instante elas materializaram-se diante de Erion usando a técnica da névoa e iniciaram o ataque com armas. A primeira a atacar tinha uma enorme lança, mas foi facilmente bloqueada por Erion e sua espada. Sem dar espaço para o garoto, a wraith com a espada atacou-o em alta velocidade, apesar do tamanho da arma. Mas Erion, sem muito esforço, também defendeu esse ataque. Tudo acontecia muito rapidamente. Para Amy e Gabriel era difícil acompanhar e até um pouco bagunçado.

Erion se saía muito bem e se defendia dos ataques como um verdadeiro samurai. Resolveu apostar um pouco na ofensiva e, com uma mistura de chutes e golpes de espada, foi batendo fortemente nas wraiths. Com o tempo, suas capas rasgaram, revelando um pouco do que havia por baixo. As wraiths tentaram recuar e se reagrupar mais uma vez, mas Erion era mais rápido e surgiu diante delas, usando a Miragem.

Conseguiu arrancar suas capas de uma vez, revelando serem criaturas horrendas, trajando armaduras medievais escuras com vários espinhos e um design agressivo. Um detalhe chamava a atenção: todas elas tinham um buraco no peito da armadura, revelando uma forte e sombria luz verde. Do buraco saíam algumas raízes escuras cobertas por uma seiva gosmenta que pingava no chão. O rosto das wraiths era amarronzado e cadavérico, com a boca costurada por uma suja linha preta. Já seus olhos eram apenas órbitas por onde brilhava uma luz vermelha.

Erion apareceu subitamente ao lado de Cassandra.

– Cassie, faz algum sentido para você? Cassie!? – gritou Erion, tentando tirar sua mentora do transe em que estava ao observar as wraiths.

Cassandra sacudiu a cabeça, como se acordasse de repente. E Erion continuou:

– Lembra-se daquela voz? Então, ela me disse exatamente dessa forma: "Remova seus mantos, Cassie precisa ver". "Ela não sabe com o que está lidando!"

– Erion, quem te disse isso? – perguntou Cassandra, confusa com a situação.

– Eu não faço ideia, esse mistério já tá começando a me irritar, de verdade! – declarou Erion, voltando ao tom de voz normal. – Acho que tudo deve fazer bastante sentido para você, porque eu não tô entendendo nada! – completou, coçando a cabeça e esboçando um sorriso bobo.

– Erion... – hesitou Cassandra com voz trêmula e com uma profunda tristeza.

– Bom, acho que é hora da segunda parte, não é? – perguntou Erion, mudando de tom novamente.

– Vamos destruir as wraiths juntos! – anunciou Cassandra, recompondo-se. – Definitivamente não são wraiths comuns!

Amy e Gabriel preparavam-se para se juntar a Erion e Cassandra em combate, mas Erion interveio, dizendo de maneira bem séria e olhando para todos:

– Eu cuido disso! Quero testar o que esse cara misterioso me falou!

– Erion, é perigoso demais. O que ele te disse? Não é hora para testes! – berrou Amy, irritando-se com a breve arrogância do garoto.

– Disse que eu devo acreditar em mim e que posso destruí-las! – rebateu Erion com voz séria.

– Impossível, cara, não me leve a mal, mas elas são poderosas demais para que você as derrote sozinho! – observou Gabriel, preocupado.

– Então peguem uma vassoura e uma pá para recolher meus pedaços! – debochou Erion com um carismático sorriso.

Cassandra não disse nada e ficou só olhando admirada enquanto Erion falava. O garoto olhou profundamente para ela, que acenou positivamente com a cabeça e o rosto sério.

– Isso aqui está no lugar errado! – disse Erion, removendo a bainha da espada de suas costas e encaixando-a na cintura, deixando-a posicionada como os samurais usavam.

Então removeu a espada da bainha, a estendeu à sua frente e gritou:

– Infundir! – Sua Hara-Khai mudou para uma mistura de cores vermelha e roxa e brilhou forte, enquanto Erion passava a mão sobre a lâmina e dizia alto: – Lâmina de Fogo.

A espada emitiu um forte brilho vermelho, que, ao se apagar, revelou uma espada coberta por uma incandescente chama. As wraiths sabiam que estavam sob ameaça e se adiantaram, partindo para o ataque. Porém, tudo foi inútil, as wraiths não acertaram nada além do ar. Erion simplesmente desapareceu, deixando-as procurando por ele.

– Bushido!? – indagou Cassandra, olhando para Erion, que silenciosamente apareceu atrás das adversárias a uma segura distância.

Erion ficou um tempo parado enquanto embainhava a espada incandescente. As wraiths nem se deram conta de onde ele estava, até que, com o polegar esquerdo, o garoto deslocou a lâmina um pouco para fora da bainha, revelando que a chama da espada ainda ardia. Ele então colocou a mão sobre o cabo e se tornou transparente, usando a técnica da Miragem novamente. Cassandra deu um leve soluço contendo a risada, enquanto Amy e Gabriel olhavam para ela e não entendiam o motivo do súbito riso reprimido. Então se chocaram ao ver que um imenso tornado surgiu debaixo das wraiths, incinerando-as e transformando-as em cinzas. Ao mesmo tempo, Erion retornou à posição de onde partiu, mas com sua armadura suja de terra.

– O que esse idiota fez? – questionou Amy à Cassandra, sem entender nada.

– Esse idiota a quem se refere usou uma técnica digna de um Meyjai! – disse Cassandra em tom orgulhoso.

– Incrível! – exclamou Gabriel, feliz.

Cassandra verificou em seu celular e confirmou que a ameaça de wraith havia cessado completamente. Erion, então, aproximou-se dos amigos e disse, de volta ao tom normal:

– E não é que ler o manual deu certo? Igual ao cara na minha cabeça disse para eu fazer, hehe!

– Você usou uma infusão e uma distorção de elementos lendo um manual? – perguntou Amy, irritada.

– É, daqui pra frente vou levar os manuais mais a sério! – confessou Erion, sorrindo e passando a mão na nuca. – Não sei por que ninguém lê o manual das coisas, sei lá, alguém escreveu esse treco por um motivo, não?

– Você é muito estranho, garoto! – falou Amy, virando os olhos.

– E engraçado... – acrescentou Cassandra, fazendo com que a tela de seu celular ficasse visível a todos. – Vou mostrar para vocês o que ele fez de verdade!

– Ah, Cassandra, não dá pra pular essa parte? – perguntou Erion, constrangido.

– Ah, mas não vou deixar essa passar mesmo! – replicou Cassandra, sorridente.

A mentora então acessou um player de vídeo e mostrou em câmera lenta o que Erion havia feito em seu último ataque. O vídeo mostrava que o rapaz sacou a espada e se deslocou com um semblante sério, como um verdadeiro samurai, porém ele se esqueceu do buraco aberto pela wraith e acabou caindo de cara. Isso explicava por que sua armadura estava suja de terra. Depois de se recompor rapidamente, aproximou-se das wraiths, e aí sim o combate foi digno. Erion atacou-as várias vezes com golpes de espada. A chama da arma queimava as armaduras das wraiths a cada ataque, derretendo-as. E, então, Erion começou a circular ao redor das wraiths rapidamente, gerando um tornado de fogo que terminou por desintegrar as wraiths, transformando-as em nada além de cinzas.

– Ah, galera, foi incrível, vai!?!? – disse Erion, tentando remediar.

– Hahahahahahahahahahahaha! – responderam Gabriel, Amy e Cassandra com uma forte gargalhada, deixando Erion ainda mais constrangido. Por fim, ele acabou se juntando a seus amigos e também caiu na risada.

LXVIII. UMA NOVA ESPERANÇA: A SOLUÇÃO INESPERADA DE ERION

O momento de descontração havia terminado e Cassandra foi aos poucos fechando o semblante e dando lugar a um olhar melancólico. O que a mentora havia visto nas wraiths sem as capas era um mistério e, a julgar pelo olhar dela, Erion preferiu ficar em silêncio. Gabriel e Amy resolveram se juntar ao amigo e respeitaram Cassandra em seu momento. Não era apenas o que vira que a incomodava. Como ela mesma disse assim que chegaram, já estivera na famosa praça de Judinya em seus tempos de glória, antes de a guerra devastar tudo. Sem conseguir se conter, Erion acabou soltando a pergunta:

– E agora, o que fazemos? Vencemos, certo?

– Venham comigo! – respondeu Cassandra, andando em direção ao centro da cidade, onde ficava a praça.

Os quatro caminharam por algum tempo até chegarem novamente às ruinas da praça. Cassandra tornou seu celular visível mais uma vez e acessou o aplicativo de monitoração de wraiths. Na tela principal, havia uma série de dados estatísticos descrevendo como havia sido o evento na cidade. O processo foi terminado como um chamado de nível 3, e Cassandra questionou a central de monitoração. No canto superior, havia uma frase dizendo "Missão Cumprida". Erion achou estranho que a localidade em que estavam, segundo o mapa do aplicativo, ainda recebia informações de energia de Mana Negra.

– Acredito que isso responde à sua pergunta, não? – perguntou Cassandra seriamente, apontando para a imagem.

– Quer dizer então que, mesmo as destruindo, de alguma forma elas voltam, porque a energia maligna ainda está aí? – indagou Erion, surpreso.

– Olha, isso é bem raro, você fazendo uma pergunta pertinente de primeira. Vou fazer um diário sobre isso! – disse Cassandra em um tom mais alegre. – Como eu te disse, depois da guerra foram depositados neste lugar muitos sentimentos ruins, assim como em qualquer guerra. Sobre sua pergunta "Vencemos?", a resposta é não, não vencemos. Esses sentimentos são a fonte criadora das wraiths. O ciclo nunca termina! – completou, fechando o aplicativo e a tela de seu celular. – Vamos embora, vou ligar para Alex assim que chegarmos perto da saída da cidade! – E começou a andar pelo caminho que os levara até a praça pela primeira vez.

– Espere um pouco... – disse Erion, interrompendo o início da caminhada.

– Mais perguntas? Olhe, peço desculpas, Erion, mas estou um pouco cansada para isso agora – declarou Cassandra, um pouco mais ríspida.

– Nossa, quanta grosseria! Depois reclama que existem wraiths por aí. Também, carregando essa marra toda! – disse Erion, debochando. – Toda vez que fala sobre isso, você se enche de tristeza e, agora pelo resultado, você se encheu de raiva! – concluiu, com a boca trêmula pelo medo da resposta de Cassandra.

– Como é que é? – perguntou a diretora, irritada. – Tenha mais respeito! Você por um acaso tem alguma ideia melhor? Imaginei que não, vamos embora! – chamou, virando-se, enraivecida.

– Não vai me deixar responder? – perguntou Erion em um tom sereno.

Os três viraram-se para Erion com cara de espanto. Amy e Gabriel ficaram preocupados com a tensão da conversa e o que Cassandra poderia fazer com Erion. A diretora, em tom mais áspero, continuou:

– Não sei nem por que eu te dei ouvidos, mas vamos lá, o que você propõe?

– Ué? Simples. Vocês já tentaram fazer o contrário? – perguntou Erion, abrindo os braços como se sua solução fizesse todo o sentido do mundo. – Você disse que as wraiths são a erupção de Mana Negra no núcleo do planeta, que, ao se concentrar, explode igual a um vulcão, certo? E o que colocou essa Mana aí não foi a junção de todo o sentimento da guerra?

– Até aí acertou! – falou Cassandra, melhorando o tom de voz.

– E se fizéssemos o contrário? E se depositássemos energia boa no lugar de onde essas wraiths saíram? Não seria possível purificar a mana desta região? O buraco aí continua aberto para sair mais daquelas coisas no futuro, certo? Então quer dizer que a porta ainda está aberta. E se a gente aproveitasse a conexão com o manto de mana e o bombardeasse de sentimentos bons? – perguntou, concluindo seu raciocínio.

– Erion... – suspirou Amy.

– Eu sei que parece óbvio, mas... – hesitou Erion, sendo interrompido em seguida por Cassandra.

– Erion, na hipótese dessa ideia funcionar, como jogaríamos energia boa? Todo o sentimento foi gerado durante uma guerra, onde pessoas morreram, lutaram, sofreram! – rebateu Cassandra.

– Então Zethar não é diferente da Terra. Zetharianos ou todas as outras raças deste planeta sofrem do mesmo mal dos humanos. É sempre mais fácil achar meios de destruir do que de construir! O mais engraçado é que a resposta está sempre nas coisas mais simples, e todo mundo ignora, jogando ainda mais energia ruim sobre os pensamentos!

As frases de Erion caíram feito um gravius sobre os três. Mas o garoto, sem medo, continuou:

– É mais simples do que parece! O que esta cidade significa para você, Cassandra? O que tinha neste lugar que faz seu coração acelerar?

– A praça de Judinya... – suspirou Cassandra. – Mas, Erion, isso não faz sentido, eu sei o que você está tentando fazer e agradeço, mas já tentamos de tudo! – observou, triste.

– Você pareceu surpresa quando dei a ideia, então não tentaram de tudo, vocês simplesmente se acomodaram com as primeiras hipóteses de que tudo estava perdido, porque para vocês era muito mais cômodo aceitar a dor – disse Erion com lágrimas nos olhos. – Não é justo deixar tudo que é bom morrer sem antes tentar de coração. Esqueça a tecnologia, esqueça tudo, simplesmente siga seu coração! – continuou, com determinação. – Se der errado, o que você perdeu? Vai ser só mais uma tentativa que será esquecida! Eu te ajudo! – finalizou, estendendo a mão.

Amy e Gabriel, emocionados com as palavras de Erion, saíram do lado de Cassandra e se colocaram instintivamente próximos ao companheiro. Os dois estenderam suas mãos, imitando o garoto, e disseram juntos:

– Eu também!

Cassandra não conseguiu conter as lágrimas ao ver que pessoas tão jovens tinham tanto a oferecer ao mundo. No fundo, ela ficou tocada com as palavras de Erion quanto à acomodação e como esse problema poderia ter sido resolvido há tanto tempo, mas perdurava até então.

Lentamente, a diretora caminhou até o que sobrou da praça de Judinya e ficou sobre o ponto de onde as wraiths surgiram. Por um tempo, Cassandra ficou parada olhando os escombros e aos poucos, em sua memória, foi se formando a imagem daquele lugar como era antes. A imersão em seus pensamentos foi tão profunda, que a diretora abriu os olhos e não viu mais a destruição da cidade; em seu lugar, as ruas estavam reconstruídas com um lindo piso e lá estava ela, a praça. Tudo havia voltado ao normal, milhares de pessoas circulavam de um lado para o outro, pais compravam presentes para seus filhos, pessoas almoçavam; era quase possível sentir o cheiro da comida. Cassandra podia ouvir as pessoas gritando, outras conversando. Só existia alegria. As belas estruturas de Judinya encantavam sua mente. Todos os prédios no lugar, o trem circulando veloz, carros voadores para todos os lados e o mais bonito, casais apaixonados sentados no lindo jardim da praça, que, apesar de toda a tecnologia em volta, ainda era um local simples e de uma paz que somente Cassandra conhecia. E então a mana de Cassandra começou a circular por seu corpo, formando um lindo manto de energia azul que foi se espalhando pelo chão como uma nebulosa. Diferente da gosma de onde as wraiths surgiram, criou-se um manto semelhante à água de uma praia paradisíaca, limpa e cristalina. Cassandra sorria fortemente, até que abriu os olhos e a realidade veio lhe dar um forte golpe, fazendo com que sua mana perdesse a intensidade. Era como se Cassandra tivesse desistido de tudo ao ver a cidade em ruínas. Percebendo isso, Erion correu para o lado da diretora, tocou o ombro dela e disse:

– Não desista, vamos juntos, vamos reconstruir o seu mundo!

Ao tocar o ombro de Cassandra, a mana de Erion começou a circular pelo corpo, como se estivesse sendo puxada pela enorme energia da mulher. Amy e Gabriel decidiram fazer o mesmo e tocaram juntos o outro ombro de Cassandra. Da mesma forma, suas energias começaram a fluir pela mentora e dela para o chão, fazendo uma correnteza de energia se expandir cada vez mais. Dando forças ao grupo, Erion falou:

– Agora! Todos juntos!

– Eeeeeeeeeeeeeiiiiiiiiiii!! – gritaram todos, fazendo suas energias fluírem ao máximo.

A força foi tanta, que gerou um enorme tremor de terra, seguido de um clarão e de um forte deslocamento de ar, como se ali tivesse explodido uma bomba. Conforme foi se apagando, Erion, Amy e Gabriel caíram no chão de joelhos, exaustos e ofegantes, enquanto Cassandra chorava com toda a alma, e a energia se dissipava, transformando-se em uma linda névoa azul que pairava sobre o chão. Antes que pudessem se perguntar se havia funcionado, o celular de Cassandra tocou incessantemente. Ela resolveu quebrar seu transe e atender.

– Aqui é Cassandra, o que foi?

LXIX. O PROTOCOLO LUMINA

Na tela, uma bela jovem de longos cabelos e feição delicada, do time de monitoração de wraiths, perguntou imediatamente:

– Senhora Cassandra, o que foi isso? Tem algo diferente em Judinya, as leituras de Mana Negra na área indicam que ela foi completamente erradicada!

– Isso quer dizer que... – começou Cassandra, impressionada.

– Senhora, isso nunca aconteceu antes. Judinya foi totalmente purificada. Estou abrindo os protocolos aqui. Nossa, isso é incrível, o sistema está até demorando para carregar. Essa ferramenta tem recurso de processamento mínimo, pois em todos esses anos, desde que a monitoração começou, nunca foram usados. – disse a jovem, mexendo ansiosamente em sua tela holográfica, abrindo arquivos, copiando pastas, digitando senhas e mais senhas.

Na tela, o protocolo com o nome de "Lumina" foi aberto. Todos próximos à jovem celebravam com muita alegria, trocando abraços e gritando eufóricos. Cassandra observava sorrindo e aproveitou para dividir a ligação com Erion e os outros para que pudessem prestigiar o momento. Na sala de monitoração, havia várias pessoas sentadas em bancadas e com suas telas holográficas trabalhando a todo vapor. Até que subitamente adentrou na sala uma equipe trajando roupas brancas de estilo militar de gala com golas altas, semelhante ao uniforme que os garotos usavam na escola. Dentre eles, um senhor de mais idade, cavanhaque e cabelos brancos, trajando um robe branco e vermelho. Ele se aproximou da jovem que tinha em sua tela a imagem de Cassandra e dos outros.

– É isso mesmo? Tem certeza de que não se trata de um erro do sistema? – perguntou o senhor com uma voz bem serena e suave, como se estivesse emocionado com a situação.

– Tenho, senhor, chequei várias vezes o sistema e o resultado foi o mesmo. Judinya está, sim, totalmente purificada! – confirmou a jovem, emocionada.

– Cassandra, não sei como você fez, mas graças a você Judinya entrará no plano de reestruturação e em breve será habitável – disse o senhor, estendendo a mão em direção à tela.

Assim que o gentil senhor fez o gesto com a mão, da tela da jovem onde aparecia "Protocolo Lumina" surgiu um botão verde e uma nova mensagem, "Executar o Protocolo Lumina?". Sem pensar duas vezes, ele pressionou o botão, esboçando um grande sorriso. O sistema então retornou, dizendo:

– Identidade confirmada, usuário, Lazar Reiss. Protocolo Lumina executado com sucesso.

– Cassie, obrigado! – disse Lazar com muito orgulho.

Erion, Amy e Gabriel festejavam enquanto Cassandra continuava a conversa com Lazar:

– Senhor Lazar, não agradeça a mim. O mérito é dos novatos aqui, que foram bem convincentes! – observou Cassandra, apontando para Erion, Amy e Gabriel. – E a ideia partiu deste aqui! – E apontou para Erion.

– Você é o responsável por isso, filho? – perguntou Lazar serenamente.

– Olha, tio Lazar, eu só dei uma ideia, e quem aceitou foi a Cassandra! – respondeu Erion, encabulado.

– Erion, tenha modos! – Cassandra repreendeu o garoto.

– É incrível que, mesmo depois de todos esses anos, podemos aprender com os jovens. Muito bom, garoto, meus parabéns! – parabenizou Lazar, orgulhoso.

– Valeu, tio Lazar! –exclamou Erion, fazendo um sinal de joia com o polegar e esboçando um sorriso de ponta a ponta.

– ERION!!!!!! – gritou Cassandra, envergonhada, tentando fazer com que Erion se portasse melhor diante de Lazar.

– Eu é que agradeço, mano! – disse Lazar, surpreendendo a todos ao retribuir o gesto de Erion da mesma maneira. – Cassie, quando puder, quero um relatório completo de tudo que aconteceu – disse, mudando o tom.

– Sim, senhor Lazar! – respondeu Cassandra, fazendo uma reverência.

– Ai, essas formalidades! Quando você vai mudar, Cassie? – perguntou Lazar com um sorriso. – Mais uma vez, muito obrigado a todos, nos vemos em breve! – disse, interrompendo a ligação.

– Nossa, gente boa esse Lazar, né? – perguntou Erion a Gabriel. – Quem é ele? Chefe da monitoração?

– Ah, ninguém, ele é só o Alto Conselheiro de Magia da Capital do Norte e líder dos Meyjais do Norte! – respondeu Amy, seriamente.

– O QUÊ???? NÃO PODE SER!!! – disse Erion, desesperado.

– Eu disse para você ter melhores modos! – repreendeu Cassandra. – Agora ele vai pensar umas mil vezes se vai te fazer um Meyjai um dia!

– Ah, não, cara, não, não, não, volta a fita, sério! – disse Erion, cabisbaixo.

Percebendo que Erion havia ficado realmente sentido com o que havia acontecido, Cassandra resolveu aliviar um pouco para o garoto.

– Calma, ele não é tão severo assim, como você mesmo pôde ver! – disse Cassandra, tranquilizando o garoto. – E, por incrível que pareça, ele parece ter gostado de você! O que foi feito aqui vai entrar para a história de Zethar. Estou muito orgulhosa de todos vocês! – disse, eufórica. – Agora sim, vamos, estamos todos exaustos e não é só com wraiths que temos de nos preocupar! – E liderou o caminho.

– A gente não podia usar um veículo para chegar até o ponto de encontro, não? – perguntou Erion com sinais de cansaço.

– Claro, Erion, se você não se importa de ser soterrado por toneladas de uma cidade inteira, acho que tudo bem! – disse Amy, sarcasticamente.

– Ela tem razão, senão pediríamos para Alex nos deixar aqui, você não acha? – falou Cassandra, com serenidade.

– Pô, cara, para de ser molenga, vamos lá! – exclamou Gabriel, entusiasmado.

Os quatro então seguiram pelas ruínas da cidade enquanto Cassandra olhava à sua volta, esperançosa em poder ver a bela cidade de Judinya reconstruída em breve. Pouco tempo de caminhada depois, o grupo se aproximou da entrada da cidade por onde vieram, e Cassandra fez uma ligação para Alex.

– Oi, Alex, você poderia nos buscar? Já estamos quase na entrada da cidade!

– Oi, senho... Desculpe... Cassandra! – escusou-se Alex, deixando de lado a formalidade. – Eu já estou no ar e próxima da cidade, estou fazendo minha manobra de aterrisagem!

– Nossa, que rápido, até parece que você já sabia que terminamos a missão – disse Cassandra, surpresa.

– Você está brincando? A notícia de que Judinya foi purificada está em todas as redes sociais da academia. Nos canais de comunicação não se fala em outra coisa! – contou Alex com um lindo sorriso.

– Nossa, até eu fiquei surpresa! – disse Cassandra.

Enquanto conversavam, Alex foi diminuindo a velocidade para fazer a aterrissagem, utilizando os comandos em seu painel holográfico. O voo estava tranquilo, o tempo estava bom, porém, subitamente adiante, surgiu uma névoa negra parecendo uma fumaça. Sua textura era arenosa e se assemelhava à névoa que as wraiths utilizavam para se camuflar.

– Que estranho! – disse Alex, preocupada.

– O que foi, Alex? Você viu alguma coisa? – perguntou Cassandra, também aflita.

– Minha nossa, o que que é isso? Não... – gritou Alex, desesperada.

Ao mesmo tempo que gritou, sua imagem no celular de Cassandra foi quadriculando e falhando, até que surgiu na tela um alerta vermelho dizendo "Conexão Interrompida".

– Alex!? – vociferou Cassandra, na esperança de ser ouvida. – Alexandra Gilmore, responda!!! – gritou, ainda mais desesperada.

– Senhora Cassandra, olhe! – disse Amy, apontando para o alto.

Todos olharam perplexos ao ver um jato TX-42, igual ao que os trouxe a Judinya, caindo e deixando um rastro de fumaça preta, como se uma turbina estivesse em chamas.

– Mirna, calcular rota de colisão do jato TX-42 agora! – exclamou Cassandra ao celular, com a voz tensa.

Para a surpresa de todos, imediatamente surgiu diante de Cassandra uma bela jovem virtual, com uma silhueta rosa e branca e trajando uma versão virtual do uniforme da academia.

– Jato TX-42 em rota de colisão. Local: Floresta de Talluhk. Tempo para colisão de dois minutos – declarou Mirna, mostrando um gráfico da rota de colisão. – Status da piloto, Alexandra Gilmore: desconhecido! – concluiu. – Deseja um veículo para voar até o local?

Estou muito fraca para conjurar um Fay-Jet, vai ter de ser esse aí mesmo, pensou Cassandra, preocupada por um momento.

– Sim, obrigada, Mirna! – respondeu Cassandra.

Os três olhavam surpresos e espantados com o que acabaram de presenciar.

– Ah, vocês viram isso? – interrogou Cassandra, um pouco sem graça. – Essa é Mirna, minha assistente pessoal. Ela é uma Inteligência Artificial complexa, criada para me ajudar nas tarefas do dia a dia.

– A gente vai ter uma também? – indagou Amy, esperançosa e com olhar de filhote.

– Tem uma versão menos complexa sendo testada e deve sair em um upgrade próximo.

– Sério? – perguntaram Amy e Gabriel ao mesmo tempo e com lágrimas de emoção.

– Nossa, vocês gostam desses upgrades, hein? Até numa hora dessas? – questionou Cassandra, perplexa. – Precisamos ajudar a Alex, rápido!

– Prontinho! – disse Mirna.

LXX. O RESGATE

Mirna desapareceu subitamente da frente de Cassandra e em seu lugar surgiu um lindo carro esportivo com linhas agressivas e design futurístico flutuando.

As portas do carro eram feitas do mesmo material dos prédios que Erion havia visto ao chegar a Zethar. Cassandra fez um gesto com sua mão direita, e a porta abriu para cima em formato de asa, revelando um interior totalmente tecnológico e confortável. Todos prontamente entraram e acomodaram-se, enquanto Cassandra interagia com os controles holográficos do veículo. Assim que as portas fecharam, o carro decolou suavemente, iniciando seu silencioso voo. No para-brisas do carro surgiu um pequeno mapa mostrando onde estavam e a rota traçada por Mirna até o local da queda.

Aos poucos, o grupo foi se afastando das ruínas da cidade de Judinya. A paisagem urbana se transformou em uma mata densa e intocada, até que finalmente eles chegaram à Floresta de Talluk. Do alto, era possível ver como era perfeita, cheia de árvores imponentes da altura de edifícios. De acordo com a rota traçada no painel, faltava muito pouco para que os quatro se aproximassem do local da queda.

Minutos depois, Cassandra diminuiu a velocidade do carro, sendo possível ver sinais de que algo grande e rápido havia passado por ali causando muita destruição. Erion lembrava-se de como eram os acidentes aéreos em seu mundo e ficou com um pesar no coração. Estranhamente, os demais estavam aflitos, mas não com a mesma intensidade de Erion. Cassandra de repente parou o veículo e o pousou em uma clareira, aberta por onde o jato se arrastou. Assim que o veículo tocou o solo, todos desembarcaram rapidamente e Cassandra disse com seriedade:

– Vamos andando, o jato não deve estar muito longe!

Em pouco tempo de caminhada, enfim avistaram o enorme TX-42 danificado, com vários amassados e arranhões na pintura. De todas, a parte mais danificada era o nariz do avião, que abriu caminho pela floresta até ser barrado por uma grossa árvore. Os quatro aproximaram-se do jato devagar, enquanto Cassandra jogou um olhar sério para Amy, como se fizesse um sinal. Erion ficou olhando sem entender nada e, por conta da situação, achou melhor fazer uma raridade: ficar calado.

Cassandra aproximou-se da lateral do jato e tentou abrir o que parecia ser a porta de emergência, fazendo um gesto, assim como havia feito para abrir a porta do carro. Mas o jato não respondia a seus comandos.

– Que estranho! – disse Cassandra, usando um aplicativo de diagnósticos e analisando a aeronave.

Pelo resultado, o jato estava completamente sem energia, e o semblante da diretora mostrava que isso era algo anormal. Sem mais o que fazer digitalmente, Cassandra começou a tatear a porta, como se procurasse algo, até que finalmente localizou um painel analógico na parte de baixo da porta e digitou um código. A porta abriu fazendo um pouco de barulho, o que fez com que alguns animais escondidos na mata se agitassem e se afastassem do local. Cassandra entrou correndo pela porta e gritando por Alex. Erion, Amy e Gabriel entreolharam-se e, acenando com a cabeça, também entraram na aeronave abatida.

O interior da aeronave estava bastante revirado por conta da queda. Cassandra entrou na cabine e encontrou uma espécie de casulo feito de um tipo de gel alaranjado. Rapidamente ela introduziu os braços no casulo e abraçou Alex, que estava totalmente desacordada.

– Abençoado seja esse novo gel de impacto! – exclamou Cassandra, esboçando um sorriso tranquilo.

– Esse jato é bem resistente. Pela queda, achei que o estrago teria sido muito maior! – concordou Erion, surpreso.

– Você vai se surpreender com muita coisa ainda, garoto! – alertou Cassandra.

– Cas... sandra...? – murmurou Alex, acordando com dificuldade.

– Alex, o que aconteceu? – perguntou a diretora, preocupada.

– Foi horrível. Eu fazia minha manobra de aterrissagem, mas diante de mim surgiu uma estranha fumaça preta – disse Alex, sentando-se e cruzando as pernas enquanto limpava o gel de sua roupa.

– Disso eu me lembro, mas o que aconteceu depois? Você se recorda? – indagou Cassandra, ainda aflita.

– Quando me aproximei um pouco da fumaça, notei que não era uma qualquer. Ela parecia com uma tempestade de areia preta! – respondeu Alex. – E então... Ai! – disse com olhar de pânico, levando a mão à cabeça e indicando que estava com dor.

– Calma, já vamos te levar daqui. Depois você me conta, não se esforce! – ponderou Cassandra, tentando acalmar a amiga.

– Não, eu preciso te contar! – insistiu Alex. – A névoa começou a atrair o jato como um ímã, e os controles ficaram malucos de repente. Depois disso, todo o sistema foi desligado – disse, respirando fundo. – Dentro da névoa, parte dela começou a mudar de forma e transformou-se na silhueta de um horrível dragão com olhos vermelhos, que soltou um rugido agudo ensurdecedor. Doeu no fundo da minha alma! – finalizou, tremendo.

– Sinto muito que você teve de passar por isso, minha amiga, eu deveria ter te protegido! – disse Cassandra, chateada.

– Não foi culpa sua. Eu sei que, se estivesse a seu alcance, você teria feito de tudo para me proteger, igual da última vez! – disse Alex com um sorriso. – Só que tem mais...

– Alex, o que mais aconteceu? – perguntou Cassandra, ainda mais preocupada.

– Essa parte da névoa em forma de dragão se moveu e voou na direção do jato, como se estivesse me atacando. Aquela coisa atravessou o jato e imediatamente me senti sufocada, como se alguém pressionasse meu pescoço com muita raiva. Foi aterrorizante. Uma mistura de medo, pânico e dor. Aos poucos fui perdendo os sentidos e apaguei por completo. Aconteceu tudo muito rápido. A última coisa que lembro de ouvir foi o som do motor desligando. Acho que, se não fosse pelo gel de impacto e pelo fato de o sistema de proteção do jato ser mecânico, nós não estaríamos tendo essa conversa agora – concluiu Alex.

– Agora descanse, vai ficar tudo bem... – disse Cassandra com ternura e serenidade.

– Cassandra... É uma... – tentou dizer Alex, sendo interrompida pela amiga.

– Eu sei... Eles já estão lá fora, posso senti-los! – anunciou a diretora, acessando o aplicativo médico e selecionando uma maca flutuante.

LXXI. UMA NOVA AMEAÇA

Gentilmente, Cassandra colocou Alex sobre a maca flutuante e a deslocou para uma área mais espaçosa da aeronave. A diretora travou a maca usando o sistema de fixação magnética e fez um carinho em sua amiga, afagando os cabelos dela enquanto dava um belo sorriso.

– Descanse!

Enquanto isso, Erion, sem entender nada, ficou um pouco preocupado com a misteriosa situação e, como de praxe, teve de perguntar:

– Espera aí!? A gente vai ter de lutar de novo?

– É, pelo jeito vamos, sim! – respondeu Gabriel, conformado.

– Ah, cara, tô ficando cansado disso. Não rola uma folguinha, não? – indagou Erion, irritado.

– Pare de reclamar. Ninguém disse que os caminhos da magia seriam fáceis, ou disse? – questionou Amy, incomodada.

– Eu sei, mas... – desabafou Erion.

– Em uma coisa você está certo em sua frase, Erion: estamos cansados. Gastamos uma quantidade absurda de mana para purificar Judinya e, por isso, estamos totalmente vulneráveis! – disse Cassandra com seriedade. – Controle, temos uma piloto ferida e estamos sob ataque, precisamos de reforços – avisou, acessando seu celular rapidamente.

– Aqui é o controle, estamos solicitando apoio Meyjai e uma equipe médica. Já temos sua localização. O tempo estimado é de vinte minutos! – respondeu um jovem rapaz do time de monitoração.

Cassandra desligou o celular e fez um semblante preocupado. Após respirar profundamente, fechou os olhos e desabafou:

– Vinte minutos... Amy, como está a árvore?

– Ainda é uma pequena muda, estou muito fraca para fazer uma árvore completa! – desapontou-se.

– Eu sei, querida, eu já sinto a energia vindo até nós, mesmo que um pouco fraca, mas ela está vindo. Ótimo trabalho, estou muito orgulhosa de você!

– É verdade, estou sentindo minha força voltando aos poucos! – acrescentou Gabriel.

– Eu não sinto nada... – disse Erion, surpreendendo a todos.

– Eu sinto muito, eu tive de filtrar a assinatura de DNA para zethariano e humano, para a árvore crescer mais rápido. Infelizmente, Erion, você não é nenhum dos dois! – afirmou Amy, seriamente.

– Qual é desse lance de árvore que manda energia!? – perguntou Erion, confuso.

– É uma árvore de mana! – anunciou Gabriel.

– Versão simplificada para você: é uma árvore que eu plantei, cuja raiz vai até o manto de mana do planeta, extrai um pouco de sua força e devolve para nós. Ela é muito usada em combates muito longos, para manter a quantidade de mana de todo mundo a níveis toleráveis – explicou Amy.

– Acho que entendi. Valeu, ruiva, não esquenta a cabeça comigo! – disse Erion, sorrindo.

– Não precisa mesmo, a quantidade de mana que você tem é assombrosa. Duvido que você tenha gastado metade, mesmo depois de tudo. Por algum motivo, você conseguiu economizar energia hoje – orgulhou-se Cassandra.

– Que bom, então vai ser mais fácil – falou o garoto, apertando os punhos.

– Não necessariamente. Seu foco está todo desalinhado!

– Ué, e você sabe isso só de olhar?

– Aprendi que sim, porque, quando você está com o foco na frequência correta, sua personalidade muda totalmente sem você perceber! – respondeu Cassandra. – Então notei que quanto mais tonto você age, mais seu foco está desalinhado!

– Ei! – exclamou Erion, irritado.

– Todos juntos, coragem! Temos de aguentar pelo menos vinte minutos antes do resgate chegar – confortou-os Cassandra em tom heroico. – Prontos? – perguntou, como uma líder de esquadrão.

– Prontos!! – gritaram os três jovens, eufóricos.

– Então vamos!

A diretora liderou o caminho e saiu pela porta por onde haviam entrado na aeronave. Os três jovens seguiam-na em fila, enquanto Erion fazia de tudo para ficar o mais para trás possível por conta do que Cassandra havia lhe dito. Assim que todos deixaram a aeronave, a porta fechou sozinha atrás deles, o que indicava que a energia do jato estava voltando aos poucos.

Fora da aeronave, assim como Cassandra havia dito, eles não estavam sozinhos. Diante dos quatro amigos estavam três figuras cobertas por uma chama negra que exalava um cheiro forte de enxofre. A simples presença das chamas foi o suficiente para causar um forte mal-estar em todos. E Erion era o que mais sofria. A fumaça emanada das chamas o deixou sufocado, fazendo-o tossir muito. Gabriel e Amy aguentaram até onde puderam e acabaram tossindo muito também, enquanto Cassandra era a única que permanecia imune.

Uma das chamas se destacou das demais e deu um passo à frente. Com um suave abrir de braços, dissipou o manto de chama negra que o cobria, revelando sua forma. Era um homem alto e de porte bem forte, sem cabelo. Trajava uma túnica elegante, que revelava seus fortes braços, como uma roupa de monge. Erion deu uma boa olhada e viu que a roupa estava bem surrada, como se tivesse saído de uma batalha recente. Algo chamou ainda mais a atenção do garoto: o homem tinha várias feridas espalhadas pelo corpo, algumas tão profundas, que era possível ver seus ossos. E sua pele era acinzentada, como a de um verdadeiro zumbi.

– Haldric! – exclamou Cassandra, incomodada.

– Cassandra Grey – convocou-a o homem em um tom frio, fazendo uma reverência.

– Ah, cara, de novo isso? – falou Erion, irritado. – Primeiro o samurai pirado no centro de treinamento, e agora vem esse cara esquisito falando seu nome desse jeito? Olha, não sei o que você fez pra alguém, mas definitivamente, se a gente sobreviver, vai ser a última vez que a gente sai junto, tá!? – disse Erion, ironicamente.

– Cala a boca, Erion! – exclamou Amy, irritada.

Cassandra olhava por toda parte, como se estivesse procurando por algo ou alguém, e, por fim, sussurrou:

– Ele está bem escondido

– Olha, eu sei que parece bem óbvio o que eu vou perguntar e sei que todo mundo deve tá pensando isso, mas... e agora? – perguntou Erion.

Edição: 1ª
Fonte: Linux Libertine